BASTEI
LÜBBE
TASCHENBUCH

Weitere Titel der Autorin:

Ring frei für die Liebe
Ein Antrag zum Verlieben

Titel in der Regel auch als E-Book erhältlich

Über die Autorin

Shari Low lebt mit ihrer Familie in Glasgow, wo sie seit vielen Jahren als freie Autorin tätig ist. Inzwischen hat sie vierzehn Romane geschrieben, die in zahlreichen Ländern veröffentlicht wurden. Neben der Arbeit an ihren Romanen widmet sich die Autorin außerdem dem Schreiben von Zeitungskolumnen, Fernseh- sowie Radiobeiträgen.
Besuchen Sie die Autorin unter www.sharilow.com im Internet.

SHARI LOW

Jeder einzelne Tag mit Dir

ROMAN

Aus dem Englischen von
Barbara Ritterbach

BASTEI
LÜBBE
TASCHENBUCH

BASTEI LÜBBE TASCHENBUCH
Band 17308

MIX
Papier aus verantwortungsvollen Quellen
FSC® C083411

Dieser Titel ist auch als E-Book erschienen

Vollständige Taschenbuchausgabe

Deutsche Erstausgabe

Textredaktion: Margit von Cossart, Bergisch Gladbach
Titelillustration: © www.buerosued.de
Umschlaggestaltung: Bürosüd, München
Satz: two-up, Düsseldorf
Gesetzt aus der DTL Albertina
Druck und Verarbeitung: CPI books GmbH, Leck – Germany
Printed in Germany
ISBN 978-3-404-17308-2

3 5 7 6 4 2

Sie finden uns im Internet unter www.luebbe.de
Bitte beachten Sie auch: www.lesejury.de

Prolog

Vor zehn Jahren bin ich schon einmal durch dieses Kirchenschiff gegangen.

Die erste Person, die ich damals sah, war meine herrlich verrückte Großmutter. Ganz in Violett und mit einem Hut, der aussah wie eine Frisbeescheibe. Unter dem verbarg sie ihre Tränen, denn sie gehörte noch einer Generation an, für die es sich nicht schickte, in der Öffentlichkeit zu weinen.

Ich sah meine Eltern. Die Frau, die mich zur Welt gebracht hat, wäre beinahe vor Stolz geplatzt. Sie genoss die Aufmerksamkeit, die ihr als Brautmutter zuteilwurde, und ignorierte einfach, dass sie anfangs keinerlei Interesse an der Heirat ihrer Tochter gezeigt hatte. »Oh. Ich schaue mal in meinen Kalender«, hatte sie gesagt, als ich ihr das Datum genannt hatte.

Hinter mir liefen meine besten Freundinnen Lulu und Rosie in eleganter, cremefarbener Harmonie. Sagt man in unserem Alter noch »beste Freundinnen«? Gehört dieser Ausdruck nicht eher zum Wortschatz von Teenies? Meine besten Freundinnen also. Mit ihrem breiten Lächeln überspielten sie ihren Kater, der eigentlich nach einem abgedunkelten Raum und einer Endlosfolge von *Grey's Anatomy* schrie.

Und vor mir sah ich Jon. Meinen wunderbaren Jon. Er stand am Altar, in einem perfekt sitzenden Anzug, total gelassen, und strahlte, als wäre dies eine Party, auf die er sich seit Ewigkeiten schon freute und die nun endlich begann. Ich wäre am liebsten auf ihn zugestürmt, hätte mich tanzend und Pirouetten drehend in seine Arme gestürzt, um gleich zu dem Teil mit dem Küssen und dem Jubeln zu kommen.

Ich sah Blumen und Licht und Liebe. Ich sah Versprechungen. Hingabe. Freude. Lust. Aufregung. Wahr gewordene Träume. Eine fantastische Zukunft. Glück bis in alle Ewigkeit.

Das war damals. Bevor so vieles geschah. Bevor die Zeit ihren Tribut forderte. Bevor mein Herz brach. Bevor mich meine Freundin hinterging. Bevor mein Mann mit einer anderen schlief.

Vor zehn Jahren ging ich ganz in Weiß durch dieses Kirchenschiff.

An diesem Tag trug ich Schwarz.

1. Kapitel

2005 – Shauna

Wenn er zehn Minuten später gekommen wäre, hätten wir uns nie kennengelernt.

Im Pitcher & Piano war es zu voll und zu laut. Der meiste Lärm kam von den vielen selbstgefälligen und arroganten Anzugschnöseln, die lautstark versuchten, sich gegenseitig zu übertrumpfen.

»Sechs Millionen hab ich reingeholt! Der Yen hat diese Woche einen Superjob für mich gemacht.«

»Nicht schlecht, Junge! Wenn du so weitermachst, kannst du bald in der ganz großen Liga mitspielen. Mein Deal mit Pharmazeutika hat mir diese Woche mindestens einen Porsche eingebracht«, brüstete sich sein Kollege. Sein permanentes Nasereiben ließ darauf schließen, dass er seinen Erfolg mit einer besonderen Sorte Pharmazeutika gefeiert hatte.

Ihre chronische Aufschneiderei tat meiner Stimmung keinen Abbruch. Ich liebe diese Bar! Das Haus mit den klassizistischen weißen Säulen steht direkt am Themseufer. Von der riesigen Holzterrasse aus hat man einen herrlichen Blick auf den Fluss und die nahegelegene Richmond Bridge. Selbst an diesem kühlen Oktoberabend verbreitete sich ein Hauch Fünfzigerjahre-Romantik. Aber es war Zeit, nach Hause zu gehen.

Ich hatte eine anstrengende Woche hinter mir. Meine Füße taten weh. Ich hatte in der vergangenen Nacht nur drei Stunden geschlafen – schuld daran war eine megareiche Hausfrau aus Battersea, für die ich ein Charity-Frühstück organisiert hatte. Wenn es nur Schinkenbrötchen gegeben hätte, hätten wir zwar ein paar Hunderter mehr eingenommen, aber na ja. Ich wollte mich nicht beklagen. Ich war dankbar für diesen Auftrag, auch wenn mich der Geruch von pochierten Eiern mit Bacon und Räucherlachs-Blini den ganzen Tag verfolgt hatte.

Am nächsten Morgen stand eine Kinderparty für dreißig Zwölfjährige in Balham auf dem Programm, und die Hähnchen-Nuggets machten sich leider nicht von selbst.

Kurz und gut – mein Bett schrie nach mir. Doch dann machte Lulu meine Pläne mit einem Schlag zunichte. Typisch!

»Shauna, ich bin mal fünf Minuten weg. Deck mich, falls Daniel auftaucht«, zischte sie und verstärkte ihre Bitte mit einem hastigen Kuss auf meine Wange. Emotionale Erpressung nennt man das wohl.

Alle Männer in der Bar schauten dem rothaarigen Vamp nach, der hüftschwingend an ihnen vorbeitänzelte. Aufreizend. Verführerisch. Vermutlich war ich die Einzige, die bemerkte, dass Lulu einem großen, fitnessgestählten Australier, mit dem sie den ganzen Abend heimlich geflirtet hatte, in den hinteren Teil der Bar folgte.

»Verdammt dreist«, murmelte ich.

»Wer ist dreist?«

Rosie unterbrach ihre Unterhaltung mit Jason, dem Langzeitstudenten. Zwischen den beiden hatte es schon vor einiger Zeit richtig gefunkt. Er war ein trockener, analytisch denkender Akademiker, studierte Geologie oder Psychologie oder Zoologie, irgendwas mit Ologie jedenfalls, daher dauerte es, bis der Funke so richtig zündete und aus ihrer Unterhaltung mehr wurde als eine intellektuelle Diskussion über … Also, eigentlich hatte ich keinen blassen Schimmer, über was sie redeten.

»Unsere Freundin«, raunte ich und zeigte auf das sich entfernende Hüftschwingen. »Erinnere mich irgendwann daran, dass ich sie umbringe. Ich verspreche auch, es schmerzlos zu tun.«

Die Bar füllte sich, der Geräuschpegel stieg weiter – ein Segen, denn er übertönte den nervenden Atomic-Kitten-Song, der im Hintergrund dudelte. *Whole Again*. Derjenige, der sich traute, sämtliche noch existierende CDs mit einem Holzhammer zu zertrümmern, hätte einen Nobelpreis verdient!

»Verflucht, da kommt Daniel«, zischte Rosie plötzlich.

Das war ja klar! Die Götter verwegener Freundinnen liebten so etwas. Ich hätte längst durch die Tür sein können. Stattdessen kam nun Lulus blendend aussehender Freund auf mich zu, während besagte Freundin vor der Tür mit einem tätowierten Australier unerlaubte, möglicherweise unmoralische, jedoch definitiv unanständige Dinge tat.

»Hi, Mädels«, begrüßte er mich und Rosie und küsste uns auf die Wangen. Ich hatte Daniel schon immer für ein Mysterium gehalten. Er sah aus, als wäre er in Wirklichkeit ein anderer, als er vorgab. Model vielleicht oder Schauspieler. Oder wenigstens einer dieser nackten Feuerwehrmänner, die sich auf einem strategisch geschickt positionierten Pferd in einem Fotokalender räkelten. Aber nein, er verkaufte irgendetwas – was, wusste ich auch nicht so genau. Autoteile? Fahrzeugzubehör? Egal, er reiste jedenfalls durch Autowerkstätten und verhökerte Ersatzteile, und das wiederum passte perfekt zu einem schwingenden Fahrgestell. »Wo ist Lulu?«, fragte er dann.

»Auf dem Klo«, antwortete ich. »Kann dauern. Sie hat was von Blasenentzündung gesagt.« Eine gemeine Lüge, aber ich konnte nicht anders. Mein Grinsen erstarrte, als er einen Schritt zur Seite machte und sagte: »Leute, das ist Jon. Jon, darf ich dir Rosie und Jason vorstellen? Und die mit der Blasenentzündung ist Shauna.«

Na super! Ein wahrhaft würdevoller Moment. Jon nutzte ihn und hielt mir grinsend seine Hand hin. »Freut mich, dich kennenzulernen. Und um das gleich klarzustellen: Ich hatte noch nie eine Blasenentzündung.«

Ja, das waren die ersten Worte, die die Liebe meines Lebens an mich richtete. Gut, es war nicht unbedingt wie bei Rosamunde Pilcher, aber das spielte keine Rolle. Ich wusste selbst nicht, ob es an dem weichen irischen Akzent lag, an seinem intelligenten Humor oder dem absolut nettesten Lächeln, das ich je gesehen hatte. Jedenfalls beschloss ich auf der Stelle, dass er mir gehörte.

2. Kapitel

2015 – Shauna

In fünf Minuten waren wir bei Lulu und Daniel, und er hatte immer noch nicht gefragt. Vielleicht würde er es ja gar nicht tun. Mir war aufgefallen, dass es in letzter Zeit für ihn fast selbstverständlich war – nur ein kurzer Blick in meine Richtung, wenn er das erste Bier öffnete, das war's. Ich nickte meist unauffällig, in einer Ehe funktioniert ja so vieles ohne Worte. Okay, du kannst trinken, ich fahre. Es machte mir nichts, aber manchmal wünschte ich mir schon, anständig gefragt zu werden.

»Alles gut?« Jon nahm eine Hand vom Steuer und legte sie auf meine.

»Ja, ja. Bin ein bisschen müde. Die Woche war ganz schön anstrengend.« Eine echte Untertreibung, aber ich biss mir auf die Zunge. Ich würde jetzt nicht wieder aufzählen, was ich alles erledigt hatte, ohne dass es ihm aufgefallen war: Ich hatte sechzehn Stunden am Tag gearbeitet, unsere Tochter zur Schule gebracht, sie an fünf Nachmittagen zu ihren Freundinnen chauffiert, zweimal für irgendwelche Schulveranstaltungen gebacken, ein Geburtstagsgeschenk für Jons Mutter besorgt, das Auto in die Werkstatt gebracht, stundenlang nach Urlaubsangeboten gesucht, die allen Bedürfnissen unserer Familie gerecht wurden, das komplette Haus geputzt, einen Babysitter für den heutigen Abend organisiert, für den Babysitter und unsere Tochter Essen vorbereitet, mich in fünf Minuten fertig gemacht, mich noch schnell im Auto geschminkt …

JA, ES IST SONNTAGABEND, UND ICH BIN VERDAMMT NOCH MAL MÜDE.

Ich konzentrierte mich weiter darauf, wach zu bleiben. Die Berührung half, sie holte mich aus dem Modus der gestressten Mutter und Ehefrau zurück in den Ich-Modus. Einfach nur Shauna. Wenn ich mir richtig Mühe gab, konnte ich vielleicht noch eine gut gelaunte Shauna hinkriegen und unseren ersten freien Abend seit Ewigkeiten genießen.

Ich merkte, dass ich mich entspannte. Mit dem Daumen strich ich sanft über Jons Handfläche. Ich schaute ihn an und bemerkte, dass auch er müde aussah. »Ich glaube, es wird mal wieder Zeit für eins unserer Grundsatzgespräche.«

Ich lehnte den Kopf gegen die Kopfstütze aus hellem Leder, was meinem ohnehin unordentlich gebundenen Pferdeschwanz wahrscheinlich nicht guttat. Aber vielleicht konnte ich so vertuschen, dass mein dunkelblondes Haar dringend frische Strähnchen brauchte.

Jon nickte. »Du meinst das, bei dem wir jedes Mal feststellen, dass wir viel zu viel um die Ohren haben und dringend etwas verändern müssten?«

»Exakt.«

Wie oft sagten wir das? Einmal im Monat? Öfter? Sooft es unsere Zeit zuließ – und genau das war das Problem. Wir arbeiteten nicht, um zu leben, sondern wir lebten, um zu arbeiten. Das musste anders werden, unbedingt. Und das würde es. Sobald wir mal fünf Minuten Zeit haben würden zu überlegen, wie. Ich setzte den Gedanken auf meine To-do-Liste. Kühlschrank abtauen. Neue Schulklamotten für Beth besorgen. Lebenswichtiges Gespräch mit dem Ehemann führen.

Wir bogen in die Einfahrt, ich griff nach dem Prosecco und der großen Schachtel mit den Süßigkeiten, die Lulu und Daniel so gern mochten, und stieg aus dem Wagen. Das Haus unserer Freunde sah aus wie eines jener, die man auf Weihnachtspostkarten abgebildet sah. Ein vierstöckiges rotes Ziegelsteingebäude, direkt am Richmond Park gelegen, mit wunderschönen alten Sprossenfenstern. Die Eingangstreppe besaß ein schmiedeeisernes Geländer, Efeu umrankte die rot lackierte Holztür. Lulu und Daniel bewohnten die beiden unteren Etagen, in den oberen befanden sich zwei weitere Wohnungen. Daniel hatte großen Wert darauf gelegt, so viele originalgetreue Details wie möglich zu erhalten. Daher gab es noch den ursprünglichen Fliesenboden, hohe Decken und schöne alte Stuckverzierungen. Es war ein wunderbares Haus, und Lulus ständiges Drängen, Daniel solle es verkaufen und mit ihr in eine dieser modernen Hightech-Schuhschachteln direkt am Fluss ziehen, völlig unverständlich.

Ich atmete tief durch, schüttelte meine Müdigkeit ab und setzte ein breites Lächeln auf. Sekunden später öffnete uns eine kichernde Lulu die Tür.

»Hereinspaziert! Hey, Süßer, wie geht's dir?« Die Frage war an Jon gerichtet, und ich musste lachen. Lulu, die notorische Männermörderin, hatte sich in den zwei Jahrzehnten, die ich sie kannte, kein bisschen verändert. Sie hatte noch immer dieselbe üppige rote Mähne, die unglaublichen Kurven, die großen Augen mit dem verschmitzten Funkeln und die nahezu faltenfreie Alabasterhaut. Dabei gab es kein Vertun: Wir alle näherten uns unaufhaltsam der Fünfunddreißig. »Dir geht's sicher blendend wie immer«, sagte sie und umarmte als Nächstes mich.

»Ich könnte dich jetzt ganz einfach erdrücken«, warnte ich.

»Tu das, dann bin ich endlich meine Probleme mit Daniel los«, gab sie zurück. Wahrscheinlich war ich die Einzige, die den Unterton mitbekam, der in ihrer Stimme mitschwang. O Gott, bitte nicht schon wieder! »Oh, als hätten wir uns abgesprochen!« Sie zeigte auf meinen schwarzen Overall mit den Achtzigerjahre-Schulterpolstern. Wunderbar, diese zyklisch wiederkehrenden Modetrends.

»Ach, du meine Güte, wir sehen aus wie die Nolans Sisters«, sagte ich. »Wenn eine von uns einen Ton treffen würde, hätten wir echte Chancen auf ein Revival.«

»Ich wäre sofort dabei«, antwortete sie seufzend. »Ich brauche dringend einen neuen Job.«

Da war es wieder. Lulu arbeitete seit fünf Jahren für Daniel. Er und Jon hatten sich damals selbstständig gemacht und eine Personalberatungsagentur gegründet. Zu Anfang war Lulu das Gesicht des Unternehmens gewesen und die Stimme am Telefon, diejenige, die die Buchhaltung machte, die Rechnungen schrieb und sich um alles kümmerte, was den Männern den Rücken für ihre Beratungstätigkeit freihielt. Jetzt, da die Jungs endlich Erfolg hatten und Geld verdienten, arbeitete sie nur noch stundenweise. Die restliche Zeit verbrachte sie mit Networking und Imagebuilding, wie sie es nannte. Andere würden Shoppen und Essen gehen dazu sagen.

Die offene Küche mit dem Essbereich im rückwärtigen Teil des Hauses war um eine Lounge-Ecke erweitert worden. Es war der einzige Raum, der ganz modern war: weiße Wände, heller Travertinboden, bodentiefe Glastüren, durch die das Licht der vielen Solarleuchten aus dem Garten fiel. Sie strahlten wie unzählige winzige Sterne.

Die anderen saßen bereits am Esstisch. Rosie war die Erste, die uns sah. »Hey, ihr Süßen«, rief sie, und ihr Lächeln war mindestens so funkelnd wie der Rotwein in dem Glas, das sie uns zur Begrüßung entgegenhielt.

Rosie sah aus wie ein Fleisch gewordener Betty-Boop-Cartoon – kurzes schwarzes Haar, riesige blaue Augen und Wimpern, mit denen man den Boden fegen konnte. Sie war maximal eins fünfzig groß und inszenierte ihre Kurven mit Klamotten im Fünfzigerjahre-Look. Heute trug sie ein weißes, tief ausgeschnittenes Top mit knallroten Punkten, die genau zum Ton ihres

Lippenstiftes passten, dazu ein rotes Tuch, das sie um den Hals geschlungen hatte. Plötzlich kam ich mir in meinem monochromen Schwarz ziemlich langweilig vor. Neuer Input für meine To-do-Liste: mehr Mühe geben beim Outfit, mehr Farbe an die Klamotten, mehr Zeit nehmen fürs Schminken.

Ich begrüßte Rosie und ihren Freund Jack, umarmte Daniel und setzte mich auf den freien Stuhl neben ihn. Jon stand an der Kochinsel und öffnete eine Bierflasche. Aha, da war der Blick! Ich würde also fahren …

Im Grunde war mir das nicht unrecht. Beth musste morgen früh zum Ballett, und einen Haufen Fünfjährige konnte ich nur in unverkatertem Zustand halbwegs im Zaum halten.

»Was willst du trinken, Schatz?«, fragte Jon.

»Wodka. Pur«, antwortete ich und sah zu, wie sich die anfängliche Irritation in seinem Gesicht in ein Grinsen verwandelte.

»Vielleicht bleibe ich auch einfach mal bei Wasser«, fügte ich hinzu.

Sofort nahm Daniel eine große Karaffe vom Tisch und schenkte Eiswasser in das Weinglas an meinem Platz.

»Hm. Was riecht hier so gut?«, fragte ich Lulu.

»Lasagne, Knoblauchbrot, Salat«, zählte sie auf. »Leider nicht besonders originell.«

In Wahrheit störte sie das nicht im Geringsten. Und das war gut so. Bei unseren Treffen ging es ums Reden, ums Austauschen, ums Spaß haben – das Essen stand auf der Prioritätenliste weit unten. Und ganz ehrlich, nachdem ich das ganze Wochenende für fremde Menschen gekocht hatte, war ich froh, dass ich nicht diejenige war, die Gurkenscheiben in eine Salatschüssel hobeln musste.

Jon setzte sich zu uns an den Tisch und wandte sich sofort an Daniel. »Alles okay, Junge? Wie bist du mit dem Sosstic-Vertrag vorangekommen?«

»He, he, he! Wir reden am Tisch nicht über die Arbeit«, protestierte ich.

Es war die einzige Regel, die wir aufgestellt hatten, nachdem die Männer sich gemeinsam selbstständig gemacht hatten. »Lu hat Küchenwerkzeug in der Hand und schreckt nicht davor zurück, es zu benutzen.« Ich zeigte auf Lulu, die eine Hand in die Hüften gestemmt hatte und in der anderen drohend den Gemüsehobel schwenkte.

Ich brauchte einen Moment, ehe ich registrierte, dass alle lachten. Nur Daniel war ungewöhnlich schweigsam.

Das änderte sich auch im Laufe des Abends nicht. Dabei verlief auf den ersten Blick alles so locker und ungezwungen wie immer. Nach ein bisschen Knoblauchbrot und einer knappen halben Stunde mit meinen liebsten Freunden fühlte auch ich mich entspannter. Jon sah aus, als ginge es ihm genauso. Die dunklen Schatten unter seinen seegrünen Augen waren zwar noch zu erkennen, aber sein Lächeln und seine Gartenbräune machten das wett. Gerade erzählte er eine witzige Story aus dem Fitnessstudio, wo ihn letzte Woche ein Typ in Lycra-Klamotten angemacht hatte. Alle brüllten vor Lachen, als er zugab, dass er ihn abgewiesen, aber aus lauter Angst, seine Gefühle verletzt zu haben, zum Kaffee eingeladen hatte. So war Jon. Sein dunkelbraunes Haar hatte zwar die ersten grauen Strähnchen, und im Gesicht waren ein paar Fältchen, die früher noch nicht da gewesen waren, aber er war wie eh und je der lustigste Mensch, den ich kannte.

Daniel schien den Abend nicht so recht zu genießen. Aus den Augenwinkeln sah ich, dass er die Kiefermuskeln anspannte und sein Glas fest umklammerte. Ein kurzer Blick zu Rosie bestätigte, dass ihr das auch aufgefallen war. Das war gar nicht typisch für Dan. Klar, er konnte manchmal ungeduldig sein und leicht aufbrausen, aber zu Hause und im Kreis seiner Freunde war er meist entspannt und gut gelaunt.

Rosie hatte offenbar vor, das Gespräch auf ein Thema zu lenken, das ihn aufheitern sollte. »Also Leute, ich finde, wir könnten zu eurem Hochzeitstag nächsten Monat was Schönes unternehmen.«

Im selben Augenblick ließ Lulu, die gerade den Tisch abräumte, die Salatschüssel fallen. Ein weißes Rinnsal breitete sich auf den Bodenfliesen aus.

»Mist!«

Ich sprang auf, um ihr zu helfen. Am Ende erledigte ich die Arbeit allein, während sie sich hastig ein neues Glas Rotwein einschenkte.

»Schauen wir mal, ob wir noch so lange durchhalten«, sagte Daniel grimmig.

Betroffene Stille. Lulu war die Erste, die reagierte. »Muss das jetzt sein?«, zischte sie.

Typisch Lulu. Angriff ist die beste Verteidigung – so lautete ihr Lebensmotto. Wenn dich einer nervt oder dir zu nahe tritt, wehr dich, schlag zurück und hoffe auf das Beste.

»Warum nicht?« Daniel sah sie schulterzuckend an. »Oder willst du erst deinen Lover anrufen und um Erlaubnis bitten?«

Ich war sofort wieder angespannt und sah, dass auch Jon und Rosie die Luft anhielten. Jack kannte uns noch nicht lange genug, um die Situation einschätzen zu können. Selbst ich als Gründungsmitglied hatte Mühe, es zu verstehen. Lulu und Daniel führten schon immer eine Beziehung, die ganz eigenen Regeln folgte und nicht von jedem nachzuvollziehen war.

Lulu trank einen Schluck Wein und stellte das Glas anschließend auf die Arbeitsfläche. Sie tat das mit der langsamen, konzentrierten Bewegung einer Person, die Mühe hatte, die Fassung zu wahren.

»Ich bin mir nicht sicher, welche Telefonnummer er hat. Vielleicht kann deine neueste Errungenschaft es für mich herausfinden?«

»Nur weiter so, wenn du dich dann besser fühlst.« Daniels Stimme bebte vor Zorn. »Dabei wissen wir doch beide ganz genau, dass ich recht habe. Warum erzählst du unseren Freunden nicht von deinen Nachmittagen im Richmond Hotel?«

»Du Widerling«, zischte Lulu. »Hast du mir etwa nachspioniert?«

»Das war gar nicht nötig. Du hast ja deine Kreditkarte benutzt.«

»Ja, für mein Personal Training im Fitnessclub dort. Ich kann nicht fassen, dass du meine Karte überprüfst. Wie tief kann man nur sinken?«

»Nicht so tief wie du. Ich habe mich erkundigt. Du bist dort gar nicht angemeldet. Also mach weiter, denk dir neue Ausreden und Entschuldigungen aus … Oder willst du uns das nicht lieber ersparen und gleich die Wahrheit sagen? Gib's zu. Du hast es schon wieder getan. Wer ist es dieses Mal? Der Typ, der im Fitnessstudio arbeitet? Oder wieder dieser Immobilienmakler? Oder hast du vielleicht ein ganz neues Beuteschema?«

»Daniel, bitte«, flehte ich, als ich Lulus Gesichtsausdruck sah.

Das Ganze würde gleich eskalieren. Rosie sah betreten zu Boden. Jon rieb sich die Schläfen. Und Jack studierte intensiv den leeren Teller vor sich.

»Ich glaube, wir müssen jetzt gehen«, meinte Jon. »Es ist schon spät, und ich hab Kopfschmerzen.«

Er sagte nicht, dass er das Theater nicht schon wieder ertragen konnte. Aber ich wusste, dass er das dachte. Wie oft hatten wir etwas in der Art schon erlebt? Dreimal? Viermal? Lulu und Daniel hatten die unbeständigste Beziehung, die man sich vorstellen konnte. Lulus Hang zum Flirten und ihre hedonistischen Neigungen waren von Anfang an Grund für ständigen Streit zwischen ihnen gewesen. Ihr Bedürfnis nach Abenteuern würde die beiden irgendwann endgültig auseinanderbringen. Ich wusste von zwei Affären, die sie hatte, und von einer bei Daniel. Sie waren ein

Paar, das Dramen und Aufregung brauchte, um zu überleben. Ich konnte so etwas früher nicht verstehen und kann es heute auch noch nicht, aber ich wusste, dass es in Momenten wie diesen das Beste war, die beiden allein zu lassen. Jetzt Partei zu ergreifen wäre ein fataler Fehler, denn wenn sie sich versöhnten – was sie bisher immer getan hatten –, war man anschließend in einer blöden Situation.

Rosie stand bereits. »Ich finde, wir sollten auch gehen. Jack?« Sie brauchte das nicht zweimal zu sagen. Jack war schon aufgesprungen und auf dem Weg zur Tür. Er winkte noch einmal im Gehen. »Danke für das Essen. Es war … sehr lecker.«

Er tat mir unendlich leid. Ganz offensichtlich gehörte er zu den 99,9 Prozent der Menschen, die so eine Situation zutiefst unangenehm fanden.

Daniel stierte stumm vor sich hin, während Lulu uns zur Tür begleitete. Sie nahm unsere Jacken von der Garderobe.

Ich sah sie an. »Kriegst du das hin? Warum kommst du nicht einfach mit zu uns?«

Sie schüttelte den Kopf. »Nein, nein, heute nicht. Vielleicht komm ich morgen auf dein Angebot zurück. Ich werde ihn verlassen, Shauna, ich halt es nicht mehr aus. Ich ruf dich morgen früh an.« In ihren Augen standen Tränen, die sie rasch wegblinzelte.

Ich nahm sie in die Arme. »Solltest du es dir anders überlegen, komm einfach vorbei. Wann immer du willst. Du hast ja einen Schlüssel.«

Sie drückte mich so fest, dass mir die Luft wegblieb. »Danke, Shauna.«

Jon sagte nichts, er schwieg auch, als wir zum Auto gingen. Erst als ich den Motor startete, sprach er.

»Ich verstehe einfach nicht, wie du zu ihr halten kannst, wenn sie so was macht. Sie ist ein Albtraum, Shauna.«

»Daniel hat sie doch auch betrogen.«

»Ja, aber erst, nachdem er sich jahrelang von ihr hat demütigen lassen. Das ist was ganz anderes.«

»Woher weißt du das? Du darfst Lulu nicht verurteilen, Jon. Du kennst die Dynamik ihrer Ehe nicht. Vielleicht brauchen sie das ja, damit sie funktioniert. Oder auch nicht«, fügte ich ratlos hinzu.

»Mag sein, ich finde es dennoch schlimm, wie sie ihn behandelt. Daniel arbeitet verdammt hart, um ihr ein tolles Leben zu ermöglichen. Warum reicht ihr das nicht?«

Ich lehnte mich seufzend zurück und fuhr in Richtung Richmond Bridge. Na super! Meine Freundin hatte eine Affäre, und mein Mann und ich stritten deswegen.

Aus den Augenwinkeln konnte ich erkennen, dass Jon die Augen geschlossen hatte und sich die Nasenwurzel rieb.

»Alles okay?«, fragte ich, um die Lage zu entspannen. Normalerweise ging ich Konflikten nicht aus dem Weg, aber an diesem Abend war ich so müde, dass ich eine Ausnahme machte.

»Mein Schädel brummt«, antwortete er. Das überraschte mich. Ich hatte gedacht, es wäre nur ein Vorwand gewesen, um rasch verschwinden zu können.

»Ich habe Kopfschmerztabletten dabei«, antwortete ich und zeigte auf meine Handtasche, die in seinem Fußraum stand.

Ich dachte schon, er wollte sich danach bücken, aber dann sah ich, dass seine Hand zum Radio ging und er am Lautstärkeregler zu fummeln begann. Das Radio war gar nicht eingeschaltet, daher passierte nichts.

»Was tust du da?«, fragte ich erstaunt.

»Ich versuche, das verdammte Ding auszuschalten.«

»Aber es ist doch gar nicht an.«

»Was ist das denn dann für ein Lärm?«

Sollte das ein Witz sein, den ich nicht verstand?

»Welcher Lärm?«

Er lehnte sich wieder zurück. »Hörst du das denn nicht?«

»Was?«

»Na dieses … ich weiß auch nicht. So ein Rauschen. Total nervend.«

Es musste ein Witz sein.

»Jon, ich höre nichts. Okay, komm zur Pointe.« Ich lächelte. Offenbar wollte er die Stimmung ein bisschen aufheitern.

»Shauna, ich schwöre dir, ich meine es ernst. Kannst du wirklich nichts hören?«

»Nein.« Ich blieb vor einer roten Ampel stehen und drehte mich zu ihm um. Er sah völlig verwirrt aus.

»Das ist seltsam«, sagte er leise.

»Ist dir so was schon mal passiert?«

»Ein paarmal. Ich glaube, meine Mum hatte das früher auch immer. Migräne.«

»Ja, Migräne kann die merkwürdigsten Symptome haben«, antwortete ich. »Das wird es sein. Eine Schmerztablette und eine Nacht ausschlafen, dann ist sicher alles wieder gut.«

Die Ampel wurde grün, und ich fuhr an. Ich versuchte das Unbehagen, das sich in mir breit machte, zu verdrängen.

Ich hätte es ernst nehmen sollen.

3. Kapitel

2005 – Jon

Wamm! Peng! Bumm!

Ich halte nicht viel von romantischem Geschwätz und Gefühlsduseleien, aber ich bin ziemlich sicher, dass es sich so in meinem Kopf angehört hat, als ich sie zum ersten Mal gesehen habe.

Daniel hatte mich zu einem Bier überredet, damit ich nicht an einem Freitagabend allein zu Hause sitzen, mich betrinken und am Ende mit der Frau im Bett landen würde, mit der ich gerade Schluss gemacht hatte.

Ich freute mich über seine Fürsorge, machte mir aber, was Jess betraf, keine Gedanken. Sie und ich hatten uns nach sechsjähriger Ehe getrennt, und ich hatte nicht die Absicht, zu ihr zurückzugehen. Ganz und gar nicht!

Im Gegenteil: Wenn an diesem Abend eine Gruppe zölibatärer Mönche auf der Suche nach Gleichgesinnten durch London gezogen wäre, hätte ich vermutlich, ohne zu zögern, an Ort und Stelle auf der gestrichelten Linie unterschrieben.

Aber Daniel, der zum Vertriebsteam unserer Firma gehörte, war immer gut drauf und Dreh- und Angelpunkt jeder Party, und im Moment konnte ich etwas Spaß gut brauchen.

Ich hatte mir einen Abend in der Stadt ausgemalt, vielleicht ein paar Clubs. Gab es das überhaupt noch? Ich hatte gar keine Ahnung mehr, was man an einem Freitagabend in London machte, seit ich mich als verheirateter Mann in einem Reihenhaus in Notting Hill niedergelassen hatte.

Aber Daniel hatte andere Vorstellungen, wie der Abend verlaufen sollte. Er schleppte mich nach Richmond raus, weil er dort seine neue Freundin treffen wollte. Na super! Der erste Abend seit Jahren, und ich durfte bei einem Arbeitskollegen und seiner neuesten Eroberung drittes Rad am Wagen spielen.

Meine Laune änderte sich in der Sekunde, als ich Shauna sah. Ich gebe eigentlich nichts auf Blödsinn wie »Liebe auf den ersten Blick« und so, aber da war irgendwas an der Mischung aus verstrubbeltem blondem Haar, süßen Sommersprossen und einem absolut ansteckenden Lächeln, das mich völlig in den Bann zog. Ich wollte einfach nur noch dastehen und sie anschauen.

Wie ein Idiot.

Daniel und seine neue Freundin, Lulu, hatten irgendeinen Streit, aber ehrlich gesagt kümmerte uns das nicht. Shauna und ich begannen eine Unterhaltung, und am Ende waren nur noch wir zwei übrig, so eng aneinandergerückt, dass wir gar nicht merkten, dass die Temperatur erheblich gesunken war. Ich hatte gar nicht mitbekommen, dass alle anderen längst gegangen waren.

Als das Barpersonal irgendwann keine Lust mehr hatte, um uns herum zu kehren, gingen wir. Ich brachte sie nach Hause, über die Richmond Bridge zu ihrer Wohnung in Twickenham. Sie nahm mich noch mit hinein und bat mich, leise zu sein, damit wir ihre Mitbewohnerin nicht aufweckten. Kurze Zeit später saßen wir mit einem Kaffee auf dem kleinen Balkon vor ihrer Küche.

Ich bezweifelte, dass die klapprigen alten Holzstühle meinem Gewicht lange standhalten würden, und rechnete jede Sekunde damit, unsanft auf meinem Hintern zu landen.

»Also. Warst du schon mal verheiratet?«, fragte ich sie.

Sie schüttelte den Kopf, sodass ihre blonden Locken hin und her flogen. »Ich war verlobt«, gestand sie fast ein wenig verlegen. »Wir haben uns vor einem Jahr getrennt.«

»Darf ich fragen, warum, oder ist das zu persönlich?«

Sie lachte leise, ganz anders als vorher im Pub, wo wir die ganze

Zeit gegen den Lärm anschreien mussten. »Du sitzt mitten in der Nacht auf meinem Balkon. Ich würde sagen, da können wir ›zu persönlich‹ aus dem Wortschatz streichen.« Sie trank noch einen Schluck Kaffee. »Es hat einfach nicht geklappt. Ich glaube, ich bin beziehungsunfähig. Die Vorstellung, einen Mann für immer und ewig zu haben, ist mir unheimlich. Ich kann ja kaum ein halbes Jahr mit derselben Tapete im Flur leben. Also ganz klare Bindungsprobleme.«

Sie lächelte, aber ich sah einen Hauch von Traurigkeit in diesem Lächeln. »Und du? Beziehungen? Kinder?«

Ups. Jetzt hatte sie mich erwischt. Selbst schuld. Siebenundzwanzig und schon eine gescheiterte Ehe auf dem Buckel. Das waren nicht die besten Referenzen, oder?

Sie deutete mein Zögern falsch und warf einen raschen Blick auf meine Hände. »Oh, verdammt, sag nicht, dass du verheiratet bist. Das hätte ich dich natürlich fragen müssen, bevor ich dich mit raufnahm.«

Ich schüttelte den Kopf. »Nein. Ich bin nicht verheiratet.«

»Gott sei Dank.«

Mach langsam. Überstürz nichts. Der vernunftgesteuerte Teil von mir verlangte, dass ich es dabei beließ. Blöderweise hatte er nicht allzu viel Einfluss auf das, was tatsächlich aus meinem Mund kam.

»Aber ich *war* es. Ich bin geschieden. Seit einem Monat.«

Sie schwieg einige Sekunden, und ich trat mir mental mit Anlauf in den Hintern. Wie blöd konnte man sein? Jetzt hielt sie mich bestimmt für einen, der nach seiner Scheidung die Scherben zusammenkehrte. Ich versuchte eine Erklärung. »Hör zu, ich weiß, das ist noch nicht allzu lange her. Aber ich bin kein emotionales Wrack, ehrlich nicht. Die Scheidung war ganz klar das Beste, was wir tun konnten.«

Das entsprach der Wahrheit.

»Dann bedauerst du es also nicht, und eure Trennung war nicht schmerzhaft für dich?«

Das nicht, aber schließlich war ich ja nicht unfehlbar.

»Tja, dann …« Ich stellte mich innerlich auf ein »Es war nett, dich kennenzulernen, da ist die Tür« ein. »… hast du der Ehe sicher auf immer abgeschworen«, fuhr sie jedoch fort.

O mein Gott, schon wieder Wahrheit oder Lüge. Wahrheit oder Lüge. Wahrheit oder …

»Könnte man so sagen«, antwortete ich. Wahrheit.

Sie sah mich an, und ihre blauen Augen blitzten, als sie lachte. »Super. In dem Fall werden wir gut miteinander klarkommen.«

Ich verstand nicht, was da gerade passierte. Aber irgendwie war ich auch noch nicht auf dem Weg zur Tür, also lief alles gut. Sie verschwand in der Küche und kam mit der Kaffeekanne zurück, um unsere Tassen aufzufüllen.

Ich wechselte das Thema, und wir redeten über alles und nichts. Keine Ahnung, wie lange das so ging, jedenfalls zeigte sie auf einmal zum Himmel.

»Das erste Flugzeug. Ich sehe so gern zu, wenn sie morgens früh reinkommen. Wie Sternschnuppen, die auf der Erde landen.«

Ich blickte hinauf und sah orangefarbene Lichter lautlos am Himmel blinken. Dann begriff ich, dass wir uns direkt unterhalb der Einflugschneise zum Flughafen Heathrow befanden. Im Hintergrund ging gerade die Sonne auf, ein perfekter Ort also – wenn man vom Anblick der Mülltonnen unten im Hof einmal absah.

Nach acht Jahren mit derselben Frau war ich aus der Übung, aber ich war mir trotzdem ziemlich sicher, dass dies einer der Augenblicke war, in denen ich das tun konnte, was ich schon den ganzen Abend tun wollte.

Ich verlor den Mut und entschied mich für vorheriges Absichern. »Ich würde dich jetzt schrecklich gern küssen. Meinst du, das wäre okay für dich?«

»Hat sich deine Frau wegen deines grauenvollen Sinns für Romantik scheiden lassen?«, fragte Shauna und lächelte.

»Nein. Sie konnte mein sensationelles Aussehen nicht länger ertragen«, witzelte ich zurück. Für diese Nacht war Schluss mit der Wahrheit.

»Hm, ich sehe, dass das ein Problem sein könnte.«

Ihr Gesicht war todernst, was bei mir die gegenteilige Wirkung hervorrief. Ich bekam einen Lachanfall und hörte erst auf, als sie aufstand, sich auf meinen Schoß setzte und mich küsste. Das war dann wohl die Antwort auf meine Frage.

Ich würde gern behaupten, dass dies der romantischste Moment meines Lebens war. Das hätte er tatsächlich sein können – wenn der klapprige Stuhl unter uns nicht genau in diesem Moment seinen Geist aufgegeben hätte und mit uns zusammengebrochen wäre. Wir hatten ja schon festgestellt, dass ich auf dem Gebiet der Romantik nicht sonderlich talentiert war. Aber als wir am Boden lagen, lachend und darauf wartend, dass unsere Schmerzrezeptoren uns schlechte Nachrichten meldeten, dachte ich, dass die vielen Menschen, die über uns hinwegflogen, sicher noch nie einen so perfekten Augenblick erlebt hatten wie wir gerade.

4. Kapitel

2015 – Shauna

»Und? Hast du heute schon was von ihr gehört?«, fragte Rosie aus den Tiefen meines Kühlschranks.

Ehe ich antworten konnte, tauchte sie mit einem Erdbeerjoghurt daraus auf und ging zur Besteckschublade, um sich einen Löffel zu holen. Sie trug ein pinkfarbenes Vierzigerjahre-Kleid, dazu einen roten Cardigan und marineblaue Kitten Heels. Eigentlich passte das alles nicht zusammen, aber sie sah großartig aus – und wieder mal viel glamouröser als ich mit meinen verwaschenen Jeans, dem grauen Sportshirt und den nackten Füßen im No-Pediküre-Look.

»Nein, nichts. Ich hab ein paar Mal versucht, sie anzurufen, aber sie ist nicht rangegangen. Dann hab ich ihr auf die Mailbox gequatscht. Bisher hat sie sich noch nicht gemeldet. Sie macht es sich nicht leicht, oder?«

»Nie«, bestätigte Rosie. »Aber sie könnte hervorragendes Material für ganze Soap-Serien liefern.«

Man hätte denken können, wir nähmen die Probleme unserer besten Freunde nicht ernst. Aber zu unserer Verteidigung war zu sagen, dass wir diese Situation schon so oft erlebt hatten, dass wir ziemlich abgestumpft waren.

»Wie kommt denn die Romanze des Jahres voran?«, fragte ich und faltete einen Stapel Handtücher, die ich gerade aus der Waschmaschine gezogen hatte.

»Super! Ehrlich. Ich suche immer noch nach dem Haken. Du weißt schon, irgendein Geständnis. ›Ich hab eine kriminelle Vergangenheit‹ oder ›Ich bin nur deshalb mit dir zusammen, weil ich plane, dein Bankkonto zu plündern und dich mittellos sitzenzulassen‹.«

»Du solltest dringend deine Vorgehensweise bei Männerbekanntschaften überdenken. Ich weiß nicht, ob *Drecksäcke.com* die richtige Wahl ist.«

Rosie lachte. »Klar, dass du das sagst, Miss Perfect. Aber da draußen herrscht Krieg. Außerdem hat Jack ja bisher alle Tests bestanden. Noch volles Haar, eigene Zähne, ein richtiger Job.«

Ich setzte ihre Checkliste weiter fort. »Wie sieht es aus mit Pornos? Hast du ihn schon gegoogelt? Gibt es Fotos von seinem Penis irgendwo online?«

»Hab ich. Keine kompromittierenden Fotos. Und er hat es schon sechs Monate mit mir ausgehalten, also ist er auch nicht auf One-Night-Stands aus. Damit ist er nahezu perfekt!«

Ich freute mich, dass sie so glücklich war. Natürlich wusste ich, dass eine Frau keinen Mann brauchte, um sich selbst zu definieren. Einige meiner Freundinnen waren bewusst Singles und liebten ihre Freiheit, aber so eine war Rosie nicht. Sie wünschte sich jemanden, mit dem sie für immer zusammen sein konnte. In den letzten zwanzig Jahren hatte sie viele Beziehungen gehabt, alle hatten sich nach ziemlich genau zwei Jahren selbst zerstört. Der Zweijahresfluch, so nannte sie es. Da war zum Beispiel Mark gewesen, der sich entschieden hatte, nach Südchina zu reisen und sich selbst zu finden. Zak, der Roadie, der einen Job als Tour-Manager einer Band bekommen hatte und danach nie mehr gesehen war. Paul und Colin, die beide Schluss gemacht hatten, weil sie sich nicht binden wollten. Und wer war noch mal der Typ gewesen, mit dem sie zusammen war, als ich Jon kennenlernte? Ich musste einen Moment überlegen. Jason. Ja, so hieß er. Er war irgendwo in den Norden des Landes gezogen, um dort in einem Zoo zu arbeiten, und Rosie hatte daraus geschlossen, dass er Tiere mehr liebte als sie. Sie suchte sich immer Männer aus, die so waren wie sie, ein bisschen flippig, und dann wunderte sie sich, wenn sie abhauten und etwas … nun ja … Flippiges taten.

Dreimal auf Holz geklopft – Jack, der Lebenscoach, schien ein Bleiber zu sein. Auch wenn Jon behauptete, er gebe eine Menge Psychozeugs von sich, und es mich ziemlich nervte, dass er mir jedes Mal, wenn wir uns trafen, einen Vortrag über meine persönlichen Entwicklungspotenziale hielt. Ich verstand gar nicht, was er damit meinte. Wie auch immer, die beiden hatten sich bei Rosie im Café kennengelernt. Nachdem sie zehn Jahre lang gejobbt hatte, weil sie sich nicht entscheiden konnte, was sie mit ihrem Leben anstellen sollte, war sie schließlich zufällig auf das winzige Café in der Nähe der Chiswick High Road gestoßen. Es sollte damals geschlossen werden. In einem für sie ungewöhnlichen Akt von Spontaneität hatte sie es gekauft und als Vierzigerjahre-Retro-Café unter dem Namen *Doris Day* neu eröffnet. Es war ganz zauberhaft, mit Big-Band-Sound vom Band und Tischen, die aussahen, als hätten sie schon bei ihrer Großmutter im Wohnzimmer gestanden. Sie wurde damit nicht reich, aber es lief gut, und sie liebte es.

Das Knallen der Hintertür, die immer offen stand, kündigte einen Neuankömmling an. Ich schaute auf die Uhr. Es war noch zu früh für Jon. Er war heute in Canary Wharf, wo er ein Trainingsseminar in einem Software-Unternehmen abhielt. Vor sechs rechnete ich nicht mit seiner Rückkehr. Ich wettete auf Lulu, stattdessen kam Daniel in die Küche, bewaffnet mit einer ziemlich großen Reisetasche. Das bedeutete nichts Gutes.

»Hi«, begrüßte er uns zerknirscht.

Beth wählte ausgerechnet diesen Moment, um ihren Kopf aus dem Esszimmer zu strecken. Ihre blonden Wuschellocken erschienen Sekunden vor dem Rest von ihr. »Onkel Daniel!«, rief sie, stürmte auf ihn zu und sprang in seine Arme. Er fing sie auf und wirbelte sie im Kreis herum. Von Jon abgesehen war Daniel ihr Lieblingsmann. Ich wartete, bis sie wieder festen Boden unter den Füßen hatte. »So, meine Süße, jetzt gibt's Abendessen, und danach geht es in die Badewanne.«

»Ich darf vor dem Fernseher essen!«, verkündete sie triumphierend. Das war etwas Besonderes. Normalerweise bestand ich darauf, dass wir alle zusammen am Tisch aßen, aber an diesem Abend gab es eine Ausnahme. Beth mit ihren fünf Jahren war noch viel zu jung, um Worte wie »Affäre«, »Untreue« oder »Betrug« zu lernen. Also durfte sie heute *Toy Story 3* schauen und dabei ihre heiß geliebten Nudeln mit Würstchen und Spinat essen.

Sie lief davon, *We Belong Together* summend, den Filmtitelsong, den sie den ganzen Tag in einer Endlosschleife vor sich hin sang.

Eine unangenehme Pause entstand, dann zeigte ich auf Daniels Tasche. »Ist Lulu da drin?«

Wenigstens gelang ihm der Anflug eines Lächelns, als er sich zu Rosie an den Tisch setzte. Er wirkte erschöpft. Zwangsläufig schenkte ich ihm einen Kaffee aus der Maschine ein, der quasi ständig vor sich hin kochte. Das Aroma von Medium Roast begleitete mich praktisch mein gesamtes Erwachsenenleben lang.

»Ich hatte es erst überlegt. Shauna, ich weiß, es ist eine Zumutung für euch, aber …«

»Gar kein Problem. Du kannst hierbleiben. Brauchst gar nicht zu fragen.«

Sein Gesicht entspannte sich. »Danke. Lulu und ich können nicht mal mehr zusammen im selben Haus sein. Diesmal ist es endgültig aus. Am Freitag habe ich einen Termin beim Anwalt.«

Rosie beugte sich vor und legte ihre Hand auf seine. »Bist du ganz sicher? Ich meine, vielleicht ist es ja ein Irrtum oder …«

Sie stockte, merkte selbst, wie unsinnig das klang. Wir alle wussten, dass es kein Irrtum war …

»Danke, Rosie, aber ihr kennt sie doch.«

Allerdings. Das machte es so traurig und uns so verdammt hilflos. Aber was tut man, wenn die engste Freundin Fehler macht? Wie oft in den letzten zwanzig Jahren war ich hin- und hergerissen gewesen zwischen dem Bedürfnis, sie zu umarmen, und dem Wunsch, sie umzubringen. Viel zu oft.

Ich zog den Schlüssel von dem kleinen goldenen Haken neben der Hintertür und gab ihn Daniel. »Das Apartment ist fertig. Wenn du noch was brauchst, ruf einfach.«

Der Ausdruck »Apartment« war ziemlich übertrieben. Jon hatte die Garage in eine Art Männerrückzugsort verwandelt, mit einem Schlafsofa, einem Fernseher, einer winzigen Küche und einem kleinen Bad. »Studio« wäre wohl eine geeignetere Bezeichnung gewesen. Oder Höhle, wie ich immer sagte. Jetzt würde es erst mal Daniels Zuhause sein.

Rosie stand auf und zog ihre kirschrote Umhängetasche von der Stuhllehne. »Ich muss los. Um sieben bin ich mit Jack verabredet, und vorher muss ich unbedingt noch an mir arbeiten. Daniel, wenn du was brauchst, ruf mich einfach an. Und falls du hier rausfliegst, steht dir meine Couch jederzeit zur Verfügung.«

Ihre Bemühungen, witzig zu sein, machten alles fast noch ein bisschen trauriger. Armer Daniel!

Er stand ebenfalls auf, drückte mir einen Kuss auf die Wange und ging zur Hintertür. Ich nahm mir vor, später noch mal nach ihm zu schauen, um zu sehen, wie es ihm ging – nachdem ich die Wäsche weggefaltet hatte, einen Kaffee gekocht, ein bisschen mit Beth erzählt, sie gebadet, Abendessen für Jon und mich vorbereitet und einen Plan erstellt hatte für eine Schwangerschaftsankündigungsparty, die ich am nächsten Tag ausrichten musste. Im Ernst! Diese Frau lud ihre fünfzig besten Freundinnen ein, um ihnen zu erzählen, dass sie ihr drittes Kind bekam. Wie schon bei ihren ersten beiden Kindern würde es in zwölf Wochen eine Geschlechtsankündigungsparty geben. Danach eine Geburtsparty, dann die Taufparty. Sie schlachtete das Ereignis wirklich maximal aus, aber hey, damit war sie natürlich eine richtig gute Kundin für mich.

»Hallo, Schatz, wie geht's?« Ich war so sehr in Mrs. Towers gesammelte Festivitäten vertieft, dass ich Jon gar nicht hatte kommen hören.

»Genervt von der Wäsche, müde, schlecht gelaunt, überarbeitet und gereizt«, antwortete ich und lächelte.

»Ah. Ich hatte eigentlich auf ein simples Gut gehofft«, antwortete er lachend, legte mir den Arm um die Taille und küsste meinen Nacken.

»Daddy!«, schrie Beth und stürzte sich in unsere Umarmung. Unsere Tochter hält nicht viel von Diskretion.

»Onkel Daniel ist hier!«

»Wo?« Jon sah mich überrascht an, bevor er den Kühlschrank öffnete. »Hier drin?«

Beth kreischte vor Lachen.

»Nein«, stellte Jon fest und schaute unter den Tisch. »Oder hier?«

»Nein!« Beth kicherte.

»Aha, dann kann er ja nur hier sein«, sagte er und öffnete den Backofen.

»Er ist in der Männerhöhle!«, verkündete Beth, und ich nahm mir vor, ganz schnell einen neuen Namen für den Raum zu erfinden. Jon sah mich fragend an.

»Er wird eine Zeit lang zu Besuch sein«, erklärte ich in bestmöglichem kinderfreundlichem »Alles ist gut, kein Problem, nichts Besonderes«-Ton.

Er verstand sofort, hob Beth hoch, warf sie über seine Schulter und trug sie ins Wohnzimmer. Ich verspürte große Dankbarkeit, dass er sich immer Zeit für seine kleine Tochter nahm.

In den nächsten Stunden hakte ich meine Liste der Reihe nach ab, bis zu dem Punkt, an dem unser Abendessen auf den Tisch kam. Oben war es ruhig. Jon war vermutlich mit seiner Gutenachtgeschichte zu Ende und neben seiner Tochter in dem hellblauen Himmelbett eingeschlafen. Ihre Wahl. Sie steckte gerade in einer militanten Anti-Rosa-Trotzphase.

Ich ging hoch und streckte den Kopf ins Kinderzimmer. Beth schlief tief und fest, von Jon keine Spur.

In unserem Schlafzimmer war er auch nicht, also steuerte ich das kleine Zimmer daneben an, das wir als Büro nutzten. Dort saß er und schaute konzentriert auf den Bildschirm vor sich.

»Hey, Darling, das Essen ist fertig.«

»Hm«, antwortete er mechanisch.

Instinktiv trat ich näher heran, um zu sehen, was er sich so aufmerksam ansah. Ich brauchte einen Moment, ehe ich begriff, dass es sich um eine dieser medizinischen Selbstdiagnoseseiten handelte.

»Was machst du da?«

Er zuckte mit den Schultern. »Ach, nichts Besonderes. Ich bin gleich so weit.«

Ich überflog den Fragebogen, den er bereits ausgefüllt hatte. Er begann mit »Kopfschmerzen«. Jon hatte es angeklickt und einige andere Punkte ebenfalls. Ich las weiter. »Sehstörungen«, »Hörstörungen«.

Er war fast fertig und klickte Nein in das Kästchen neben »Gewichtszunahme«, dann drückte er auf »Enter«.

»Ich kann gar nicht glauben, dass du so was machst«, sagte ich scherzhaft. »Vermutlich erfährst du gleich, dass du schwanger bist. Oder ein Hypochonder.«

Er zog mich auf seinen Schoß. »Ich weiß. Aber ich habe im Moment einfach keine Zeit für einen Arzttermin. Ich bin nun mal ein vielbeschäftigter Mann.«

Ich lachte, als der Computer Pling machte und das Ergebnis auf dem Bildschirm erschien.

Mögliche Diagnosen? Migräne stand an erster Stelle. Darunter folgte eine lange Liste anderer potenzieller Ursachen – von Gehirnerschütterung über Kopfverletzung bis Hirntumor.

»Wie schade. Doch nicht schwanger. Bist du jetzt enttäuscht?«, fragte ich ihn mit gespieltem Mitleid. Ich war, was diese Portale betraf, sehr skeptisch. Las man nicht immer wieder, wie fehlerbehaftet die Ergebnisse waren? Und dass Scharen von Menschen die Arztpraxen belagerten, nachdem sie im Internet bei sich selbst lebensverändernde Krankheiten diagnostiziert hatten? Es gab auch einen Namen dafür. Ich dachte angestrengt nach. Cyberchondrie. Ja, so hieß es. »Mein Name ist Jon O'Flynn. Ich bin Cyberchonder«, sagte ich und küsste meinen Mann. »Komm, lass uns was essen und dann nachsehen, ob Daniel in der Männerhöhle auf der Couch liegt, Eis isst und Shania-Twain-Trennungssongs vor sich hin plärrt.«

»Moment noch, ich will nur noch schnell eine Sache …« Er klickte sich zurück auf die vorletzte Seite. »Ich habe in letzter Zeit gemerkt, dass meine Jeans ein bisschen eng geworden sind«, sagte er und änderte seine Antwort bei »Gewichtszunahme« noch einmal. Ja.

»Das liegt wahrscheinlich daran, dass du kaum noch Sport machst«, antwortete ich und zog ihn hoch. »Komm schon, du musst dich um deinen liebeskummerkranken Freund kümmern.«

Er stand bereits, als der Computer wieder Pling machte.

Das Ergebnis hatte sich verändert.

An erster Stelle der möglichen Diagnosen stand: Hirntumor.

5. Kapitel

2005 – Shauna

»Du hast dir die Beine rasiert! Das beweist, dass du unanständige Absichten hast.« Als Lulu kicherte, schwappte der Rotwein in ihrem Glas bedenklich hin und her. Sie lag auf dem Bett in meinem winzigen Apartment in Twickenham, mit Wein, Schokolade und einer ziemlich klaren Meinung zu meinem Erscheinungsbild. »Also, wenn ich richtig mitgezählt habe, ist das heute Date Nummer vier.«

»Drei«, korrigierte ich sie. »Wir haben uns am Freitag kennengelernt, waren am Sonntag was trinken und dann heute.«

»Und du hast noch nicht mit ihm geschlafen?«, fragte sie verständnislos.

Ich schüttelte den Kopf. »Ich wollte warten, bis ich ein paar Dinge über ihn weiß … zum Beispiel seine Lieblingsfarbe. Sein Sternzeichen. Und vielleicht sogar seinen Nachnamen.«

»O' Flynn. Du kannst also loslegen.«

Ich warf eine Haarbürste in ihre Richtung, und sie duckte sich geschickt.

»Du bist wirklich das Allerletzte.«

»Ich weiß.«

Nach kurzem Wühlen in meiner Beste-Unterwäsche-Schublade zog ich einen schwarzen BH mit passendem Höschen hervor. Lulu nickte anerkennend.

»Hör auf! Ich werde heute nicht mit ihm schlafen. Ich will ihn erst besser kennenlernen. Wenn der Sex mit ihm nicht gut ist, weiß ich wenigstens, dass es etwas gibt, das sich noch verbessern lässt.«

»Bloß nicht! Wenn der Sex mit ihm nicht absolut göttlich ist, änderst du deine Telefonnummer und tust so, als sähest du ihn nicht, wenn du ihm zufällig auf der Straße begegnest.«

Ich hatte das ungute Gefühl, dass ihre Theorie auf einer Menge eigener Erfahrungen beruhte. Aber es blieb keine Zeit nachzufragen, denn sie hatte sich gerade aufgesetzt, um mich noch einmal von oben bis unten zu begutachten. Schwarzes Etuikleid, schwarze Velourslederstiefel, klobiger Silberschmuck.

»In dem Fall ist er göttlich«, konterte ich, was mir einen missbilligenden Blick einbrachte. Gott, sie war wirklich unverbesserlich.

Ich hatte geplant, die öffentlichen Verkehrsmittel zu nehmen, in der letzten Minute aber ein Taxi bestellt. Schließlich hatte ich eine harte Woche hinter mir, und wenn ich mir mit einem Zwanziger den Zug, die U-Bahn und einen langen Spaziergang auf diesen Absätzen ersparte, sollte es das wert sein.

Er wohnte in Notting Hill. Nicht in dem schicken, millionenschweren Notting Hill von Julia Roberts und Hugh Grant, sondern in der weniger trendigen Portobello-Road-Gegend. Auch nett. Die alten Häuser waren in Wohnungen aufgeteilt und die Mieten nicht ganz so astronomisch.

Das Taxi setzte mich vor einem rot gestrichenen Tor ab, das zu der roten Tür des viktorianischen Reihenhauses passte, in dem Jon zusammen mit zwei Freunden lebte. Als ich durch den Vorgarten ging, merkte ich plötzlich, wie nervös ich war. In meinem Magen flatterten unzählige Schmetterlinge, mein Herz wäre mir vor lauter Aufregung beinahe aus der Brust gehüpft. Ich hatte bisher gar nicht gewusst, dass ein verknallter Teenie in mir steckte. Wieso meldete er sich jetzt, mit vierundzwanzig Jahren, plötzlich? Ich rügte ihn heftig und gab ihm für den restlichen Abend striktes Ausgehverbot. Wie albern war das denn? Lenny und ich waren zwei Jahre lang zusammen gewesen, und ich hatte nie etwas Ähnliches erlebt: nicht beim Kennenlernen, nicht bei unserem ersten Kuss, nicht, als er vorschlug zusammenzuziehen, nicht mal, als er an einem romantischen Abend auf Mykonos auf die sonnenverbrannten Knie fiel, einen wunderschönen Saphirring hervorzauberte und mich fragte, ob ich ihn heiraten würde.

Und nun war ich hier, kämpfte mich durch einen Urwald aus Rhododendronsträuchern, um einen Mann zu treffen, den ich erst zweimal im Leben gesehen hatte, und stand kurz vor einem Schwächeanfall.

Die Tür öffnete sich, noch bevor ich sie erreicht hatte, und da stand er – lässig an den Rahmen gelehnt, in Jeans, schwarzem T-Shirt und mit nackten Füßen. »Ich weiß, ich benehme mich ziemlich uncool. Ich hätte warten müssen, bis du klingelst, aber ...«

Ich ließ ihn den Satz nicht beenden. Einem spontanen Impuls folgend, der mich ohne Vorwarnung und ohne jede Selbstkontrolle überrumpelte, ging ich auf ihn zu und küsste ihn. Es war ein langer, unglaublich leidenschaftlicher Kuss, den ich nur deshalb abkürzte, weil ich spürte, dass sich meine physischen Reaktionen – die Schmetterlinge, das aufgeregte Zittern, das pochende Herz – in meine Beine verlagert hatten und ich mit dem Hinterteil voran in den Rhododendron zu stürzen drohte.

Lachend zog er mich ins Haus, trat die Tür mit dem Fuß zu und wir machten da weiter, wo wir aufgehört hatten, diesmal wurde ich an die Wand im Flur gepresst.

Meine Finger gruben sich in sein Haar, seine Hände umfingen meinen Nacken, und wir küssten und streichelten und keuchten, bis ein Klopfen an der Tür die Magie des Augenblicks zerstörte.

»Hi«, sagte er, sein Atem heiß an meinem Gesicht.

»Hi«, antwortete ich.

»Das Klopfen kommt von meinem Mitbewohner, Doug. Ich kann mir hier echt nichts erlauben.«

»Ich schätze, deine Mitbewohner passen gut auf dich auf.«

»Und ob. Sie haben diese Woche erst zweimal die Polizei gerufen.«

In einem Moment perfekten komischen Timings öffnete sich die Wohnungstür, und ein ungewöhnlich großer Mann in Polizeiuniform kam heraus.

»Ich bin jetzt weg«, verkündete er und streckte die Hand aus. »Ich bin Doug.«

»Shauna«, antwortete ich.

»Ah, gut, dass du endlich da bist. Er hat die letzte Stunde alle zehn Sekunden aus dem Fenster geschaut.«

»Danke!« Jon verdrehte die Augen. »Das hat mir noch gefehlt. Ich hab mich sowieso schon lächerlich gemacht.« Officer Doug verschwand grinsend, und Jon nahm meine Hand und führte mich in seine Wohngemeinschaft. Von einem offenen Küchenbereich mit Frühstückstheke ging es in eine Lounge-Ecke. Dies war unverkennbar ein Männerhaushalt. Nicht weil Männerzeitschriften oder Boxershorts auf dem Boden herumlagen, sondern weil an einer Wand ein gigantischer Fernseher hing und an einer anderen drei Rennräder an großen Metallklammern angebracht waren. »Die sind von Jamie«, antwortete Jon auf meinen fragenden Blick. »Er ist leidenschaftlicher Radfahrer. Sogar dann, wenn es alternativ Bier und Fußball gibt. Unbegreiflich!« Er holte zwei Gläser aus einem schwarzen Hochglanzschrank hinter der Theke. »Sollen wir was trinken, bevor wir ausgehen? Wein oder Bier?«

»Ein Bier wäre toll. Gern aus der Flasche.«

»Gott, bist du perfekt!«

»Ich weiß.«

Jon nahm zwei Flaschen aus dem Kühlschrank und reichte mir eine davon, dann zog er einen Hocker unter der Theke hervor. Ich auch.

»Da ich mich ohnehin schon blamiert habe, darf ich dir sagen, dass ich mich freue, dass du hier bist?«

»Aber ja. Ich freu mich auch. Auf die coole Art versteht sich.«

Er grinste. Kurz war es ganz still, dann bildete sich eine winzige Falte zwischen seinen Augenbrauen. Ich hatte plötzlich das Gefühl, als drohte etwas Unheilvolles.

»Hör zu, ich wollte es dir eigentlich erst später sagen, aber ich muss es jetzt tun. Ich bin nämlich gar nicht gut im Geheimnisbehalten …«, stieß er hervor.

O Mist! Jetzt kam es. Er war wieder mit seiner Ex zusammen. Er hatte sie eigentlich nie richtig verlassen. Er war ein Serienkiller. Er wollte keine Beziehung. Er plante auszuwandern.

Die Schmetterlinge waren wieder da, aber dieses Mal bereiteten sie einen bösen Angriff vor.

»Ich habe Kinder. Zwei Jungs. Zwillinge. Davie und Joe. Sie sind fünf. Ich hätte es dir gleich sagen sollen, aber …«

Er stockte und sah mich unsicher an. »Ich weiß nicht, ob es dir etwas ausmacht …«

Ich trank einen großen Schluck Bier. Von allen Nachrichten, die ich erwartet hatte, gehörte die, dass er Zwillinge hatte, nicht zu den Top 100. Eine gewaltige Woge der Erleichterung schwappte über mich hinweg. Er war kein Serienkiller, und er wollte nicht auswandern. Er hatte nur Kinder. Damit konnte man arbeiten.

Ich merkte, dass er auf eine Reaktion wartete. »Warum hast du mir das nicht gleich gesagt?«, fragte ich.

Ich war irritiert. Mal ehrlich, das war ja trotz allem keine ganz unwesentliche Information, und er hätte hinreichend Gelegenheit gehabt, sie mir bei Date Nummer eins oder zwei zu vermitteln.

Er zuckte mit den Schultern. »Willst du die Wahrheit hören? Ich hab einige Frauen kennengelernt, für die die Vorstellung, jedes zweite Wochenende mit zwei energiegeladenen Fünfjährigen zu verbringen, ein Albtraum gewesen wäre. Aber es sind tolle Jungs, wirklich. Natürlich haben sie ihre Momente. Erst letzte Woche hat Joe meine Schuhe ins Klo geworfen.« Die Art wie er lächelte, als er das sagte, verriet, dass er nicht böse gewesen war. Dann schaute er mich ganz ernst an. »Ich wollte dich einfach erst besser kennenlernen.«

»Verstehe.«

»Und? Hab ich dich jetzt verschreckt?«

Wenn mir letzte Woche jemand prophezeit hätte, dass ich mich wegen eines Mannes mit zwei Kindern wie ein Teenie aufführen würde, hätte ich das sicher energisch von mir gewiesen. Ich wusste, wie schwer es ist, in eine bereits bestehende Familie zu kommen. Einer von Rosies Exfreunden hatte Kinder, die sein Leben beherrschten und blöderweise irgendwann auch das von Rosie. Sie hatten Urlaube gebucht, die sie in letzter Sekunde absagen mussten, weil eines der Kinder unerwartet für eine Weile zu Besuch kam. Rosie hatte ihren Geburtstag allein verbracht, weil eines der Kinder krank war. Ein großer Teil seines Gehalts ging für Unterhaltszahlungen drauf. All das machte ihn zwar zu einem großartigen Dad, aber auch zu einem schwierigen Partner. Nach sechs Monaten hatte Rosie aufgegeben, und ich konnte das gut verstehen. Um ehrlich zu sein, auch ich war mit vierundzwanzig nicht scharf auf so was. Schließlich hatten Bindungsängste auch Auswirkungen auf beteiligte Kinder. Wenn es mit Daddy nicht funktionierte, wurden zarte Kinderherzen verletzt, und diese Verantwortung mochte ich nicht übernehmen. Eine Beziehung, die ohnehin schon kompliziert war? Noch vor einer Woche hätte ich jetzt eilig die Flucht angetreten. Nun sah ich zwei Mini-Jons vor mir, mit Locken, großen blauen Augen und umwerfend süßem Lächeln.

Zwei Kinder? Wenn er nur im Paket zu haben war, dann her damit!

»Ich glaube, ich komme damit klar«, antwortete ich aus voller Überzeugung.

»Wirklich? Bist du sicher? Ich könnte verstehen, wenn es nicht so wäre.«

»Absolut sicher! Ich finde … es großartig!« Und seltsamerweise war das nicht gelogen.

Die Erleichterung war ihm deutlich anzusehen. Er stellte die Bierflasche auf die Frühstückstheke, beugte sich zu mir herüber, umfasste mein Kinn und küsste mich mit kühlen Bierlippen. Die Berührung ließ mich erschauern, meine Gefühle waren kaum zu beschreiben. Es war mehr als Glück. Aufregung. Seligkeit. Hingabe.

Hatte ich Erregung erwähnt? Völlige, absolute, totale Erregung?

Er stand auf und kam, ohne den Lippenkontakt zu lösen, auf meine Seite der Theke.

Im Film würde er jetzt mit einer einzigen lässigen Bewegung alles von der Granitplatte fegen, mich hochheben und quer auf die Steinplatte legen. Die beiden Bierflaschen, der Flaschenöffner, das Post-it-Zettelchen, der Sandwich-Toaster und seine Wirbelsäule verhinderten das zum Glück. Stattdessen zog er mich hoch, seine Hände fanden erneut meinen Hals, mein Haar und schließlich mein Gesicht. Mit einer langsamen, ungeheuer erotischen Bewegung zeichnete er eine Linie erst über die eine, dann über die andere Wange.

»Du bist einfach unglaublich«, raunte er und besiegelte seine Feststellung mit einem langen Kuss.

»Danke. Ich bemühe mich«, antwortete ich lapidar, konnte aber nicht verhindern, dass meine Stimme ganz zittrig klang. Ich schob die Hände unter sein T-Shirt und strich sanft über seinen Rücken, bis er leise aufstöhnte.

Ehe mir richtig klar wurde, was ich tat, zog ich das Shirt über seinen Kopf. Seine Schultern waren breit, aber nicht übertrieben muskulös, sein Torso schlank und ganz offensichtlich an Sit-ups gewöhnt.

Er beugte sich vor und küsste mich wieder. »Bist du sicher?«

Meine Hände, die an seiner Gürtelschnalle nestelten, gaben ihm die Antwort, aber zur Sicherheit bestätigte ich sie noch einmal mündlich. »Absolut«, murmelte ich.

Er stöhnte wieder, als sich unsere Lippen erneut trafen. Dann schob er seine Hand in meinen Rücken, wo sie den Reißverschluss meines Kleids fand und öffnete. Der Stoff glitt zu Boden. Ich sprach ein stummes Dankgebet für die rasierten Beine und die passende Unterwäsche. Vielleicht waren meine Wünsche unbewusst ja tatsächlich so unanständig gewesen, wie Lulu vermutet hatte.

Jetzt hob er mich hoch und setzte mich auf die Arbeitsfläche, vergrub das Gesicht in meinem Haar. Weitere unzählige Küsse, erst von meinem Ohr über meinen Hals, dann eine Schulter entlang, danach die andere, ehe seine Lippen den Spitzenbesatz meines BHs berührten.

Ich spürte seine Hände kurz an der Wirbelsäule, dann sprang mein BH auf. Er lehnte sich zurück, um ihn mir auszuziehen, und lachte wieder. »Ich schwöre, das habe ich noch nie beim ersten Mal geschafft!« Er küsste mich.

»Gib's zu, du hast die ganze Nacht geübt.«

Die Antwort hörte ich nicht, weil er mich schon wieder küsste.

Es war berauschend, erregend, witzig … perfekt.

Plötzlich kamen mir Lulus Worte wieder in den Sinn. Ich hielt kurz den Atem an. Jetzt war es also so weit. Ich würde herausfinden, ob ich künftig meine Telefonnummer ändern und die Straßenseite wechseln musste, wenn ich ihm zufällig begegnete.

6. Kapitel

2015 – Shauna

»Alles okay bei dir? Du wirkst so … angespannt. Stimmt was nicht?«, fragte Rosie, als wir anhielten.

»Du meinst, abgesehen davon, dass wir gerade unterwegs sind, um die Ehe unserer besten Freunde noch irgendwie zu retten?«

»Abgesehen davon.« Rosie lächelte gequält.

Ich sah, dass sie auch nervös war, vielleicht sogar mehr als ich. Einerseits ging uns die Ehe von Daniel und Lulu nichts an. Andererseits hatte Daniel mich voller Panik angerufen, denn Lulu war am Morgen durchgedreht. Ich hatte gerade das Büffet für die Feier eines Bankdirektors aufgebaut, der sich in den Ruhestand verabschiedete. Es bestand hauptsächlich aus Meeresfrüchten, denn der frisch gebackene Rentner gab alles auf, um mit seiner Jugendliebe, zu der er über Facebook Kontakt bekommen hatte, künftig durch die Karibik zu segeln.

Lulu war unangekündigt in Daniels Büro aufgetaucht, um sich etwas Geld zu holen, hatte auf seinen Kalender geschaut und festgestellt, dass er nur deshalb nicht an seinem Schreibtisch saß, weil er einen Termin in der Anwaltskanzlei *Macallister & Johnston* hatte. Das war nicht gut angekommen. Als Daniel ins Büro zurückgekehrt war, hatte ihn eine tobende Lulu empfangen, sie hatten sich angeschrien, und am Ende war sie unter wüsten Androhungen hinausgestürmt. Daraufhin hatte er eiligst seine persönliche Antiterror-Einheit zu seinem ehemaligen Heim beordert. Mit anderen Worten, ich hatte mich so schnell wie möglich von meiner Feier verdrückt, war bei Rosie vorbeigefahren, hatte sie überredet, mitzukommen und war schließlich im Eiltempo hergerast.

»Ist sie zu Hause?« Rosie reckte den Kopf, um zu sehen, ob Lulus knallroter BMW irgendwo parkte.

Ich zeigte nach rechts. »Da steht ihr Auto, ich schätze also, ja. Wäre es dir lieber, wenn nicht?«

»Schon«, antwortete Rosie ehrlich. »Ich bin einfach nicht geschaffen für Konflikte. Ich bin geschaffen für Muffins. Und für Katzenkinder. Und für Wiederholungen von Soaps.«

Mein Handy klingelte. Ich überlegte, es einfach klingeln zu lassen, doch dann las ich Daniels Namen. Mist!

»Hey …«

»Seid ihr schon da? Ist sie okay?«

»Wir stehen gerade vor eurem Haus. Ihr Auto parkt vor der Tür.«

»Oh, Gott sei Dank! Ich hatte schon befürchtet, sie würde einen Unfall bauen. Das hätte ich mir nie verziehen. Es tut mir leid, dass ich euch da mit reinziehe, Shauna, aber ihr seid die Einzigen, auf die sie je gehört hat.«

»Schon gut.« War es aber nicht. Seine Sorge erstaunte mich. »Daniel, es geht mich ja nichts an … Aber heißt das, dass du die Scheidung vielleicht doch nicht durchziehen willst?«

Einen Moment lang war es still in der Leitung. »Doch, ich lasse mich scheiden.« Es klang definitiv. Und dann: »Ich weiß nicht.« Weniger sicher. Es gab also noch Hoffnung.

»Daniel, vielleicht rüttelt sie das jetzt endlich auf und bringt sie zum Nachdenken. Wenn sie noch mal mit dir reden will, hörst du ihr dann wenigstens zu?« Ich zweifelte selbst, aber ich musste es versuchen. »Ich bin sicher, dass sie das will.« Ich gab alles, damit meine Stimme zuversichtlich klang und er mir glaubte. In Wahrheit hatte ich keine Ahnung, was Lulu wollte. Sie hatte weder auf meine Anrufe noch auf alle anderen Versuche zur Kontaktaufnahme reagiert. Die ganze Woche hatte ich nichts von ihr gehört außer ein paar jämmerlichen Sätzen, die sie auf meine Mailbox gesprochen hatte und die alle desselben Inhalts waren: Wir reden, sobald ich so weit bin. Ich brauche erst Zeit zum Nachdenken.

Ich warf einen Blick auf meine Armbanduhr. Eigentlich hatte ich für so was hier keine Zeit. Ganz und gar keine Zeit. Um vier Uhr musste ich Beth abholen, und es war schon fast drei. Hastig schrieb ich eine SMS an Jon und bat ihn, das für mich zu übernehmen.

»Geht nicht. Habe um 16.00 Uhr meinen Arzttermin.«

Mist, wie hatte ich das bloß vergessen können? Manchmal war ich wirklich eine miese Ehefrau. Ich legte den Kopf auf das Lenkrad.

»Bist du sicher, dass bei dir alles in Ordnung ist?«, fragte Rosie noch einmal.

Ich nickte, ohne aufzuschauen. »Ich bin heute nicht zum Essen gekommen, deshalb bin ich ein bisschen hungrig und müde.« Ich sagte nicht: Und ich habe absolut keinen Nerv auf diese Nummer hier. Aber ich gebe zu, dass ich es gedacht habe. Schlaf. Ich brauchte einfach dringend Schlaf. Die vier Stunden, die ich letzte Nacht gehabt hatte, weil ich schon um fünf aufstehen und das Büffet vorbereiten musste, waren einfach nicht genug gewesen.

»Also, ich hab noch genau fünfundvierzig Minuten, bevor ich losmuss, um Beth abzuholen. Lass uns da jetzt reingehen und Lulu überreden, ihre Lage noch einmal zu überdenken«, sagte ich in der Manier eines Offiziers, der in die Schlacht zieht. Nur dass es sich in diesem Fall eher wie ein Selbstmordkommando anfühlte.

»Ich bin dabei«, sagte sie, aber ihre Stimme klang nicht besonders zuversichtlich. Mut und Entschlossenheit gehörten nicht zu unseren taktischen Stärken.

Ich klingelte und wartete. Niemand öffnete. Verdammt! Ich klingelte noch einmal. Immer noch niemand. Ich wurde hektisch. Wieso machte keiner die Tür auf? Gott, ging es Lulu vielleicht nicht gut? War sie betrunken? Gestürzt? Ach, Unfug! Ich schalt mich selbst für meine Albernheit. Sicher saß sie in der Badewanne. Nein, Lulu hasste es zu baden. Also gut, in der Dusche. Ja genau, das war es.

»Was sollen wir jetzt tun?«, flüsterte Rosie.

Ich dachte gerade angestrengt nach, als die Tür endlich geöffnet wurde. Dort stand Lulu mit feuchten Haaren, sie war in einen weißen Bademantel gehüllt. Ich hatte mit der Dusche also richtig gelegen.

»Wir wollten nur mal nach dir sehen. Ob es dir gut geht.«

Sie reckte trotzig das Kinn. »Alles bestens. Wieso auch nicht? Nur weil dieses Schwein sich scheiden lassen will?«

Da war sie wieder, Lulus Kampfbereitschaft. Ganz egal, wie du dich fühlst, schlag zurück, wenn du angegriffen wirst. Ich hatte Jahre gebraucht, bis ich verstanden hatte, dass unter ihrer harten Schale ein weicher Kern versteckt war. Sie war oft ängstlich, verletzt und hilflos. Aber ein Gen fürs Nachgeben kam in ihrer DNA nicht vor. Für diese Überlegungen blieb jetzt allerdings keine Zeit.

»Zum Beispiel. Oder weil du nicht zurückrufst. Aber vor allem, weil ich dringend aufs Klo muss und dein Haus das nächste war.« Es war ein Trick, ich gebe es zu. Ich stand schon zu lange vor der Haustür, und es hatte angefangen zu regnen. Es war klar, dass sie uns nicht reinbitten würde, und ich war nicht hergekommen, um mich abwimmeln zu lassen. Sie zögerte. »Lulu, ich muss mal!«, wiederholte ich.

Widerstrebend trat sie zur Seite. Ich drängte mich an ihr vorbei in Richtung WC. Als ich zurückkam, ging ich in die Küche, wo sie und Rosie bereits am Tisch saßen. Ohne zu fragen, begann ich, Kaffee zu kochen. Das war nicht ungewöhnlich, wir alle verhielten uns auch bei den anderen wie zu Hause. Jetzt sah ich jedoch, dass Lulu mich finster anschaute. Warum? Bestimmt war sie sauer, dass wir Daniel bei uns wohnen ließen. Das musste ihr wie Verrat vorkommen.

Ich schaltete die Kaffeemaschine an und entschied mich für Offenheit. »Nimmst du mir übel, dass wir Daniel bei uns aufgenommen haben?«

Sie zuckte mit den Schultern. »Warum sollte ich? Hauptsache, er ist nicht hier.«

Das ergab Sinn, überzeugte mich aber nicht so richtig. Irgendwie benahm sie sich seltsam.

»Komm schon, Lulu.« Sie verdrehte nur die Augen. »Also? Ist es der Architekt? Der, mit dem du was hattest, als ihr damals euren Anbau geplant habt?«

Rosie riss erstaunt die Augen auf. Offenbar war ihr diese Information neu. Das kam schon mal vor. Bei einer Dreierkonstellation passierte es eben, dass man nach einem Gespräch zu zweit vergaß, auch die Dritte im Bunde auf Stand zu bringen. Ich wusste nur deshalb von ihm, weil ich eines Tages zufällig vorbeigekommen war, als er kam und einen Stapel Pläne brachte. Mir war sofort aufgefallen, dass zwischen den beiden was war. Ich hatte Lulu damals gefragt, sie hatte es abgestritten, und ich hatte gewusst, dass es gelogen war. Aber das war, bevor ihr Ehemann in meine umgebaute Garage gezogen war und meine Zeit beanspruchte, weil ich mich auch noch um ihn kümmern musste. Das klang vielleicht kalt und unbarmherzig, war es aber nicht. Wirklich nicht.

»Welcher Architekt?«, fragte Rosie.

Lulu besaß wenigstens so viel Anstand, verlegen zu schauen. Dann starrte sie auf den Tisch vor uns. Bloß kein Augenkontakt. Ganz klar ein Schuldeingeständnis.

»Wir … sehen uns manchmal.«

Rosie seufzte. Ich biss die Zähne zusammen. Warum? Warum tat sie das? Natürlich kannte ich die Antwort längst.

»Bitte verurteil mich doch nicht sofort.« Sie sah mich jetzt an, mit hoch erhobenem Kopf und trotzigem Blick.

Ich hob die Hände. »Tue ich nicht. Aber wie oft noch, Lulu? Nach dem letzten Mal hast du geschworen …«

Ich brauchte den Satz nicht zu beenden, da wir die Geschichte alle kannten. Sie war mit einem Typen ausgegangen, den sie auf einem IT-Seminar kennengelernt hatte. Sie hatte daran teilgenommen, um sich ein neues Buchhaltungssystem für Daniel und Jons Unternehmen anzuschauen, und am Ende war sie einem der anderen Seminarteilnehmer nähergekommen (ihre Wortwahl, nicht meine), dem Controller eines Börsenunternehmens.

Es war aufgeflogen, als Daniel zufällig eine E-Mail gelesen hatte, in der sie sich zu einem Wochenende in einem Landhotel in Yorkshire verabredet hatten. Lulu hatte es daraufhin abgesagt und beteuert, ihr Verhältnis sei nie über einen Flirt hinausgegangen. Der Einfachheit halber hatten alle ihr geglaubt. Immer hatten wir ihr unverantwortliches Handeln gedeckt. Vielleicht wurde es höchste Zeit, damit aufzuhören.

»Daniel ist auch kein Engel«, antwortete sie bockig.

Dieser Argumentation konnte ich nicht standhalten, und ich hatte weder die Nerven noch die Zeit, es zu versuchen. Dennoch hörte ich mich sagen: »Lulu, ich fürchte, dieses Mal wird er mit der Scheidung ernst machen. Das ist allein deine Schuld. Willst du das wirklich?«

Ich war echt nicht sicher, ob sie das wollte. Ihn provozieren, an die Grenzen bringen, vernachlässigen, schlecht behandeln – das war eine Sache. Aber ihn verlassen? Das war ein großer Schritt.

Unsicherheit flackerte in ihrem Blick, aber bevor sie antworten konnte, hörten wir ein Geräusch. Eine Holzdiele knarrte. Direkt über uns.

Ganz langsam drehte Rosie sich zu ihr um und sah sie an. »Er ist bei dir, stimmt's?«, fragte sie leise. »Oben.«

Sie zuckte mit den Schultern. »Was spielt das schon noch für eine Rolle, Rosie? Daniel lässt sich ja sowieso scheiden.«

Ich bin wirklich nicht gewalttätig, aber ihre trotzige Haltung löste tief in mir den Wunsch aus, ihr eine zu knallen. Höchste Zeit zu verschwinden.

»Weißt du was, Lulu? Mach, was du willst! Zerstör alles! Wir lieben dich, und wir werden natürlich anschließend kommen und die Scherben zusammenkehren. Aber nur für die Akten: Du machst einen Fehler! Und das weißt du, Lulu!«

Sie wusste es. Sie war mit einer Mutter und einem Vater aufgewachsen, die sich von Affäre zu Affäre gehangelt und Scherbenhaufen hinterlassen hatten, die uns alle belastet hatten. Daher ja, sie wusste es.

Oben knarrte erneut eine Diele, dann fiel eine Tür zu. Ich kannte den Grundriss des Hauses gut genug, um zu wissen, dass er ins Bad gegangen war.

Zeit zu verschwinden.

»Ich denke, wir sollten jetzt gehen«, sagte ich zu Rosie. Sie nickte und legte Lulu die Hand auf den Arm.

»Was Shauna gesagt hat, dass wir dich lieben ... du weißt, dass das so ist«, sagte sie sanft.

Lulu gab keine Antwort. Kein Ton. Kein Augenkontakt. Nicht mal ein Tschüss, als wir zur Tür gingen.

Als wir im Auto saßen, sah ich, dass Rosie den Tränen nahe war. »Mach dir keine Sorgen«, versuchte ich sie zu beruhigen. »Sie kriegen das wieder hin. Das haben sie bisher immer geschafft.«

»Dieses Mal bin ich mir da nicht so sicher. Ich verstehe es einfach nicht, weißt du?« Zu ihrer Traurigkeit mischte sich nun Wut. »Sie haben alles. Verdammt noch mal alles. Sie lieben sich, das wissen wir. Aber irgendwie sind sie so verflucht stur und stecken in diesem destruktiven Verhaltensmuster fest.«

Ich nahm eine Hand vom Lenkrad und drückte ihre fest. »Ich weiß, Süße, aber vielleicht ist es genau das. Sie stecken fest. Sie verletzen sich nur noch gegenseitig. Da muss sich einfach mal was ändern.« Ich sagte nicht, was ich dachte, weil ich Rosie nicht noch mehr aufregen wollte. Außerdem hatte ich sie noch nicht aufgegeben. »Du mit deinem Psychoblabla«, zog ich sie auf, um sie ein wenig aufzumuntern. »Destruktives Verhaltensmuster. Jack scheint ja einigen Einfluss auf dich zu haben.« Das brachte sie zum Lächeln. »Ich werde gleich noch einmal mit Daniel sprechen«, versprach ich. »Wir versuchen ihnen irgendwie zu helfen.«

Ich brachte sie zurück ins Café und fuhr anschließend weiter, um Beth von der Schulchorprobe abzuholen. Sie war erst fünf Jahre alt und fest entschlossen, die neue Taylor Swift zu werden. Gott bewahre!

Auf dem Nachhauseweg plapperte sie munter vor sich hin, und ich spürte, wie meine Anspannung langsam nachließ. Seit wann war dieser Alltagsdauerstress bloß Normalität geworden? Das Gespräch mit Jon auf dem Rückweg von Daniel und Lulu letzte Woche ging mir wieder durch den Kopf. Wir mussten dringend darüber sprechen, ob wir alles richtig machten.

Ich hatte gerade meine Taschen auf den Tisch fallen lassen und Beth zum Umziehen in ihr Zimmer geschickt, als Jon zur Hintertür hereinkam. Wie üblich. Unsere Doppelhaushälfte, die nur wenige Straßen von der Wohnung entfernt lag, in der ich gewohnt hatte, als ich Jon kennenlernte, besaß natürlich eine perfekt funktionierende Haustür, aber keiner außer dem Postboten benutzte sie. Immer kamen alle durch die Hintertür, die durch den Wirtschaftsraum direkt in die Küche führte.

»Hi, Darling!« Er küsste mich, warf sein Jackett über die Rückenlehne eines Küchenstuhls und setzte sich.

»Du siehst müde aus«, sagte ich und schaltete die Kaffeemaschine an. »Wie war's beim Arzt?«

»Definitiv Migräne«, antwortete er. »Er hat mir die hier verschrieben.« Er hielt eine Tüte mit dem Logo einer Apotheke hoch. »Schmerzmittel und Betablocker. Die Betablocker sollen die Anfälle möglichst verhindern und die Schmerzmittel sie erträglicher machen. Damit müsste das Problem bald aus der Welt sein, sagt er.«

Ich setzte mich zu ihm. »Baby, an unserem Leben muss sich dringend was ändern.«

»Oje, jetzt kommt diese Diskussion wieder!« Er verdrehte scherzhaft die Augen.

»Es muss sein. Dieser Stress und die ganze Arbeiterei bringen uns um. Und ich weiß nicht mal, wie es dazu kommen konnte.«

»Ich weiß es. Es liegt daran, dass wir beide beschlossen haben, uns selbstständig zu machen«, antwortete er schulterzuckend. »Glaub mir, das wird bald besser.«

»Wie lange sagen wir das schon?«

»Diesmal stimmt es ganz sicher. Wir stehen kurz vor dem Vertragsabschluss mit Calbrad Tech, und wenn das klappt, haben wir fünf Jahre ein gesichertes Einkommen. Ich brauche nicht mehr so viel durch das ganze Land zu reisen, um zu akquirieren, und vielleicht kannst du auch ein bisschen kürzertreten. Es wird alles gut, Schatz. Noch ein paar Monate, dann sind wir aus dem Gröbsten raus, das verspreche ich dir.«

Noch ein paar Monate, dann sind wir aus dem Gröbsten raus. Wenn es einen Satz gab, der unser Leben zusammenfasste, dann dieser. Noch ein paar Monate, dann sind wir aus dem Gröbsten raus.

Es war ja nicht so, als würde mir mein Job keinen Spaß machen. Das tat er, wirklich! Mein kleines Unternehmen hatte all meine Erwartungen übertroffen, war von Jahr zu Jahr gewachsen und hatte genug abgeworfen, um Jon den Neustart seines Unternehmens mit Daniel zu ermöglichen. Auch bei ihnen lief es inzwischen gut, aber noch nicht gut genug, um die mageren Anfangsjahre auszugleichen. Damals war mein Gehalt nötig gewesen, um die Rechnungen und die Hypothek zu zahlen. Unsere Konten waren regelmäßig so überzogen, dass sie unserem Bankberater garantiert Albträume verursachten. Wir hatten sogar überlegt, unser Haus zu verkaufen, aber nach dem Bankencrash waren wir so überschuldet, dass das nicht möglich war. Also war uns nichts anderes übrig geblieben, als weiterzurackern und uns ganz langsam aus dem Schuldenberg herauszuarbeiten. Und Jon hatte recht. Wir hatten es fast geschafft, die Hälfte des Startup-Kredits war bereits abbezahlt. Noch ein paar Monate. Dann würde es uns finanziell wieder gut gehen, und ich würde vielleicht sogar jemand Festes einstellen können, statt der Aushilfen, die ich für einzelne Aufträge engagierte.

Ich bräuchte nicht mehr mit fünf Stunden Schlaf pro Nacht auszukommen und nicht mehr danach zu lechzen, mir wieder mal das gönnen zu dürfen, was man Freizeit nannte. Ich würde eine glücklichere, gelassenere Ehefrau und Mummy sein. Ich würde nicht mehr so ein schlechtes Gewissen haben, weil ich mich nicht genug um Beth kümmern und aufregende Dinge mit Davie und Joe unternehmen konnte. Vielleicht würden wir sogar wieder Urlaub machen können oder mal eben über ein Wochenende wegfahren. Wir könnten zu fünft an einem Samstagnachmittag ins Kino gehen und den Rest des Tages im Park Fußball spielen. Herrje, vielleicht könnten wir sogar mal wieder einen romantischen Abend zu zweit verbringen …

Wie immer war Jons Optimismus ansteckend. Ich bewunderte seine positive Einstellung. Wann hatte ich ihm das zum letzten Mal gesagt? Wir waren so sehr in unseren Stress eingebunden, dass wir uns gegenseitig vergessen hatten.

»Ich liebe dich, weißt du das?«, sagte ich.

»Das tun sie alle.« Er grinste.

Zum ersten Mal seit Wochen beugte ich mich vor und küsste meinen Mann, zärtlich und sanft, bis die Wirkung einen Weg in meinen Körper fand und Sinne und Empfindungen erweckte, die durch die Kombination aus Stress und Schlafmangel schon lange tot waren.

Alles würde gut werden. Wir hatten es fast geschafft. Nur noch wenige Monate.

»Iihhh! Ihr küsst euch!«, kreischte Beth von der Tür und drehte sich entsetzt um.

»Ja, tatsächlich«, antwortete Jon in gespieltem Ernst. »Du solltest Detektivin werden.«

»Bloß nicht! Ich will Sängerin werden«, protestierte Beth. Dann verzog sie sich, *We Belong Together* vor sich hin singend, ins Wohnzimmer.

»Wir müssen ihr dringend einen neuen Song beibringen«, scherzte Jon.

»Allerdings.«

»Wie viel Zeit haben wir noch, bis die Jungs kommen?«, fragte er.

»Ungefähr eine Stunde.«

Die Zwillinge waren inzwischen fünfzehn Jahre alt, und die Zeiten fester Besuchsregelungen waren lange vorbei. Sie wohnten, seit ihre Mutter Jess wieder geheiratet hatte, am Regent's Park bei ihr und ihrem Stiefvater Steve und kamen und gingen, wie sie Lust hatten. Schon bald würden sie auf irgendeine Universität oder vielleicht sogar ins Ausland gehen, und wir würden nicht mehr so viel Zeit zusammen verbringen können. Daher freuten wir uns immer, wenn sie kamen.

»Perfekt. Also, wo waren wir gerade stehen geblieben?«

Statt zu antworten beschloss ich, es ihm zu zeigen. Als ich Jon wieder küsste und in seinen Armen entspannte, versteifte er sich plötzlich.

»Was ist das für ein Geräusch?«

»Was für ein Geräusch?« Ich lauschte angestrengt, aber alles, was ich hörte, war Beth' Version eines Disney-Klassikers.

»So ein … Ich weiß nicht, wie ich es erklären soll. Ein Schwirren. Direkt über uns.«

Unwillkürlich schauten wir beide an die Decke, dabei wussten wir genau, dass dort nichts war.

Bestimmt war das wieder einer seiner blöden Witze. Ich begann zu lachen. »Jon, ich höre nichts. Komm, küss mich weiter.«

Er rührte sich nicht, sondern runzelte verstört die Stirn.

»Echt nicht? Kannst du das wirklich nicht hören? Es ist so, als wäre ein Hubschrauber direkt über uns.«

Lag es vielleicht an mir? War mein Gehör so viel schlechter als seins? Aber ich konnte Beth' Lachen klar und deutlich hören.

»Shauna, das passiert mir in letzter Zeit ständig und macht mich völlig verrückt.«

»Es ist … die Migräne«, antwortete ich und wusste selbst nicht, wen ich zu beruhigen versuchte.

Irgendwas an Jons Verhalten versetzte mich in Panik. Jon war keiner, der schnell hysterisch wurde. Im Gegenteil, er war der ruhigste, besonnenste Mensch, den ich kannte. Das wird schon. Warte nur ab, lautete seine Standardantwort, wenn ich mir wegen irgendwas Sorgen machte.

Jetzt sagte er das nicht. Er war leichenblass geworden, und aus seinem angstverzerrten Mund kamen keine oberflächlichen Phrasen.

»Ja, die Migräne. Das wird es wohl sein.« Er nahm die Apothekentüte von der Arbeitsplatte und kippte den Inhalt auf den Tisch. Danach öffnete er eine Packung Betablocker und drückte zwei Tabletten aus der Folie. »Wenn ich die genommen habe, geht es mir sicher besser.«

Natürlich würde es das. Wir waren ja schließlich aus dem Gröbsten raus.

7. Kapitel

2005 – Shauna

Ich wurde wach, als die Schlafzimmertür gegen die Wand donnerte. Mühsam riss ich ein Auge auf, um zu ergründen, wer da so einen Lärm machte. Der Verursacher stand direkt neben meinem Bett.

»Herzlichen Glückwunsch zum Hochzeitstag!«, rief Jon. Er stand in seinen Boxershorts strahlend vor mir, mit einem großen Holztablett in den Händen. Als er es vorsichtig neben mir auf dem Bett absetzte, sah ich, dass zwei Gläser Orangensaft darauf standen, beide so randvoll, dass sie überliefen, zwei Bananen, ein großer Becher Eis und ein Pfannkuchen mit einer Kerze in der Mitte.

»Was meinst du damit, du Wahnsinniger?«, murmelte ich und war froh, dass wenigstens meine Stimmbänder schon halbwegs funktionierten. Alle anderen motorischen Fähigkeiten waren noch nicht einsatzfähig. Wie lange hatte ich geschlafen? Es kam mir vor wie eine Stunde, aber nach dem Wecker auf Jons Nachttisch waren es vier. Stöhnend rollte ich mich auf die Seite. Ich fühlte mich, als hätte ich einen Marathon hinter mir. Nicht dass ich tatsächlich gewusst hätte, wie sich das anfühlte, aber so ähnlich stellte ich es mir vor: schwere taube Beine und schmerzende Muskeln. Und auch wenn ich hierfür keine persönlichen Erfahrungen nachweisen konnte – mehrere Stunden grandioser Sex machten sicher mehr Spaß als ein Marathon. Gott, es war so gut gewesen! Eigentlich wie alles an unserem Zusammensein. Einschließlich der Tatsache, dass er mich jetzt mit einem Pfannkuchen weckte. Ich richtete mich auf, griff nach dem weißen T-Shirt, das ich letzte Nacht getragen hatte, und zog es über. Es gehörte zu meinen Grundsätzen, nicht mit nackten Brüsten zu frühstücken. »Welcher Hochzeitstag?«

»Wart's ab«, erklärte er, als wäre es völlig selbstverständlich, dass wir heiraten würden.

Ich schlang die Arme um seinen Hals und küsste ihn. »Du spinnst.«

»Du hast recht. Aber das liegt nur daran, dass ich völlig ausgelaugt bin. Ich glaube, du hast mich meiner kompletten Manneskraft beraubt.«

Diese Feststellung schien ihn nicht weiter zu bekümmern. Ohnehin hatte ich inzwischen längst den Eindruck, dass ihn nichts so wirklich bekümmerte. Abgesehen von unseren jeweiligen Arbeitszeiten waren wir unzertrennlich und verbrachten die Nächte abwechselnd in seiner und in meiner Wohnung. Ich fühlte mich in seinem Schlafzimmer erstaunlich zu Hause, dabei war ich sicher, dass er für die Einrichtung keinen Design-Preis gewinnen würde. Egal in welche Richtung ich eines der Kopfkissen warf, es würde in jedem Fall auf etwas treffen, das von IKEA stammte. Gleich an unserem ersten Abend hatte er mir erzählt, dass er am Tag seines Einzugs den nächsten schwedischen Außenposten aufgesucht und alles eingekauft hatte, was man brauchte, um nicht auf dem nackten Fußboden schlafen zu müssen. Das Bett war weiß, Laken und Bezüge hellblau, Kleiderschrank und Kommoden aus hellem Holz.

Zum Glück hatte ich abgesehen von diesem Manko auf dem Fachgebiet Kreativität bisher noch keine ernsthaften Charaktermängel bei ihm festgestellt. Kein Kontrollzwang, keine Launenhaftigkeit, keine abstoßenden Gewohnheiten außer einer Vorliebe fürs Essen im Bett. Apropos … Ich nahm einen Löffel und grub ihn in das Eis. Karamel. Meine Lieblingssorte.

»Wann holen wir die Jungs ab?«

»Um zwölf«, antwortete er. »Nervös?«

»Nicht wirklich. Ich schätze, ich habe mehr Angst davor, deine Ex zu treffen.«

»Ach, mach dir da keine Sorgen«, meinte er und setzte sich neben mich aufs Bett. »Sie ist längst über mich hinweg.«

»Wie ist eure Beziehung denn heute?«

Er zuckte mit den Schultern. »Ganz gut. Niemand macht dem anderen einen Vorwurf. Wir waren seit dem College zusammen, und sie wollte irgendwann einfach ein anderes Leben. Die Tatsache, dass sie heute mit einem Mann zusammen ist, der ihr einen Porsche zum Geburtstag geschenkt hat, sagt eigentlich alles. Aber sie ist glücklich. Gott, für einen Porsche würde ich auch mit ihm ins Bett gehen.«

Nach einem Monat wusste ich längst, dass diese lockere Art zu ihm gehörte. Er war so – eine verrückte Mischung aus Humor, Spontaneität, Optimismus und Anpassungsfähigkeit mit einer Portion Trotz. Und er behauptete, seine gesamte Familie in Blackrock in der Nähe von Dublin sei genauso. Ich wusste, dass ich mich eines Tages persönlich davon überzeugen würde. Den Wunsch, meine Familie kennenzulernen, hatte er bisher noch nicht geäußert. Zum Glück.

»Was ist los?«, fragte er.

»Nichts. Wieso?«

»Du hast dich gerade so geschüttelt. Ist dir kalt?«

»Nein.« Puh, das war knapp gewesen. Ich wechselte rasch das Thema. Es gab nichts, was einen perfekten Morgen mehr verderben konnte als eine Unterhaltung über meine Familie. Ich hatte eigene Erfahrungen auf dem Gebiet der Anpassungsfähigkeit. »Also, wie lautet der Plan für heute?«

»Ich dachte, ich zaubere uns ein hübsches Picknick, und wir gehen ein bisschen in den Regent's Park.«

»Wirklich?«

»Nein, das war gelogen. Wir könnten zu McDonald's gehen. Ich hab dir einen Pfannkuchen und eine Banane zum Frühstück serviert. Glaubst du im Ernst, ich bin ein Mann, der einen Picknickkorb besitzt?«

Die letzten Worte hörte ich nicht mehr, weil ich so lachen musste, als er mich kitzelte. Wie gut, dass ich den Auftrag für eine Geburtstagsparty mit vierzig Zehnjährigen sausen gelassen hatte! Die Anfrage war sehr kurzfristig gekommen. Normalerweise lehnte ich nie etwas ab, aber dieses Mal hatte ich eine Ausnahme gemacht und den potenziellen Kunden an jemand anderen verwiesen. Schließlich war genau diese Flexibilität einer der großen Vorteile meiner Selbstständigkeit. Wie viele Karrierefrauen hatte ich schon erlebt, die völlig überlastet waren, weil sie anspruchsvolle Jobs, lange Arbeitszeiten, Kinder und Haushalt unter einen Hut kriegen mussten. So stellte ich mir mein Leben nicht vor. Ich brauchte meine Freiheit und wollte mein eigener Herr sein. Klar, ich war ehrgeizig und wollte etwas erreichen, aber persönliches Glück war mir wichtiger als ein Leben im Hamsterrad. Ich wollte ein schönes Leben haben und es genießen.

Jon ließ mich endlich los und stellte das Tablett zwischen uns.

»Du möchtest also wirklich, dass Davie und Joe mich heute kennenlernen?« Ich hoffte sehr, dass er seine Meinung nicht geändert hatte.

»Na klar. Sie werden begeistert von dir sein!«

Hoffentlich hatte er einen Plan B, wenn das nicht stimmte. Lulu meinte, ich müsse nur selbstbewusst und mutig sein. »Sonst wittern sie deine Angst und machen Hackfleisch aus dir«, hatte sie mich gewarnt. Ich war mir ziemlich sicher, dass dies kein wörtliches Zitat aus einem Ratgeber zum richtigen Umgang mit Kindern war.

Ich hätte mir vorher einen kaufen sollen. Andererseits organisierte ich schließlich häufig Kinderpartys – zumindest dann, wenn ich nicht gerade einen Job absagte, weil ich Zeit mit meinem neuen Freund verbringen wollte. Und bisher hatte ich noch nie ein Kind verloren oder zu Schaden gebracht. Darauf konnte man aufbauen.

Ein Gedanke kam mir in den Sinn, den ich sofort wieder verdrängte. Er kehrte zurück. Ich widerstand. Er …

»Hast du sie jemals jemand anderem vorgestellt? Ich meine, einer Freundin?«

Es kam einfach so aus meinem Mund. Wie war das denn passiert? Ich hatte mich bisher nie für besonders eifersüchtig gehalten. Lenny hatte ich nie ausgefragt, hatte nie wissen wollen, wo er war und mit wem, wenn wir nicht zusammen waren. Ich hatte ihm vertraut.

Aber hier ging es nicht um Vertrauen. Es war mehr, und ich wusste nicht, wo es herkam. Na super! Jon würde mich für besitzergreifend und misstrauisch halten und mich loswerden wollen, noch ehe wir bei McDonald's waren und ich meinen Big Mac bekam.

Er sah mich an. »Mindestens einem Dutzend. Einer pro Woche. Was glaubst du? Sie haben Schlange gestanden, um mit mir zusammen zu sein, einem Vater von zwei Kindern, der jedes zweite Wochenende in der Hölle eines Indoor-Spielparks verbringt.« Ich verdrehte die Augen, und er küsste mich zärtlich. »Nie«, antwortete er ungewöhnlich ernst. »Jess und ich waren zwar schon zwei Jahre getrennt, als wir beide uns kennengelernt haben, aber wir waren erst einen Monat geschieden. Es wäre nicht gut gewesen, den Jungs zu früh eine neue Frau vorzustellen. Sie mussten ohnehin mit viel zu vielen Veränderungen klarkommen.«

»Meinst du denn wirklich, dass jetzt der richtige Zeitpunkt dafür ist?«

Es klang, als hätte ich Zweifel, aber so war es nicht. Ich war mir ganz sicher, was ihn anging, was mein Treffen mit den Jungs anging, alles. Ich wollte nur wissen, ob er es auch war.

»Es ist definitiv der richtige Zeitpunkt. Außerdem müssen sie dich jetzt kennenlernen.«

Die Tatsache, dass ich gerade ein Stück Banane herunterschluckte, verzögerte meine erstaunte Reaktion. »Wieso?«

Er rollte auf mich zu, sodass der Eisbecher aus dem Bett polterte. Dann lag er vor mir, auf die Ellbogen gestützt, das Gesicht nur Millimeter von meinem entfernt.

»Weil ich dich liebe. Ich weiß, das klingt verrückt nach nur vier Wochen Beziehung, aber ganz ehrlich, ich hätte es dir auch gleich am ersten Abend sagen können. Ich habe nie an dieses Gerede von Liebe auf den ersten Blick geglaubt, aber genau das war es. Von der Sekunde, als ich dich sah.«

Er machte oft Witze, aber sein Blick sagte mir, dass er jedes Wort ernst meinte. Ich sah dennoch die Frage in seinem Gesicht. Ohne nachzudenken strich ich mit dem Finger sanft über seine Nase und ließ ihn auf seiner Oberlippe liegen.

»Weißt du, das ist schon seltsam. Du sprichst genau das aus, was ich empfinde. Ich … ich liebe dich auch.« Es stimmte. »Obwohl du keinen Porsche besitzt.«

Er lachte, beugte sich zu mir herunter und küsste mich zärtlich. Dann lehnte er sich zurück und schaute mich wieder an.

»Shauna Williams, du weißt, dass wir heiraten werden, oder?«

Es klang so selbstverständlich, dass ich erst dachte, er meinte das nicht ernst. Mein zweiter Instinkt sagte mir, dass er es doch tat. Mein dritter, dass ich die Frage nur bejahen konnte.

Ich dachte an unsere erste Begegnung, als wir beide darüber gesprochen hatten, dass wir nicht an die Ehe glaubten. Heute wusste ich mit absoluter Sicherheit, dass sich das geändert hatte.

»Ja«, antwortete ich mit derselben Selbstverständlichkeit. Ich fand es nicht mal seltsam, dass ich keinerlei Zweifel hatte.

»Prima«, antwortete er und lächelte. »Ich denke da an nächste Woche. Hast du Zeit?«

»Klar.«

8. Kapitel

2015 – Jon

»Was glaubst du, wie es für uns gelaufen ist?«

Daniel sah mich an. So nervös hatte ich ihn in den ganzen zehn Jahren, die wir nun zusammenarbeiteten, noch nie erlebt.

»Perfekt. Ehrlich, Daniel, ich bin sicher, wir haben es geschafft.«

Seine Schultern entspannten sich etwas, er lockerte seine Krawatte mit der einen Hand und griff mit der anderen nach der Flasche Budweiser, die ich ihm auf den Küchentisch gestellt hatte.

»Gott, ich hoffe es so! Es würde uns echt weiterhelfen.«

Ich widersprach ihm nicht. Der Vertrag mit Calbrad Tech würde aus unserer kleinen Firma, in der wir um jeden Auftrag kämpfen mussten, ein solides Unternehmen machen und uns für die nächsten Jahre ein sicheres Einkommen garantieren.

»Dabei …«, fuhr Daniel fort. »… ist es echt tragisch. Ich ziehe endlich einen dicken Vertrag an Land, und ausgerechnet jetzt brennt Lulu mit einem anderen durch. Ich könnte ihr zum Abschied noch einen Luxusurlaub auf Barbados finanzieren.«

Es sollte ein Witz sein, aber er sagte es mit großem Frust. Ich konnte das gut verstehen. Lulu hatte ihm schon wieder Hörner aufgesetzt, und was noch schlimmer war: Es kümmerte sie kein bisschen.

Aber hey, das war ihre Sache, nicht unsere.

Für Shauna und mich war nur wichtig, dass wir den Vertrag bekamen, der uns endlich Sicherheit gab. Und nach den drei Stunden, die wir heute Nachmittag bei Calbrad Tech verbracht hatten, hatte ich ein gutes Gefühl. Wir hatten ihnen eine überzeugende Präsentation geboten, mit einem ausführlichen Konzept für fünf

Jahre. Kommunikation, Motivation, Delegation, Zielvereinbarungen, Mitarbeitergespräche, Feedbackkultur – das ganze Paket. Und wir hatten alle Abteilungen berücksichtigt. Der Vertrag würde uns zum entscheidenden Durchbruch verhelfen und unser Unternehmen so richtig nach vorn bringen.

Es musste klappen! Verflucht! Normalerweise ließ ich mich nicht so leicht stressen, aber in letzter Zeit war ich ziemlich angespannt. Das war vermutlich auch der Grund für meine ständigen Kopfschmerzen. Shauna und ich übernahmen uns seit Jahren. Manchmal fragte ich mich, ob es das alles wert war. Ich könnte einfach in meinen alten Job zurückgehen. Ein sicheres Gehalt, Firmenwagen, Spesenabrechnungen, morgens einfach nur hinfahren und arbeiten. Wie unkompliziert das war! Als wir damals beschlossen hatten, uns selbstständig zu machen, waren wir sicher gewesen, dass uns das ein besseres Leben ermöglichen würde. Wir waren ehrgeizig, hatten große Pläne und keine Ahnung, dass die Finanzkrise schon an der nächsten Ecke lauerte und uns einen gehörigen Tritt in den Hintern verpassen würde. Ob ich es wieder täte? Ich bin nicht sicher. Wenn ich allein wäre, ja. Aber zuzusehen, wie mein Schatz sich abrackerte, damit wir unseren Lebensstandard halten konnten, während Daniel und ich das Unternehmen aufbauten, war echt hart. Die Tatsache, dass sie sich nie beklagte, verschlimmerte es nur noch. Lulu war da ganz anders.

»Wie läuft's denn nun mit euch beiden?«, fragte ich Daniel.

In letzter Zeit kam auf diese Frage meist nur ein resigniertes Schulterzucken, manchmal ein »Verflucht, keine Ahnung«, hin und wieder auch nicht enden wollendes Geschimpfe. Ganz ehrlich hoffte ich auf eine der beiden ersten Optionen.

»Ach verdammt, wer weiß das schon.«

Das reichte. Nicht, dass es mir gleichgültig wäre, aber wir hatten es schon so oft beredet. Es gab nichts mehr dazu zu sagen.

Wenn ich an seiner Stelle wäre, würde ich endlich einen Strich ziehen und nach vorne schauen. Mal ehrlich, Lulu würde sich doch nie ändern. Aber es war ja nicht meine Entscheidung.

Ich hörte, wie eine Tür hinter mir aufging. Shauna kam herein, beladen mit Einkaufstüten. Ich sprang auf, um sie ihr abzunehmen. Ich hievte die ersten auf die Arbeitsplatte, die letzten beiden rutschten mir aus der Hand und fielen zu Boden. So ein Mist! Klar, dass ausgerechnet die mit dem Obst dabei sein musste. Jetzt würden die Äpfel bestimmt alle Druckstellen bekommen.

»Du bist echt eine Superhilfe«, kommentierte Shauna, doch sie lachte. Manchmal kam es mir vor, als würden wir das kaum noch tun. Definitiv viel seltener als früher. Calbrad Tech würde uns Raum zum Durchatmen geben. Es musste klappen! »Ich bin sofort wieder weg«, verkündete sie und strich sich ein paar blonde Locken, die sich aus ihrem Pferdeschwanz gelöst hatten, aus dem Gesicht.

In ihren Jeans und dem weißen Shirt sah sie kaum älter aus als damals, als wir uns kennengelernt hatten. Der einzige Unterschied waren ein paar Fältchen und ihre müden Augen. Ich fühlte mich verantwortlich dafür. Und ich würde es ändern!

»Wohin fährst du?«

»Beth von der Schule abholen.«

»Ich komme mit«, bot ich an. »Wir sind hier so weit durch.«

Sie schaute von mir zu Daniel und dann wieder zu mir. »Oje, das hab ich ja ganz vergessen«, meinte sie. Die Erschöpfung stand ihr ins Gesicht geschrieben. »Heute war der Termin bei Calbrad Tech. Wie ist es gelaufen?«

Ich nickte. »Wir denken, ganz gut. Wenn sie schlau sind, haben sie sich schon für die beiden blendend aussehenden Jungs mit der großen Klappe entschieden.«

Sie ging auf den Witz ein. »Ich bin sicher, das sind genau die Kriterien, nach denen sie entscheiden.«

Daniel stand auf. »Ihr zwei holt jetzt Beth ab, und ich checke in der Zeit die E-Mails. Vielleicht haben sie sich schon gemeldet.«

»Aber sie haben doch gesagt, es würde mindestens vierzehn Tage dauern«, wandte ich ein.

Daniel seufzte und zuckte mit den Schultern. »Entweder das oder ich sitze rum und grüble über Lulu nach. Was würdest du tun?«

»Schau in die E-Mails«, sagte Shauna und küsste ihn im Vorbeigehen auf die Wange.

Lachend folgte ich den beiden aus der Hintertür, Daniel verschwand in Richtung Garage. Shauna wollte gerade auf der Fahrerseite einsteigen, aber ich hielt sie auf.

»Ich fahre, Schatz.«

»Hattest du nicht gerade ein Bier?«

»Nur ein paar Schluck«, antwortete ich wahrheitsgemäß. »Wir hatten gerade erst angefangen, als du gekommen bist und uns vor Schlimmerem bewahrt hast. Noch ein paar Stunden, und ich hätte lauthals gesungen, allen erzählt, wie toll ich sie finde, und nach einer Kebab-Bude gesucht, die nachts aufhat.«

»Also ein ganz normaler Freitagabend«, antwortete sie grinsend.

Wir waren gerade auf die Straße eingebogen, als sie noch einmal auf den Vertrag zurückkam. »Was meinst du? Klappt es mit Calbrad Tech?«

»Ich weiß es echt nicht. Ich hab ein gutes Gefühl …«

»Du hast immer ein gutes Gefühl.«

Das stimmte. Ich machte mir stets erst dann Sorgen um irgendwas, wenn das Problem da war. Alles andere war für mich Energieverschwendung.

»Lass uns heute Abend was essen gehen«, schlug ich ihr vor. »Ein bisschen feiern. Wir fahren mit Beth zu dem kleinen Italiener, den sie so gern mag, und machen danach einen Spaziergang am Fluss.«

»Ich muss morgen früh aufstehen. Richtig früh. Ich hab um neun einen Kindergeburtstag in Balham auszurichten. Und dafür muss ich heute noch einiges vorbereiten.«

»Es wird nicht spät, das verspreche ich. Komm schon, es wird Zeit, dass wir mal wieder was zusammen machen. Ich helfe dir anschließend bei den Vorbereitungen.«

Sie lachte. »Als du mir das letzte Mal geholfen hast, hast du rosa Partytüten eingepackt. Die Geburtstagsfeier war für einen Jungen. Es gab einen Aufstand.«

»Verständlich.«

Sie lächelte. »Also gut, lass uns heute Abend essen gehen. Es wäre nett, mal wieder ein bisschen Zeit zusammen zu verbringen.«

Ja, das wäre es. Es klingt seltsam, das über jemanden zu sagen, mit dem man zusammenlebt, aber sie fehlte mir. Es fehlte mir, Zeit mit ihr und Beth zu verbringen, ohne dass einer von uns beiden nebenbei ein Dutzend andere Dinge tat.

Wir hielten vor Beth' Schule, und ich parkte rückwärts in eine freie Parklücke ein. Mist! Ich hatte mich total verschätzt. Ich versuchte es wieder. Immer noch meilenweit vom Bordstein entfernt. Beim dritten Versuch fragte Shauna, ob wir ein Taxi anrufen sollten, um damit zum Gehweg zu fahren. Gott, offenbar war ich fertiger, als ich gedacht hatte.

Beim vierten Mal kriegte ich es endlich hin, und wir stiegen aus und liefen über den verlassenen Schulhof. Der normale Schulunterricht war seit einer Stunde zu Ende, aber Beth liebte die Chor- und Theater-AGs am Nachmittag. Seit Neuestem redete sie ständig davon, dass sie bei *X-Factor* mitspielen wolle. Gott bewahre!

Auf halbem Weg über den grauen Asphalt blieb Shauna plötzlich stehen. »Jon, alles okay mit dir?«

»Ja, wieso?«

»Weil du ganz komisch gehst. Du wankst so.«

Ich hatte keine Ahnung, was sie meinte. »Stimmt doch gar nicht.«

»Doch, wirklich. Das ist mir schon aufgefallen, als wir kürzlich mit Beth im Park waren.«

Ich versuchte, mich zu erinnern. Wir hatten einen Spaziergang durch den Park gemacht, und die Kleine war mit ihrem knallroten Fahrrad neben uns her gefahren.

Mehr noch als das, was sie sagte, überraschte mich Shaunas Gesichtsausdruck. Sie sah echt besorgt aus.

»Wie waren die Kopfschmerzen diese Woche?«

Ich zuckte mit den Schultern. »Ging so. Ich glaube, die Tabletten helfen. Wenn ich sie noch eine Weile nehme, bin ich wieder völlig fit.«

Sie schien nicht so richtig überzeugt zu sein. »Ich finde, du solltest noch mal zum Arzt gehen.«

»Unsinn, das ist nicht nötig. Ich fühl mich viel besser.«

»Hör auf. Ich hab mich ein bisschen kundig gemacht. Es gibt eine Menge Ursachen, die für die Kopfschmerzen verantwortlich sein könnten. Geh noch mal hin und sag ihm, du hättest gern ein MRT.«

»Das ist doch albern. Warum sollte ich das tun?«

»Nur um … ich weiß auch nicht … alle schlimmeren Ursachen auszuschließen.«

Ich blieb stehen, legte den Arm um sie und küsste sie auf die Stirn. »Ich brauche kein MRT. Ich schwöre dir, es gibt nichts, worüber du dir Gedanken machen müsstest.«

»Ich mache mir aber Gedanken!«

»Ich nicht«, antwortete ich.

Und meinte es auch so. Wie gesagt, ich machte mir immer erst dann Sorgen um irgendwas, wenn das Problem da war.

9. Kapitel

2005 – Shauna

Das Wetter hatte gehalten, die Sonne schien von einem wolkenlosen blauen Himmel, vor uns lag ein strahlend schöner Tag. Ein besonderer Tag. Ich strich den Rock meines apricotfarbenen Kleides glatt, als ich aus dem Auto stieg, dann spürte ich Jons Hand in meiner.

»Ich kann nicht glauben, dass deine Eltern uns diesen herrlichen Tag stehlen«, flüsterte er dicht an meinem Ohr. »Das ist wirklich rücksichtslos von ihnen.«

»Ich weiß. Sie sollten sich schämen«, stimmte ich ihm zu. »Bist du auf alles vorbereitet? Denk dran, es wird ... speziell.«

»Klar. Und hör auf, mich so anzuschauen. Wie schlimm kann es schon sein?«

Oje, er hatte keine Ahnung. Auf dem Weg von Twickenham nach Wimbledon war ich immer nervöser geworden. Wie würde er reagieren?

Ich war sicher, dass Jons Familie keinerlei Ähnlichkeit mit meiner hatte. Er war ein Nachzügler gewesen, sein Vater war gestorben, als er noch ein kleiner Junge war, daher hatte ihn seine Mutter allein großgezogen. Sie war jetzt fast siebzig. Ihn und seinen älteren Bruder Liam trennten fünfzehn Jahre, das erklärte, weshalb sie kein besonders enges Verhältnis hatten. Trotzdem liebte er beide total und rief sie mindestens einmal in der Woche an.

Meine Familiendynamik war eine ganz andere.

Als wir in die Einfahrt zum Haus meiner Eltern bogen, hörte ich bereits laute Stimmen und Musik, die aus dem Garten drang. Sie feierten ihre Silberhochzeit, ein Ereignis, an das ich, seit Jon mir den Antrag gemacht hatte, gar nicht mehr gedacht hatte. Ja, er hatte mir tatsächlich in der vergangenen Woche einen Antrag gemacht. Und ich hatte Ja gesagt. Wie konnte das sein, vier Wochen, nachdem wir uns das erste Mal gesehen hatten? Und vor allem: Wie kam es, dass ich noch immer nicht die geringsten Zweifel daran hatte, dass es die absolut richtige Entscheidung war? Ich liebte diesen Mann abgöttisch, dabei – mein Blick fiel auf die modischen Lederschuhe, die er zu seinem marineblauen Anzug trug – kannte ich nicht mal seine Schuhgröße.

Die Tür ging auf, und meine Mutter begrüßte uns überschwänglich. »Darling! Und Sie müssen Jonny sein.«

»Er heißt Jon«, korrigierte ich und versuchte ruhig zu bleiben. Jon. Das hatte ich ihr am Morgen am Telefon gesagt. Und vergangenes Wochenende. Und die Woche davor. Wenn sie mir doch nur ein einziges Mal zuhören würde. »Hi, Mum.« Ich begrüßte sie mit einem Kuss auf die Wange und trat dann zur Seite, damit Jon ihr die Hand schütteln konnte. Ich sah, dass er überrascht war. Das war jeder. Debbie war zwar schon fünfzig, aber mit ihrem blonden Bob und dem perfekten Lächeln sah sie aus wie vierzig, vielleicht sogar noch jünger. Aufgrund der Tatsache, dass sie sich sehr diszipliniert ernährte, hatte sie außerdem eine Top-Figur, die es ihr erlaubte, alles zu tragen. Aber sie kleidete sich nie übertrieben jung, eher klassisch und altersentsprechend. An diesem Tag trug sie Knallrot, ein Kleid im Roland-Mouret-Stil, eng anliegend und knielang, dazu nudefarbene Riemchensandalen. Sie sah umwerfend aus!

»Du siehst schick aus, Mum!«

»Danke, Darling«, antwortete sie in einem Ton, der vermuten ließ, dass sie das längst wusste. Klar tat sie das. Wenn es meiner Mutter an etwas nicht mangelte, dann war es Selbstbewusstsein. »Du siehst auch gut aus, obwohl du ein bisschen zugelegt hast.«

Aha, da war es schon! Spitze Nummer 1, dabei war ich noch

nicht mal durch die Tür. Jon sah mich fragend an, aber ich ignorierte es. Wenn er Teil dieser Familie werden wollte, musste er lernen, dass die wichtigsten Voraussetzungen hierfür ein dickes Fell und geringe Erwartungen waren.

Ich atmete tief durch und ging durch die Diele zur Küche, um Ausschau nach der Person zu halten, die den Tag so viel erträglicher machen würde. Da saß sie, an dem großen alten Eichentisch, der dort stand, seit ich denken konnte.

»Grandma, wie geht es dir?«, rief ich und bückte mich zu ihr hinunter, um sie zu umarmen.

»Oh, gut, Liebes. Und? Hat deine Mutter dich schon beleidigt?«

»Noch bevor ich im Haus war.«

Wir beide brachen in haltloses Lachen aus. Elsie war die Mutter meines Dads, zierlich, forsch, unerschrocken, schottisch, geradeheraus. Sie hatte meinen Großvater bei einem Wochenendtrip nach London kennengelernt und war nie mehr nach Schottland zurückgekehrt – eine Entscheidung, die sie noch heute mit den Worten »Tja, das waren die Sechziger« erklärte.

»Grandma, das ist Jon.«

»Ich freue mich, Sie kennenzulernen, mein Junge«, antwortete sie. Ich sah, dass Jon sich sofort entspannte. Wie ein Spion im Kalten Krieg sah sie sich um, ob auch niemand in Hörweite war. »Mein Glückwunsch! Es ist noch ein bisschen früh, aber sie ist ein cleveres Mädchen, also müssen Sie in Ordnung sein.«

Jon lachte, aber man sah ihm an, dass er krampfhaft überlegte, was er als Nächstes sagen sollte. Die Ankunft von Rosie und Lulu löste das Problem. Ich hatte gar nicht mehr daran gedacht, dass sie auch da sein würden, aber natürlich waren sie ebenfalls eingeladen. Lulus und meine Eltern waren schon ewig befreundet, und seit Rosie und ich uns auf dem College kennengelernt hatten, war auch sie bei allen Festen dabei. Das hieß in der Welt meiner Mutter zu nahezu allen Gelegenheiten. Kein Ereignis war zu gering für eine Party von mindestens dreißig Personen, bei der sie glamouröser Mittelpunkt war. Das alles hatte ich versucht, Jon möglichst sachlich zu erklären. So war es schon immer gewesen, und ich hatte nicht gewusst, dass es etwas anderes gab, bis ich alt genug war, mich bei meinen Freunden zu Hause aufzuhalten. Dort stellte ich dann fest, dass es Eltern gab, die sich mehr um ihre Kinder als um sich selbst kümmerten. Aber ich hatte auch erkannt, dass meine so waren, wie sie waren, und ich sie niemals würde ändern können.

»Hey, Schätzchen, da bist du ja!« Mein Dad war hereingekommen. Er sah ebenfalls grandios aus: korallenfarbenes Poloshirt, Chinos, sonnengebräunt. Bestimmt lag der letzte Golf-Trip nach Spanien noch nicht lange zurück.

Ich umarmte ihn. »Hi, Dad. Herzlichen Glückwunsch! Das ist Jon. Jon, das ist mein Dad Jeff.«

Sie begrüßten sich. Armer Jon. Ich wusste, dass mein Vater einen extrem festen Händedruck hatte.

»Kommt mit in den Garten«, kommandierte mein Dad. Keine persönlichen Worte, kein »Wie geht es dir?«, kein »Schön, dass du da bist, wir haben uns ja ewig nicht gesehen. Ist alles in Ordnung bei dir?« Auch das störte mich nicht im Geringsten, aber Jon schien irritiert zu sein.

Wir gingen in den Garten hinaus, wo sich ungefähr fünfzig weitere Gäste auf dem grünen gepflegten Rasen tummelten.

»Iss bloß nichts«, zischte Elsie mir zu und zeigte zum Büffet. »Debbie hat irgend so ein modernes Zeug bestellt, wir protestieren mit einem Hungerstreik.«

Ich verschluckte mich fast an dem Champagner, den ich gerade trank. Gott, ich liebte meine Granny! Sie wusste, dass ich angeboten hatte, das Catering zu übernehmen. Aber meine Mutter hatte abgelehnt und erklärt, sie wolle etwas Schickeres. Und das hatte Elsie furchtbar aufgeregt.

Der Nachmittag verging in einem Gewirr aus oberflächlichen Nettigkeiten und höflichem Geplauder mit den Freunden meiner Eltern, die alle sehr angetan von Jon zu sein schienen. Die meisten Gespräche kreisten um Golf, Immobilienpreise und die zunehmende Einbruchskriminalität in den Londoner Vororten, aber Jon blieb souverän und beklagte sich nicht ein einziges Mal. Seine Geduld war ein weiterer Pluspunkt auf der langen Liste positiver Eigenschaften, die ich so an ihm liebte. Und die zunehmende Langeweile, die ich in dieser Umgebung verspürte, war ein weiterer Grund, noch etwas zu trinken. Lulu und Rosie hatten offenbar dieselbe Idee.

»Hat Jon dich schon angefleht, endlich abzuhauen?«, fragte Lulu, als wir uns an der Bierbar trafen, die direkt neben dem Zierteich aufgebaut war.

»Nein.«

»Dann sieh zu, dass du ihn schnell wieder loswirst. Irgendwas kann bei ihm nicht stimmen.«

Rosie gab ihr einen Rippenstoß. »Hör auf! Shauna, sei nicht dumm.«

»Wo sind Daniel und Jason?«, fragte ich.

»Jason lernt für seine Prüfungen nächste Woche«, antwortete Rosie. »Der Ärmste hat echt Stress. Ich hab ihn seit Wochen kaum gesehen.«

»Und Daniel meinte, er würde sich eher mit einer Gabel in die Augen stechen, als den Nachmittag mit meinen Eltern zu verbringen«, ergänzte Lulu und zeigte auf ihre Mum und ihren Dad, Gwen und Charlie, die gerade mit Jon zusammenstanden. Er sah aus, als würde er das Gespräch genießen. Ein echtes Talent!

Als Lulu und ich Kinder waren, waren wir viel zu jung, um die Psychologie dahinter zu begreifen, aber im Nachhinein war mir völlig klar, warum wir beide uns so gut verstanden. Zwei Einzelkinder, beide mit Eltern, die davon überzeugt waren, dass das

Leben nur zu ihrem Vergnügen da war, und die ihre Kinder wie lästige Anhängsel behandelten. Als Teenager durchschauten wir diese Dynamik schließlich besser und stellten fest, dass wir in der Prioritätenliste irgendwo zwischen einer Runde Golf und einem Besuch im Enthaarungsstudio standen. An dieser Einordnung hatte sich bis heute nichts geändert.

Ich ging zu Jon hinüber, tauschte Luftküsschen mit Lulus Eltern und hörte zu, während sie einen wortreichen Vortrag über den lokalen Schulbezirk hielten. Ich hatte gerade mit dem Leben abgeschlossen, als ich sah, dass meine Eltern an der Tür, die von der Küche auf die Terrasse führte, standen und sich unterhielten.

»Entschuldigt mich bitte, darf ich Jon kurz mal entführen?«

Die Erleichterung in seiner Miene war geschickt überspielt, aber sie entging mir trotzdem nicht. Offenbar hatte er doch menschliche Züge.

»Du machst das super«, flüsterte ich ihm zu und führte ihn quer über den Rasen. »Elsie sagt, wenn es uns zu viel würde, würde sie sie mit einer Conga-Trommel ablenken und uns so die Flucht ermöglichen.« Er lachte immer noch, als wir das Jubelpaar erreichten.

»Mum, Dad, können wir kurz mit euch reden?« Im selben Augenblick fiel mir ein, dass ich Jon hätte vorwarnen sollen, das, was ich vorhatte, betreffend.

»Jetzt?« Meine Mutter sah mich ungeduldig an. »Wir wollten gerade die Torte anschneiden.«

»Es dauert nur zwei Minuten«, versprach ich. Ihrem geröteten Gesicht nach zu urteilen, hatte sie bereits das ein oder andere Glas Champagner intus. »Jon und ich wollten euch nur sagen, dass wir heiraten werden. Er hat mir letzte Woche einen Antrag gemacht, und ich habe Ja gesagt.«

Ich sah aus den Augenwinkeln, dass Jon mich erstaunt ansah. Ich hätte ihn definitiv warnen sollen.

Meine Eltern verzogen keine Miene. »Oh, das ist ja großartig, meine Liebe. Sehr gut«, sagte meine Mutter, als hätte sie gerade erfahren, dass ich den ersten Preis in einem Backwettbewerb errungen hatte. Für Cupcakes, einfacher Kuchen wäre ihr vermutlich nicht schick genug.

»Das ist aber ein Schock«, antwortete mein Vater.

Ich spürte, wie Jon erstarrte. Er kannte meinen Dad nicht gut genug, um zu wissen, was er meinte. Ich zum Glück schon.

»Keine Sorge, Dad, wir organisieren die Feier selbst«, antwortete ich rasch. »Eure Ersparnisse sind euch sicher.«

Sofort änderte sich sein Verhalten, so als wäre er gerade vor einem schweren Schicksal bewahrt worden. Er tätschelte Jons Hand. »Prima Nachricht. Freu mich für euch.«

»Danke. Tut mir leid, ich … ich wusste nicht, dass Shauna es Ihnen heute sagen wollte«, stammelte Jon. »Ich wollte eigentlich offiziell um die Hand Ihrer Tochter anhalten, Mr. und Mrs. Williams.«

»Sagen Sie ruhig Debbie zu mir«, antwortete meine Mutter. »Aber das ist gar nicht nötig. Wir sind mit allem einverstanden, wenn es Shauna glücklich macht.« Und nicht allzu sehr unsere Pläne kreuzt, fügte ich im Stillen hinzu. Das hübsche Gesicht meiner Mutter verdunkelte sich plötzlich. »Aber ihr wollt es heute nicht allen sagen, oder?«

Wieder wusste ich genau, was sie meinte.

»Nein, natürlich nicht, Mum. Das ist doch euer Tag.«

Man sah ihr die Erleichterung an. Der Himmel möge verhüten, dass ihnen jemand ihren großen Augenblick stiehlt, dachte ich.

»Ich komme diese Woche mal zu dir in die Stadt, dann kannst du mir alles genau erzählen.« Wir wussten beide, dass sie das nicht tun würde. »Jeff, Zeit für die Torte!«

Jon schaute ihnen nach, und ich wartete, bis sie außer Hörweite waren. »Ladys und Gentlemen, das sind Jeff und Debbie

Williams. Säulen der Gesellschaft, angesehene Bürger und nette Leute, solange du nicht zu ihrem Nachwuchs gehörst. Jederzeit bereit zu einer Unterhaltung über Golf, Wein und die Strände von Marbella. Weniger interessiert an der bevorstehenden Hochzeit ihrer Tochter.«

»Ja, sie sind wirklich …«, er suchte nach dem richtigen Ausdruck und beendete den Satz schließlich. »… sehr speziell.«

»Das sind sie. Ich hätte größtes Verständnis, wenn du die Flucht ergreifen würdest, ehe du zu sehr in diese Familie reingezogen wirst.«

Ich sagte das scherzhaft, aber es steckte ein Funken Wahrheit darin. Wenn er sich eine liebevolle, herzliche Schwiegerfamilie wünschte, war er bei uns an der falschen Adresse.

Er legte den Arm um meine Schultern und zog mich an sich. »Alles, was mich interessiert, bist du«, antwortete er. »Und ich finde, es grenzt an ein Wunder, dass du so normal geworden bist.«

»Ihr Lieben!«

Die tiefe Stimme meines Vaters drang durch den Garten zu uns. Meine Mutter stand neben ihm und strahlte ihr Publikum an. Die beiden sahen wirklich glücklich aus, und ich freute mich für sie. Es gab nicht viele Paare, die fünfundzwanzig Jahre zusammenblieben. Aber es gab auch nicht viele Paare, die so eine Beziehung führten wie Jeff und Debbie.

»Komm mit nach vorn, dann können wir mehr sehen.«

Jon nahm meine Hand und zog mich mit sich über den Rasen. Ungefähr auf Höhe meiner Eltern blieben wir stehen, halb verborgen hinter einer Zypressenhecke.

»Ich wollte euch allen danken, dass ihr heute gekommen seid, um mit mir und mit dieser bezaubernden Frau unsere Silberhochzeit zu feiern.« Alle klatschten. »Natürlich haben wir unser Glück auch den vielen anderen Menschen in unserem Leben zu verdanken. Meiner Mutter Elsie …« Er hob sein Glas in Richtung meiner Großmutter. Sie lächelte verkrampft und nickte ihm zu. Ich musste kichern. »… und unserer Tochter Shauna«, fuhr er fort und zeigte in die Richtung, wo ich noch vor einer Minute gestanden hatte. Er war zu eitel, um eine Brille zu tragen, daher hatte er nicht mitbekommen, dass ich inzwischen dicht neben ihm stand. Immerhin hatte er mich erwähnt und meinen Namen richtig ausgesprochen. Das war der bisherige Höhepunkt unserer Beziehung. »Doch ich könnte diesen Tag nicht beschließen, ohne den beiden Menschen zu danken, die von Anfang an immer in unserer Nähe waren. Gwen und Charlie, kommt zu uns.« Ich fing Lulus Blick von der anderen Seite des Gartens auf, als ihre Eltern nach vorn gingen. Wir schickten uns eine stumme Botschaft. Lulus und meine Mutter hätten Schwestern sein können, beide zierlich, blond, perfekt frisiert. Ihr Dad, Charlie, hatte zwar schon lange sein Haar verloren, nicht aber seinen aalglatten Charme und seinen exklusiven Geschmack – zu erkennen am Armani-Logo auf seinem Polohemd und an der dicken goldenen Rolex am Handgelenk. »Gwen und Charlie waren unsere Trauzeugen, und ich möchte sagen, sie sind immer noch unsere besten Freunde.« Weiterer Applaus. »Also, ihr Lieben, auf meine bezaubernde Debbie, unsere Freunde Gwen und Charlie und die fantastischen letzten fünfundzwanzig Jahre! Auf dass weitere wunderbare fünfundzwanzig Jahre vor uns liegen!«

Die Gesellschaft prostete dem strahlenden Kleeblatt zu. Für einen Außenstehenden musste es das perfekte Bild von Liebe, Harmonie und Glück sein. Mein Vater besiegelte den Augenblick, indem er meine Mutter küsste, worauf erneuter Jubel ertönte. Er rief etwas von Tanzen, und dann hörte man Musik. Rod Stewarts *Maggie May*. Er schien jemanden abgeordnet zu haben, seine Anlage in Gang zu setzen. Sie stand in der Küche und war an zwei Außenlautsprecher am Gewächshaus angeschlossen. In den letzten Jahren hatten sie Hunderte von Partys beschallt.

Lulu und Rosie bahnten sich einen Weg durch die Paare, die sich auf dem Rasen mehr oder weniger enthusiastisch von einem Fuß auf den anderen bewegten, und kamen in unsere Richtung.

»Bist du gerade auch vor Rührung dahingeschmolzen?«, fragte Lulu spöttisch.

»Wie Butter in der Mittagssonne«, antwortete ich grinsend.

»Was glaubst du, wann wir verschwinden können, ohne dass es zu peinlich wird?«

Ich schaute auf meine Armbanduhr. »Ich bleibe noch eine halbe Stunde, dann habe ich lange genug durchgehalten.«

Jon hörte uns fasziniert zu. »Das ist wirklich der seltsamste Nachmittag, den ich je erlebt habe. Geht das immer so?« Ich sah, dass er selbst nicht sicher war, ob er amüsiert oder entsetzt sein sollte.

»Eigentlich schon«, bestätigte Lulu. »Wir haben unser Leben lang versucht, perfekte Töchter für die zwei egoistischsten Eltern der Welt zu sein. Dazu benötigt man einiges an Überlebensstrategie. Sarkastisch werden oder sterben, das waren unsere Alternativen.«

Ich verstand Jon gut. Wer begegnet schon dem Mann, der die einzige Tochter heiraten will, und schenkt ihm keinen zweiten Blick? Willkommen in der Welt der Williams.

Jon beschloss, die Seltsamkeiten auszublenden und wandte sich an Rosie. »Was gibt es Neues, Rosie? Wie ist es dir in letzter Zeit ergangen?«

»Super«, antwortete sie.

Ihr strahlendes Lächeln passte perfekt zu ihrem gelben Sommerkleid im Vierzigerjahre-Look und dem niedlichen Pillbox-Hut. Sie war die Einzige, die eine Kopfbedeckung trug, aber sie sah sensationell aus.

»Rosie, komm mit und zeig uns Alten mal, wie es richtig geht!«

Ich schloss die Augen und sprach ein stummes Gebet, als mein

Vater auf uns zukam und sie zu einer Elvis-Nummer auf die Tanzfläche zog.

»Und damit steigen wir auf der Skala des Irrsinns noch eine weitere Stufe nach oben«, murmelte ich.

Allerdings waren Rosie und Jeff wirklich ein Hingucker. All die Jahre, in denen Rosies Mutter ihre Tochter zu Tanzstunden gezerrt hatte, hatten sich ausgezahlt. Die Gäste bildeten einen Kreis um die beiden und klatschten im Rhythmus mit.

»Kannst du das auch?«, fragte Jon.

»Nein.«

»Sei nicht so bescheiden.«

Lulu schüttelte den Kopf. »Sie ist nicht bescheiden. Sie tanzt wie eine bekiffte Giraffe.«

»Siehst du!«, bestätigte ich.

Als Rosie zu uns zurückkam, fächerte sie sich mit der Hand Luft zu. »Dein Dad ist wirklich ein begnadeter Tänzer«, keuchte sie und rang nach Atem. Sie brauchte anderthalb Gläser Champagner, bis sie sich halbwegs erholt hatte.

»Okay, wir waren lange genug hier. Jon ist nicht in Panik geflüchtet, also werden wir jetzt gemeinsam gehen. Mädels, ich rufe euch …«, ich küsste Lulu, »… in den nächsten Tagen an«, ergänzte ich und küsste auch Rosie.

»Bitte, lass uns nicht allein!«, kreischte Lulu und klammerte sich lachend an meinen Arm. Ich befreite mich. »Tut mir leid, ihr müsst da jetzt durch. Schlimmstenfalls gibt es ja noch Wodka.« Ich umarmte beide noch einmal, dann liefen wir in Richtung Küche. Elsie hielt Hof am Herd, wo sie in einem großen Topf rührte.

»Wir sind jetzt weg, Granny«, sagte ich und beugte mich zu ihr hinunter. Sie war nur knapp einen Meter fünfzig groß, trug jedoch immer Schuhe mit Absätzen, was ihr zu einigen Zentimetern zusätzlich verhalf. Und sie besaß eine Persönlichkeit, die ihr eine ungeheure Präsenz verschaffte.

»Gut, Liebes. Ich rufe dich morgen an, um dir zu sagen, was ich von deinem Freund halte«, meinte sie und zwinkerte Jon zu.

»Es wäre schön, wenn Ihr Urteil wohlwollend ausfiele. Ich würde Ihre Enkelin gern noch ein wenig um mich haben.«

»Ich versuche es, aber ich kann nichts versprechen.«

Ich schaute mich um, konnte meine Eltern aber nirgends entdecken. »Weißt du zufällig, wo Mum und Dad stecken?«, fragte ich Elsie.

Sie rührte unverdrossen weiter und zeigte auf die Tür, die zur Diele führte. »Ich glaube, ich habe sie nach oben gehen sehen.«

»Oh, danke, dann sagen wir ihnen noch schnell Auf Wiedersehen.«

Jon folgte mir nach oben und wäre fast gestolpert, als ich plötzlich stehen blieb.

»Was …?«

Ich legte ihm rasch die Hand auf den Mund und zeigte auf die offene Tür zum Schlafzimmer meiner Eltern. Mein Dad hatte uns den Rücken zugedreht, während er seine Partnerin zärtlich küsste.

Vorsichtig schob ich Jon die Treppe wieder hinunter. Den verständnislosen Ausdruck in seinem Gesicht ignorierte ich. Wir verließen das Haus, erst dann sprach er mich an.

»Was ist los? Ich finde es echt romantisch, dass deine Mum und dein Dad immer noch so leidenschaftlich sind.«

Ich atmete tief durch, entsetzt, dass der Tag so endete. »Ja, mein Dad ist echt leidenschaftlich. Aber das war nicht meine Mum. Es war Lulus Mutter.«

»Lulus Mutter?«, wiederholte er entsetzt.

»Ja.« Ich fühlte mich auf einmal sehr erschöpft. »Und ich wiederhole noch einmal, was ich vorhin schon mal gesagt habe. Noch hast du Gelegenheit, die Flucht zu ergreifen.«

10. Kapitel

2015 – Shauna

»Du hörst mir ja gar nicht zu! Hast du überhaupt irgendwas von dem mitbekommen, was ich dir in den letzten zehn Minuten erzählt habe?«

Rosie schenkte mir neuen Kaffee in die halb leere Tasse. Halb leer, nicht halb voll. Das passte zu meinem Tag.

Ich hatte ein Frühstück in einer Grundschule in Filham ausgerichtet und war anschließend zu einer trendigen IT-Agentur nach Kew Gardens gerast, um dort in der Vorstandsetage ein Lunch zu servieren. Dabei musste ich mit anhören, wie ein Haufen übereifriger Zwanzigjähriger die Weltlage diskutierte. Oder zumindest die IT-Weltlage. Ich war nicht sicher, ob ich jemals in meinem Leben so unbekümmert war wie sie. Aber vielleicht war es auch einfach zu lange her, und ich konnte mich nicht erinnern. Anschließend hatte ich mich mit Jon in Rosies Café verabredet. Ich war nun auch in meinem Privatleben multitaskingfähig – so weit war es inzwischen gekommen.

»Sorry, Süße, ich war gerade nicht ganz bei der Sache. Außerdem bin ich todmüde. Gott, ich habe es so satt, mich ständig nur stöhnen zu hören!«

Rosie beugte sich vor und stützte die Ellbogen auf den Tisch. »Shauna, so geht das mit dir nicht mehr weiter. Du wirst noch krank. Wann hattest du zuletzt acht Stunden Schlaf am Stück?«

»Ich glaube, 2009«, antwortete ich ehrlich.

»Siehst du! Damit muss Schluss sein. Außerdem solltest du dir dringend abgewöhnen, dich ständig so anzuziehen, als hättest du einen Trauerfall in der Familie.«

»Aber …«

Ich wollte gerade widersprechen, als ich an mir herunterschaute. Mein Null-Mühe-Null-Gedanken-Null-Farbe-Outfit, schwarze Jeans und schwarzer Pulli, lieferte mir nicht allzu viele Argumente. Schon gar nicht gegen Rosies feuerrotes Kleid, zu dem sie einen pinkfarbenen Gürtel und ein pinkfarbenes Tuch trug. Sie sah aus, als käme sie vom Set von *Grease*, während man mir bestenfalls eine Statistenrolle in einer Doku über Einbalsamierungen abgenommen hätte.

Sie hatte in allen Punkten recht, aber ich wusste keine Lösung. Das heißt, eigentlich doch. Calbrad Tech. Ich sandte ein weiteres stummes Gebet an die Götter der Auftragsvergabe.

Mein Blick wanderte zu der altmodischen Bahnhofsuhr an der Wand hinter der Frühstückstheke. Drei Uhr. Jons Arzttermin war um zwei, und ich hatte ihn gewarnt, ja nicht ohne Überweisung zum Radiologen zurückzukommen. Ich wusste, dass das lächerlich war, aber bekanntermaßen machen Schlafentzug und Stress aus einem Menschen ein neurotisches, überdrehtes und überängstliches Wrack.

»Also gut, dann muntere mich auf! Erzähl mir ein bisschen von deinem Liebesleben.«

»Es läuft gut«, antwortete sie. »Sogar sehr gut!«

»Das klingt vielversprechend.«

»Jack findet, wir sollten zusammenziehen.«

Ich richtete mich auf. Sollten sich die IT-Jungs in Kew Gardens doch an ihren intellektuellen Fachgesprächen weiden – für mich hatten die aufregenden Geschichten über das Liebesleben meiner Freundin denselben Effekt.

»Und? Was hast du dazu gesagt?« Ich wusste natürlich genau, wie die Antwort lautete, wollte den Augenblick aber noch ein bisschen genießen.

»Ich hab gesagt, ich würde darüber nachdenken.«

»Rosie, das ist ja … Wie bitte?« Ich stockte und verhaspelte mich völlig, als ich begriff. Das war nicht die Antwort, die ich erwartet hatte. Ich sah, dass sie auf ihrer Unterlippe kaute, und das tat sie nur, wenn sie traurig war oder Probleme hatte. »Was ist los?«, fragte ich. »Ich dachte, das hättest du dir die ganze Zeit gewünscht.«

»Hab ich ja auch«, antwortete sie und blinzelte heftig. War das etwa eine Träne in ihrem Augenwinkel? »Aber jetzt, da er mich gefragt hat, bin ich einfach nicht mehr sicher. Vielleicht ist es noch zu früh. Was meinst du?«

»Rosie, du sprichst mit einer Frau, die einen Mann geheiratet hat, den sie gerade mal elf Wochen kannte. Dagegen dauert eure Beziehung schon eine kleine Ewigkeit.«

Das brachte sie immerhin zum Lachen.

Ich wollte meine Argumentation gerade vertiefen, als Jon hereinkam. Vielleicht lag es an den Lichtverhältnissen in Rosies Café oder an seinem grauen Pulli, jedenfalls fand ich, dass er um die Nase sehr blass aussah.

Er küsste erst Rosie, dann mich und setzte sich neben mich. Ich lächelte unwillkürlich. Zehn Jahre, und noch immer hatte er diese Wirkung auf mich. Rosie verschwand, um auch ihm einen Kaffee zu holen, und ich kam sofort zur Sache.

»Wie war's beim Arzt?«

Er legte eine Papiertüte auf den Tisch. »Noch mehr Betablocker.«

Ich konnte mein Unverständnis nicht verhehlen. »Gott, Jon, das ist doch Unfug!«

»Schatz, es beweist, dass ich nichts Ernstes habe. Der Arzt meint, die würden mir ganz sicher helfen.«

»Basierend auf welcher Diagnose?«, schimpfte ich. »Hoffnung und Optimismus? Die Medikamente haben bisher überhaupt nichts bewirkt.«

Ich lud meinen Frust an der falschen Person ab, okay, aber meine Sorgen eskalierten, und ich brauchte klare Antworten, keine vagen Vermutungen.

Als Jon zu Anfang über Kopfschmerzen geklagt hatte, war ich relativ gelassen gewesen, beinahe entspannt. Verglichen mit unseren anderen Problemen schien es nichts zu sein, weswegen man sich aufregen musste. Aber im Laufe der Zeit waren die Kopfschmerzen schlimmer geworden, neue Symptome waren hinzugekommen, und ich hatte den fatalen Fehler gemacht, noch mal im Internet zu recherchieren. Seither war meine Entspannung dahin. Ich dachte morgens daran, wenn ich aufwachte, und abends, wenn ich ins Bett ging. Ich stellte fest, dass ich Jon ständig beobachtete. Das gelegentliche leichte Schwanken. Das schmerzverzogene Gesicht. Das häufige Zusammenkneifen der Augen, wenn er versuchte, etwas zu fokussieren. Alles Kleinigkeiten, alles nicht von Dauer, aber in der Summe war daraus eine ernsthafte Angst erwachsen. Und das war der Grund, weshalb es für mich nur einen Weg gab, um Klarheit zu bekommen: MRT, Entwarnung, Ende aller Sorgen.

Ich starrte in meine Kaffeetasse und atmete tief durch.

Jon legte die Hand auf meinen Arm. »Schatz, du darfst dir nicht so viele Gedanken machen. Alles wird gut. Ich verspreche es.«

Die Liebe, die in seiner Stimme mitschwang, ging mir mitten durchs Herz, und ich bereute sofort, dass ich ihm so viel Stress bereitete. Kein Wunder, dass er Kopfschmerzen hatte. Wenn ich mit mir verheiratet wäre, hätte ich auch Kopfschmerzen, so überdreht, wie ich zurzeit war.

»Ich weiß. Es tut mir leid. Ich reagiere offenbar im Moment total über.«

»Du hast Glück. Ich habe eine ganz besondere Vorliebe für überreagierende Frauen«, antwortete er lächelnd. Dann nahm er meine Kaffeetasse und trank sie in einem Zug aus.

»Weißt du was, wir holen jetzt Beth von der Schule ab und gehen ein bisschen in den Park. Ich glaube, ein langer Spaziergang mit meiner Tochter würde mir guttun«, sagte ich.

Er zeigte nach draußen. »Es regnet.«

»Das ist mir egal.«

»Okay, ich bin dabei.«

Wir waren gerade aufgestanden, als Rosie mit der Kaffeekanne kam.

»Seid ihr schon weg? Ich habe extra frischen Kaffee gekocht.«

»Sorry, aber wir müssen Beth abholen.«

»Dann gebt ihr einen dicken Kuss von mir«, meinte Rosie und stellte die Kanne auf einen Nebentisch, an dem zwei ältere Damen saßen. »Die geht aufs Haus«, erklärte sie.

»Ich rufe dich später an, dann können wir weiterreden«, versprach ich, nahm meine Tasche und mein Handy und umarmte sie zum Abschied.

Wir hielten das erste Taxi an, das vorbeikam. Zu Beth' Schule konnte es je nach Verkehr von Rosies Café aus bis zu einer Stunde dauern. An diesem Tag brauchten wir nur eine halbe Stunde, daher traf ich eine spontane Entscheidung.

»Können Sie uns hier bitte rauslassen?«

Jon sah mich erstaunt an. Er bezahlte den Fahrer dennoch kommentarlos und stellte keine Fragen, bis wir ausgestiegen waren.

Ich zeigte auf das Augenzentrum an der Straßenecke. »Wir lassen jetzt deine Augen testen. Vielleicht sind sie ja der Grund für deine Beschwerden.«

»Meine Augen sind vollkommen in Ordnung«, protestierte er.

Ich ließ mich nicht davon abbringen. »Jon, du hast gesagt, du hättest manchmal seltsame Schatten vor den Augen.«

»Ja, wegen der Migräne.«

Er stand da im strömenden Regen, und ich merkte, dass er ungehalten wurde.

»Lass es uns einfach abklären«, erwiderte ich und schlug einen flehenden Ton an. »Bitte, tu es mir zuliebe.«

Er wusste, wann er sich geschlagen geben musste, und folgte mir, als wir uns einen Weg um die Wasserpfützen und durch die Einkäufer bahnten, die sich bei diesem Wetter auf die Straße gewagt hatten.

Die Empfangsdame begrüßte uns mit einem zuvorkommenden Lächeln. »Wie kann ich Ihnen behilflich sein?«

»Meine Frau sagt, ich würde gern mal meine Augen überprüfen lassen«, antwortete Jon grinsend.

Die Dame an der Rezeption sah in ihren Computer. »Natürlich. Wir könnten nächsten Dienstag oder Mitt…«

»Oh.« Das kam von mir. »Ich wusste gar nicht, dass wir dafür einen Termin brauchen.« Zu blöd, wieso hatte ich nicht daran gedacht? »Geht das nicht sofort?«

»Tut mir leid, wir sind heute komplett ausgebucht.«

»Oh«, wiederholte ich.

Meine Enttäuschung schien ihren Dienstleisterinstinkt anzusprechen. Ihr Blick wanderte zurück auf den Bildschirm und dann …

»Moment. Unser 15.30-Uhr-Termin ist ausgefallen. Ich könnte mit der Optikerin sprechen, ob wir Sie stattdessen annehmen können.«

Ich war erleichtert, zumal sie nicht einmal fragen musste. Eine Frau im weißen Kittel war aus einer Seitentür gekommen und schaltete sich in unser Gespräch ein.

»Kommen Sie doch gleich mit. Ich habe gerade Zeit und schaue mir Ihre Augen gerne mal an.« Sie streckte die Hand aus. »Janice Lowery.«

»Ich bin Jon O'Flynn, das ist meine Frau. Sie wollte unbedingt, dass ich herkomme«, gestand er.

Ms. Lowery lachte. Ich mochte sie auf Anhieb. Sie hatte kurzes graues Haar, ihr ungeschminktes Gesicht schmückte nur eine dunkelrote Brille im Fünfzigerjahre-Stil. Rosie wäre begeistert gewesen!

»Keine Angst«, sagte sie und tätschelte Jon den Arm. »Es tut überhaupt nicht weh, und wenn Sie brav mitmachen, bekommen Sie hinterher einen Sticker.«

Ihr Humor kam bei Jon gut an. Bereitwillig setzte er sich in den großen schwarzen Ledersessel. Ich nahm auf einem Stuhl in der Ecke Platz. Während Ms. Lowery eine Kundenkarte ausfüllte und verschiedene Daten abfragte, entspannte ich mich etwas. Alles würde gut werden. Ich würde ihm nicht mal die volle Wahrheit sagen müssen. Vor einiger Zeit hatte ich irgendwo gelesen, dass auch eine Augenuntersuchung Aufschluss darüber geben konnte, wenn mit dem Gehirn etwas nicht stimmte. Deshalb hatte ich Jon hergeschleppt. Wenn er schon kein MRT wollte …

Ms. Lowery legte ihr Klemmbrett zur Seite. »Also. Was führt Sie zu uns?«, fragte sie.

Ich wollte gerade eine Antwort geben, da kam Jon mir zuvor. »Meine Frau. Sie hat bei uns die Hosen an. Ich habe in den letzten Wochen ein paarmal Kopfschmerzen gehabt, und sie meint, ich müsse das unbedingt überprüfen lassen. Ich stehe total unter ihrem Pantoffel, müssen Sie wissen.«

Die Optikerin zuckte mit keiner Wimper unter ihrer stylishen Brille.

»Gibt es eine bestimmte Ursache für Ihre Kopfschmerzen? Lesen zum Beispiel? Oder fernsehen?«

»Oder die Ehefrau«, ergänzte ich.

Jon grinste. »Die Ehefrau«, bestätigte er.

Lächelnd nahm Ms. Lowery erneut das Klemmbrett zur Hand und stellte weitere Fragen. Hatte er sonst irgendwelche gesundheitlichen Probleme? Hohen Blutdruck? Schwindel? Ohnmachtsanfälle? Nahm er Medikamente? Jon konnte sie alle negativ beantworten, und die Optikerin legte das Klemmbrett auf den Schreibtisch zurück. Sie rollte auf ihrem roten Drehstuhl auf ihn zu.

»Okay, dann werden wir mal schauen, ob wir dem Problem auf den Grund gehen können.«

Jon bekam eine Art Riesenbrille auf die Nase gesetzt und musste sich diversen Tests unterziehen. Während er die Buchstaben auf dem Schaubild an der gegenüberliegenden Wand ablas, erreichte der Grad meiner Entspannung die nächste Stufe. Ich spürte, wie mir die Augenlider zufielen.

Irgendwo zwischen Wachsein und Schlaf hörte ich Ms. Lowery sagen: »Perfekt! Ihre Sehkraft ist für einen Mann in Ihrem Alter wirklich ungewöhnlich, Mr. O'Flynn.«

»Können Sie das für meine Frau noch einmal laut wiederholen?«, scherzte er.

Na also. Entwarnung. Alles würde gut werden. Perfekt. Es gab nichts, weswegen man sich verrückt machen musste. Ich hörte ein leises Quietschen und öffnete mühsam die Augen. Die Optikerin zog eine Art Mikroskop zu sich herüber.

»Legen Sie bitte Ihr Kinn hier ab«, sagte sie und zeigte auf eine schwarz gepolsterte Stütze unter dem Mikroskop. Jon gehorchte, und sie rollte auf ihrem Stuhl hinüber, sodass ihre Gesichter nur noch wenige Zentimeter voneinander entfernt waren. »Ich untersuche jetzt noch das Innere Ihrer Augen, danach sind wir fertig. Also, fangen wir mit dem linken Auge an. Schauen Sie bitte auf mein rechtes Ohr.« Vorsichtig hob sie Jons Lid an. »Jetzt bitte nach oben schauen. Nach links. Jetzt …« Sie stockte kurz, dann wiederholte sie. »Schauen Sie bitte nach links. Okay, jetzt schauen Sie bitte nach rechts.«

Mit einem Schlag war ich hellwach. Da war irgendwas in ihrer Stimme gewesen, ein Zögern, eine Unsicherheit, eine Sorge? Oder wurde ich schon wieder hysterisch?

Ms. Lowery rollte zurück, richtete das Gerät auf Jons rechtes Auge und wiederholte ihre Anweisungen. Dieses Mal zögerte sie nicht ein einziges Mal. Ich schalt mich selbst. Schon wieder hatte ich meine Fantasie nicht im Zaum gehabt …

Sie lehnte sich zurück, und ich ging davon aus, dass die Untersuchung nun beendet war. Doch stattdessen richtete sie das Gerät noch einmal aus.

»Das war es, oder?«, fragte ich.

»Ich möchte nur noch mal kurz in das linke Auge schauen«, sagte sie. Mein Magen krampfte sich zusammen. Ich hatte mir das nicht eingebildet. Irgendwas war da … Schließlich setzte sie sich wieder zurück, schaltete das Licht an, schob ihren Stuhl zurück und entfernte das Gestell zwischen ihr und Jon. »Also«, begann sie mit ernster Stimme, die mir wie ein rot blinkendes Warnsignal erschien. »Ich möchte gleich zur Sache kommen. Ich fürchte, wir haben da einen Befund, der abgeklärt werden muss, Mr. O'Flynn.«

»Brauche ich eine Brille?«, fragte er und lächelte. Offenbar hatte er nicht die geringste Ahnung, was sie meinte. Unerschütterliches Vertrauen und Optimismus.

»Nein, nein, Ihre Sehkraft ist sehr gut.« Jetzt schien Jon etwas irritiert zu sein. Ms. Lowery redete weiter. »Die letzte Untersuchung, die ich gemacht habe, ermöglichte mir einen Blick auf die Nerven und die Blutgefäße im Auge und somit auf die Gesundheit des Auges.« Sie zeigte auf ein Plakat an der Wand, das einen Querschnitt des Auges darstellte. Unzählige kleine wurmartige Linien durchzogen das Innere. »Hier, schauen Sie. Das ist das Bild eines gesunden Auges. Ihre Augen weisen jedoch leichte Veränderungen auf – ein Druck verursacht eine Schwellung des Sehnervs. Ich muss noch einmal nachfragen: Haben Sie in letzter Zeit ganz sicher keine Probleme mit zu hohem Blutdruck gehabt?«

Das war es! Hoher Blutdruck. Dagegen konnte man was tun.

Das würden wir in den Griff kriegen. Doch Jon schüttelte den Kopf.

»Nein. Jedenfalls nicht, dass ich wüsste. Ich hab ihn vor ein paar Wochen noch messen lassen, und da war er in Ordnung.« Er klang nun doch ein kleines bisschen beunruhigt. »Allerdings hat der Arzt mir Betablocker gegen die Migräneanfälle, die mir seit einiger Zeit zu schaffen machen, verschrieben.«

»Migräneanfälle? Also doch mehr als nur Kopfschmerzen?« Ich hörte einen leisen Vorwurf heraus. »Seit wann haben Sie die?«

»Einen Monat? Vielleicht zwei?«

Jons besorgter Gesichtsausdruck erinnerte an jemanden, der gerade den Wetterbericht las: Heute wird es sonnig und windstill. In dem Bereich des Zimmers, in dem ich mich aufhielt, war es erheblich stürmischer.

»Er hat in letzter Zeit eine Menge Stress«, warf ich ein. Es klang beinahe verzweifelt.

»Das könnte eine Ursache sein. Aber es muss noch irgendeinen anderen Grund für meine Untersuchungsergebnisse geben, da sein Blutdruck ja nicht erhöht ist. Es sollte auf jeden Fall unverzüglich abgeklärt werden.« Die Optikerin sah kurz auf die Notizen, die sie sich während der Untersuchung gemacht hatte, dann griff sie zum Telefon und wählte eine Nummer.

»Guten Tag, hier ist Janice Lowery vom Augenzentrum. Kann ich bitte mit Dr. Morton sprechen? Gut, ich warte.«

Mein Magen drehte sich, und ich schaute auf die Uhr. Die Sprechstunde war sicher längst zu Ende und der Arzt nicht mehr im Haus.

Wir hätten nicht herkommen sollen. Wir hätten einfach an der Schule auf Beth warten sollen, vielleicht einen Kaffee trinken, ein bisschen erzählen, bis sie herauskam, und danach im Park durch das raschelnde Laub spazieren. Es war ein Fehler.

»Dr. Morton, hallo, ich bin es schon wieder!« Sie kannten sich also. Das erklärte, weshalb er ans Telefon kam. Einen Arzt ans Telefon zu bekommen war doch sonst mindestens so schwierig, wie eine Audienz beim Papst zu erwirken. »Ich habe hier einen Patienten. Jon O'Flynn. Bei einer Augenuntersuchung fand ich Hinweise auf ein Papillenödem. Ich empfehle eine rasche Abklärung. Könnten Sie das bitte übernehmen? Ja, ich sage ihm Bescheid. Moment, ich gebe sie Ihnen.« Ms. Lowery warf wieder einen Blick auf die Karteikarte und las Jons Handynummer vor. »Perfekt. Vielen Dank, Dr. Morton. Ich sage ihm, dass Sie sich melden und schicke Ihnen heute noch per E-Mail meine Untersuchungsergebnisse. Bis dann.«

Sie legte auf. »Die Praxis meldet sich gleich morgen früh bei Ihnen. Falls nicht, rufen Sie bitte dort an und fragen Sie nach. Ich würde jetzt gern noch ein paar Aufnahmen machen.«

Die Optikerin zog ein weiteres Gerät zu sich heran, mehrfach ertönte ein Klicken.

»Ms. Lowery …« begann ich.

»Janice«, korrigierte sie mich freundlich.

»Janice, was könnte ein Grund für die Veränderungen sein?«

»Wie gesagt, hoher Blutdruck hätte es sein können. Es ist aber auch nicht ausgeschlossen, dass dieser Zustand bei Ihrem Mann ganz normal ist. Ich habe das schon häufiger erlebt.«

»Könnte es … könnte es auch etwas Ernstes sein?«

»Ja«, bestätigte sie. »Was genau beunruhigt Sie, Mrs. O'Flynn?«

»Könnte es ein Hirntumor sein?«

Ich brachte die Worte kaum über die Lippen. Ja, es war ständig in meinen Gedanken und der Hauptgrund, weshalb ich Jon hierhergedrängt hatte, aber ich war ganz sicher gewesen, dass ich völlig übertrieb. Bitte, lieber Gott, lass mich übertreiben. Bitte, lass mich irren.

»Shauna, das ist kein Hirntumor«, sagte Jon, als wäre dies die absurdeste Vermutung, die er je gehört hatte.

Ich zog es vor, ihn nicht an die Ergebnisse meiner Internetrecherche zu erinnern.

Janice zögerte einen Moment, dann fuhr sie zu reden fort. »Es wäre in der Tat sehr ungewöhnlich. In meinen zwanzig Jahren als Optikerin habe ich das erst ein einziges Mal erlebt.«

»Einmal in zwanzig Jahren«, wiederholte Jon. »Das ist eine gute Quote.«

»Aber egal, ob es etwas Harmloses ist oder etwas, das behandelt werden muss, Sie sollten es unbedingt abklären lassen.«

Jon war inzwischen aufgestanden. Er schüttelte Janice die Hand, nahm dann meine und zog mich hinaus. Erst als wir auf der Straße standen und der Regen auf unsere Köpfe prasselte, nahm er mich in den Arm.

»Schatz, mach dir doch nicht solche Sorgen. Es ist nichts. Ich verspreche es dir. Alles ist gut.«

Ich war nicht sicher, ob er versuchte, mich zu überzeugen oder sich selbst.

Wir liefen schweigend zur Schule. Dort warteten wir mit den anderen Eltern. Zum Glück hatte es aufgehört zu regnen, und ich sah niemanden, den ich kannte. Ich hatte jetzt wirklich keine Lust auf Smalltalk.

Kurz nach dem Klingeln kam Beth aus dem Schultor auf uns zugestürmt.

»Mum! Dad! Heute war es so schöööööön in der Schule«, rief sie überschwänglich.

Jon hob sie hoch und wirbelte sie im Kreis herum. Ich zwang mich zu einem Lächeln.

»Wir haben uns überlegt …«, sagte ich mit krampfhafter Begeisterung, »… dass wir ein bisschen in den Park gehen und anschließend vielleicht noch ein Eis essen. Wie wäre das?«

»Oh!« Jubelnd riss sie die Arme in die Höhe. »Ja bitte! Das ist toll! Kann ich Erdbeereis mit Sahne haben?«

Jon nickte und stellte sie behutsam auf die Erde. »Du kannst alles haben, was du möchtest, meine Kleine.« Sie griff nach meiner und seiner Hand und hüpfte zwischen uns auf und ab. »Das ist der schönste Tag in meinem Leben!«

Der schönste Tag in meinem Leben.

Oder der schlimmste.

Ich wusste es nicht, aber ich betete, dass meine Tochter recht hatte.

Hatten wir nicht unerschütterliches Vertrauen und Optimismus auf unserer Seite?

11. Kapitel

2005 – Jon

Ich wusste, dass die Jungs sie lieben würden! Daran hatte es keinen Zweifel gegeben, aber mit ihrer grandiosen Imitation von Captain Buzz Lightyear hatte sie Davie und Joe endgültig für sich gewonnen. »Bis in alle Ewigkeit und noch viel länger« war gleich am ersten Abend zu einer ganz privaten Losung für ihre Zuneigung zu ihr geworden. Seither schauten sie sich jedes Mal, wenn sie mich kommen sahen, suchend nach Shauna um. Gute Menschenkenner, meine Jungs, sogar wenn sie so todmüde waren wie an diesem Abend. Wir hatten stundenlang Laser Tag gespielt und unzählige Runden mit dem Go-Cart gedreht, nachdem wir am Abend zuvor noch ganz spät eine Shrek-DVD angeschaut hatten. Doug, der Polizist aus meiner WG, hatte Nachtschicht und Shauna sein Zimmer angeboten. Die Jungs schliefen bei mir.

»Okay, Sportsfreunde, Zeit, euch nach Hause zu bringen«, erklärte ich und erntete dafür lautstarken Protest. »Neeeeiiiiin! Noch nicht. Das ist unfair! Warum müssen wir denn schon nach Hause? Kommt Shauna auch mit?«

Das Problem bei Zwillingen war, dass sie immer alles auf einmal wissen wollten. Bis man alle Fragen, mit denen sie einen bombardierten, zu Ende angehört hatte, hatte man die vom Anfang schon wieder vergessen.

Wir verließen den Indoor-Spielpark. Shauna half den beiden beim Jackenanziehen und nahm anschließend meine Hand.

»Sie sehen ganz schön fertig aus.«

»Sie hatten ein tolles Wochenende«, antwortete ich. »Das lag vor allem an dir.«

»Danke.«

Es stimmte. Kaum zu glauben, dass sie sich erst seit ein paar Wochen kannten. Außenstehende hielten uns bestimmt für Eltern, die mit ihren Kids einen Sonntagsausflug machten. Die Vorstellung gefiel mir sehr.

Auf der Straße hielt ich ein Taxi an, dann sah ich, wie Shauna sich hinhockte und die Arme ausstreckte. »Also Jungs, bis bald«, sagte sie und wäre beinahe umgefallen, als die zwei sich in ihre Arme warfen. Die Abschiedsszene mit den vielen Versprechungen, was wir am nächsten Besuchswochenende alles unternehmen würden, dauerte so lange, dass der Taxifahrer ganz ungeduldig wurde. Ich packte mir die Jungs.

»Auf geht's, ihr kleinen Ungeheuer!«

»Wir sind keine Ungeheuer«, widersprach Davie. »Ich bin Buzz! Bis in alle Ewigkeit und noch viel länger«, rief Joe. Der Taxifahrer wünschte sich vermutlich längst, er hätte niemals angehalten.

Ich küsste sie. »Ich komme später vorbei.«

»Viel Glück«, rief sie. »Und wenn du dich doch nicht danach fühlst, lässt du es einfach.«

»Ich komme auf jeden Fall«, bekräftigte ich.

Die Jungs waren immer noch ziemlich aufgedreht, als wir bei ihnen zu Hause ankamen. Sie stürmten vor mir durch die Tür und hinterließen eine wilde Spur der Verwüstung, als Jacken, Mützen und Schuhe quer durch die Diele flogen.

»Hallo?«, rief ich vorsichtig.

Das hier war auch mal mein Zuhause gewesen, aber das war lange her. Inzwischen wohnte ich ein paar Straßen weiter, und das Haus gehörte allein Jess. Das respektierte ich.

»Ich bin in der Küche!«, rief sie. »Komm rein!«

Ich würde lügen, wenn ich behaupten würde, dass es mir nicht noch immer seltsam erschien, als Besucher herzukommen. Nicht dass ich die Uhr zurückdrehen wollte. Ganz sicher nicht.

Jess saß an dem weißen Holzküchentisch, eine Tasse Kaffee in der Hand und eine aufgeschlagene Frauenzeitschrift vor sich. Sie war schon immer sehr modeinteressiert gewesen. Ihr kastanienbraunes Haar hatte einen ganz modernen Schnitt. Wie nannte man das noch? Bob. Yep, so hieß die Frisur. Ganz gerade geschnitten, kinnlang, mit Pony.

Sie sah wie immer toll aus, das musste ich zugeben. Die rot karierte Bluse kam mir bekannt vor. Wir hatten sie einige Jahre zuvor an einem unserer letzten gemeinsamen Tage in der Stadt gekauft. Irgendein Typ hatte in einer Bar aus Versehen seinen Drink über ihr Shirt gekippt, deshalb waren wir ins nächstbeste Geschäft gegangen, und sie hatte sich diese Bluse ausgesucht. Sie hatte sie sofort anbehalten, und danach waren wir wieder in die Bar zurückgekehrt. Damals hatte ich nicht geahnt, dass wir das nächste Mal, wenn ich sie damit sehen würde, geschieden sein würden und ich sie um Erlaubnis fragen musste, mein Haus zu betreten.

»Das klingt, als hättet ihr einen schönen Tag gehabt«, sagte sie. »Möchtest du einen Tee? Oder einen Kaffee?«

Ich setzte mich ihr gegenüber auf die Bank. »Gern einen Tee. Danke.«

Wir machten ein bisschen Smalltalk, während sie Tee kochte, hauptsächlich ging es um die Jungs, ihre Woche in der Schule, ihre Weihnachtswünsche und um das, was wir am Wochenende gemacht hatten. Ich war gerade bis zur Shrek-DVD gekommen, als sie mir den Tee hinstellte, sich wieder setzte und mir ins Wort fiel.

»War Shauna auch dabei?«

»Ja.«

Ich ließ das erst mal sacken, unsicher, was ich als Nächstes sagen sollte.

Ich weiß, dass sie sich Mühe gab, normal zu klingen, aber eine gewisse Anspannung war nicht zu überhören.

»Die Jungs scheinen sie zu mögen.«

»Sie kommt sehr gut klar mit ihnen.« Wieder eine Pause. Das Problem war, dass ich in unangenehmen Situationen nie gut war, also beschloss ich, sie einfach zu beenden. »Ist das schwierig für dich? Ich meine, sollen wir lieber nicht darüber sprechen?«, fragte ich.

Sie stellte ihre Tasse ab und seufzte. »Es tut mir leid, Jon. Es sollte eigentlich nicht schwierig sein, und ich hätte auch nie gedacht, dass es das ist, aber ja, es ist schwierig.«

»Verstehe. Liegt es daran, dass eine andere Frau mit deinen Söhnen …« Ich stockte mitten im Satz.

Eine Zeit lang sagte sie gar nichts, dann ergänzte sie: »… und meinem Mann …«

Das überraschte mich jetzt. Ich überlegte erst, sie zu korrigieren – Exmann –, ließ es dann aber.

»Also eigentlich wollte ich sowieso mir dir darüber reden.« Sie sah mich aufmerksam an, die Augenbrauen neugierig hochgezogen. Oder war es Misstrauen? Ich war nie gut darin gewesen, Jess' Gesichtsausdruck zu deuten – einer der Hauptgründe, weshalb wir geschieden waren. »Shauna und ich, wir … wir werden heiraten.«

Mist, schlechtes Timing. Ich hätte warten sollen, bis sie ihren Kaffee heruntergeschluckt hatte. Sie begann zu prusten und zu keuchen. Ich klopfte ihr auf den Rücken, und es dauerte gute zwanzig Sekunden, bis sie sich beruhigt hatte – zwanzig Sekunden, die sich wie eine halbe Stunde anfühlten.

»Du lieber Himmel«, stieß sie dann hervor. »Heiraten?«

»Es tut mir leid, dass ich dich damit so überfalle, aber ich wusste nicht, wie ich es dir sonst sagen sollte.«

Sie war nun hörbar sauer. »Heiraten?«, wiederholte sie. »Hattest du nicht mal gesagt, du wolltest nie wieder heiraten?«

»Doch.«

Ihre Stimme klang auf einmal ganz schrill, und ich überlegte, ob mein Teebecher als Schutzschild taugte. Dann kam ich zu dem Schluss, dass es kindisch war, in so einem Moment so etwas zu denken. Manchmal war es wirklich nicht verwunderlich, dass ich geschieden war.

»Was hat deine Meinung geändert?«

»Shauna«, antwortete ich schlicht.

»Aber du bist doch erst gefühlte fünf Minuten mit ihr zusammen.«

»Zehn Wochen«, korrigierte ich sie.

»Und da habt ihr schon entschieden zu heiraten?« Sie sah mich fassungslos an. »Wann?«

Ach, verdammt, wieso sagte ich nicht gleich die ganze Wahrheit? »Ich habe ihr schon, kurz nachdem wir uns kennengelernt hatten, einen Antrag gemacht.« Dieses Mal traf sie der Schock glücklicherweise, bevor sie einen weiteren Schluck nahm. Sie erstarrte mit der Tasse in der Hand. Einen Moment fürchtete ich ernsthaft, sie würde damit nach mir werfen. »Hör zu, ich erzähle dir das alles nur, weil ich möchte, dass du es von mir erfährst. Ich will nicht, dass du von den Jungs irgendwelche Halbwahrheiten hörst.«

Das schien sie ein bisschen zu besänftigen. »Ich … ich kann das einfach nicht glauben, Jon«, sagte sie. Es klang nun nicht mehr sauer, eher verständnislos. Okay, wir machten Fortschritte, aber mir war völlig klar, dass die Lage jeden Moment eskalieren konnte. »Wann ist denn der große Tag? Ich hoffe, ihr lasst euch wenigstens noch Zeit.«

»Nächsten Samstag.«

»Oh. Ich glaub's nicht«, flüsterte sie und stand auf.

Sie schaltete den Wasserkocher ein und sah zu, wie das Wasser anfing zu brodeln. Ich sagte nichts, weil ich ihr Zeit geben wollte, die Nachricht zu verdauen. Das redete ich mir zumindest ein. In

Wahrheit hatte ich keinen Schimmer, was ich noch sagen sollte. Es dauerte eine Ewigkeit, bis sie sich wieder setzte.

»Wirfst du gleich mit deinem Kaffeebecher? Soll ich mich besser in Sicherheit bringen?«

»Gott, Jon, versuchst du jetzt, witzig zu sein? Glaubst du, das hilft?«

Mist. Jetzt war sie richtig wütend.

»Entschuldige, ich …«

Sie schnitt mir überraschenderweise das Wort ab. »Nein, ich muss mich entschuldigen. Das war unfair von mir.« Ich wollte nicht widersprechen, also versanken wir beide erneut in Schweigen und starrten vor uns hin. Schließlich hob sie den Kopf. »Ich weiß einfach nicht, wie ich damit umgehen soll. Ich meine, mir war natürlich klar, dass das eines Tages passieren würde, aber ich habe echt nicht so schnell damit gerechnet. Wir sind doch erst gut drei Monate geschieden.«

»Ich weiß. Und ich schwöre dir bei Gott, Jess, ich habe das nicht geplant. Ich habe mich einfach nur …«

Erschrocken biss ich mir auf die Zunge. Jetzt bloß nicht schon wieder was Falsches sagen.

»Wo soll die Hochzeit stattfinden?«

»In der Nähe von Wimbledon. In einer kleinen Kirche. Ihre Familie stammt von dort. Es wird keine große Feier …«

»So wie bei uns, meinst du?«

Das meinte ich nicht, aber sie hatte nicht unrecht. Jess und ich hatten uns im ersten Jahr auf dem College kennengelernt, im zweiten verlobt, im dritten geheiratet. In der Kathedrale von York, mit dreihundert Gästen, einschließlich meiner kompletten Familie – Tanten, Onkel, Cousins und Cousinen aus Dublin. Dieses Mal würden nur meine Ma und mein Bruder Liam kommen, sonst keiner. Klein. Besonders. Ehrlich gesagt, wäre es mir am liebsten, wir zwei würden ganz allein zum Standesamt gehen, aber für Shauna war es die erste Hochzeit, daher wollte sie die Menschen, die sie gern hatte, unbedingt dabeihaben.

»Nein, nicht wie bei uns«, antwortete ich schließlich.

Wieder Schweigen.

»Weiß sie, warum wir uns getrennt haben?« Ich schüttelte den Kopf, sagte aber nichts. Ich würde nicht noch einmal einen Fehler machen. Wenn es ein Thema gab, über das ich lieber nie wieder reden wollte, war es das Scheitern unserer Ehe. »Ok. Gut.« Keine Ahnung, was genau sie damit meinte. Ich schluckte. Mit etwas Glück war das Gespräch jetzt beendet, und ich konnte verschwinden, ehe das hier aus dem Ruder lief. »Wieso gerade sie? Was ist so besonders an ihr?«

Gott. Jetzt wurde es richtig eng.

»Spielt das eine Rolle?«, fragte ich und versuchte somit, einer Antwort aus dem Weg zu gehen.

Ich besaß vielleicht nicht allzu viel emotionale Intelligenz, aber selbst ich ahnte, dass es lebensverkürzend sein könnte, wenn man seiner ersten Frau sagte, wie sensationell die zweite war.

»Hm, wohl nicht.« Jess zuckte mit den Schultern und verfiel wieder in Schweigen. Dann: »Hast du es den Jungs schon gesagt?«

»Nein. Ich wollte erst mit dir sprechen und hören, wie du es handhaben möchtest.«

»Ich denke, du solltest ehrlich zu ihnen sein. Willst du es ihnen sagen, wenn Shauna dabei ist?«

Darauf hätte ich eine Antwort parat haben müssen. Eine richtig gute Antwort. Hatte ich aber nicht.

»Ich weiß nicht. Was meinst du?«

»Warum sagen wir es ihnen nicht jetzt gleich? Und machen einfach keine große Sache daraus?«

»Klar. Wie du meinst.«

Sie drehte sich um. »Jungs!«, rief sie. Fußgetrappel war zu hören, dann erschienen Davie und Joe. Übermütig kletterten sie auf den Tisch. Normalerweise hätte ich sie darauf hingewiesen, dass das nicht erlaubt war, aber ich ließ es. Es war jetzt nicht der richtige Augenblick für pädagogische Maßnahmen. »Dad möchte euch etwas sagen.«

Oje, das kam sehr spontan. Ich war nicht ganz sicher, ob sie mir helfen oder mich in eine Falle locken wollte. Vielleicht hoffte sie ja, ich würde noch einen Rückzieher machen.

Zwei süße kleine Gesichter schauten mich erwartungsvoll an. »Kriegen wir eine Carrera-Bahn?«, fragte Joe.

Das war der perfekte Eisbrecher. Selbst Jess musste lachen.

»Nein. Oder vielleicht doch, wenn ihr ganz brav seid, bis das Christkind kommt. Aber das ist es nicht.« Ich wünschte, ich hätte vorher irgendwo nachgelesen, wie man sich in so einer Situation verhält. Es gab sicher einen Ratgeber. Irgendein Selbsthilfehandbuch: *Scheidung und Wiederverheiratung leicht gemacht.* Ich hatte ja gar nicht den Anspruch, es perfekt zu machen, ich wollte sie nur nicht fürs Leben verstören. So begann ich am hintersten Ende. »Jungs, wir haben uns nur gefragt, was ihr dazu sagen würdet, wenn Daddy Shauna heiraten würde.«

Davie spielte weiter mit seinem Zauberwürfel, aber Joe riss die Augen weit auf. »Ist sie dann unsere Mum?«

Ich sah Jess zusammenzucken und reagierte sofort. »Natürlich nicht, Joe. Eure Mum bleibt auf ewig eure Mum. Es bedeutet nur, dass Shauna immer da sein wird, wenn ihr zu mir kommt. Wäre das nicht cool?«

»Ja! Sie ist wie der echte Buzz«, jubelte Joe. »Cool. Cool. Cool. Cool. Cool …« Er setzte sein Mantra fort, ehe er plötzlich innehielt. »Bis in alle Ewigkeit und noch viel länger!«, brüllte er und sprang vom Tisch.

Dank meiner guten Reflexe fing ich ihn auf, hob ihn hoch und kitzelte ihn. Während er protestierte, schaute ich zu Davie.

»Davie, ist es für dich auch in Ordnung?«

»Klar«, antwortete er. Er war immer der Besonnenere von den beiden.

Jess mischte sich ein. »Okay, Jungs, sagt eurem Daddy jetzt auf Wiedersehen und dann ab zum Händewaschen. Es gibt gleich Abendessen.«

Sie krabbelten mit Umarmungen und Küssen über mich hinweg, ehe sie hinauf ins Bad stürmten.

Ich stand auf, stellte den leeren Teebecher in die Spüle und drehte mich wieder zu ihr um. »Ich gehe jetzt.«

»Ja.«

»Danke, Jess.«

Ich wusste nicht, wofür ich ihr dankbar war, aber ich war sicher, dass es viel schlimmer hätte werden können. Ich war auf halbem Weg zur Tür, als sie mich plötzlich am Arm festhielt.

»Jon, bist du ganz sicher?« Sie sah mich mit ihren großen braunen Augen, in die ich einst jeden Tag geblickt hatte, an. »Es ist nur, weil …«

»Was?«

»Ich weiß nicht. Ich … irgendwie habe ich immer geglaubt, dass wir …«

Sag es nicht. Sag es nicht. Nicht jetzt. Mein inneres Alarmsystem brüllte mich an, mich schleunigst in Sicherheit zu bringen.

Sie schüttelte den Kopf und brachte den Satz ganz anders zu Ende, als ich vermutete. »Ach, nichts.«

»Gut.« Erleichterung.

»Hättest du gern, dass die Jungs bei der Hochzeit dabei sind?«

»Ja. Ist das okay für dich?« Ich hätte es vielleicht schon eher erwähnen sollen.

»Klar. Sie haben die süßen Anzüge, die wir ihnen für die Verlobung meiner Schwester letzten Monat gekauft haben. Die können sie anziehen.«

»Super.«

»Lass uns versuchen, nicht solche Eltern zu werden, die sich von ihren eigenen Gefühlen leiten lassen und die Kinder damit belasten.«

Ich hatte den Verdacht, dass sie das nicht nur zu mir, sondern auch zu sich selbst sagte.

Ich war wachsam, was das betraf. Ich hoffte nur, sie auch.

12. Kapitel

2015 – Shauna

»Mummy, du erdrückst mich ja!«, quiekte Beth und lachte. Dann erblickte sie Marcy, ihre beste Freundin.

»Marcy! Marcy!«, rief sie. »Hier bin ich!«

Marcy kam sofort auf uns zugelaufen. Widerstrebend ließ ich mein kleines Mädchen los. Wie gern hätte ich sie immer weiter festgehalten, sie einfach nur gespürt, mich sicher und warm gefühlt und in dem Glauben, dass nichts an uns herankommen konnte, was uns wehtun würde.

Als ich letzte Nacht im Bett lag, neben dem schlafenden Jon, musste ich ununterbrochen daran denken. Wie würde ich es ihr sagen, wenn wir eine schreckliche Diagnose erhalten würden? Wie würde das ihr Leben verändern? Würde es sie für immer verändern? Sie war fünf Jahre alt, und ich konnte den Gedanken nicht ertragen, dass irgendetwas ihr Schmerzen bereiten oder sie unglücklich machen würde. Um fünf Uhr habe ich den Versuch zu schlafen schließlich aufgegeben. Ich bin in Beth' Zimmer geschlichen, bin mit unter ihre Bettdecke gekrochen und habe auf ihre Atemzüge gelauscht. Es musste gut werden. Es musste! Nicht für uns, aber für sie und für ihre Brüder. Sie waren fünfzehn Jahre alt, fast erwachsen, aber immer noch Jungs, die gerne mit ihrem Dad herumtobten. Sie brauchten ihn. Wir alle brauchten ihn.

In diesem Moment sah ich Marcys Mutter Lina. Sie winkte mir zu, aber ich zeigte auf meine Armbanduhr und machte ein gehetztes Gesicht. Sie verstand und gab mir ein Zeichen, dass sie mich anrufen würde. Ich nickte erleichtert. Im Augenblick traute ich mir nicht zu, mit irgendjemandem zu sprechen, ohne in Tränen auszubrechen. Rasch lief ich zurück zum Auto, setzte mich ans Steuer und fuhr los. Jon saß schweigend neben mir.

Wir hatten in dieser Woche viel geschwiegen.

Jeder Tag war absolut surreal gewesen, so als hätte irgendeine Fernsehserie die Herrschaft über unser Leben übernommen und es in etwas verwandelt, das ich nicht wiedererkannte. Am Morgen nach dem Besuch beim Optiker hatte uns die Arzthelferin ganz früh angerufen mit der Nachricht, dass es für den Nachmittag eine Terminverschiebung im Krankenhaus gebe und sie Jon dazwischennehmen würden. Die Dringlichkeit hatte mich in einen Zustand zwischen Beruhigung und völliger Panik katapultiert.

»Heute Nachmittag? Das schaffe ich nicht, Schatz. Der Steuerberater kommt, und danach habe ich noch einen Termin mit der Bank.«

»Sag es ab.«

»Aber ich kann nicht …«

»Jon, sag es ab! Oder bitte Daniel, die Termine für dich zu übernehmen. Wenn du es nicht tust, tue ich es.«

»Okay, ich mache es, aber wir sagen niemandem etwas, auch Daniel nicht. Lass uns die Sache nicht unnötig aufbauschen, Shauna. Es wird nichts sein. Also, was gibt's zum Frühstück? Wenn du mir Schinkenbrötchen machst, liebe ich dich für immer und ewig«, hatte er gescherzt.

Das hier war der bisher beängstigendste Moment meines Lebens gewesen, und er hatte gescherzt.

Aber vielleicht hatte er recht. Vielleicht konnte man nur so damit umgehen. Ihm half die Verdrängung ganz offensichtlich, da konnte ich seine Seifenblasen doch nicht zum Zerplatzen bringen. Also ließ ich es. Ich setzte ein Lächeln auf, machte zwei Schinkenbrötchen und rief dann eine Studentin an, die ab und zu für mich arbeitete, um sie zu bitten, meine Aufträge an diesem Tag zu übernehmen.

Der Neurologe, Dr. Clyde, begrüßte uns mit einem knappen Lächeln und bat uns, Platz zu nehmen. Danach stellte er uns eine Krankenschwester und einen Assistenzarzt vor, die bei der Untersuchung dabei sein sollten. Nachdem das geschehen war, forderte er Jon auf, seine Beschwerden noch einmal ausführlich zu schildern. Dabei machte er sich Notizen. Ich versuchte, etwas aus seinem Gesicht herauszulesen, aber er war ebenso professionell wie Jon entspannt war. Ein unbeteiligter Zuschauer hätte denken können, dass sie sich übers Wetter unterhielten. Oder über Fußball. Über alles, nur nicht über ein möglicherweise lebensveränderndes Gesundheitsthema. Jon spielte alles herunter, sagte im Groben die Wahrheit, aber schilderte es so, als gäbe es gar nichts, weswegen man sich Sorgen machen müsse. Die Kopfschmerzen? Okay, aber das war ja nur eine Migräne. Seine Mutter hatte das früher auch gehabt. Schatten vor den Augen? Wieder nur Migräne. Probleme mit dem Hören? Dafür hatte er keine gescheite Erklärung, also ging er einfach komplett darüber hinweg.

»Er verliert beim Gehen manchmal das Gleichgewicht«, platzte ich heraus, als ich schließlich nicht mehr an mich halten konnte. Ich war fest entschlossen gewesen, nichts zu sagen, ihn das selbst regeln zu lassen, aber der Arzt musste die ganze Wahrheit wissen. Er sah mich erstaunt an, aber Jon mischte sich sofort wieder ein.

»Nur wenn ich Bier getrunken habe.«

Wieder ein Scherz.

»Nein, nicht nur wenn er Bier getrunken hat«, widersprach ich leise, unsicher, gefangen zwischen Panik und der Verlockung, einfach so mit allem umzugehen wie Jon. Wenn wir so taten, als wäre alles in bester Ordnung, dann würde es auch so sein. Bei ihm funktionierte das doch auch.

Als das Gespräch beendet war, bat Dr. Clyde Jon, sich auf die

Lederliege im Untersuchungszimmer zu setzen. Er nahm ein Instrument von der Ablage und schaute damit nacheinander in Jons Augen. Weitere Untersuchungen folgten: Reflexe, Reaktionstests, Gleichgewichtsübungen. Bei jedem einzelnen Test hoffte ich inständig, dass Jon ihn mit Bravour bestand. Der Arzt ließ sich nicht anmerken, ob es so war. Anschließend setzte er sich wieder an seinen Schreibtisch, und Jon kam zurück auf den Stuhl neben mir.

»Mr. O'Flynn, ich kann nicht mit Bestimmtheit sagen, woher die Symptome bei Ihnen kommen, aber Ihre Reaktionen weisen gewisse Abnormitäten auf.«

»Was könnte das sein?«, platzte ich schon wieder heraus.

Ich war froh, dass ihn meine Unterbrechung nicht zu stören schien.

»Da gibt es viele Möglichkeiten. Es könnte sich tatsächlich um eine schwere Migräne handeln. Es könnte ein Virus dahinterstecken. Aber wir können leider auch die Möglichkeit nicht außer Acht lassen, dass es etwas Ernsteres ist.« Jon hörte schweigend zu. »Daher schlage ich vor, dass wir so schnell wie möglich ein MRT veranlassen. Jenny, können Sie sich bitte darum kümmern?«

Die Schwester ging sofort aus dem Zimmer und hinterließ eine gespenstische Stille. Irgendwann fing Jon an zu sprechen.

»Aber es könnte doch wirklich nur eine Migräne sein, oder?« Ich hätte heulen können, als ich die Verzweiflung in seiner Stimme hörte, das unbedingte Bedürfnis nach einer positiven Option, an die er sich klammern konnte.

»Ja, wie ich schon sagte«, stimmte der Arzt ihm zu. »Aber es bedarf einer weiteren Abklärung.«

Ich schaute von Jon zum Assistenzarzt hinüber, konnte aber auch aus seinem Blick nichts herauslesen. Hatte nur ich den ernsten Tonfall in Dr. Clydes Stimme gehört? Oder bildete ich mir das ein? Ich fragte mich, ob man an der Uni lernte, in solchen Situationen ein Pokerface zu machen. Oder war das die Jon-Strategie? Denk erst dann an das Schlimmste, wenn es zur unverrückbaren Realität geworden ist.

Jenny, eine Frau um die vierzig mit einer sanften Stimme, kehrte mit einem Din-A-4-Blatt zurück. »Sie haben einen Zusatztermin eingerichtet, sodass sie Mr. O'Flynn noch am Freitagmorgen reinnehmen können.« Sie wandte sich an uns. »Passt Ihnen das?«

Ich sah, dass Jon widersprechen wollte, daher kam ich ihm zuvor.

»Natürlich passt uns das. Danke. Wir werden pünktlich da sein.«

An meiner entschlossenen Stimme hörte er, dass jeder Einwand zwecklos war.

Einen Zusatztermin? Und so schnell? Was war denn mit all den Geschichten über die monatelangen Wartelisten und Engpässe in der Gesundheitsversorgung, von denen man ständig in der Zeitung las? Ich kam mir vor wie auf einer Wildwasserbahn. Oben rein in den Tunnel und dann ab in Richtung Diagnose. Zu schnell. Zu gefährlich. Zu groß das Risiko, zu ertrinken.

Ich hatte plötzlich das Gefühl, keine Luft mehr zu bekommen. Vorsichtig schaute ich zu Jon. Er war die Ruhe selbst. Lächelnd schüttelte er Dr. Clyde die Hand. Bedankte sich bei ihm, als hätte er nicht gerade von ihm erfahren, dass er ein chronisches, vielleicht sogar todbringendes Leiden haben könnte.

Optimismus. Tapferkeit. Oder Nichtwahrhabenwollen? Ich wusste nicht, was es war.

Wir schafften es bis ins Auto, ehe ich ihn ansprach, ihm forschend ins Gesicht sah, ihn fragte. »Alles okay?«

Er lächelte und küsste mich. »Shauna, es wird schon werden. Wenn ich wirklich etwas Schlimmes hätte, würde ich das doch wissen. Ich würde es spüren, glaub mir. Das hier wird sich als negativ herausstellen.«

So würde es also laufen. Ich hätte ihm widersprechen können, die Alternativen benennen, ihn zwingen können, sich zu öffnen, aber das war es nicht, was er brauchte. In seinem Blick stand ein Flehen, an dem ich deutlich sah, dass er meine Hilfe brauchte. Ich musste dieses Spiel mitspielen. Und ich beschloss jetzt und hier, dass ich genau das tun würde.

Wenn er sich keine Sorgen machte, würde auch ich so tun, als täte ich es nicht.

Wenn er die Angelegenheit herunterspielte, würde auch ich ihr keinerlei Bedeutung beimessen.

Wenn er Scherze machte, würde auch ich Witze reißen.

Es war Jons Kopf, Jons Leben, und auch die furchterregenden Möglichkeiten waren seine – ich hatte nicht das Recht, sie ihm zu nehmen oder zusammenzubrechen oder darüber nachzudenken, wie *ich* mich fühlte. Es war sein Spiel, und ich musste darin jede Rolle annehmen, für die er mich brauchte.

Von diesem Moment an baute ich eine Fassade der Normalität auf. Wir lachten, wir arbeiteten, wir klagten über Rechnungen. Eine ganz gewöhnliche Woche, Leute. Weitergehen. Hier gibt's nichts Besonderes. Vor Jon tat ich, als würde mich nicht das Geringste belasten. Nur wenn er schlief oder fort war, klammerte ich mich in der Küche an die Arbeitsplatte und rang nach Luft, während mir eine unsichtbare Gewalt die Kehle zudrückte.

Es hatte nur einen kritischen Moment gegeben, an jenem Abend, nachdem wir bei Dr. Clyde gewesen waren. Ich räumte den Tisch ab und las Beth im Bett ihre Gutenachtgeschichte vor. An jedem anderen Abend hätte ich mir gewünscht, sie würde rasch einschlafen, damit ich weiterarbeiten konnte, irgendwas von den tausend Dingen erledigen, die auf meiner täglichen To-do-Liste standen. An diesem hätte ich ihr stundenlang vorgelesen, wenn sie mich gelassen hätte. Als ihr die Augen zufielen, lag ich eine Zeit lang ganz still neben ihr und versuchte, die Ängste fortzudrängen, die meinen Magen eisern umschlossen hielten. Erst als ich sicher war, dass ich mich wieder einigermaßen unter Kontrolle hatte, küsste ich meine schlafende Beth und ging nach unten. Jon saß noch am Tisch mit gerunzelter Stirn, vor sich den Laptop.

»Jon, ich finde, du solltest es Daniel sagen.«

Er reagierte wie immer. »Nein, um Himmels willen. Shauna, er hat genug um die Ohren mit Lulu und der ganzen Arbeit. Das Allerletzte, was er jetzt braucht, sind noch mehr Probleme. Und es ist ja auch unnötig, weil es am Ende gut ausgehen wird. Kein Grund also, ihn noch damit zu belasten.« Ich spürte, wie mir die Tränen in die Augen stiegen. Frustration, Angst, Panik … Mühsam blinzelte ich sie weg. Jammern half uns in dieser Lage am allerwenigsten. »Und ich möchte auch nicht, dass es sonst jemand erfährt. Wozu? Bald haben wir Klarheit, und dann vergessen wir die Sache ganz schnell wieder.«

Das bezweifelte ich, ich zog es dennoch vor, nicht zu widersprechen.

Das war es also. Akte geschlossen.

Bis zu diesem Tag, an dem wir uns mit jeder Kreuzung und jeder Ampel dem Krankenhaus und somit der endgültigen Diagnose näherten.

Jons Hand lag auf meiner auf der Mittelkonsole des Wagens. Keiner von uns sagte einen Ton, bis sich die Schranke zum Parkplatz öffnete.

»Wir fragen Lulu oder Rosie, ob sie heute Abend auf Beth aufpassen«, sagte er, »und dann führe ich dich ganz schick aus. Wir trinken und tanzen und haben danach wilden Sex«, versprach er mit einem Lächeln, das nicht so richtig überzeugend war.

Wir machten weiter auf Humor und Unbeschwertheit. Also

gut. »Für die Sorgen, die du mir in dieser Woche bereitet hast, muss schon ein Brilli rausspringen.«

»Ich habe schon immer befürchtet, dass du zu anspruchsvoll für mich bist«, antwortete er und küsste mich. Ich schlang die Arme um seinen Nacken und küsste ihn zurück. Zärtlich und innig. Als könnte uns das in die Zeit zurückkatapultieren, als wir uns gerade kennengelernt hatten und als eine Umarmung wie diese alles war, was zählte. Zu schnell hörten wir auf, schauten uns einige Sekunden wortlos an, dann lächelte Jon und drückte mir noch einen Kuss auf die Nasenspitze. »Bist du bereit?«

»Ja«, antwortete ich. Aber jede Faser meines Körpers schrie Nein.

»Dann lass uns gehen«, sagte er. »Und hör auf, so ängstlich zu schauen. Du weißt doch – alles wird gut.«

13. Kapitel

2005 – Shauna

Noch bevor ich an diesem Morgen die Augen aufschlug, wusste ich, dass die Sonne schien, und als ich die Vorhänge zur Seite zog, spürte ich sofort die wärmenden Strahlen im Gesicht.

Perfekt.

Ich nahm mein Handy von der Fensterbank – der einzige Ort in meiner Wohnung, an dem ich Empfang hatte – und sah die SMS von meiner Großmutter. *Hab nichts zum Anziehen für heute. Kann ich im Morgenmantel kommen?*

Ich schrieb zurück: *Klar, wenn er zu deinen Schuhen passt* und drückte auf Senden. Gott, liebte ich diese Frau!

»Hey, meine Schöne, alles Liebe zum Hochzeitstag.«

Jons Stimme klang verschlafen. Lächelnd tapste ich zurück zum Bett und schlüpfte wieder unter die Decke. Ich wollte seinen Körper noch ein wenig an meinem spüren.

»Dir auch. Alles Liebe zum Hochzeitstag. Noch hast du Zeit, deinen Entschluss zu ändern«, murmelte ich und tastete unter der Bettdecke nach ihm.

Er lachte. »Nicht, wenn du so was machst.« Er war plötzlich hellwach und rollte sich auf mich. »Ich dachte früher immer, es brächte Unglück, wenn man seine Braut am Hochzeitstag zu früh sieht«, meinte er und begann, seine Hüften zu bewegen. »Aber das stimmt nicht.«

Wunderbare Wellen puren Glücks durchströmten meinen Körper.

Eine Stunde später lagen wir immer noch im Bett, aßen Croissants und tranken heiße Schokolade. Und dann kamen Lulu und

Rosie zur Tür hereingestürzt, beide in bodenlangen cremefarbenen Kleidern. Lulu hatte sich ein Band aus Blumen um ihre wilde Lockenmähne geschlungen, Rosie hatte eine hinreißende Vierzigerjahre-Frisur.

»Hallo?« Lulu sah uns entsetzt an. »Hab ich das Datum verwechselt? Ich war mir bis eben ziemlich sicher, dass ihr in …«, sie schaute auf ihre Uhr, »weniger als drei Stunden heiratet.«

»Oh, Himmel, ist das heute?«, scherzte ich und sah genüsslich zu, wie ihr Gesicht vor Aufregung rot anlief.

»Sofort aus dem Bett!«, kreischte sie. Die Tatsache, dass niemand sie ernst nahm, brachte sie erst recht in Rage.

»Ich koche uns einen Kaffee.«

Rosie, wie immer jedem Konflikt aus dem Weg gehend, lief eilig aus dem Zimmer. Ihr Brautjungfernkleid raschelte bei der Bewegung. Die beiden Mädels hatten sich ihre Garderobe selbst ausgesucht, in einer kleinen Boutique in Kensington. Sie hatten beide denselben Farbton gewählt, aber damit endete die Ähnlichkeit auch schon. Lulus Kleid war schulterfrei, ganz schmal geschnitten und betonte jede ihrer Kurven. Rosies Kleid war typisch Rosie. Es hatte einen herzförmigen Ausschnitt, ein geschnürtes Mieder und einen bauschigen Rock, der aus mindestens drei Lagen Tüll bestand. Meine beiden Freundinnen sahen spektakulär aus.

Als mir klar wurde, dass Lulu mich notfalls an den Füßen aus dem Bett zerren würde, zog ich mir rasch das T-Shirt, das auf dem Fußboden neben meinem Bett lag, über und stand auf. Jon warf die Decke zurück, was Lulu veranlasste, die Hände vor die Augen zu schlagen.

»Ich glaube, ich werde blind!«, rief sie entsetzt.

»Schon gut, er hat Boxershorts an«, beruhigte ich sie lachend.

Sie war unzuverlässig. Draufgängerisch. Verrückt. Aber sie brachte mich wie kein anderer zum Lachen – von Jon einmal abgesehen. Ich liebte sie genau so, wie sie war. Nur vielleicht manchmal ein bisschen leiser.

»Los! Beweg dich!«, befahl sie und nahm die Hände vorsichtig vom Gesicht.

Innerhalb von zehn Minuten war ich in der Dusche und wieder draußen, das Wasser ließ ich für Jon gleich laufen.

Selbst wenn ich jede Einzelheit geplant hätte, anstatt mich einfach treiben zu lassen und auf das Beste zu hoffen – es hätte gar nicht besser laufen können. Meine nette Mitbewohnerin und Zahnärztin, Zoe, hatte kurzfristig verkündet, dass sie für ein paar Jahre in Australien leben wolle. Das hatte mein und Jons Dilemma mit einem Schlag gelöst. Er war bei mir eingezogen, und wir hatten aus Zoes Zimmer ein Kinderzimmer für die Jungs gemacht.

Zurück im Schlafzimmer pustete ich mein Haar mit einem Fön trocken, bürstete es und bändigte es im Nacken locker mit einer Strassspange. Es fiel mir in großzügigen Wellen über den Rücken.

»Ich weiß gar nicht, wieso ich mit dir befreundet bin.« Lulu lag lang ausgestreckt neben Rosie auf dem Bett. Warum war nie eine Kamera in der Nähe, wenn man eine brauchte? »Wie kann man in so kurzer Zeit so gut aussehen? Ich bin mitten in der Nacht aufgestanden, um meine Frisur so hinzukriegen, wie ich sie wollte.«

Wir wussten beide, dass das nicht stimmte.

Während ich mich schminkte, nur ein ganz leichter natürlicher Look, kam Jon zurück ins Zimmer, rasiert und bekleidet mit einer schwarzen Hose und einem weißen Hemd.

»Komm, ich helf dir«, bot Lulu an, als sie sah, dass er Mühe hatte, seine Manschettenknöpfe zu schließen. Jon hielt ihr abwechselnd seine Handgelenke hin. »Jon, ist alles okay mit dir?«, fragte Lulu anschließend.

»Ja, bestens. Wieso?«

»Weil ich das Gefühl habe, dass du mir nicht in die Augen sehen kannst.«

Ich wusste sofort, warum. »Er ist immer noch geschockt wegen der Geschichte mit deiner Mum und meinem Dad.«

»Ah.« Lulu verstand jetzt auch.

Jon schüttelte den Kopf. »Das muss ganz schön kompliziert für euch sein.«

Ich hatte versucht, es ihm zu erklären, aber schnell festgestellt, dass es – wie so vieles in meiner Familie – für andere einfach nicht nachvollziehbar war. Abgesehen von Lulu natürlich. Mein Vater und ihre Mutter hatten eine Affäre, seit ich denken konnte. Ihr Vater reagierte darauf, indem er jeder Frau nachstellte, die ihm gefiel, meine Mutter tat, als merkte sie es nicht, zumal ihr die Freundschaft mit Gwen über alles ging. Die vier kamen jedenfalls gut klar damit. Sie fuhren gemeinsam in Urlaub, verbrachten die Wochenenden zusammen, lebten ihr Leben zusammen und bekamen offenbar alle genau das, was sie brauchten. Ich versuchte gar nicht erst zu verstehen, wie das funktionierte, aber es war so. Es war eine komplizierte Vierer-Dynamik, die für alle zufriedenstellend war.

»Du bist süß«, antwortete Lulu. »Aber glaub mir, wir haben uns daran gewöhnt. Schon lange.« Und so war es. Irgendwann als Teenies hatten wir aufgegeben, uns darüber zu echauffieren, und es akzeptiert. Seltsam war nur, welch unterschiedlichen Einfluss es auf unsere Persönlichkeiten hatte. Lulu brauchte ununterbrochen Aufmerksamkeit und legte keinen Wert auf Monogamie. Ich war da ganz anders. »Übrigens hab ich den Eindruck, dass sich bei ihnen demnächst ein neues Beziehungsgefüge entwickeln wird. Meine Mutter macht zurzeit einen Workshop bei irgendeinem Künstler. Ich bin ziemlich sicher, dass der sich mit Pinseln aller Art auskennt.«

Rosie brachte den Kaffee. »Ich finde euer Gespräch höchst seltsam«, erklärte sie kopfschüttelnd und half mir in mein Kleid.

»Ich weiß. Jon, kannst du mir meine Schuhe rüberwerfen?«

Seltsam oder nicht, genau so wollte ich es haben. Kein Stress. Kein großes Aufheben. Alles so locker wie nur möglich. Mich interessierten weder Fotos noch Geschenke noch tolle Hochzeitsautos. Ich wollte nur Jon heiraten, und zwar vor allen Menschen, die ich liebte. Alles andere war mir unwichtig.

Ich erschrak, als ich sah, dass alle mich anstarrten. »Was ist? Was ist los?«

Keiner sagte etwas. Gott, bestimmt war mein Kleid gerissen! Oder schmutzig. Ach egal, zog ich halt ein anderes an. Ich könnte zum Beispiel …

»Du siehst wunderschön aus«, sagte Jon.

Ich glaube, das war das erste Mal, dass ich ihn so vollkommen ernst erlebte.

Ich lächelte und betrachtete mich im Spiegel. Mein schlichtes weißes Kleid aus Seidenkrepp, schmal, knöchellang und mit einem tiefen Schlitz, damit ich einigermaßen laufen konnte, war wirklich schön.

»Fertig?«, fragte ich Jon. Mein Gesicht schmerzte schon vom permanenten Strahlen.

Wir stiegen alle in unser Hochzeitsauto, auch bekannt als Rosies alter Campingbus, und fuhren los, um wie verabredet Davie und Joe bei Jess abzuholen. Dann ging es weiter nach Wimbledon. Vor den Augen meiner entsetzten Mutter kletterten wir einer nach dem anderen aus dem Wagen. Locker ging für sie gar nicht. Entspannt auch nicht. Und ein klappriger Campingbus war die Katastrophe.

Jon küsste mich noch einmal und ging mit den Jungs vor in die Kirche. An der Tür blieb er kurz stehen, um eine ältere Dame und einen jungen Mann zu begrüßen, die ihm entfernt ähnelten. Das mussten seine Mutter und sein Bruder sein. Sie waren am Morgen aus Dublin hergeflogen, Daniel hatte sie vom Flughafen abgeholt und direkt nach Wimbledon gebracht.

Seltsam, dass ich die Familie meines Mannes erst bei der Hochzeit kennenlernte.

Meine Mutter wartete, bis alle saßen, dann hatte sie ihren großen Auftritt. Jeder würde mitbekommen, wie großartig sie aussah. Sollte sie ihren Augenblick doch genießen. Ich war viel zu selig, um es ihr zu verübeln. Mit jeder Faser meines Herzens spürte ich Glück und Aufregung.

»Hey, du heiratest jetzt«, flüsterte Rosie mit Tränen in den Augen, als sie und Lulu mich noch einmal in die Arme nahmen.

Mein Dad wartete, bis wir fertig waren, und hielt mir dann seinen Arm hin. »Wir sollten jetzt hineingehen, Shauna.«

Kein »Du siehst wunderschön aus«. Keine Tränen der Rührung. Kein stolzer Blick.

Ja, wir sollten jetzt hineingehen.

Ich nahm seinen Arm, und wir stiegen die Stufen zum Eingang hinauf, Lulu und Rosie dicht hinter uns. Daniel stand dort oben, um uns zu begrüßen und die Tür für uns aufzuhalten. Er lächelte erst mich an und dann Lulu. Ich war sicher, es würde nicht mehr lange dauern, bis die beiden ebenfalls vor den Traualtar traten.

Elsie hatte die Lieder für den Gottesdienst ausgesucht und es tatsächlich geschafft, den Pfarrer davon zu überzeugen, dass *He's Got the Whole World in His Hands* der perfekte Start ins Eheleben war. Als wir den Kirchenraum betraten, zwinkerte sie mir zu. Ich musste auf dem ganzen Weg zum Altar ein Kichern unterdrücken.

Und dort stand Jon, flankiert von Davie und Joe. Wartend. Er strahlte vor Glück. Ich war mir noch niemals so sicher gewesen, das Richtige zu tun. Ich liebte diesen Mann. Wir gehörten zusammen. Wir würden ein wunderbares Leben zusammen führen. Nichts, absolut gar nichts konnte uns je etwas anhaben.

Der Pfarrer sprach einige Begrüßungsworte und begann mit der Zeremonie. Er nahm meine Hand und legte sie auf Jons.

»Jon, bitte sprechen Sie mir nach …«

Die Worte des Pfarrers verloren sich im Kirchenraum, als Jons und mein Blick sich trafen. Er sagte so viel mehr als das, was Jon nun wiederholte.

»Ich, Jon O'Flynn, nehme dich, Shauna Williams, zu meiner Frau. Ich verspreche dir die Treue in guten und in bösen Tagen, in Gesundheit und in Krankheit, bis der Tod uns scheidet.«

Der Pfarrer sprach nun wieder. »Und jetzt Sie, Shauna, bitte sprechen Sie mir nach …«

»Ich, Shauna Williams, nehme dich, Jon O'Flynn, zu meinem Mann. Ich verspreche dir die Treue in guten und in bösen Tagen, in Gesundheit und in Krankheit, bis der Tod uns scheidet.«

Davie und Joe klatschten aufgeregt, und alle lachten. Es war einfach perfekt.

Jon hob Joe auf den Arm und ich Davie, und der Pfarrer verkündete: »Ich erkläre Sie hiermit zu Mann und Frau. Sie dürfen sich jetzt küssen.«

»Iihhh!«, riefen Joe und Davie wie aus einem Mund und wandten sich ab.

Jon beugte sich vor und küsste mich. »Ich liebe dich, Mrs. O'Flynn.«

»Ich liebe dich auch«, flüsterte ich.

So, so sehr.

Und ich hatte keinerlei Zweifel, dass das immer so bleiben würde.

Bis der Tod uns scheidet.

14. Kapitel

2015 – Jon

Die Wartezone, ein großer abgeteilter Bereich mit mehreren Sitzreihen, war überfüllt, also lehnten Shauna und ich uns an eine der Wände. Ich war froh, dass damit jede Unterhaltung unmöglich war, denn ich wusste nicht, was ich sagen sollte.

Ich sah mich um und spürte, wie sich in meinem Magen ein dicker Klumpen bildete. Auf einem Hinweisschild stand, dass es sich um die Wartezone für die Neurologie sowie die Kiefer- und Gesichtschirurgie handelte, dabei war das nicht zu übersehen. Überall saßen Patienten mit Wunden, Narben, Verbänden. Viele hatten rasierte Schädel, die Gesichter waren blass und eingefallen. Das alles waren kranke Menschen. Ich war nicht krank. Mir ging es gut. Das versuchte ich Shauna die ganze Zeit klarzumachen. Hier konnte man gut sehen, dass ich recht hatte. Pure Zeitverschwendung, überhaupt herzukommen. Ich hatte ein richtig schlechtes Gewissen, dass ich die Zeit der Ärzte in Anspruch nahm, da all diese armen Teufel sie doch viel nötiger hatten.

Shauna starrte auf ihre Fußspitzen und hielt meine Hand umklammert. Die letzte Woche war hart für sie gewesen, aber ich hatte nicht gewusst, wie ich es für sie hätte leichter machen können. Wenn ich ihr sagte, dass alles gut werde, fragte sie jedes Mal, woher ich das wisse. Und darauf hatte ich keine Antwort. Ich musste einfach daran glauben, mich an mein Mantra klammern, mir erst dann Sorgen zu machen, wenn es einen konkreten Anlass gab.

»Mr. O'Flynn.«

Shauna zuckte zusammen. Wir drehten uns um. Vor uns stand die Krankenschwester, die wir schon von unserem ersten Besuch kannten. Wie hieß sie noch? Mist! Irgendwie konnte ich mir in letzter Zeit gar nichts mehr merken. Ich hatte einfach zu viel um die Ohren. Jenny, ja, so hieß sie.

Sie führte uns einen Korridor entlang in einen Raum, in dem wie beim letzten Mal Dr. Clyde und der junge Assistenzarzt saßen. Aber dieses Mal war noch ein weiterer Arzt dabei. Er hatte graues Haar, sein Hemd und seine Krawatte waren zerknittert, und er wirkte sehr ernst.

»Mr. O'Flynn, das ist mein Kollege, Dr. Dale.«

Ich begrüßte ihn, setzte mich neben Shauna und nahm wieder ihre Hand.

Dr. Clyde räusperte sich. »Mr. O'Flynn, sind seit unserem letzten Treffen irgendwelche neuen Symptome bei Ihnen aufgetreten?«

»Ich hatte nur ein paarmal Kopfschmerzen. Die Betablocker scheinen jetzt zu wirken.«

Er nickte und machte sich eine Notiz auf einem Schreibblock. Anschließend bombardierte er mich mit einer Menge Fragen, die meisten hatte er mir beim letzten Mal schon gestellt. Sehstörungen? Hörprobleme? Krämpfe? Anfälle von Bewusstlosigkeit?

Ich beantwortete alle mit Nein. Schließlich war es erst wenige Tage her, seit ich hier gewesen war, und seitdem war es viel besser geworden. Ich war definitiv auf dem Wege der Genesung.

Als er mit seinen Fragen fertig war, drehte er sich zur Seite und schaltete neben sich an der Wand einen Leuchtkasten an. Das Bild, das darauf zu sehen war, identifizierte ich als eine Art Röntgenaufnahme eines Gehirns.

»Mr. O'Flynn, das ist das Ergebnis Ihres MRTs.«

Ich hörte Shauna tief einatmen. Gemeinsam starrten wir auf das Bild und versuchten, etwas darin zu erkennen. Es gelang mir nicht. Es gab helle und dunkle Flecken, Linien und Kurven, Grauschattierungen, die ich nicht verstand.

Dr. Clyde nahm einen Kugelschreiber und wies auf das Gerät. »Lassen Sie mich gleich zur Sache kommen, Mr. O'Flynn.«

Gott! Welche Sache? Hieß das, dass etwas nicht in Ordnung war? Das konnte nicht sein. Ich war nicht krank. Diese armen Menschen da draußen waren krank, aber ich doch nicht. Mir ging's gut. Absolut.

Shaunas Nägel gruben sich in meine Handfläche, aber ich nahm den Schmerz kaum wahr.

»Diesen Bereich hier …« fuhr der Arzt fort und umkreiste mit dem Kugelschreiber einen Teil des oberen Bildausschnittes, »… nennt man Okzipitallappen. Er liegt etwa in diesem Teil des Schädels.« Er zeigte zur Illustration auf seinen Hinterkopf, ungefähr auf halber Höhe, etwas links von der Mitte. Dann deutete er wieder auf die Aufnahme. »Und der Schatten, den Sie hier sehen …«, wieder ließ er den Kuli kreisen, »… ist leider ein Tumor.«

Was? Wie bitte?

»O Gott«, hauchte Shauna.

»Ich habe einen Hirntumor?«, wiederholte ich fassungslos.

Das musste ein Irrtum sein. Ich war siebenunddreißig Jahre alt. Am vergangenen Wochenende hatte ich noch Fußball gespielt, fünf gegen fünf. Wie konnte ich da einen Hirntumor haben?

»Ja.« Er schwieg einen Moment. Vielleicht, um uns die Nachricht verdauen zu lassen, ehe er weitersprach. »Der Grund, weshalb er Ihr Sehvermögen beeinträchtigt, ist der, dass er genau an die Stelle grenzt, an dem der Sehnerv in Ihr Gehirn mündet.«

»Ja … aber …« Ich konnte die Worte nicht herausbringen.

»Was bedeutet das?«, vollendete Shauna für mich. Ihre Stimme war kaum mehr als ein Flüstern.

Dr. Clyde legte den Stift aus der Hand und drehte sich zu uns herum. »Der Tumor ist ziemlich groß, etwa so groß wie eine

Faust.« Unmöglich. Das musste ein Irrtum sein. Wie konnte ich so etwas im Kopf haben, ohne es zu merken? »Das verursacht die Kopfschmerzen und die Hörprobleme. Und der Druck auf den Sehnerv sorgt für die Sehstörungen.« Wieder Schweigen. Shauna und ich brachten keinen Ton heraus. Der Arzt fuhr fort. »Wir haben nun zwei Optionen. Der Tumor liegt an einer Stelle, die gut zugänglich ist, daher wäre die erste Option ein chirurgischer Eingriff. Wir würden den Schädel öffnen, den Tumor freilegen und so viel Gewebe wie möglich entfernen, im Optimalfall alles. Natürlich birgt das wie jede Operation ein gewisses Risiko.«

Sein Ton gefiel mir ganz und gar nicht. Ich spürte, wie Schweißperlen auf meine Stirn traten.

»Und die andere Option?«

»Wir könnten abwarten, den Tumor beobachten und die Entscheidung vorerst aufschieben.« Das klang schon viel besser, bis er fortfuhr: »Aber bei diesem Vorgehen ist das Risiko sehr viel größer.«

»Welches Risiko?« Shauna kam mir zuvor. Ich erkannte ihre Stimme kaum noch.

Dr. Clyde beantwortete ihre Frage, schaute dabei aber mich an. »Ihr Sehvermögen könnte Schaden nehmen, möglicherweise ernsthaft und irreparabel.«

Was sagte er da? »Ich könnte blind werden?«

»Ja. Ein weiteres Problem besteht darin, dass wir auch weiterhin nicht wissen, um welche Art von Tumor es sich handelt. Das können wir erst analysieren, wenn wir eine Biopsie machen. Er könnte gutartig sein, das wäre das beste Resultat. Sollte er jedoch bösartig sein und besonders aggressiv, haben wir die Möglichkeit, innerhalb eines relativ kleinen Zeitfensters zu operieren, vertan.«

»Und dann würde ich …« Mehr brachte ich nicht zustande.

»Das würde zum baldigen Tod führen«, interpretierte er meine Frage korrekt.

Ein erstickter Laut kam von Shauna. Ironischerweise war mein Sehvermögen gerade so klar wie lange nicht. Aus den Augenwinkeln sah ich zwei Tränen über ihre Wange laufen.

»Aber … aber … er könnte … auch gutartig sein? Und dann wäre alles gut?«, stammelte Shauna. Die Verzweiflung in ihrer Stimme brach mir das Herz.

»Das wäre eine Möglichkeit«, bestätigte Dr. Clyde, aber ich hörte keine Zuversicht heraus. »Bei einem Mann in Ihrem Alter ist es sicherlich die wahrscheinlichste.« Meine Hoffnung stieg. »Aber um ganz offen zu sein: Bei einem gutartigen Tumor erwarte ich gewisse Marker, die ich hier nicht sehe. Das bedeutet natürlich nicht, dass es ausgeschlossen ist, ich möchte nur keine Schlüsse ziehen, ehe wir das Gewebe analysiert haben.«

Ich holte tief Luft und versuchte, ruhig zu bleiben. Wieso hatte ich den grässlichen Verdacht, dass ich die Antwort auf meine nächste Frage schon kannte. »Was sollen wir also tun? Was raten Sie mir?«

»Ich denke, wir sollten operieren, und zwar rasch. Ich würde nächste Woche vorschlagen. Daher habe ich meinen Kollegen Dr. Dale heute hinzugezogen.«

Er zeigte auf den grauhaarigen Herrn. Ich hatte ganz vergessen, dass er da war.

»Mr. O'Flynn, ich bin Neurochirurg. Und ich stimme Dr. Clyde voll und ganz zu. Ich denke, wir sollten wissen, womit wir es zu tun haben, je eher, desto besser. Ich habe bereits meinen Operationsplan konsultiert und würde den Eingriff gern am kommenden Montag vornehmen.«

»Am Montag schon?«, wiederholte ich und versuchte zu verstehen, was er sagte. »Und was wollen Sie da tun? Meinen Schädel aufsägen?«

»Ich kann Ihnen die Vorgehensweise gern ausführlich erläutern.«

Gott, nein! Auf gar keinen Fall!

»Ja, bitte«, antwortete Shauna.

Dr. Dale sah mich fragend an. Ich nickte. Und fühlte mich wie auf einer Achterbahn, die sie sich auf dem höchsten Punkt befindet, bevor sie sich im nächsten Moment in die Tiefe stürzt.

»Wir werden einen hufeisenförmigen Schnitt an Ihrem Hinterkopf vornehmen. Das ermöglicht es uns, den hinteren Teil der Schädeldecke abzuheben, in das Gehirn zu gelangen und so viel wie möglich von dem Tumor zu entfernen. Wenn wir Glück haben, wie schon Dr. Clyde sagte, alles. Anschließend werden wir die Schädeldecke mithilfe von Metallschrauben wieder schließen. Mr. O'Flynn, …«

»Nennen Sie mich Jon.«

Keine Ahnung, woher das kam. Vermutlich weil ich dachte, dass es nett wäre, mit jemandem, der in Kürze an meinem Gehirn herumschnippelte, näher verbunden zu sein.

»Also gut, Jon. Ich muss Sie jedoch noch einmal darauf hinweisen, dass auch ein chirurgischer Eingriff gewisse Risiken birgt. Es geht um das Gehirn, das ist immer besonders heikel.«

»Was wäre das Worst-Case-Szenario?«, fragte ich.

»Bei dem Areal, das bei Ihnen betroffen ist, besteht die geringe, aber nicht auszuschließende Gefahr der Erblindung. Außerdem kann es später zu Schlaganfällen kommen oder zu Lähmungen. Und das Worst-Case-Szenario«, wiederholte er meine Ausdrucksweise, »ist, dass natürlich alle Operationen, auch diese, tödlich verlaufen können.«

»Dann könnte ich also sterben, wenn ich mich operieren lasse, und ich könnte sterben, wenn ich es nicht tue«, fasste ich zusammen. Ich versuchte verzweifelt, es zu verstehen.

Er nickte langsam. »Ja. Aber nach unserer Einschätzung ist die Wahrscheinlichkeit, dass Sie es nicht überleben, wesentlich höher, wenn Sie sich nicht operieren lassen.«

»Kann ich noch darüber nachdenken?«

»Selbstverständlich.«

»Wir brauchen nicht darüber nachzudenken«, widersprach Shauna. Ihre Stimme zitterte. »Jon, wenn du dich nicht operieren lässt, ist die Wahrscheinlichkeit hoch, dass du stirbst. Wenn du dich operieren lässt, gibt es eine gute Chance, dass das nicht passiert. Habe ich das richtig verstanden?« Beide Ärzte nickten. »Dann musst du es tun.«

Ich wusste, dass sie recht hatte. Ich hatte keine Wahl. Und dennoch … In Gedanken spulte ich noch einmal die Beschreibung der Operation ab. Hinterkopf aufschneiden. Schädeldecke öffnen. Meine Achterbahn donnerte jetzt abwärts. Ich war mir ziemlich sicher, dass ich mich gleich übergeben würde. Ich schluckte.

»Richtig. Ich brauche eigentlich nicht wirklich darüber nachzudenken. Also würde ich den Termin, den Sie mir angeboten haben, gern wahrnehmen, Dr. Dale.«

Er nickte, und Shauna drückte meine Hand noch fester. Ganz plötzlich musste ich an den Tag unserer Hochzeit denken, als sie neben mir stand, so unglaublich schön. Ich war der glücklichste Mensch auf Erden, als sie sagte: Bis der Tod uns scheidet.

Aber plötzlich fühlte ich mich dabei gar nicht mehr so glücklich.

15. Kapitel

2006 – Shauna

Ich lag auf dem Bauch im Liegestuhl und spürte die Sonne auf meinem Rücken. Die winzigen Goldcharms an den Bändchen meines Bikinis waren glühend heiß. Vermutlich war er für die klimatischen Bedingungen hier nicht so richtig geeignet. Aber Lulu hatte gefunden, dass er mir sensationell stand, also hatte ich ihn gekauft.

Ich fühlte Jons Hand auf meinem Rücken, ein Hauch von Kokos umwehte meine Nase. Die Hand glitt unter den Stoff meines Bikinihöschens.

Ich hob den Kopf und drehte mich zu ihm um. »Hast du mir etwa gerade Sonnenmilch auf den Rücken geschmiert, nur um einen Vorwand zu haben, meinen Hintern zu begrabschen?«

»Erraten«, murmelte er und ließ seine Hand einfach liegen.

Seine Ehrlichkeit war wirklich entwaffnend. Ich lachte. Heute war Tag Nummer drei am paradiesischsten Ort der Welt. Bali war eine Idee von Lulu gewesen oder von Daniel, das Sheraton Resort direkt am Strand eine Empfehlung der Reisebüroangestellten, die auf der indonesischen Insel ihre Flitterwochen verbracht hatte. Eine perfekte Wahl. Die Zimmer waren in kühlen Cremetönen gehalten, mit Möbeln aus kostbaren dunklen balinesischen Hölzern. An den Bars gab es unendlich viele köstliche Cocktails, wir konnten uns jederzeit beim Kitesurfen oder Wasserski abkühlen.

Daniel und Lulu saßen auf einem Tretboot in Sichtweite. Wahrscheinlich der beste Ort für sie. Seit wir hier waren, stritten sie ununterbrochen – da draußen waren sie wenigstens gezwungen, miteinander zu reden, ohne dass jemand wütend davonstürmen konnte. Ich war zu der Erkenntnis gekommen, dass manche Menschen eine stürmische Beziehung brauchten. Mir war das viel zu anstrengend.

Das Leben, das die arme Rosie im Moment führte, war allerdings auch nicht viel schöner. Wir sahen sie mit einem Jackie-Collins-Roman in der Outdoor-Bar sitzen, vor sich ein großes Glas mit einer roten Flüssigkeit und einer Ananasscheibe. Ich beschloss, mich gleich ein bisschen zu ihr zu setzen.

Zwei kleine Kinder kamen vorbeigerannt. »Vermisst du die Jungs?«, fragte ich Jon.

»Total«, gab er zu. »Andererseits könnte ich jetzt nicht hier liegen mit meiner Hand an deinem Hintern, wenn sie in der Nähe wären.«

Ich rollte mich auf die Seite und stützte mich auf den Ellbogen. Sanft schob ich seine Hand zur Seite, was er mit einem Protestlaut quittierte. Zum Trost beugte ich mich zu seiner Liege hinüber und küsste ihn. Er schmeckte nach einer Urlaubsmischung aus Salz und kaltem Bier, was mir erstaunlich sexy vorkam. Seine Haut glänzte in der Sonne. Er hatte ein Workout hinter sich, und sich mit Sonnenschutzfaktor 70 eingecremt, nachdem er sich am Tag zuvor Brust, Nase und Stirn verbrannt hatte. Die helle irische Haut war nun mal nicht für die Mittagssonne Balis geschaffen.

Vielleicht waren es die süßen Kinder, die im Sand spielten, oder die Erkenntnis, dass die Jungs mir auch fehlten, jedenfalls verkündete ich plötzlich: »Ich finde, wir sollten ein Kind bekommen.«

Jon verschluckte sich dermaßen an seinem Bier, dass der Bademeister aufschreckte. Hastig vergewisserte er sich dann, dass niemand im Pool ertrank, und schien erleichtert, dass der Einsatz des Heimlich-Griffs, den er sicherlich perfekt beherrschte, doch nicht erforderlich war.

»Könntest du mich das nächste Mal bitte vorwarnen, bevor du mir derart lebensverändernde Entscheidungen vor die Füße wirfst?«

Ich war etwas erstaunt über Jons Reaktion. Schließlich hatten wir das Thema schon mehrfach besprochen. Vor unserer Hochzeit hatte es häufiger vage »Ich möchte gern irgendwann mal Kinder«-»Ja, das wäre schön«-Dialoge gegeben, aber in den drei Monaten seit unserer Eheschließung war das Thema nicht mehr aufgekommen.

Trotz der Hitze hatte ich eine Gänsehaut. Er wollte doch wohl hoffentlich Kinder! Und wieso war ich da nicht völlig sicher? Ich war eine schlechte Ehefrau. Warum wusste ich derart wichtige Dinge über meinen Mann nicht? Seine Hoffnungen, Pläne und Meinungen? Vielleicht sollte ich bei Gelegenheit einmal nachfragen, welche politische Partei er wählte.

Aber zuerst das Thema Kinder. Ich war überzeugt davon, seine Reaktion falsch verstanden zu haben. »Jon, du möchtest doch noch mehr Kinder haben, oder?«

Ich erwartete ein »Ja klar, auf jeden Fall«, vielleicht sogar ein »Ich kann es gar nicht erwarten«. Stattdessen zuckte er mit den Schultern und murmelte: »Äh, da hab ich noch gar nicht drüber nachgedacht.«

Ich schwang meine Beine zur Seite und saß nun in Angriffsstellung auf meiner Liege.

»Aber als wir früher mal darüber gesprochen haben, hast du Ja gesagt.«

»Wann?«

»Vor unserer Hochzeit. Wir haben uns irgendwann morgens im Bett darüber unterhalten und …«

»Warst du nackt? Ich bin nicht verantwortlich für das, was ich sage, wenn du nackt bist.«

Er fand das witzig. Ich nicht.

»Jon, bitte nimm das ernst. Ich möchte wirklich gern Kinder. Und ich wusste bisher nicht, dass das bei dir anders ist.«

Mein Ton schien ihn irgendwie zu irritieren, jedenfalls begriff er, dass ich es tatsächlich ernst meinte.

»Hör zu, es ist nicht so, als ob ich keine Kinder will. Nur … na ja, wir haben ja schon die Jungs.«

»Aber das sind *deine* Kinder.«

Er wurde blass, aber ich gab nicht nach. »Komm schon, Jon. Ich liebe die beiden, das bedeutet allerdings nicht, dass ich nicht auch eigene Kinder möchte. Im Gegenteil. Zu sehen, wie klasse sie sind, bestärkt mich eher in dem Wunsch, die Familie zu vergrößern.«

Jon dachte einen Moment nach und zuckte dann mit den Schultern. »Also gut. Ich verstehe, was du meinst, und wenn es dir so wichtig ist, machen wir es einfach.«

»Jetzt hab ich das Gefühl, du sagst das nur, um mir einen Gefallen zu tun.« Ich war enttäuscht.

»Ich will dir keinen Gefallen tun. Es ist mir nur einfach nicht so wichtig. Wenn du Kinder willst, dann bitte. Und wenn nicht, ist das für mich auch in Ordnung.«

Warum beunruhigte mich das so? Er sagte im Grunde, dass er mir meinen Wunsch erfüllen würde, aber seine unverbindliche Art regte mich echt auf. Nahm er denn gar nichts ernst? Seit wir uns kennengelernt hatten, fühlte sich mein Leben an wie eine Reise voller Entdeckungen und Glücksgefühle, jetzt stellte ich zum ersten Mal fest, dass mir etwas nicht gefiel. Die Sonne schien plötzlich nicht mehr so strahlend, dabei war gerade die heißeste Zeit des Tages.

»Ich geh ein bisschen zu Rosie rüber.«

Ohne ihm auch nur die Chance zum Widerspruch zu geben, stand ich auf, nahm meinen Drink und marschierte los. Der heiße Sand brannte höllisch unter meinen Fußsohlen, aber das ignorierte ich. Ich war viel zu sauer, um noch einmal zur Liege zurückzugehen und meine Flip-Flops anzuziehen.

Rosie schaute von ihrem Buch auf, als sie mich heranstapfen sah. »Du siehst aber nicht sehr glücklich aus«, bemerkte sie, noch bevor ich mich gesetzt hatte. »Ich dachte, ich wäre die Einzige, die hier schlecht gelaunt ist.«

»Tja, jetzt sind wir zu zweit. Wusstest du, dass Jon keine Kinder mehr haben will?«

Sie lachte. »Äh … nein. Aber ich würde sagen, da du mit ihm verheiratet bist, solltest du das auch eher wissen.«

»Hm, du hast nicht unrecht«, gab ich zu. »Ich wünschte nur, ich hätte vorher darüber nachgedacht. Aber jetzt genug von mir. Wie geht es dir denn so?«

»Ich hoffe, dass sie hier eine vernünftige Bibliothek haben. Ich habe schon alle Bücher gelesen, die ich mitgebracht habe, und wir sind gerade mal drei Tage hier.«

»Auf jeden Fall passt dein Buch perfekt zu deinem Outfit«, sagte ich und zeigte lachend auf das Leoprint-Cover, das haargenau wie ihr Bikinioberteil aussah. »Du überlässt wirklich nichts dem Zufall.«

Jetzt lächelte sie wenigstens mal.

»Wenn du Lust hast, kannst du dich auch gerne zu uns legen. Oder sollen wir was unternehmen?«

»Ganz ehrlich, ich glaube, ich bin im Moment keine gute Gesellschaft. Ich bin einfach schlecht drauf.«

»Kein Wunder. Hast du nochmal was von ihm gehört?«

Sie schüttelte den Kopf. »Ich habe mein Handy ausgeschaltet und in den Safe verbannt, damit ich bloß nicht auf die Idee komme, ihn anzurufen.«

Ich kanalisierte meinen ganzen Frust jetzt auf Jason. Rosie war zwei Jahre mit ihm zusammen gewesen. Er hatte vor Kurzem sein Biologie-Studium beendet und Rosie danach angekündigt, dass er in den Norden ziehen werde, um künftig im Zoo von Chester zu arbeiten – ohne sie. Darüber war ich stinksauer. Er ließ sie nicht nur ohne jede Vorwarnung einfach sitzen, nachdem sie ihn zwei Jahre lang mehr oder weniger durchgefüttert hatte. Nein, er hatte es ihr überdies erst einen Tag vor unserer Reise nach Bali gesagt. »Ich meine, wie eilig muss er es haben, wenn er nicht mal bis nach einem Fünf-Sterne-Urlaub warten kann, ehe er mich in die Wüste schickt?«, hatte sie am Flughafen geklagt. »Hat er mich etwa die ganze Zeit nur benutzt, um während seines Studiums kostenlos bei mir wohnen zu können?«

»Weißt du was?«, schlug ich vor. »Was hältst du davon, wenn wir beide uns ein bisschen im Spa verwöhnen lassen und dabei ordentlich über die Männer lästern?« Das würde uns beiden guttun.

Mit einem Zug leerte sie ihren Cocktail. »Gute Idee. Ich hab reichlich Gesprächsstoff.«

Eine hübsche junge Frau im Spa-Bereich führte uns in einen Massageraum, in dem zwei ebenso hübsche junge Frauen uns massierten, bis wir so tiefenentspannt waren, dass wir beinahe eingeschlafen wären. Dann begaben wir uns in einen Nebenraum zur Maniküre und Pediküre.

»Ich wusste doch, dass ich euch hier treffen würde!« Lulu klang, als hätte sie sich bereits einige Drinks gegönnt.

»Hi!«, begrüßte ich sie. »Wir hätten dich mitgenommen, aber ihr wart ja mit dem Tretboot draußen. Ich wusste, dass du uns aufspüren würdest. Alles okay bei dir?«

Sie ließ sich auf den freien Platz neben Rosie fallen. Ihr knapper schwarzer Bikini war nur notdürftig von einem hauchdünnen Kaftan bedeckt, der jede Kurve betonte. Sie hatte die langen roten Locken zu einem Pferdeschwanz zusammengebunden und trug eine riesige Gucci-Sonnenbrille. Lulu sah immer sensationell aus, ganz gleich, wohin sie ging oder was sie machte.

»Daniel macht mich wahnsinnig«, sagte sie. »Ich habe das Gefühl, dass wir uns ununterbrochen streiten.«

»Echt? Ist mir gar nicht aufgefallen«, antwortete ich ironisch.

Sie lachte. »Schon gut, Mrs. Perfect. Es können ja nicht alle so eine harmonische Beziehung haben wie du und dein Jon.«

»Das siehst du falsch«, korrigierte ich sie. »Wir haben gerade unseren ersten ernsthaften Streit. Wusstest du, dass er keine Kinder mehr will?«

»Nein.«

»Ich auch nicht. Ich nehme den pflaumenfarbenen«, erklärte ich, als mir Lackfläschchen in hellem Rosé und dunklem Pflaumenrot zur Auswahl vor die Nase gehalten wurden. Was mussten die Mitarbeiterinnen des Nagelstudios nur von uns denken?

»Oh. Und was machst du jetzt?«

»Keine Ahnung. Er sagt, wenn ich will, könnten wir ruhig Kinder bekommen, aber irgendwie finde ich das nicht wirklich befriedigend.«

»Verstehe. Und was ist mir dir, Rosie? Bist du sicher, dass ich nicht doch mal mit Jason sprechen sollte?« Jetzt lächelte Rosie, und es sah sehr echt aus.

»Nein. Aber danke, du bist eine echte Freundin. Ich werde mich die restlichen Ferien noch ein bisschen selbst bemitleiden. Zu Hause schaue ich dann wieder nach vorn und vergesse ihn. Ich bin schließlich erst vierundzwanzig. Da draußen gibt es jede Menge nette Typen, da wird sich schon noch einer finden.«

»Auf jeden Fall«, versicherte ich ihr. Verrückt, dass ausgerechnet sie diejenige von uns dreien war, die immer davon geträumt hatte, früh zu heiraten und eine große Familie zu haben, und Lulu und ich, die Freigeister, nun diejenigen waren, die sich fest gebunden hatten. Das heißt, ich hatte mich gebunden, bei Lulu hatte ich da Zweifel. »Lebt Daniel noch, oder hast du ihn da draußen ertränkt?«, fragte ich sie deshalb jetzt.

»Er lebt noch. Aber die Versuchung war ganz schön groß. Er ist einfach zu misstrauisch. Dauernd unterstellt er mir, heimlich einen anderen zu haben.«

Rosie und ich tauschten einen stummen Blick.

Lulu hatte nämlich tatsächlich was mit einem anderen. Und das Problem war, dass Daniel sie dabei erwischt hatte.

Tim war ihr Tennistrainer – das totale Klischee also. Sie hatte in den letzten Monaten regelmäßig Zusatzstunden, sicher, um das zu trainieren, was man im Fernsehen nur mit einem Zugangscode anschauen konnte.

»Schaut mich nicht so an. Ihr wisst, dass das mit Tim nichts Ernstes ist. Es ist nur … eine nette Abwechslung.«

»Aber diese Art von Abwechslung bricht Daniel das Herz«, erklärte ich ihr.

»Ich weiß, ich weiß. Gott, was stimmt nur nicht mit mir? Warum tue ich das immer wieder?«

Die Fragen waren rein rhetorischer Natur. Wir hatten schon eine Million Mal darüber gesprochen. Sie brauchte einfach nur immer wieder die Bestätigung und das Abenteuer. Manche würden sagen, sie genoss das Leben in vollen Zügen. Andere würden behaupten, dass bei ihr etwas nicht in Ordnung war. Die Wahrheit lag vermutlich irgendwo in der Mitte. Aber sosehr mich das irritierte, ich liebte Lulu, mit all ihren Fehlern.

»Das muss aufhören, Lulu«, sagte ich. »Euch beiden zuliebe muss es aufhören. Du kannst das Daniel nicht länger antun. Er liebt dich.«

»Okay, okay, du hast ja recht.« Lulu hob die Hände. Sie atmete tief ein und aus. »Daniel hat was Besseres verdient. Ich sollte entweder mit ihm Schluss machen oder mich nicht mehr mit anderen treffen. Die Lügen werden aufhören. Ich schwöre es euch.«

Ich bezweifelte, dass sie das schaffte. Das wäre nämlich fast so, als würde ein Alkoholiker dem Wodka abschwören. Oder ein Crack-Abhängiger einen Radikalentzug versprechen.

Erst am späten Nachmittag kam ich zurück in unser Zimmer. Jon lag der Länge nach auf dem Bett und schaute sich irgendeinen Thriller im Fernsehen an. Den Film kannte ich nicht, aber Bruce Willis spielte mit.

»Hey«, sagte er.

»Hey«, antwortete ich wenig originell.

Ich hatte eigentlich vorgehabt, ein Bad zu nehmen und ihm vorerst aus dem Weg zu gehen, damit ich nicht mit ihm reden musste. Doch ich entschied spontan, dass Schmollen keine Lösung war.

»Jon, es tut mir leid wegen vorhin, aber ich war einfach so überrascht. Mir war nicht klar, dass du das mit dem Kinderkriegen so siehst.«

Er stellte Bruce Willis stumm.

»Mir auch nicht. Ich schätze, ich habe einfach noch nicht darüber nachgedacht. Komm her.« Er öffnete die Arme, und ich kletterte zu ihm ins Bett. Meine verschwitzte, von der Massage noch ganz ölige Haut klebte an seinem kühlen Körper. »Es tut mir auch leid, mein Schatz. Ich wollte dich nicht enttäuschen. Aber ich hab alles so gemeint, wie ich es gesagt habe. Wenn es dir wichtig ist, können wir zehn Kinder bekommen.«

Ich lachte. »Ich hatte eher an zwei gedacht.«

»Gut, dann eben zwei. Und weißt du was? Eigentlich …«, er zog am Bändchen meines Bikinioberteils, das sich sofort löste, »… könnten wir gleich anfangen, sie zu machen, wenn du nichts anderes vorhast.«

Ich schmolz dahin, jede Anspannung und Irritation war verschwunden. Der Streit vorbei. Alles auf Anfang. Eins zu null für die Liebe.

Wir wären beinahe zu spät zum Abendessen gekommen, das

wie ein kleines Fest am Strand zelebriert wurde. Lulu, Daniel und Rosie saßen bereits am Tisch.

»Hi! Wir dachten schon, ihr hättet was Besseres vor«, rief Lulu und schenkte sich Wein nach.

Oje! Das sah nicht gut aus. Ich hatte das unangenehme Gefühl, dass am Ende des Abends in unserer kleinen Gruppe nur noch eine Beziehung übrig sein würde. Vorsichtig schaute ich zu Daniel hinüber. Ob er das genauso sah? Er presste die Zähne zusammen, sein Blick wirkte unruhig. Es würde kein besonders entspannter Abend werden, so viel war sicher.

Der Ober nahm unsere Bestellung auf und brachte gleich darauf die Getränke. Wir waren fast allein am Strand, außer dem Rauschen der Wellen war nichts zu hören. Es hätte wunderbar sein können. Richtig romantisch. Aber die Spannung zwischen Lulu und Daniel verdarb uns die Stimmung. Rosie sah zu mir herüber. Sie schien dasselbe zu denken. Wie viele Abende hatten wir schon so verbracht? Wie oft hatte ein drohender Streit zwischen Lulu und Daniel die Atmosphäre vergiftet? Ich liebte sie beide, aber so konnte es nicht weitergehen. Manche Menschen passten einfach nicht zusammen. Sie mussten sich endlich trennen, ganz gleich, wie traurig das anfangs sein würde.

Daniel unterbrach meine Gedanken, als er sich umständlich räusperte. »Also … Ich habe euch was zu sagen.« O Gott, er würde es jetzt tun. Neeeeiiiin!, dachte ich. Nicht jetzt. Tu es später. Wenn ihr zwei allein seid. Er redete weiter, und ich fragte mich, ob er meine Gedanken erraten hatte. »Ich wollte das eigentlich erst später machen, wenn Lulu und ich allein sind. Aber wir verbringen ja so viel Zeit zusammen, dass ich mir gedacht habe, es ist genauso gut, wenn ich es vor euch allen tue.« Nein, ist es nicht. Ist es ganz und gar nicht. Meine Gedanken blieben unausgesprochen. Es kam mir vor, als müsste ich hilflos mit ansehen, wie sich vor meinen Augen ein Unfall ereignete. »Die Sache ist die … Lulu und ich sind jetzt seit drei Jahren zusammen. Es war nie ganz einfach zwischen uns.«

Mein Blick wanderte zu Lulu. Sie schaute ihn aufmerksam an, ihr Gesicht gab keine Regung preis. Ich kannte sie so gut. Sie würde sich niemals anmerken lassen, wenn sie etwas verletzte oder ängstigte.

Daniel stand plötzlich auf, sein Stuhl fiel um. Aha. Er schaffte es doch nicht, konnte es nicht aussprechen und flüchtete jetzt. Vermutlich das Beste. Die beiden konnten ja wirklich später, wenn sie allein waren, in Ruhe regeln, wie sie freundschaftlich auseinandergehen konnten.

Aber er flüchtete gar nicht. Stattdessen kam er auf Lulus Tischseite, fiel auf die Knie und zog eine winzige Schachtel aus der Hosentasche. Er ließ sie aufschnappen, und ein riesiger Diamantring kam zum Vorschein.

»Lulu, ich liebe dich! Du machst mich wahnsinnig, aber ohne dich kann ich nicht leben. Willst du mich heiraten?«

Oh. Mist. Oh. Mist. Oh. Mist.

Ich sah mich hektisch um. Wieso war nie ein Feuermelder in der Nähe, wenn man einen brauchte? Oder ein Hai? Oder irgendwas anderes, das den Moment abwendete, in dem meine beste Freundin dem Mann, den sie betrog, sagte, dass sie ihn auf keinen Fall heiraten konnte, weil sie ihm niemals treu sein würde?

Alarm! Alarm!

»Ja«, flüsterte sie.

16. Kapitel

2015 – Shauna

Die erzwungene Fröhlichkeit war fast noch herzzerreißender als unsere Emotionen. Aber wir hielten trotzdem durch, denn es war die einzige Möglichkeit, mit der Situation umzugehen.

»Also, Beth, hast du deinen Schulranzen, dein Butterbrot und dein Privatflugzeug?«, fragte Lulu.

Beth protestierte energisch. »Tante Lulu, ich fliege nicht mit einem Privatflugzeug in die Schule.«

»Nein? Na gut, dann müssen wir wohl mein Auto nehmen. Also, sag Mummy auf Wiedersehen, dann geht's los.«

Ich kniete mich hin, um sie in den Arm zu nehmen. Wenn sie merkte, dass ich sie länger umklammert hielt, als gewöhnlich, ließ sie sich das nicht anmerken. Sie war schon fast an der Tür, als sie sich noch einmal umdrehte.

»Wenn ich wieder nach Hause komme, ist Daddy dann mit seinem neuen Kopf schon da?«

»Nein, heute noch nicht, Süße«, brachte ich mühsam hervor. »In ein paar Tagen erst.«

»Kannst du ihm sagen, dass er sich beeilen soll? Ich vermisse ihn bestimmt.«

»Das mache ich.«

Lulu schaute mich mit so einem gequälten Gesichtsausdruck an, dass ich fast zusammengebrochen wäre. »Komm, Süße, unser Flieger wartet.«

»Wir fliegen doch nicht! Hast du das schon wieder vergessen?« Beth lachte wieder und hüpfte fröhlich zur Tür hinaus.

Ich atmete tief und klammerte mich an den Küchentisch.

Es war Horror gewesen, es Beth zu sagen – aber nur innerlich. Nach außen waren wir völlig gelassen geblieben. Wir hatten ihr so beiläufig wie möglich erklärt, ihr Daddy habe eine Beule im Kopf, die der Arzt wegoperieren müsse.

»So wie ich, als ich mit meinen Roller Skates gefallen bin?«

»Ja, genau so«, hatte ich geantwortet. »Nur dass die Beule bei ihm innendrin ist. Nach der Operation muss Daddy einen Verband um den Kopf tragen. Er sieht dann bestimmt aus wie eine Mumie aus *Scooby-Doo*.«

Sie fand das ungeheuer witzig, und wir taten, als wäre es das wirklich.

Genauso schwierig war es gewesen, es Rosie, Daniel und Lulu zu erklären. Beth hatte Freitag bei ihrer Freundin Marcy übernachtet, und wir hatten eine Ausrede erfunden, um Lulu und Daniel gemeinsam zu uns einzuladen. Als Lulu reinkam, waren Rosie und Daniel schon da. Misstrauisch sah sie in die Runde. Sicher glaubte sie, wir hätten eine Eheberatungsrunde organisiert.

»Ich bin sofort wieder weg, wenn …«

Ich schnitt ihr das Wort ab. »Hör auf, Lulu. Setz dich einfach.«

Irgendwas an meiner Stimme schien sie zu erschrecken. Sie gehorchte.

Jon und ich hatten ausgemacht, dass er es ihnen erzählte. Ich war froh darüber, denn ich war nicht sicher, ob ich das hinkriegen würde. In seiner typischen Art kam er sofort auf den Punkt und tat, als wäre alles völlig problemlos.

»Also, ihr wisst doch, dass ich ab und zu mal Kopfschmerzen habe. Tja, es hat sich nun herausgestellt, dass es ein Hirntumor ist. Am Montag werde ich operiert. Er ist wahrscheinlich gutartig, und danach ist alles okay. Ich mache mir also keine allzu großen Sorgen.«

Ich ließ das mit dem »wahrscheinlich gutartig« so stehen. Es war seine Geschichte, und er sollte sie so erzählen, wie er es für richtig hielt. Er würde wieder gesund werden. Ganz bestimmt. Und wenn er das so sah, würde ich nicht widersprechen und seine Zuversicht nicht zerstören.

Es gab Fragen. Viele Fragen. Und Tränen. Bei Rosie liefen sie lautlos die Wangen hinunter. Lulu wischte ihre weg, ich blinzelte gegen meine an. Daniel saß einfach nur da. Blass und stumm und regungslos. Dann schaltete er in den Managermodus.

»Okay, was können wir tun? Brauchst du etwas?«

Jon schüttelte den Kopf. »Gar nichts.«

»Vielleicht ein bisschen Hilfe mit Beth« schlug ich vor. Lulu und Rosie stellten sofort einen Plan auf. Abholen, Nachhausebringen, Spielplatz, Ausflüge. Sie würde so beschäftigt sein, dass sie kaum merkte, geschweige denn darunter litt, dass ihr Daddy fort war.

Die Logistik war perfekt. Ich wünschte nur, es gäbe eine ebenso schmerzlose Lösung, um Jons kranken Kopf und mein gebrochenes Herz zu reparieren.

»Was ist mit den Zwillingen?«, fragte Rosie. »Wissen sie es schon?«

»Nein«, antwortete Jon. »Sie sind gerade zu einem Schüleraustausch in Frankreich. Für acht Wochen. Ich werde es ihnen erst erzählen, wenn sie wieder hier sind, und dann ist längst alles vorbei. Sie brauchen sich gar nicht erst Sorgen zu machen.«

Wir hatten bis spät in die Nacht darüber diskutiert. Ich war nicht sicher, ob ich zustimmte, aber ich verstand ihn. Die beiden hatten sich schon so lange auf die Reise gefreut. Sie sollten sie unbeschwert genießen.

»Und nur damit ihr es wisst, ich sag es auch weder meiner Mutter noch meinem Bruder. Mum ist nach ihrem Schlaganfall letztes Jahr noch immer nicht richtig fit, es würde sie umbringen.« Immer wenn er über seine Familie sprach, wurde sein irischer Akzent stärker. »So, jetzt wisst ihr es. Hirntumor. Kommt am Montag raus. Ende nächster Woche werde ich wieder auf den

Beinen sein«, fasste er zusammen. »Wer will ein Bier? Da ich ohnehin Kopfschmerzen habe, kann mir ein Kater ja nicht mehr viel anhaben.«

Die anderen hatten mit großen Augen und wie erstarrt zugehört. Trotzdem gelang es uns allmählich, zu entspannen und den Abend ein bisschen zu genießen. Wir erzählten uns lustige Geschichten und sangen, und am Ende war es drei Uhr morgens, als sich alle verabschiedeten.

Optimismus und Verdrängen, mit Freunden zusammen sein und Spaß haben. Das war das Jon-O'Flynn-Rezept gegen seinen Hirntumor.

Als wir am nächsten Morgen erwachten, wie vorhergesehen mit dickem Kopf, versuchte ich noch einmal, mit ihm zu reden. Meine praktisch veranlagte Seite – die, die den Haushalt schmiss, die Familie, mein Unternehmen, die, die Entscheidungen traf, Probleme löste und sich um alles und jeden kümmerte – musste reden, um zu planen, zu organisieren und zu managen. All diese Aufgaben fielen normalerweise nicht in Jons Ressort, aber es handelte sich doch nun wirklich um außergewöhnliche Umstände. In den letzten Tagen hatte ich im Internet viel darüber gelesen, wie Menschen sich vor lebensbedrohlichen Operationen verhielten. Sie brachten ihre persönlichen Angelegenheiten in Ordnung. Redeten noch einmal mit allen, die sie liebten. Schrieben Briefe, in denen sie um Verzeihung oder Verständnis baten. Versuchten, ihr Leben geordnet zu hinterlassen.

Jon war bisher in den Supermarkt gefahren, um einen Kasten Bier zu kaufen. Punkt. Es musste doch Wichtigeres für ihn geben, und er sollte wissen, dass ich für ihn da war, wenn er das loswerden wollte, was ihn wirklich im Innersten beschäftigte.

»Baby, du weißt, dass du mir gegenüber nicht so tun musst, als ob nichts wäre. Wir können jederzeit über alles reden«, sagte ich.

Mit schmerzverzerrtem Gesicht versuchte er sich aufzusetzen.

Ich war nicht sicher, ob das an mir lag oder an den Folgen des gestrigen Abends.

Er hob die Hand und strich mir über die Wange. »Schatz, es gibt nichts zu reden. Es wird gut gehen, davon bin ich überzeugt. Und du musst es auch sein.«

Darauf hätte ich ihm eine Million Antworten geben können, aber ich tat es nicht. Stattdessen schmiegte ich mich an seine Brust und schloss die Augen. Ich musste stark für ihn sein. Ich musste für ihn so sein, wie er mich brauchte, und die Situation ebenso zuversichtlich angehen wie er.

Ich öffnete die Augen und griff nach der Fernbedienung. »Also gut. Dann bleiben wir heute den ganzen Tag im Bett und schauen uns Frauenfilme an.«

»Neeeiiiiin!«

»Tut mir leid, aber du wirst nicht um deine Meinung gefragt. Nur Leute ohne Hirntumor sind wahlberechtigt.«

Er lachte immer noch, als ich eine Wiederholung von *Dirty Dancing* fand und auf Play drückte.

»Lieber Gott, bitte erlös mich jetzt schon«, flüsterte er.

Lachen. Spaß. Verdrängen. Optimismus. Ich war dabei.

Und ich hielt den ganzen Tag durch, selbst dann noch, als wir Beth abholten, mit ihr ein Eis aßen und auf den Spielplatz gingen. Ich hielt durch, bis sie im Bett war und Rosie kam, um auf sie aufzupassen.

Wenig später fuhren Jon und ich ins Krankenhaus. Auf dem Weg durch die Stadt kamen wir an Menschen vorbei, die in irgendwelche Clubs gingen oder zum Essen und die ihre Hunde Gassi führten. Die ganze Zeit sangen wir lauthals zu einer Best-of-CD mit Hits aus den Achtzigerjahren.

Ich lächelte auch, als die Krankenschwester Jon aufnahm und die Formulare mit ihm ausfüllte. Ich lachte, als er den Pyjama und die Hausschuhe anzog, die ich ihm am Tag zuvor bei Marks &

Spencer gekauft hatte. Ich ermahnte ihn, dass er nicht die ganze Nacht wachbleiben und mit den Krankenschwestern flirten dürfe, und tat entsetzt, als die ältere Schwester, die es mitgehört hatte, meinte, für sie sei das okay.

Und als ich mich von ihm verabschiedete, küsste ich ihn, als wäre alles in bester Ordnung. Lachen. Spaß. Verdrängen. Optimismus … bis ich auf dem dunklen Krankenhausparkplatz unter einem perfekten Vollmond in meinem Auto saß und aufs Lenkrad sackte und weinte, bis ich vollkommen erschöpft war.

Jetzt, als die Tür hinter Lulu und Beth ins Schloss gefallen war und Rosie mich fest im Arm hielt, bemühte ich mich verzweifelt, nicht wieder zusammenzubrechen. Ich musste stark sein. Auf keinen Fall durfte ich mit geschwollenem Gesicht und roten Augen zu Jon gehen.

Rosie sah mich besorgt an. »Bist du ganz sicher, dass ich nicht doch mitkommen soll?«

Ich schüttelte den Kopf. »Danke, Süße, wirklich nicht. Sie haben gesagt, es würde ungefähr vier Stunden dauern. Ich habe ein Buch dabei und setze mich solange in den Warteraum.«

Ich wusste ihr Angebot sehr zu schätzen – Lulu und Daniel hatten mich ebenfalls gefragt –, aber ich wusste auch, dass ich allein stärker sein würde. Es waren seine Freunde, und sie hatten ebenso Angst um ihn, ich wollte an diesem Tag dennoch nur an Jon denken und nicht auch noch daran, wie es anderen ging. War das egoistisch? Vielleicht. Aber so kam ich am besten damit klar.

Die Fahrt zum Krankenhaus verlief für mich wie in Trance, der Gang zu seinem Zimmer ebenfalls. Ich verspürte totale Erleichterung, als ich in sein Zimmer kam und ihn dort sitzen sah und … Ich erstarrte. Doch, es war Jon. Er saß im Krankenhausbett, in einem OP-Hemdchen, die Beine in weißen Strümpfen. An seiner Seite war eine Krankenschwester, eine andere als am Abend zuvor, und sie steckte gerade ein Rasiermesser in eine Schüssel mit

Wasser. Mein attraktiver, gut aussehender Mann hatte nur noch einen schmalen Streifen Haare auf dem Kopf.

Er sah mich fragend an, versuchte meinen Gesichtsausdruck zu deuten, also überwand ich meinen anfänglichen Schock und lächelte tapfer.

»Ich meine, für ein Casting für *Der letzte Mohikaner* ist es ein bisschen zu spät.«

Schwach. Aber das Beste, was ich unter den Umständen hinbekam. Jon grinste, und ich sah, wie er sich entspannte.

»Meine Frau«, erklärte er der Schwester, die mich freundlich anlächelte.

»Ich bin Schwester Cass. Ich kümmere mich um Ihren Mann. Hat er irgendwelche unangenehmen Gewohnheiten?«, fragte sie augenzwinkernd.

»Zu viele, um sie jetzt alle aufzählen zu können. Ich schreibe sie Ihnen auf einen Zettel.«

»Oje, solche Patienten bekomme ich immer«, antwortete sie und ging lachend aus dem Zimmer.

Ich küsste Jon lange, dann setzte ich mich neben ihn aufs Bett und nahm seine Hand.

»Wann holen sie dich ab?«

»Jeden Moment. Der Anästhesist war schon hier, um ein bisschen mit mir zu plaudern und sich ein paar Unterschriften geben zu lassen. Sie meinten, ich käme etwas früher dran, als geplant. Der Patient, der eigentlich vor mir an der Reihe war, wird doch nicht operiert.«

Wir entschieden, nicht zu spekulieren, was das für Gründe haben könnte.

»Ah, da sind Sie ja!« Dr. Dale, der Neurochirurg, kam herein. Er machte einen ruhigen und entspannten Eindruck. Er nickte mir kurz zu und konzentrierte sich dann auf Jon. »Also, Mr. O'Flynn …«

»Nennen Sie mich Jon«, antwortete er.

»Ah ja. Natürlich. Gut, Jon. Wir werden Sie jetzt gleich nach unten bringen. Haben Sie noch irgendwelche Fragen?«

»Keine. Ich hoffe nur, Sie haben heute eine ruhige Hand, Dr. Dale.«

»Absolut«, versicherte der Arzt. Ich war dankbar, dass er auf Jons Scherze einging. »Also dann. Die Schwester wird in wenigen Minuten bei Ihnen sein. Wir sehen uns dann im OP.«

Jon wartete, bis wir wieder allein waren. »Alles okay?«

»Ja«, antwortete ich. Wir wussten beide, dass es eine Lüge war.

»Ich habe gestern Abend noch mit einem anderen Arzt gesprochen. Er meinte, so eine Operation könne manchmal zu leichten Persönlichkeitsveränderungen führen. Ich wollte dich nur warnen. Für den Fall, dass du mich als Widerling zurückbekommst.«

Ich lächelte. »Kann ich Wünsche äußern? Ich fände es klasse, wenn die Stelle, die für Romantik und teure Geschenke an die Ehefrau zuständig ist, nicht verletzt würde.«

»Ich werde darum bitten, wenn ich gleich unten bin.«

Ich kaute auf meiner Unterlippe, fest entschlossen, nicht zu weinen, fest entschlossen, so lange zu lächeln, wie er es tat.

»Hör zu, Shauna…«, Jon zögerte, »… ich werde nicht sterben.«

»Ich weiß.« Nicht weinen. Nicht weinen.

»Es kann einfach nicht sein, dass Gott mich in diesen verdammten Strümpfen sterben lässt.«

Das war zu viel. Eine ganze Lawine aus zurückgehaltenen Tränen und haltlosem Lachen explodierte geradezu in mir, nahm mir den Atem, ließ meine Beine zittern und meine Schultern beben. Ich verbarg den Kopf an seiner Schulter und ließ mich von ihm halten.

»Ich liebe dich«, flüsterte ich. »Immer.«

»Ich liebe dich auch.«

Ich hörte das Zittern in seiner Stimme, spürte, wie seine Arme mich fester umklammerten.

»Mr. O'Flynn.«

Die Stimme kam von der Tür und zerstörte den Moment. »Ja, das bin ich«, antwortete Jon und hatte sich schon wieder gefasst.

Die Schwester kam zum Bett, löste die Bremse und zog die Seitenstützen hoch. »Los geht's.«

Jon hielt meine Hand noch ein paar Sekunden fest. »Bis gleich.«

Er sagte das mit totaler Überzeugung.

»Bis gleich«, antwortete ich.

Dann sah ich zu, wie eine Krankenschwester den Mann fortbrachte, den ich vom ersten Augenblick an geliebt hatte.

17. Kapitel

2007 – Jon

Stöhnend rollte ich mich auf die Seite, nahm ein Buch vom Nachttisch und warf es in Richtung Wecker. Leider daneben.

Shauna öffnete ein Auge. »Ich dachte, wir hätten den Wecker so weit weg gestellt, damit wir auch ja aufstehen und ihn ausstellen müssen, anstatt einfach nur auf die Schlummertaste zu drücken. Oder mein Buch draufzuwerfen.«

»Das war ursprünglich auch eine gute Idee«, antwortete ich und stöhnte wieder.

Verflucht, mein Schädel brummte. Aber das war kein Wunder, schließlich hatte ich um fünf Uhr morgens noch Tequila getrunken. Das haute selbst Trauzeugen um. Ich hatte mich echt gefreut, dass ich von Daniel gefragt wurde, umso mehr, als die beiden verkündeten, dass sie in Spanien heiraten wollten.

»Also los, Jon O'Flynn, Zeit, deinen prächtigen Hintern aus dem Bett zu heben«, rief Shauna. »Oder du bleibst liegen und machst ein bisschen Urlaubssex mit deiner Frau. Du hast die Wahl.«

»Ich würde mich definitiv für die zweite Option entscheiden, wenn ich nicht so alkoholgeschädigt wäre«, antwortete ich mit schwacher Stimme. »Allerdings könnte ich mich doch drauf einlassen, wenn du die ganze Arbeit machst.«

Sie warf mir ein Kissen ins Gesicht. »Also wie immer«, sagte sie, rollte sich auf mich und küsste mich. Es schien sie nicht zu stören, dass ich wie ein Kneipenteppich stank. Das musste echte Liebe sein.

Ihre Hand glitt gerade unter die Bettdecke, als ihr Handy klingelte.

»Nicht rangehen«, flüsterte ich, aber sie griff schon danach.

»Geht nicht. Es könnte Granny sein. Sie wollte heute Morgen anrufen. Sicher, um noch einmal zu betonen, wie beleidigt sie ist, dass sie nicht eingeladen wurde.«

Ich musste trotz meines Katers lachen. Shaunas Großmutter war wirklich klasse. Ein echtes Juwel. Und das war gut so, denn ihre Eltern waren die unsensibelsten, egoistischsten Menschen, die ich je kennengelernt hatte. Ich hatte Shauna gleich zu Anfang dazu befragt, hatte wissen wollen, wie sie das aushielt, aber sie hatte nur mit den Schultern gezuckt. »Ich bin schon vor langer Zeit zu dem Schluss gekommen, dass man Liebe nicht erzwingen kann. Meine Mum und mein Dad hätten nie Kinder bekommen dürfen. Das wollten sie auch nicht. Ich war ein Unfall, und sie haben mich von Anfang an so behandelt. Klar, manchmal würde ich ihnen gern sagen, wie ich mich dabei fühle … Aber wozu soll das gut sein? Sie würden sich doch nicht ändern. Und zum Glück habe ich ja Elsie. Sie gleicht vieles wieder aus.«

Danach hatte ich entschieden, dass ich mit diesem Verhältnis leben konnte, wenn Shauna es konnte. Trotzdem war ich immer mal wieder geschockt über ihre Gleichgültigkeit.

Ganz zu schweigen von der katastrophalen Beziehung zwischen Lulus Eltern. Gott, war das kompliziert! Aber auch das ging mich nichts an. Ich tat das, was alle taten, behielt meine Meinung für mich, war nach außen hin freundlich und vermied, in ein Fettnäpfchen zu treten.

»O nein, es ist gar nicht Elsie, es ist Vincent. Moment.« Sie kletterte aus dem Bett und nahm sich eine Wasserflasche vom Tisch. »Hey, Vincent, was gibt's?«

Vincent. Die Nervensäge. Netter Typ, aber sein Sinn fürs Timing war eine echte Katastrophe. Jedes Mal, wenn ich gemütlich mit meiner Frau zusammensaß, jedes Mal, wenn wir gerade eingeschlafen waren, jedes Mal, wenn ich Katersex mit ihr in einer Villa in Spanien haben wollte, rief er an. Ich gebe ja zu, es war eine gute Idee gewesen, zwei Catering-Unternehmen zusammenzuschließen, um Kosten zu senken und Synergien zu nutzen. Aber herrje, das Geld, das er mit seinen ständigen Anrufen bei ihr verschleuderte, musste doch sämtliche Profite wieder auffressen.

»Nein, es gibt Schokomuffins. Sie stehen fix und fertig im Vorratsraum.«

Ich wälzte mich aus dem Bett und ging ins Bad. Auf der Marmorablage suchte ich nach dem Duschgel. Ja, da war es, neben meinen Rasierklingen, der Rasiercreme und … Ich kniff die Augen zusammen, um die Schrift auf der Verpackung besser lesen zu können … dem Schwangerschaftstest.

Aha, es war also wieder mal so weit. Seufzend legte ich die Stirn an die Fliesen, in der Hoffnung, dass die kühle Oberfläche das Pochen in meinem Kopf etwas linderte. Es war durch die Entdeckung gerade noch ein bisschen heftiger geworden. Seit einem Jahr verzichteten wir nun schon auf Verhütung, seit dem Urlaub auf Bali. Wir lassen der Natur ihren Lauf, sagten wir dazu. Aber bisher hatte die Natur sich keinen Millimeter bewegt. Jeden Monat war Shauna enttäuscht, jeden Monat schüttelte sie die Enttäuschung ab und hoffte auf das nächste Mal.

Die Tür ging auf, und sie kam zu mir ins Bad. Sie lachte, als sie mich an den Fliesen lehnen sah.

»Ist es so schlimm?«

»Noch schlimmer. Was wollte dein Starkoch?«

Sie gab mir einen Klaps auf den Hintern. »Du sollst ihn nicht immer so nennen. Irgendwann rutscht es dir aus Versehen raus, wenn er dabei ist. Er hatte eine Frage zu einer Veranstaltung heute.«

»Und? Alles okay?«, heuchelte ich Interesse.

»Ja. Er macht das super. Mit ihm zu fusionieren war eine geniale Entscheidung. Und hör auf, so zu tun, als würdest du dich dafür interessieren.« Sie gab mir schon wieder einen Klaps.

Ich sah, dass ihr Blick auf die weiße Schachtel auf der Marmorablage fiel. »Soll ich es jetzt machen? Ich bin morgen eine Woche überfällig.«

Ich überlegte. »Warte bis morgen. Wenn ich erfahre, dass ich wieder Daddy werde, möchte ich dabei nicht nackt im Bad stehen, verkatert, mit pochendem Schädel und einer Erektion.«

Sie schaute nach unten und wieder nach oben. »Gegen mindestens eins dieser Probleme kann ich was tun«, sagte sie und zog mich in die Dusche.

Die Tatsache, dass sie außerdem Schmerztabletten, für jede Menge Wasser gesorgt und meinen besten Anzug eingepackt hatte, behob zum Glück auch die anderen Probleme, sodass ich pünktlich um eins einigermaßen passabel in Daniels Suite erschien.

Rosies neuer Freund Mark war bereits dort. Das überraschte mich nicht. Er hatte uns am Abend zuvor erzählt, dass er frühmorgens zum Yoga wolle. Rosie war ja ein nettes Mädchen, aber ihr Männergeschmack war echt verbesserungswürdig.

Lulus und Shaunas Dad kamen kurz nach mir, dann war die Männer-Crew komplett.

»Alles okay, Junge?«, fragte ich Daniel.

Er saß in Boxershorts auf der Couch und sah aus wie ein Katalog-Model. Ich versuchte gar nicht erst, seine Beziehung zu Lulu zu verstehen. Der Typ konnte wirklich jede haben, wieso ertrug er bloß Lulus ständige Dramen? Es musste eine Art Selbstzerstörungstrieb sein. Aber auch hier galt dasselbe wie bei den Alten in dieser Runde – es ging mich nichts an.

»Ja, alles bestens.«

Ich bin wirklich nicht besonders sensibel, aber es klang nicht echt, wie er das sagte.

Irgendwer öffnete eine Magnum-Flasche Champagner, und Daniel machte mir ein Zeichen, kurz mit ins Schlafzimmer zu kommen.

Da Charlie und Jeff seit ewigen Zeiten Stammkunden auf dem Golfplatz dieses Resorts waren, hatte uns das Management tolle Suiten gegeben, mit Blick aufs Meer an der einen und Blick auf die Berge an der anderen Seite.

»Alles okay?«, fragte ich, sobald wir außer Hörweite der anderen waren.

»Nein«, antwortete er.

Mist. Damit hatte ich nicht gerechnet.

»Was ist denn los?«

Er schüttelte den Kopf. »Mache ich einen Riesenfehler?«

»Wie bitte?«

»Mal ehrlich, wir wissen doch beide, dass Lulu ein Albtraum ist. Und heute Morgen bin ich aufgewacht und habe gedacht: Verdammt, was ist denn, wenn es immer so bleibt? Was, wenn sie ein Leben lang so eine Katastrophe ist? Ich hatte immer geglaubt, sie würde sich irgendwann ändern. Ich dachte, dass sie das nur aus lauter Unsicherheit macht, was ja kein Wunder wäre, wenn man bedenkt, wie sie aufgewachsen ist. Ich dachte immer, wenn wir erst mal verheiratet sind, beruhigt sie sich. Wird endlich erwachsen. Aber was ist, wenn nicht? Was, wenn ich mit achtzig immer noch ihr Handy kontrolliere und mich fragen muss, ob sie es mit dem Typen hinter der Theke heimlich treibt?«

Zum ersten Mal in meinem Leben war ich wirklich und wahrhaftig sprachlos. Was war denn jetzt passiert? Daniel und ich waren seit fast zehn Jahren befreundet, aber wir hatten bisher immer nur über Fußball geredet. Vielleicht mal über Golf. Wir tranken ab und zu was zusammen und feierten coole Partys. Aber noch nie hatten wir ein offenes Vier-Augen-Gespräch über die Psychologie seiner Beziehung zu Lulu geführt.

Herrje, ich brauchte dringend was zu trinken. Sein erwartungsvoller Gesichtsausdruck sagte mir, dass ich jetzt echt gefordert war. Ich musste irgendwie sinnvolle, zusammenhängende Sätze von mir geben. Also gab ich alles.

»Ich weiß auch nicht«, antwortete ich ehrlich. »Ich weiß es wirklich nicht. Hör zu, ich hab nie vorgegeben, deine Sache mit Lulu zu verstehen. Ich weiß, dass du sie liebst.« Ich wand mich wie ein Aal. In so was war ich echt nicht gut. Null von zehn Punkten bisher für konstruktive Ratschläge. »Ich schätze, das Wesentliche ist, dass du dich entscheiden musst, ob du ohne sie leben kannst, oder ob du sie genug liebst, um so weiterzumachen und notfalls einiges an Chaos zu ertragen. Und ganz egal, was du tust, ich stehe hinter dir.« Wow, jetzt hatte ich einen Lauf. »Wenn du das alles nicht willst, kannst du jetzt noch raus aus der Nummer. Ich sage es allen, wenn du willst. Dann ist es vielleicht leichter.« Keine Ahnung, warum ich so redete. Jedenfalls hoffte ich echt, dass er nicht darauf einging, denn ich war einer solchen Verantwortung in keiner Weise gewachsen. »Oder ich hole Lulu, und du redest gleich noch einmal mit ihr.« Bitte entscheide dich dafür! Biitttee! »Und wenn du beschließt, die Sache durchzuziehen, werden wir nie jemandem sagen, dass dieses Gespräch hier stattgefunden hat.« Yep! Das war definitiv die Top-Option! Er dachte über das nach, was ich gesagt hatte. Nimm Vorschlag Nummer 3! Bitte, lieber Gott, bitte!

»Hattest du bei Shauna nie solche Zweifel?«

»Nein.« Das war wieder ehrlich. »Nicht den geringsten. Was nicht heißt, dass bei uns immer alles perfekt läuft. Wir streiten uns, wir haben Meinungsverschiedenheiten, wir sind uns oft nicht einig. Aber alles in allem könnte ich ohne sie nicht leben. Mein Leben mit ihr ist so viel besser als ohne sie.«

Ich war Ende zwanzig, und es war das erste Mal, dass ich so ein Gespräch mit einem anderen Mann führte. Vielleicht hatte

Shauna ja recht, wenn sie behauptete, ich hätte die emotionale Intelligenz eines Dachses. Sie war in so was viel besser als ich. Am liebsten hätte ich jetzt kurz auf Pause geschaltet, um zu ihr zu rennen und sie um Rat zu fragen. Stattdessen entschied ich mich für die nächstbeste Lösung – die Daumen zu drücken und auf das Beste zu hoffen. Es hatte ganz offenbar nicht den gewünschten Effekt. Daniel starrte aus dem Fenster.

»Alles okay bei euch, Jungs?«

Genau in diesem Moment steckte Lulus Dad den Kopf durch die Tür. Er trug eine weiße Hose und ein weißes Hemd. Die Idee mit dem Ganz-in-Weiß-Look war von Lulu gewesen. Ich persönlich fand, dass wir aussahen wie *Boyzone* in einem Sommer-Special von *X-Factor*.

»Alles bestens«, log ich. »Wir arbeiten gerade an den Reden.«

Es war das Erste, was mir einfiel. Gott! Die Reden! Wir mussten echt an den Reden arbeiten. Ich hatte eigentlich vorgehabt, meine an der absoluten Zuneigung zwischen Daniel und Lulu aufzuziehen. Aber irgendwie hatte ich das Gefühl, dass die Grundlage dafür gerade flöten gegangen war.

»Prima!« Er nickte uns anerkennend zu, ehe er sich wieder verzog, zurück zu Shaunas Dad, dem Mann, der seine Frau vögelte. Aber hey, eine verkorkste Beziehung nach der anderen.

»Also, was meinst du, Junge?«, fragte ich Daniel.

Ich wollte ihn nicht drängen, aber die Mädels erwarteten uns in ungefähr fünf Minuten unten am Strand.

Seufzend drehte er sich um. »Ich kann es ja jetzt nicht mehr absagen«, meinte er. Ich hätte vor lauter Erleichterung am liebsten einen Luftsprung gemacht. »Und wenn ich ins Elend renne, dann muss ich eben damit klarkommen. Ich liebe sie.« Das war's. So einfach. Job erledigt. »Danke fürs Zuhören, Jon.«

»Jederzeit gern«, antwortete ich und dachte: Bloß nicht. Bitte nie mehr.

»Also los, dann lass uns mal heiraten«, schloss er und grinste.

»Ich will dich nicht wieder verunsichern, aber ich könnte mir vorstellen, dass es besser wäre, wenn du dazu etwas mehr anhättest als nur Boxershorts.«

Zum Glück stimmte er mir zu. Kurze Zeit später waren wir am Strand, Lulu kam auf uns zu, an der Hand ihres Dads, gefolgt von ihrer Mutter, Shauna und Rosie. Alle waren ganz in Weiß gekleidet, aber nur Lulus Kleid reichte bis zu ihren nackten Füßen. Ich wusste, dass eigentlich alle Blicke der Braut gelten sollten, aber ich hatte nur Augen für Shauna. Die blonden Locken fielen ihr offen über die Schultern, sie hatte rosa Blüten im Haar, die zu dem Rosenstrauß passten, den sie in ihren Händen hielt. Plötzlich dachte ich, wenn das unser Tag wäre und sie so auf mich zukäme, würde ich sie glatt noch einmal heiraten.

Ich zwinkerte ihr zu, und sie zwinkerte zurück, dann konzentrierten wir uns beide auf unsere Rollen in dieser Zeremonie. Shauna nahm Lulus Brautstrauß, zupfte ihr das Kleid zurecht, drückte ihre Hand. Ich reichte die Ringe an und schaffte es tatsächlich, sie nicht fallen zu lassen.

Daniel zögerte nicht eine Sekunde. Seine Stimme klang laut und sicher, er brachte alle Schwüre hinter sich, ohne ins Meer zu rennen und die Flucht in einem Speedboot anzutreten. Alles lief perfekt.

Als sie beide Ja sagten, sah ich zu Shauna hinüber und stellte fest, dass ihr die Tränen über die Wangen liefen. Das war so gar nicht typisch für sie. Ich konnte an den Fingern einer Hand abzählen, wie oft ich sie hatte weinen sehen – meist vor dem Fernseher. Sie war ganz schön tough, meine Shauna. Ich hatte mich gleich in sie verliebt, aber ich liebte sie mehr und mehr, als ich feststellte, wie unabhängig sie war, wie sie anpackte, sich einsetzte und sich um jeden kümmerte. Sie sorgte dafür, dass es Rosie gut ging, und sie war diejenige, die Lulu Bescheid sagte, wenn sie die

Grenzen mal wieder überschritt. Sie war diejenige, die stets vorausdachte, die dafür sorgte, dass unser Leben bestmöglich lief, die mich umsorgte, ohne je eine Gegenleistung zu verlangen. Bis auf diese Kindersache. Da war sie echt ein bisschen kompliziert.

»Ich erkläre Sie nun zu Mann und Frau. Daniel, Sie dürfen die Braut jetzt küssen.«

Es gab Beifall und Gejohle, als Daniel sich zu Lulu hinüberbeugte, um sie zu küssen. Damit war mein Job vorerst erledigt. Ich ging zu Shauna, bei der immer noch die Tränen flossen.

»Hey, Baby«, flüsterte ich und nahm sie in die Arme. »Was ist los mit dir? Du wirst ja auf deine alten Tage noch richtig sentimental.«

Sie schüttelte den Kopf und wischte sich die Tränen mit dem Handrücken ab. »Hab ich jetzt meine Mascara überall verschmiert?«

Ich küsste sie auf die Nase, dann auf die Wangen. »Alles tadellos. Zumindest wenn du aussehen willst wie ein Band-Mitglied von Kiss.«

Sie stieß mir ihren Ellbogen in die Rippen. »Jon O'Flynn, du kannst von Glück sagen, dass ich dich liebe. Das grenzt echt an ein Wunder.«

»Ich weiß, ich weiß«, neckte ich sie zurück. Hinter uns machte ein Fotograf gerade Aufnahmen von Daniel und Lulu und ihren Eltern, und ich hatte das blöde Gefühl, dass wir als Nächstes an die Reihe kommen würden. Da war es nicht so günstig, wenn meine Shauna völlig verheult aussah. »Also, was ist los mit dir? Liest du in Zukunft nur noch Liebesromane und zwingst mich zu Kitschfilmen?«

»Nein«, flüsterte sie und wischte sich zum zweiten Mal die Tränen aus dem Gesicht. »Es tut mir leid, ich … ich… Es ist nur so … Ich bin schon wieder nicht schwanger.«

18. Kapitel

2015 – Shauna

Es klingt total klischeemäßig, aber es kam mir wirklich so vor, als stünde die Zeit still. Vier Stunden, aus denen am Ende sieben wurden und die sich anfühlten wie eine Ewigkeit. Ich versuchte zu lesen, versuchte zu schlafen, versuchte zu essen. Am Ende saß ich nur da und starrte vor mich hin.

Als die Tür endlich aufging, sah der Mann, der dort hereingeschoben wurde, nicht im Entferntesten so aus, wie der, den ich am Abend zuvor ins Krankenhaus gebracht hatte. Jener Mann war gesund gewesen. Mein Jon. Dieser Mann hier war blass, sah krank aus. Sein Kopf war zu großen Teilen kahl geschoren und dick verbunden. Aus den Bandagen ragten zwei Drainage-Schläuche, die mit Blut gefüllt waren. Das war nicht mein Jon. Es war jemand Fremdes.

Dann öffnete er mühsam die Augen, verzog den Mund zu einem schiefen Lächeln und flüsterte: »Hallo, mein Schatz.« Und er war wieder meiner.

Ich streichelte sein Gesicht, seine Augen, legte den Finger auf seine Lippen, als müsste ich mich noch einmal vergewissern, dass er es wirklich war.

»Wie fühlst du dich?«

»Wie einer, dem man den Schädel aufgesägt hat.«

»Dir entgeht aber auch nichts«, antwortete ich und lächelte.

Es war das erste echte Lächeln seit dem Tag, als wir beim Optiker gewesen waren. Und das war ungefähr zwei Wochen her.

Es ging ihm gut. Alles würde gut werden.

»Wie lange darf ich bei ihm bleiben?«, fragte ich die Krankenschwester, die sich bei ihrem Schichtbeginn als Karen vorgestellt hatte.

Sie schaute auf ihre Armbanduhr. »Die Besuchszeit dauert bis neun Uhr, so lange dürfen Sie gern bleiben. Ich ziehe die Vorhänge zu, damit Sie sich etwas ungestörter fühlen. Ich verteile gleich das Abendessen. Möchten Sie auch etwas?«

»Nein, danke.«

Ich fand es irgendwie nicht richtig, sie zu bemühen, schließlich konnte ich ja ebenso gut hinunter in die Cafeteria gehen. Außerdem hatte ich nicht wirklich Appetit.

Jon schlief weitere zwanzig Minuten. Er wachte genau in dem Moment auf, als Dr. Dale ins Zimmer kam.

»Guten Abend, Mrs. O'Flynn.« Er begrüßte mich kurz und wandte sich dann sofort an die Person, um die es ihm ging. »Wie geht es Ihnen, Mr. O'Flynn?«

»Gut. Ja, gut, glaube ich.« Seine Stimme klang heiser, und ich fragte mich, ob das von der Operation kam. Hatte er einen Schlauch in der Luftröhre gehabt? Oder gab es das nur bei *Emergency Room* und *Grey's Anatomy?*

»Wie ist es gelaufen?«

Ich wusste nicht mal, ob ich das fragen konnte. Waren die Ergebnisse schon ausgewertet?

»Nun, es gibt eine ganze Reihe positiver Aspekte.«

»Ich lebe noch«, krächzte Jon.

»Ja.« Dr. Dale lachte. »Zum Beispiel. Davon abgesehen haben wir das sichtbar kranke Gewebe entfernen können. Das heißt nicht unbedingt, dass wir alles erwischt haben. Bei einem Hirntumor bleiben fast immer Krebszellen zurück.« Er zog einen Stift aus der Kitteltasche und hielt ihn Jon vor die Nase. »Jon, ich möchte, dass Sie diesem Stift mit den Augen folgen und mir sagen, sobald Sie ihn nicht mehr sehen können.« Er führte ihn erst nach rechts, danach nach oben und unten und stoppte jedes Mal, wenn Jon ihm sagte, dass er außerhalb seines Sichtbereichs war. »Also, die gute Nachricht ist, dass Ihr zentrales Sehvermögen intakt ist. Teile des Tumors grenzten an Ihren Sehnerv. Das hat bei Ihnen zu Störungen des peripheren Sehens geführt. Ich fürchte, die Schädigung auf der linken Seite ist erheblich, möglicherweise permanent. Aber das Positive ist, dass sich dieser Zustand, vorausgesetzt es gibt kein neues Tumorwachstum, nicht weiter verschlechtern wird.«

Ich sah zu, wie Jon die Augen von einer Seite auf die andere bewegte, dann nach oben, nach unten, im Kreis. »Damit kann ich leben«, sagte er schließlich.

»Ansonsten gibt es keine Anzeichen einer Lähmung, keine Einschränkungen irgendwelcher Körperfunktionen, kein Verlust kognitiver Fähigkeiten. Alles in allem denke ich, haben wir das bestmögliche Ergebnis erzielt.«

Ein tiefes Glücksgefühl machte sich in mir breit. Ich hätte am liebsten einen Luftsprung gemacht. Bestmögliches Ergebnis. Das war doch was.

»Dr. Dale, Jon sagte heute Morgen, dass es zu Persönlichkeitsveränderungen kommen könnte.«

»Das ist richtig. Es war ein schwerer Eingriff am Gehirn, und wie ich bereits sagte, sind wir in der Forschung noch nicht so weit. Postoperative Veränderungen der Persönlichkeitsstruktur sind schwer vorherzusagen, aber durchaus nicht ungewöhnlich.«

Es kümmerte mich nicht. Ehrlich nicht. Er war da, und er war so gut wie an einem Stück. Das war alles, was zählte.

Meine nächste Frage war die, die mir auf der Zunge lag, seit Dr. Dale zur Tür hereingekommen war. »Können Sie schon sagen, um welche Art von Tumor es sich handelt?«

Er schüttelte den Kopf. »Leider nein. Wir haben die Gewebeprobe ins Labor geschickt, es wird ungefähr eine Woche dauern, bis die Ergebnisse vorliegen.«

Ich hatte mich in meinen vielen schlaflosen Nächten so intensiv mit dem Thema befasst, dass ich das Gefühl hatte, alles über die unterschiedlichen Formen des Hirntumors zu wissen. Die Bandbreite war groß – von gut- bis bösartig, dazu gab es verschiedene Schweregrade. Die Symptome und Auswirkungen hingen davon ab, an welcher Stelle sich der Tumor befand. Am Okzipitallappen wie bei Jon, am Frontallappen, am Temporallappen oder am Hirnstamm. Es gab über hundertzwanzig verschiedene Tumorarten, einige davon waren mir im Gedächtnis geblieben. Meningeom. Ependymom. Oligodendrogliom. Und dann der mit den roten Warnlichtern: Glioblastom. Das war der mit der geringsten Lebenserwartung und der geringsten Langzeitprognose. Manche Patienten hatten nach der Diagnose nur noch sechs Monate zu leben, andere achtzehn. Nur wenigen blieben noch mehrere Jahre. Aber zum Glück kam er sehr selten vor, vor allem bei Männern in Jons Alter. Alles, was ich gelesen hatte, entsprach voll und ganz Dr. Dales Vermutung: Sehr wahrscheinlich handelte es sich um eine gutartige, gut therapierbare Zellwucherung, die keine oder nur sehr wenig Auswirkungen auf seine Lebenserwartung hatte.

»Was passiert denn bis dahin?«, fragte ich.

»Sofern der Genesungsprozess gut läuft, kann Ihr Mann in drei oder vier Tagen entlassen werden. Ich habe für morgen in einer Woche einen Termin zur Nachsorge hier in der Klinik für Sie arrangiert, um die Ergebnisse der Biopsie zu besprechen.«

»Das heißt, wir werden vorher nichts erfahren?«

»Nein«, er wandte sich wieder an Jon, »Sie müssen sich jetzt zuallererst auf die Wundheilung konzentrieren und darauf, wieder zu Kräften zu kommen. Das Ergebnis zu diesem Zeitpunkt ist so gut es nur sein kann, ich sehe keinen Grund, warum sich daran etwas ändern sollte.«

Was Dr. Dale da sagte, ließ sich in einem Wort zusammenfassen. Hoffnung. Nicht mehr und nicht weniger. Hoffnung, dass es bei Jon keine postoperativen Komplikationen gab. Hoffnung, dass alles rasch verheilte. Hoffnung, dass der Tumor gutartig war. Hoffnung, dass wir unser altes Leben zurückhaben konnten. Hoffnung, dass Jon nicht sterben würde.

»So, ich lasse Sie jetzt wieder allein. Falls es irgendwelche Probleme geben sollte, werden die Schwestern mich verständigen. Aber davon gehe ich nicht aus. Wir sehen uns morgen früh bei der Visite. Gut gemacht, Jon. Das war ein guter Tag.«

»Danke, Dr. Dale«, antwortete Jon. Seine Stimme klang schon ein wenig kräftiger.

»Vielen, vielen Dank. Ich kann Ihnen gar nicht sagen, wie sehr wir Ihre Hilfe zu schätzen wissen.«

Meine Augen wurden schon wieder feucht, und ich blinzelte heftig gegen die Tränen an. In den letzten zwei Wochen hatte ich mehr geweint als in meinem ganzen bisherigen Leben, aber nach allem, was Jon durchgemacht hatte, durfte er mich nicht schon wieder so sehen.

Lachen. Spaß. Verdrängen. Optimismus.

Wie versprochen kam die Schwester mit einem leichten Essen. Anschließend überprüfte sie Jons Blutdruck, die Temperatur und den Puls und notierte die Ergebnisse auf einer Karteikarte. Als Nächstes schlug sie die Bettdecke zurück.

»Sie will sicher wissen, ob du deine Strümpfe auch ordentlich trägst«, scherzte ich.

»Sie haben mich heute am Leben gehalten«, gab er grinsend zurück.

Die Schwester untersuchte seine Reflexe, fuhr anschließend mit einem stiftähnlichen Instrument über seine Fußsohlen. Keine Ahnung, was sie erwartet hatte, aber sie schien mit dem Resultat zufrieden zu sein.

Vor der Tür sahen wir Besucher für die Patienten in den anderen Zimmern vorbeigehen, einige mit Blumen in den Händen oder mit Geschenken, andere mit kleinen Kindern. Das wahre Leben.

Ich stand wieder neben dem Bett, eine Hand in Jons, die andere spielte mit einem Fädchen an der Bettdecke.

»Ich hab mir was überlegt …«

»O Gott. Kostet es was?«

»Schätze, ja. Du weißt schon, das Gespräch, das wir immer mal wieder haben.«

»Das, in dem du jedes Mal sagst, wie gut ich im Bett bin?«

Er brachte seine Lieblingssprüche, und ich war noch nie so glücklich gewesen, sie zu hören. Es musste ein gutes Zeichen sein.

»Nein, das andere. Das über unsere Work-Life-Balance.«

»Ach das. Mein Lieblingsthema.«

»Das hier muss uns eine Lehre sein, Jon. All die Jahre haben wir Tag und Nacht geschuftet, auf so vieles verzichtet, nur um Rechnungen bezahlen und Kredite ausgleichen zu können. Das muss sich ändern. Ich will das Leben wieder genießen. Ich will schöne Dinge tun, reisen, Zeit mit dir und Beth verbringen, einfach mal gar nichts machen. Wir müssen das als Chance begreifen, um endlich was zu verändern. Ich will keinen einzigen Tag in unserem Leben mehr verlieren.«

Ich merkte, dass meine Stimme schon wieder zitterte, also hielt ich inne. Fasste mich. Wartete auf einen seiner dummen Sprüche. Es kam keiner.

»Ich weiß, dass du recht hast«, antwortete er schließlich. »Als ich heute Morgen da unten gewartet habe, habe ich an die letzten Jahre gedacht und all den Mist, der passiert ist. Das muss anders werden, Shauna. Du, ich und Beth … ich glaube, wir haben einfach den Blick auf das verloren, was wirklich wichtig ist, haben ein Leben geführt, das wir gar nicht brauchen. Ich hab dir viel zu viel aufgebürdet.«

»Schon okay«, versicherte ich.

»Nein, das ist es nicht. Wirklich nicht. Es tut mir leid.«

»Es muss dir nicht leidtun.«

»Wir wissen beide, dass das nicht stimmt. Sobald wir das hier hinter uns haben, werden wir dafür sorgen, dass unser Leben besser verläuft. Wir drei. Alles andere ist unwichtig.«

Vielleicht lag es an den Nachwirkungen der Narkose, aber dieser neue Jon sagte genau die richtigen Dinge, und er klang so, als würde er es auch so meinen. Sein Leben lang hatte er Probleme überspielt. Vielleicht hatte er ein Ereignis wie dieses gebraucht, um sich zu besinnen, um zu erkennen, dass wir in die falsche Richtung gelaufen waren und uns dringend neu orientieren mussten.

Draußen wurde es bereits dunkel, als die Besuchszeit zu Ende ging. Ich küsste meinen Mann lange. Es widerstrebte mir zu gehen. Am liebsten wäre ich zu ihm ins Bett geklettert und hätte ihn die ganze Nacht festgehalten.

Erst als die nette Schwester den Kopf zur Tür hereinstreckte, sagte ich auf Wiedersehen. »Ich komme morgen früh wieder. Sie haben gesagt, wenn du immer noch in diesem Raum und nicht auf eine normale Station verlegt worden bist, kann ich den ganzen Tag bei dir bleiben.«

Ich sah, dass er schon wieder schläfrig wurde und seine Augen ganz schwer. Als sie endgültig zufielen, schlich ich leise aus dem Zimmer und verließ die Klinik. Heute Morgen war ich voller Angst und Sorge hergekommen, jetzt war ich erschöpft, aber erleichtert. Er war okay. Er würde wieder ganz gesund werden.

Mit Horden anderer Menschen wartete ich auf den Aufzug. Dann lief ich quer über den Parkplatz zu meinem Auto. Ich stieg ein, schloss die Tür, schnallte mich an, lehnte den Kopf gegen das Armaturenbrett, ließ noch einmal die letzten Stunden Revue passieren, sah sein Gesicht, hörte seine Stimme.

»Sobald wir das hier hinter uns haben, werden wir dafür sorgen, dass unser Leben besser verläuft«, hatte er gesagt. Die Zuversicht, die ich bei diesen Worten empfunden hatte, kehrte zurück … aber nur kurz. Dann kam mir ein anderer Gedanke, der mich den ganzen Tag umklammert gehalten hatte. Ich hatte ihn zurückgedrängt, mich nicht von ihm vereinnahmen lassen. Jetzt war er wieder da.

Was, wenn wir diese Chance nicht bekamen? Was, wenn die Untersuchungsergebnisse ergaben, dass es sich um eine Art von Hirntumor handelte, bei der es keine zweite Chance gab?

19. Kapitel

2008 – Shauna

»Wann holt dich dieser nette junge Mann denn wieder ab? Und ist er Single?«, fragte mich Elsie augenzwinkernd.

»Grandma!« Ich tat empört. »Er kommt um neun, und ich bin eine verheiratete Frau!«

Jetzt war sie es, die empört tat. »Das weiß ich, meine Liebe! Ich hatte gehofft, er könnte vielleicht an einer älteren Dame interessiert sein.«

Ich lachte so heftig, dass mir meine Teetasse beinahe aus der Hand gefallen wäre. Gut, dass ich heute Abend kurz bei ihr vorbeigeschaut hatte. Ich versuchte das mindestens einmal in der Woche zu schaffen, aber bei zwölf bis vierzehn Stunden Arbeit am Tag, an bis zu sieben Tagen in der Woche, war das nicht immer möglich. Diese Woche hatte es nur deshalb geklappt, weil wir eine Geburtstagsparty in einem sehr großen Haus in Wimbledon ausrichteten, das nicht weit von Elsies Wohnung entfernt lag. Sobald das Essen serviert war, hatte ich mich auf den Weg gemacht. Vincent war geblieben, um sich um den Rest zu kümmern.

»Wie geht's Jon?« Granny liebte meinen Mann. Sie besaßen denselben schwarzen Humor. Wenn ich vierzig Jahre jünger wäre …, sagte sie jedes Mal, wenn wir über ihn sprachen.

»Gut. Er plant gerade, sich selbstständig zu machen. Zusammen mit Daniel. Eine Agentur für Personaltraining.«

Sie verhielt ihre Hand mit dem Stück Tarte, die gerade auf dem Weg zu ihrem Mund war. »Und was sagst du dazu?«

»Ich finde die Idee perfekt. Die beiden arbeiten ja ohnehin viel zusammen, da kann ich mir eine Partnerschaft gut vorstellen. Die Wirtschaft läuft gut, der Markt boomt in dem Bereich. Das einzige Problem ist, dass es uns mit dem Hauskauf unter Druck setzt. Wenn wir etwas kaufen wollen, müssen wir das tun, bevor er selbstständig ist, sonst geben uns die Banken keinen Kredit.«

Elsie hörte aufmerksam zu. »Ihr werdet schon alles richtig machen, Kind. Das habt ihr bisher immer. Du bist die Klügste von uns allen, viel klüger jedenfalls als dein nichtsnutziger Vater.«

»Granny, Dad ist dein Sohn!«

Ich wusste selbst nicht, wieso ich so heftig protestierte. Meine Großmutter hatte aus ihrer Missbilligung gegenüber meinem Vater noch nie einen Hehl gemacht. Ähnlich wie ich ließ sie sich nach außen nichts anmerken, aber hinter dieser Fassade verbarg sich eine Menge Unverständnis. Vor Jahren hatte sie mir nach einigen Sherrys einmal erklärt, warum. »Ich kann es nicht ertragen, wie er dich behandelt, Shauna. So egoistisch. Es geht immer nur um ihn und deine Mutter. Ich verstehe das nicht. So habe ich ihn doch nicht erzogen. Sein Vater, Gott hab ihn selig, war ein Familienmensch, und nach seinem Tod habe ich versucht, Jeff seine Wertvorstellungen weiterzugeben. Aber irgendwas ist dabei falsch gelaufen.«

Es war das einzige Mal, dass sie mehr enthüllt hatte. Sonst schimpfte sie ihn immer nur einen »nichtsnutzigen selbstverliebten Lump«. Ich wollte aber auch nie mehr wissen. Mir war nur wichtig, dass Granny mich liebte und ich sie. Wir sind uns so ähnlich, sagte sie immer, aber zum Glück hast du meine Beine nicht geerbt. Dann lachte sie jedes Mal schallend, hob ihren Rock und tanzte durch die Küche.

»Was ist denn mit dieser anderen Sache?«

»Granny, warum sprichst du es nicht aus?«

»Weil ich dich nicht aufregen will.«

»Aber es hilft nichts, dass du das Wort schwanger nicht aussprichst, wenn du mit mir darüber reden willst«, antwortete ich und nahm mir ein Stück Gebäck.

»Hm.« Sie sah mich forschend an. »Also? Bist du nun schwanger oder nicht?«

»Nein.« Ich schüttelte den Kopf. »Ich verspreche dir, du bist die Erste, die es erfährt. Nach Jon natürlich. Und der gesamten Nachbarschaft, die es vermutlich mitkriegt, wenn eine Blaskapelle mit Pauken und Trompeten an unserem Haus vorbeimarschiert.«

Sie lächelte, aber ich sah, dass sie besorgt war. »Na ja, es wird schon irgendwann passieren«, versuchte sie mich zu beruhigen. »Bei mir hat es auch lange gedauert, und es hat kein zweites Mal geklappt. Umso schlimmer, dass dabei so ein nichtsnutziger Lump rausgekommen ist.«

Da war es wieder. Als ich mit dem Lachen fertig war, kam ich wieder zurück zum Thema. »Ich denke darüber nach, es mit künstlicher Befruchtung zu versuchen. Wir probieren es jetzt seit zwei Jahren, und nichts passiert. Versteh mich nicht falsch, Granny. Ich liebe die Zwillinge, aber ich wünsche mir unbedingt eigene Kinder. Findest du das egoistisch?«

Wir hatten das Gespräch schon häufig geführt, daher kannte ich ihre Antwort. Aber ich wollte sie gern noch einmal hören. Es war das Schwierigste an der ganzen Sache – jemanden zu finden, mit dem man darüber reden konnte. Meine Mutter war kein bisschen interessiert. Ich fand es nicht fair, mit Rosie darüber zu sprechen, die sich ja auch sehnsüchtig Kinder wünschte, aber mal wieder mit ihrer Beziehung haderte. Und Lulu und Daniel hatten sich ganz klar gegen eigene Kinder ausgesprochen. Lulu behauptete, nichts an ihr sehne sich danach, »Klamotten zu tragen, die nicht in die Reinigung müssen«. Seltsame Einstellung, aber wenigstens ehrlich. Sie interessierte sich einfach nicht für Kinder, das hatte sie schon mit zwölf verkündet, angeblich, weil sie sie nicht so verderben wollte, wie wir verdorben wurden. Offenbar hatte sie ihre unglückliche Kindheit und Jugend immer noch nicht verarbeitet.

Ich registrierte, dass Granny mir eine Frage gestellt hatte.

»Wie bitte?«

»Du sagtest, *ich* denke darüber nach.«

»Was?« Ich verstand sie immer noch nicht.

»Du sagtest, *ich* denke darüber nach, es mit künstlicher Befruchtung zu versuchen, nicht *wir*.«

Wow! Das war ja wie bei der CIA. Ihre wie immer messerscharfe Wahrnehmung führte direkt ins Zentrum des Problems. Jon. Jon, den ich von ganzem Herzen liebte. Der jedoch – das hatte ich inzwischen gelernt – nicht bereit war, sich lange mit Dingen abzugeben, die nicht gut liefen. Er verstand meine Sehnsucht nicht, meine allmonatliche tiefe Enttäuschung. Und am meisten schmerzte die Tatsache, dass es ihm nicht wirklich etwas bedeutete. Ein weiteres Kind stand nicht auf seiner Prioritätenliste. Daher war es für ihn kein Problem, wenn es nicht klappte.

Bei mir sah das ganz anders aus.

»Tatsächlich? Oh. Das liegt daran, dass … Na ja, er ist einfach nicht so wild darauf, aber ich hoffe, das ändert sich noch.«

Granny dachte einen Moment nach. »Shauna, wenn es dir wichtig ist, dann gib nicht auf. Und wenn Jon nicht erkennt, wie viel es dir bedeutet, musst du es ihm immer wieder sagen. Das ist nicht egoistisch. Es ist höchste Zeit, dass sich mal jemand um *dein* Glück kümmert. Deine Eltern haben das ja nie getan.«

Sie kam gerade in Fahrt, deshalb war ich froh, dass in diesem Augenblick draußen ein Auto hupte.

»Das wird Vincent sein.« Ich griff nach meiner Tasche und sprang auf, um sie zu umarmen. »Ich komme dich nächste Woche wieder besuchen, Granny.«

»Gut, Kindchen. Und vergiss nicht, deinen jungen Mann zu fragen, ob er auf ältere Damen steht.«

Ich schüttelte immer noch den Kopf, als ich in den weißen Van stieg. Er war unsere neueste Investition. *Delikate Gelüste* stand in großen grünen Lettern auf der Seite. Wir hatten ewig gebraucht, bis uns dieser Name eingefallen war. Und wir fürchteten immer noch, irgendwann einen Brief von einem Anwalt zu bekommen, der uns untersagte, ihn weiter zu benutzen.

»Was ist denn so lustig?«, fragte Vincent und fuhr los.

»Elsie will wissen, ob du Lust auf eine Affäre mit einer älteren Dame hast.«

»Nur wenn sie mich zum Bingo mitnimmt«, antwortete er.

Wir wussten beide, dass das absurd war. Völlig unrealistisch. Während Jon ein sehr solider, bodenständiger Typ war, war Vincent das metrosexuelle Gegenteil. Wir hatten uns am College kennengelernt, und die Beziehung zwischen uns funktionierte nur, weil sie rein platonischer Art war. Das Bewusstsein, dass er für mich völlig unerreichbar war, hatte nichts mit Minderwertigkeitsgefühlen zu tun, sondern gründete auf meinem gesunden Sinn für Realität. Er hatte sich sein Studium mit Modeln verdient und stand auf die großen, schönen Mädchen, mit denen er arbeitete und die reihenweise seinem dunklen Look und dem fitnesscentergestählten Body verfielen.

Nach dem Examen waren wir in Kontakt geblieben. Jeder hatte sein eigenes kleines Catering-Unternehmen aufgebaut. Bei einem unserer Treffen hatte er mir beim Bier den Vorschlag gemacht, uns zusammenzutun. Es war mir sofort klar gewesen, dass die Idee gut war. Unser Umsatz war erheblich gestiegen – sein Aussehen brachte uns eine Menge Anfragen ein.

Unser heutiger Auftrag in Wimbledon war wie immer perfekt gelaufen. Auf dem Heimweg besprachen wir die Buchungen für die nächsten Tage.

»Tut mir leid, ich hab dich gar nicht gefragt, wie es heute mit Carole gelaufen ist.« Carole. Vincents Freundin. Dessous-Model.

Sie hatten sich heute zum Mittagessen verabredet, um ihre gemeinsame Zukunft zu besprechen, und ich hatte noch gar nichts gehört. Ich warf einen Blick auf die Uhr am Armaturenbrett. »Sollen wir noch kurz was trinken gehen?«

»Gern«, antwortete er sofort. »Willst du Jon anrufen, ob er mitkommen möchte?«

»Nein, er ist heute Abend mit Daniel zu einem Motivationstraining in Manchester.«

»Verstehe. Wohin sollen wir denn gehen?«

»Wie wär's, wenn wir erst mal über die Brücke fahren und dann entscheiden?«

Anstatt in unsere Straße einzubiegen, fuhr er weiter geradeaus über die Richmond Bridge. Ich zeigte auf das Pitcher & Piano.

»Lass uns da hingehen. Da war ich seit Jahren nicht. Ich hab Jon hier kennengelernt. Weißt du das eigentlich?«

Er verdrehte die Augen. »Wenn du mir den ganzen Abend von Mr. Wonderful vorschwärmen willst, komme ich nicht mit.«

»Okay. Wir reden nur über deine Beziehung, wie findest du das?«

»Traurig, aber okay.«

Vincent parkte in der Hill Street, und wir stiegen aus. Als wir die Straße überquerten, legte er mir fürsorglich die Hand in den Rücken. So ein Gentleman. Davon konnte sich Jon echt eine Scheibe abschneiden. Er würde »Lauf!« brüllen und hoffen, dass wir es heil auf die andere Seite schafften.

Im Pub war es voll, obwohl Sonntagabend war und schon zehn Uhr. Einer meiner Lieblingssongs, *Superstition* von Stevie Wonder, dudelte im Hintergrund. Ich hatte ganz vergessen, wie schön es hier war.

»Was möchtest du trinken?«, rief Vincent gegen den Lärm an.

»Einen Gin Tonic, bitte. Und Chips.« Ich hatte bis auf Elsies Scones den ganzen Tag noch nichts gegessen.

Während Vincent bestellte, fiel mein Blick auf die offenen Türen, die zur Terrasse hinausführten. Genau an dieser Stelle hatten Jon und ich vor drei Jahren gestanden. Vor drei Jahren! Es kam mir vor, als wären wir schon das ganze Leben zusammen.

Was wäre wohl geschehen, wenn ich damals an dem Abend nicht ausgegangen wäre? Oder wenn ich wie geplant fünf Minuten früher verschwunden wäre?

Der Gedanke, dass wir uns möglicherweise nie kennengelernt hätten, entsetzte mich. Aber vielleicht wäre es ja gar nicht so gekommen. Vielleicht gab es so etwas wie Vorsehung, und wir wären uns auf jeden Fall begegnet und …

Ich verlor mich in Gedanken, bis ich plötzlich auf etwas aufmerksam wurde. Ich verstand das, was ich da draußen durch die Türen sah, erst gar nicht. Wie konnte das sein? Wie konnten diese Personen dort stehen, und wie konnten sie das tun, was sie ganz offensichtlich taten?

»Shauna?« Vincent unterbrach meine Gedanken. Er drückte mir ein Glas in die Hand und sah mich beunruhigt an. »Alles okay mit dir?«

»Nein. Schau mal!«

Ich zeigte auf die Terrasse hinaus. »Ich kann nichts Beunruhigendes sehen. Meinst du das Paar, das sich da draußen küsst?«

Ich nickte. »Genau.«

»Und wo ist das Problem?«

»Das Problem ist, dass das meine beste Freundin ist. Aber der Typ ist nicht ihr Ehemann.«

20. Kapitel

2015 – Jon

»Brauchst du Hilfe?«, fragte Shauna, als sie mich im Kleiderschrank nach meinem Sakko suchen sah. Es hatte in der vergangenen Woche noch dort gehangen. Oder sogar gestern. Es war auf jeden Fall dort gewesen, verflucht.

»Nein, schon gut.«

Ich wusste, dass ich unfreundlich reagierte. Das war keine Absicht. Aber es war nur so … Wo verdammt noch mal war mein Sakko? Ich hörte, dass sie hinausging, und wollte mich gerade noch einmal zu ihr umdrehen, als ich das Sakko entdeckte. Es hing an dem Haken hinter der Schlafzimmertür.

Ich zog es über und ging nach unten.

»Fertig, Schatz?«, fragte sie fröhlich, als hätte ich sie nicht vor zwei Minuten angefahren.

Wie machte sie das nur? Sie ließ alles an sich abprallen, als wäre sie aus Teflon.

»Shauna, es tut mir leid. Ich …«

»Schon gut. Komm, wir müssen los. Es könnte viel los sein auf den Straßen.«

In der Einfahrt war ich schon fast auf der Fahrerseite des Wagens, als es mir wieder einfiel. Ich ging zurück und stieg auf der Beifahrerseite ein. Ich fuhr nicht mehr Auto. Noch ein Tritt in den Hintern, neben all den anderen. Dr. Dale hatte gesagt, ich dürfe mindestens ein Jahr lang nicht ans Steuer, vielleicht länger. Das hing von den Ergebnissen heute ab.

Ich wollte nicht mal darüber nachdenken, was das für meine Arbeit und meinen Alltag bedeutete. Ich konnte nicht mehr zu

Meetings fahren. Konnte nicht mehr kurz ins Auto springen, um im Supermarkt was zu besorgen. Konnte nicht mehr zur Schule fahren, um Beth abzuholen. Insgesamt war das keine Frage von Leben oder Tod, aber es war verdammt nervend.

Leben oder Tod.

Darum ging es heute. Aber ich kannte die Antwort längst. Alles würde gut werden. Gutartig. Ein paar Tabletten, noch etwas Genesungszeit, ein bisschen Haarwuchs, und das Leben hatte mich wieder – notfalls im Bus.

»Alles okay?«, fragte Shauna zum tausendsten Mal.

»Ja, alles okay.«

Die Rollen waren auf einmal vertauscht. All die Jahre hatte sie auf meine Fragen mit »Ja, alles okay« geantwortet, dabei war es das definitiv nicht gewesen. Jetzt spielten wir das Spiel umgekehrt. Und genau wie ich tat auch sie so, als würde sie die Antwort akzeptieren.

Ich weiß, ich war unfair zu ihr, aber ich musste das heute einfach noch hinter mich bringen.

Die Verbände an meinem Kopf waren inzwischen abgenommen worden, ich sah jetzt von vorne völlig normal aus, von hinten allerdings wie eine auch äußerlich gespaltene Persönlichkeit. Wie einer, der einen Kampf gegen eine Axt hinter sich hatte. Ich trug ein Pflaster auf der Wunde und einen Hut, damit ich keine kleinen Kinder erschreckte.

Den größten Teil des Wegs fuhren wir schweigend. Das hatten wir in der letzten Woche häufig getan. Shauna hatte immer über alles reden wollen. Wie es mir ging, über die Behandlung, über die Veränderungen in unserem Leben, aber ich wollte das nicht. Wozu sollte das gut sein? Darum konnten wir uns immer noch kümmern, wenn es so weit war. Warum sollten wir über mögliche Probleme reden, wenn sie vielleicht gar nicht eintraten? Wie oft musste ich die Menschen in meiner Umgebung noch davon überzeugen, dass alles gut würde? Ich verstand einfach nicht, warum sie sich den Kopf zerbrachen und sich auf das Schlimmste vorbereiteten. Zum Teufel damit. Mach dich nicht verrückt, es wird sich alles zum Positiven wenden.

Nachdem Shauna eingeparkt hatte, legte sie ihre Hand auf meine. »Mach dir keine Sorgen«, sagte sie und lächelte ihr bezauberndes Lächeln. Aha, jetzt hatte sie es endlich auch verstanden.

»Ich mach mir keine Sorgen.« Ich lachte. »Allerdings werde ich diese Ärzte wegen meiner Frisur verklagen.«

Ihre Hand war bereits am Türgriff, als sie sich noch einmal zu mir umdrehte. »Jon, ich liebe dich.«

Ich hatte das schon millionenfach gehört, aber so wie sie es jetzt sagte, wurde mir plötzlich die Kehle ganz eng.

»Ich liebe dich auch, mein Schatz.«

»Ich weiß.«

Die Wartezone in der Neurologie war genauso voll wie bei unserem ersten Besuch, aber dieses Mal war es anders. Dieses Mal war ich auch einer von ihnen, einer von den Kranken. Noch vor vierzehn Tagen hatte ich nicht mal geahnt, dass diese Welt hier existierte, und jetzt lebte ich plötzlich in ihr, benutzte selbstverständlich Worte wie Bestrahlung, Chemotherapie und Prognose. Als wir durch die Stuhlreihen gingen, spürte ich Blicke auf mir, auf meinem Haar, dem Pflaster. Zu spät wünschte ich, ich hätte den Hut aufbehalten.

Knapp zwei Stunden nach unserem Termin saßen wir immer noch da, die Augen auf den Korridor gerichtet, der zu den Sprechzimmern führte.

»Meinst du, ich sollte noch mal zum Empfang gehen und mich vergewissern, dass sie uns nicht vergessen haben?«, fragte Shauna.

Sie biss sich auf die Unterlippe und umklammerte meine Hand so fest, dass ihre Knöchel weiß hervortraten.

»Das haben sie bestimmt nicht«, versicherte ich ihr. »Du wirst sehen, wir sind gleich an der Reihe.«

Genau in dem Moment, als ich das sagte, sah ich ein Paar den Korridor entlangkommen. Er war groß und hatte ganz rote Augen, seine Frau schluchzte. Nur das Kopftuch, das sie trug, verriet, wer von den beiden in Behandlung war. Er hatte den Arm fürsorglich um ihre Taille gelegt und stützte sie, als könnten ihre Beine jede Sekunde wegsacken.

Shauna neben mir atmete hörbar ein. Sie hatte die beiden auch gesehen, der gesamte Warteraum war Zeuge ihrer tiefen Verzweiflung.

»Die Ärmsten«, flüsterte ich Shauna zu.

»Mr. O'Flynn?« Jenny, die Krankenschwester, die wir bereits kannten, schaute sich suchend nach mir um. Als sie uns erblickte, nickte sie. Sie wartete, bis wir bei ihr waren, und brachte uns dann zu einem der Sprechzimmer. »Wie geht es Ihnen? Sie sehen gut aus!«, sagte sie.

Ich suchte ihr Gesicht nach irgendeinem Hinweis ab. Sie musste es doch wissen. Sie musste doch genaue Informationen haben über das, was uns gleich erwartete. Aber ihre Miene gab nichts preis.

Dr. Dale wartete bereits auf uns. Wieder war ein neuer Arzt dabei, den wir noch nicht kannten. Er stellte sich als Dr. Johns vor. Onkologe. Was bedeutete das? Warum war er hier? Angstgefühle machten sich in meiner Brust breit. Onkologe. Ein Spezialist für Krebserkrankungen. Vielleicht saß er ja nur für alle Fälle hier. Ich war ja einer von ganz vielen Patienten, die Dr. Dale an diesem Tag empfing – alle mit unterschiedlichen Tumoren, die unterschiedlicher Therapien bedurften. Vielleicht war er nur da für diejenigen, die eine Chemotherapie oder Strahlenbehandlung brauchten – wie mit Sicherheit diese armen Menschen, die vor uns an der Reihe gewesen waren.

Nein, er war ganz sicher nicht wegen mir hier. Bei mir war alles gut.

Nach der Begrüßung hob Dr. Dale seinen Stift. »Also, Jon, wie ist es Ihnen seit der Operation ergangen? Hatten Sie noch Probleme mit den Augen? Kopfschmerzen?«

Nein, nein, nein. So lief das hier heute nicht. Ich war wegen Antworten hier, nicht wegen Fragen. Sag es mir einfach. Sag mir, dass alles in Ordnung ist, dann beantworte ich dir anschließend auch Fragen. Von mir aus vierzehn Tage lang.

»Nur ein bisschen Kopfschmerzen«, antwortete ich, »aber das hängt sicher mit der Wunde zusammen. Mr. Dale, ich möchte wirklich nicht unhöflich sein, aber könnten wir bitte zur Sache kommen? Was ist mit dem Tumor? Alles gut, oder?«

Er legte den Stift wieder aus der Hand und drehte sich so, dass er uns direkt gegenübersaß. Ich weiß nicht, ob Shauna und ich uns noch fester hielten, ich spürte meine Hand nicht mehr.

»Jon, wir haben die Ergebnisse aus dem Labor, und ich fürchte, sie sind nicht so, wie wir das erhofft hatten. Die Analysen ergeben, dass Sie an einem Tumor leiden, den wir Glioblastom Grad 4 nennen.«

Ich konnte nicht mehr atmen. Meine Lungen versagten. Ich konnte nicht verstehen, was er erklärte. Alles um mich herum war wie taub. Ich hörte nur noch Lärm. Chaos. Das Pochen meines Herzens.

»Es tut mir leid. Ich weiß, dass das nicht das ist, was Sie hören wollten. Brauchen Sie einen Moment, oder soll ich fortfahren?«

»Fahren Sie fort.« Das war Shaunas Stimme, nicht meine, und sie klang wie ein ersticktes Wispern.

»Okay. Ich schlage vor, dass wir sofort mit der Behandlung beginnen. Wir haben so viel Gewebe entfernt, wie wir sehen konnten, aber wie ich bereits vor der OP sagte, heißt das nicht, dass keine Krebszellen mehr zurückgeblieben sind. Wir schlagen daher zunächst eine sechswöchige Strahlentherapie vor und danach mehrere Chemotherapieeinheiten. Aus diesem Grund ist Mr. Johns hier. Er wird Ihnen das Behandlungskonzept erklären.«

Mr. Johns fing an zu reden. Sagte irgendwas. Zumindest bewegten sich seine Lippen. Aber ich hörte nichts. Nur Lärm. Glioblastom Grad 4. Ich hatte im Internet einiges darüber gelesen, und ich wusste, dass das nicht gut war. O verflucht! Es war ganz und gar nicht gut.

Ich registrierte, dass er aufgehört hatte zu reden. Entweder stand die Zeit still, oder sie warteten auf mich.

»Jon, haben Sie irgendwelche Fragen?« So wie er das sagte, musste er die Frage schon einmal gestellt haben. Ich hatte nichts gehört.

»Ist es heilbar?« Shauna kam mir zuvor, ihre Stimme war nicht mehr als ein Flüstern.

Das Gesicht des Arztes zeigte ganz kurz eine Regung, bevor er antwortete. War es Traurigkeit? Mitleid?

»Nein, Mrs. O'Flynn.«

»Dann … dann …« Das war meine Stimme, die völlig unabhängig von meinem Gehirn agierte. Mein verfluchtes, kaputtes, krankes Gehirn. »Dann werde ich also sterben?«

»Es ist unheilbar. Ja.«

»Wann?«

»Ich fürchte, darauf gibt es keine eindeutige Antwort. Wichtig ist, dass …«

»Ich muss wissen, wann«, unterbrach ich ihn.

»Jon, wir würden es bevorzugen, nicht über Zeitschienen zu sprechen. Sie sind so unterschiedlich und unbestimmt.«

»Mr. Dale …« Shauna sprach jetzt. Das war gut. Sie verstand mich. »Mr. Dale, als wir … als wir im Internet recherchiert haben, lasen wir, dass man mit … mit einem Glioblastom eine durchschnittliche Überlebenszeit von zwölf bis achtzehn Monaten hat. Stimmt das?«

Shauna war klug genug, die Frage richtig zu stellen, auch wenn ihr die Tränen über die Wange strömten und sie zwischendurch gestockt hatte, weil ihre Stimme versagte.

Zwölf Monate. Ein Jahr. Das konnte nicht stimmen. Sie musste sich irren.

»In den meisten Fällen, ja. Aber Mrs. O'Flynn, ich möchte betonen, dass das keine fixe Größe ist. Viele Menschen überleben diese Prognose.«

»Wie viele? Wie viele genau überleben diese Prognose?«

Er zögerte. »Wir haben eine fünfjährige Überlebenszeit bei drei bis fünf Prozent der Patienten«, sagte er dann.

Fünf Prozent.

Das bedeutete, dass fünfundneunzig Prozent der Menschen mit diesem Tumor innerhalb von fünf Jahren starben.

Meine Tochter war fünf Jahre alt, und er sagte mir gerade, dass ich sie nicht heranwachsen sehen würde.

21. Kapitel

2008 – Shauna

»Jon, Jess ist an der Tür!« Keine Reaktion. »Davie! Joe! Eure Mum ist hier!«

Immer noch nichts. Mist! Ich ging vorsichtig in die Knie, so wie sie es in der Rückenschule immer vormachten, und stellte den schweren Karton, den ich gerade schleppte, auf dem Fußboden ab. Es wäre besser, wenn sie in der Rückenschule sagen würden: Kommen Sie gar nicht erst auf die Idee, schwere Kartons zu schleppen, wenn große starke Männer den Job für Sie erledigen können.

Aber wie immer waren die großen starken Männer nirgends zu sehen.

Elsie und Rosie packten in der Küche irgendwelches Zeug aus, und ich wusste, dass Vincent für die Garage zuständig war. Lulu und Daniel waren noch immer nicht da. Und Jon …

Ich hörte Geschrei aus dem Garten und schaute aus dem Fenster. Jon jagte Joe und Davie mit einer Wasserpistole. Na großartig! Wir bezogen gerade unser neues Haus, in der Einfahrt standen zwei große LKWs, voll beladen mit unseren gesamten weltlichen Gütern, wir hatten unendlich viel zu tun, und er spielte mit seinen achtjährigen Söhnen im Garten!

Nicht, dass ich etwas aufrechnen wollte, aber ich hatte dieses Haus gefunden, den Kredit organisiert, mit dem Notar verhandelt, den Immobilienmaklern und den Banken, hatte das Umzugsunternehmen beauftragt, in der alten Wohnung alles zusammengepackt und für die Nachmieter gereinigt, war heute Morgen bei Sonnenaufgang hier gewesen, hatte auch hier alles geputzt, danach in der alten Wohnung das Beladen der Umzugswagen überwacht, Getränke und Essen für alle Helfer besorgt, kümmerte mich jetzt um das Entladen der Umzugswagen hier und schleppte große schwere Kartons, während Jon, der bisher absolut nichts beigetragen hatte, draußen herumlief und die Kinder mit einer verdammten Wasserpistole nass spritzte!

Und noch viel schlimmer: Seine Ex stand vor der Tür und betätigte eine Klingel, von der ich bisher nicht mal gewusst hatte, dass sie existierte.

»Soll ich das übernehmen?«, rief Rosie aus dem Nebenzimmer.

»Nein, nein, kein Problem. Könntest du nur den Jungs Bescheid sagen, dass ihre Mum hier ist? Sie spielen draußen im Garten.«

»In Ordnung.«

Es wäre unhöflich gewesen, Jess noch länger warten zu lassen. Ich öffnete also mit einem Lächeln die Tür und fuhr mir rasch durchs Haar, damit ich nicht allzu wild aussah.

»Hi, Jess! Du hast uns also gefunden!« Ich küsste sie auf die Wangen und beschloss, unseren völlig unterschiedlichen Aufzug einfach zu ignorieren. Ich in alten zerschlissenen Jeans, einem viel zu großen und nicht mehr ganz weißen T-Shirt und mit einer Frisur, die aussah wie zu heiß geföhnt. Jess dagegen in blütenweißer Hose, einem eng anliegenden grauen Shirt, das glänzende kastanienbraune Haar zu einem perfekten Jennifer-Aniston-Bob gestylt. »Möchtest du kurz reinkommen? Die Jungs sind gleich fertig.«

»Nein, nein, Steve wartet im Auto.« Sie zeigte auf einen silbernen Mercedes, der am Straßenrand parkte. Ich winkte Steve kurz zu.

»Danke, dass du sie abholst. Sie wollten unbedingt das neue Haus sehen, und heute Morgen waren sie eine echte Hilfe. Jedenfalls haben sie längere Konzentrationsphasen als ihr Dad.«

Sie lächelte. »Das kann ich mir vorstellen.«

Wie üblich waren wir zügig zum Thema gekommen – Jon und die Kinder. Manchmal fragte ich mich, ob wir nicht versuchen sollten, ein persönlicheres Verhältnis aufzubauen, aber Jon fand das nicht nötig. Wir würden nie die Art Patchworkfamilie werden, die zusammen Weihnachten feierte oder in Urlaub fuhr. Die wenigen Gelegenheiten, in denen wir aufeinandertrafen, verliefen dennoch nett und freundschaftlich. Wir redeten, wenn es etwas zu besprechen gab, riefen uns gegenseitig an, wenn es Planänderungen gab, aber davon abgesehen, erledigte Jon das Abholen und Zurückbringen, und es gab höchstens mal einen Fünf-Minuten-Austausch an der Haustür.

»Hey, Jess, wie geht's?« Jon war mit den Kids hinter mir aufgetaucht, die sofort das taten, was Kinder immer taten.

»Bitte, Mum, können wir noch hierbleiben? Biiiitte!«

Jess schüttelte den Kopf und lächelte geduldig. »Das geht leider nicht, Jungs. Steve sitzt im Auto, und die Pizza bei Pallino wird kalt.«

»Pizza! Yeeeeaaaah! Los, Davie, beeil dich!«

Joe war schon losgestürmt, sein Bruder folgte ihm dicht auf den Fersen.

Jess lachte. »Wie schnell sie sich überzeugen lassen.«

»Ich würde jetzt auch gern ins Auto steigen und eine Pizza essen gehen«, gestand ich und meinte das nur halb im Scherz.

Wir winkten ihnen nach, bis sie außer Sichtweite waren, und wollten gerade ins Haus zurückgehen, als ein anderer Wagen auf den frei gewordenen Parkplatz fuhr.

Lulu und Daniel stiegen aus und kamen auf uns zu. Ich scannte kurz ihre Körpersprache: wütende Schritte, versteinerte Mienen, kein Körperkontakt. Das erklärte, weshalb sie sechs Stunden zu spät kamen.

»Sag nichts«, begrüßte Lulu mich. »Es tut mir leid, ich bin eine miese Freundin.«

»Das bist du.«

»Ich weiß, dass wir total zu spät sind.«

»Stimmt.«

Sie hielt eine Plastiktüte hoch. »Aber wir haben was zu essen und Wein besorgt. Verzeihst du mir jetzt?«

Es war unmöglich, das nicht zu tun. Sie sah angespannt aus, ihre Augen waren gerötet. Keine Ahnung, was los war, aber es konnte nichts Gutes sein. Daniel hatte sich nicht rasiert, und auch seine Augen waren blutunterlaufen. Neuer Tag, neues Drama.

Wir gingen zu Elsie, Vincent und Rosie in die Küche, aßen Fish and Chips direkt aus dem Papier und tranken Wein aus Plastikbechern. Abgesehen von der Tatsache, dass die Atmosphäre durch die Neuankömmlinge kühler geworden war, war es wunderbar. Unser erstes richtiges Zuhause. Klar war es ein hohes Risiko. Wir mussten uns mächtig strecken, um die Hypothek abzuzahlen, aber meine kleine Firma lief gut, und wir wollten unbedingt eine Immobilie kaufen, bevor Daniel und Jon ihren Plan realisierten, sich selbstständig zu machen. Es würde funktionieren, da war ich ganz sicher. Jons Zuversicht und sein bedingungsloser Optimismus waren ansteckend.

»Hm, schmeckt das gut«, meinte Rosie und blickte versonnen auf ihre Chips. »Verratet Mark bloß nicht, dass ich so was esse, sonst verdonnert er mich zu einer einwöchigen Darmreinigungskur.«

Jon lachte. »Wie klappt es denn so mit deinem neuen Yogamann?«, fragte er.

»Perfekt. Er ist echt nett. Und witzig. Und sehr beweglich.«

»Beweglich klingt gut«, antwortete Lulu, und wir alle registrierten, dass Daniel das Gesicht verzog.

»Und ganz ehrlich finde ich selbst auch immer mehr Gefallen an dem ganzen Yoga- und Veganerzeugs.«

Lulu schüttelte den Kopf. »Willst du etwa behaupten, dass du jetzt Veganerin bist, Rosie? Du hast doch gerade Fisch gegessen.«

»Ich bin selektive Veganerin. Also nur dann, wenn Mark in der Nähe ist.«

Wir lachten, aber ich fand das gar nicht so lustig. Jeder ihrer vielen Lover hatte ungeheuren Einfluss auf Rosie. Auf dem College war es Sy gewesen, der Partyhengst, dem Rosie so ergeben war, dass sie jeden Abend mit ihm ausgegangen war und am Ende seinetwegen durchs Examen fiel. Jason, der Zoologe, liebte es, zu Hause zu sitzen und Indie-Musik zu hören, also war Rosie zu einem Heimchen am Herd mutiert. Und jetzt bekehrte Mark, der Yogatyp, sie zu Bohnen aus der Dose und dem Herabschauenden Hund. Immer wieder passte sie sich neu an die Vorstellungen ihres Partners an, anstatt einfach nur sie selbst zu sein: die süße, nette, witzige, kluge Frau, die sie war.

Vincent war der Erste, der schließlich aufstand und das Zeitungspapier zerknüllte. »Also, so gemütlich es bei euch auch ist, ich mache mich jetzt auf den Weg.«

»Ein heißes Date?«, fragte ich.

»Etwa mit mir?«, erkundigte sich Elsie hoffnungsvoll und zwinkerte ihm zu.

»Tut mir leid, Elsie, da war jemand schneller.«

»So geht es mir immer, mein Junge. Tom Jones hat das auch gesagt. Na, er wird schon zurückkommen, wenn er erst merkt, welchen Fehler er gemacht hat.«

»Ich fahre in Ihre Richtung. Wenn Sie möchten, nehme ich Sie mit«, bot er an.

»Mach das, Granny. Du warst uns heute eine Riesenhilfe, und wir werden ohnehin nicht mehr viel machen.«

Der erste Teil des Satzes stimmte, der zweite nicht. Elsie hatte kaum eine Pause gemacht, sie hatte geputzt, sortiert, organisiert, endlos viel Tee für alle gekocht. Aber ich hatte ihr Perfektionsgen geerbt und wusste daher, dass ich auch bis drei Uhr morgens auspacken würde, wenn das nötig war. Wenn ich sie ließe, würde sie ebenfalls so lange bleiben, und ich sah ihr an, wie müde sie war.

»Bist du sicher, Kind?«

»Ganz sicher, Granny. Ich rufe dich morgen früh an.«

Nachdem sich die Tür hinter ihnen geschlossen hatte, nahm ich Jons und Daniels Abfälle und stopfte sie in den Plastiksack, der an der Küchentür hing.

»Okay, Männer, eure nächste Aufgabe besteht darin, die Schränke in den Schlafzimmern aufzubauen.«

Jon stöhnte, aber Daniel, der inzwischen etwas entspannter aussah, stand auf. »Los, Jon O'Flynn, an die Arbeit.«

Ich hatte das Gefühl, er wäre tausendmal lieber woanders. Als er aus dem Zimmer war, atmete Lulu hörbar auf, offenbar fiel ihr eine Zentnerlast von den Schultern. O nein! Nicht dass es mir gleichgültig gewesen wäre, aber verdammt, heute war einer der anstrengendsten Tage meines Lebens, und ich hatte keine Nerven für ein Ehedrama. Ganz gleich, was es jetzt wieder war, ich würde mich nicht darum kümmern und weiter mein Geschirr auspacken.

»Er hat eine andere.«

Das Geschirr musste warten.

»Nein!«, rief Rosie. »Das glaube ich nicht!«

Lulu zuckte mit den Schultern. »Doch. Das Mädchen aus der Nachbarwohnung. Eine Stewardess. Sehr hübsch.«

Es war jetzt nicht der richtige Zeitpunkt für Vergleiche, aber so wie Lulu da saß, in ihrem schwarzen kurzärmligen Shirt, der Caprihose und der wilden Mähne, sah sie auch nicht schlecht aus.

»Hat er es zugegeben?«

Lulu nickte. »Ja. Er hat gesagt, es laufe noch nicht lange, aber das glaube ich ihm nicht. Ich schätze, es hat angefangen nachdem … nachdem …«

»Nachdem er rausgefunden hat, dass du mit dem Typen aus dem Pub rumgeknutscht hast.«

»Ja«, gab sie zu.

Es hatte nicht lange gedauert, bis Daniel es erfahren hatte. Noch jemand anders hatte Lulu an dem Abend im Pitcher & Piano gesehen und es jemandem erzählt, der hatte es wiederum einem anderen erzählt, der zufällig Daniels Schwester kannte. Und die hatte es ihm verraten. Als Daniel Lulu zur Rede gestellt hatte, hatte sie zugegeben, dass die Affäre schon einige Monate lief, ihn dann aber angefleht, ihr noch eine Chance zu geben. Und er hatte sich darauf eingelassen.

Auf wahnsinnige, heftige, endlose Streitereien folgten wahnsinnige, heftige, endlose Versöhnungen. So lief es immer, und ich verstand es einfach nicht. Ihre Obsession füreinander wurde nur noch übertroffen von ihrer Unfähigkeit, voneinander zu lassen.

»Sag jetzt bloß nicht, dass ich es nicht anders verdient habe.«

»Wollte ich gar nicht«, protestierte ich. Dabei war das nicht von der Hand zu weisen. Wie lange ließ sich jemand an der Nase herumführen, ehe er sich revanchierte?

»Und wie geht es jetzt weiter?«

Lulu zuckte mit den Schultern. »Er sagt, es sei aus mit ihr, und dass er es nur getan hat, um es mir heimzuzahlen. Er will unbedingt, dass wir es noch einmal zusammen versuchen.«

»Und du?«, fragte Rosie.

»Ich auch.«

»Lulu, das könnt ihr euch doch nicht ständig antun.«

Resigniert wiederholte ich das, was ich ihr schon Dutzende Male zuvor erklärt hatte.

»Ich weiß ja. Aber vielleicht bin ich einfach nicht fähig, eine normale Beziehung zu führen, Shauna. Vielleicht kann ich es einfach nicht. Ich meine, schau dir doch die Menschen an, die uns beigebracht haben, was im Leben normal ist.«

Ich verstand, was sie meinte, aber ich wollte nichts davon hören.

»Hör auf, Lulu«, widersprach ich. »Wir sind nicht wie unsere Eltern. Wir müssen nicht dieselben Entscheidungen treffen wie sie, und irgendwann müssen wir auch aufhören, sie für alles verantwortlich zu machen. Wir müssen unser Leben selbst in die Hand nehmen.«

Wenn Elsie da gewesen wäre, hätte sie mir sicher zugestimmt. Mir war völlig klar, dass ich Lulu hart anging, aber es war die Wahrheit, und sie musste einmal ausgesprochen werden. Ja, wir waren die Töchter von Eltern, die ein spezielles Verhältnis zur Monogamie hatten und ein noch spezielleres zur Elternliebe. Und ja, zu einem gewissen Grad hatte uns das geprägt, hatte uns zu dem gemacht, was wir heute waren. Aber nicht alle Fehler durfte man damit entschuldigen.

»Manchmal wünschte ich, ich hätte damals nicht auf dich gehört.« Schon wieder dieses nervende Selbstmitleid. Am Tag ihrer Hochzeit hatte sie beschlossen, alles abzublasen, und ich hatte sie dazu überredet, es nicht zu tun. Später erfuhr ich, dass Jon dasselbe bei Daniel getan hatte. Vielleicht hätten wir uns nicht einmischen sollen. »Trotzdem … Ich hab immer noch das Gefühl, dass wir es irgendwie schaffen können. Ich hasse die Vorstellung, er könnte eine andere haben. Er ist ein guter Typ. Ich kapier bloß nicht, wieso mir das nicht zu reichen scheint.«

Darauf hatte ich auch keine Antwort, aber ich wusste ganz genau, was als Nächstes passieren würde. Sie machten wieder irgendeine Traumreise, himmelten sich an und überhäuften sich mit Geschenken. Dann normalisierte sich ihr Leben, und in ein, zwei oder fünf Jahren würden wir an derselben Stelle stehen.

Wir arbeiteten noch ein paar Stunden weiter. Rosie packte weiter die Küchenutensilien aus, Lulu und ich bezogen die Betten und räumten die Kommoden ein. Gegen zwei Uhr nachts fuhren alle nach Hause, und ich ging mit zwei Flaschen Bier ins Schlafzimmer. Jon lag lang ausgestreckt auf dem Bett.

»Ich mache noch ein bisschen weiter. Ich will bis morgen gern noch einiges schaffen.«

»Willst du etwa die ganze Nacht durcharbeiten? Das meinst du nicht ernst.« Jon war entsetzt. »Schatz, ich liebe dich, aber ich kann nicht mehr. Ich bin völlig erledigt.«

»Keine Sorge, ich komme allein klar. Ich könnte jetzt ohnehin nicht schlafen«, antwortete ich und kletterte aufs Bett. »Ich bin noch völlig aufgedreht. Das alles gehört jetzt uns. Unfassbar!« Ich stieß meine Bierflasche gegen seine. »Auf unser neues Zuhause!«

»Prost! Auf unser neues Zuhause! Auf dass Dach und Hypothekenzinsen immer stabil bleiben.« Jon grinste.

Seine Hände waren schmutzig, sein Haar war zerzaust, er hatte sich nicht rasiert, und er trug uralte Jeans. Trotzdem fand ich ihn in diesem Moment unglaublich sexy.

»Bevor ich wieder nach unten gehe, sollten wir das Haus unbedingt noch richtig einweihen.«

Ich schob eine Hand unter sein T-Shirt. Meine Libido fühlte sich in der neuen Umgebung schon ganz zu Hause.

Er lächelte, hob den Kopf und gab mir einen flüchtigen Kuss. Auf die Wange. Einen, der sagte, super Idee, Baby, aber können wir das vielleicht auf ein anderes Mal verschieben?

»Super Idee, Baby, aber …«

Ich unterbrach ihn, ehe er den Satz zu Ende aussprechen konnte. »Komm schon, Schatz, es ist Eisprungzeit und …«

Völlig falscher Ansatz! In den letzten Monaten hatte ihn jedes Gespräch, in dem die Worte Eisprung, Schwangerschaft oder Fruchtbarkeit vorkamen, zusehends genervt.

Er küsste mich noch einmal, nicht ganz so flüchtig dieses Mal, aber immer noch nicht so, wie ich es mir wünschte. »Ich verspreche dir, wir holen die Einweihung morgen früh nach.«

Ich gab auf. Was sollte das bringen?

Als ich aus dem Zimmer ging, waren ihm die Augen bereits zugefallen. Auf dem Weg nach unten dachte ich, dass einiges ganz schön falsch lief. Lulu und Daniel, die mal wieder am Rande der Scheidung standen, hatten jetzt vermutlich gerade wilden, leidenschaftlichen Sex.

Ich dagegen, die vermeintlich im Reich der glücklich Verheirateten lebte, arbeitete allein vor mich hin, organisierte einen kompletten Umzug allein, versuchte allein ein Kind zu kriegen, arrangierte unser ganzes Leben allein, löste alle Probleme allein, während mein Mann völlig unbekümmert durch die Welt lief.

Ich liebte Jon aus tiefstem Herzen, aber …

Das war alles.

Zum ersten Mal wurde mir bewusst, dass es ein Aber gab.

22. Kapitel

2015 – Shauna

Niemand sagte einen Ton.

Wir waren seit Ewigkeiten allerbeste Freunde, und wir hatten noch nie einen sprachlosen Moment erlebt. Aber jetzt fand keiner Worte.

Meine Eltern waren gekommen, um Beth abzuholen, die ihr allererstes Wochenende bei Granny und Grandpa verbringen würde. Meine Mutter war erst gar nicht erfreut gewesen, als ich sie darum gebeten hatte. Nicht einmal, als ich ihr erklärte, dass Jon nach der Operation noch sehr erschöpft war und etwas Ruhe brauchte. Sie hatte ihren Unmut darüber, dass sie ihr geplantes Wellness-Wochenende verschieben musste, deutlich zum Ausdruck gebracht.

Zum Glück hatte sie es sich schließlich anders überlegt, keine Ahnung warum. Ich weiß nur, dass meine Mutter den Hörer aufgelegt und meinem Vater von unserem Gespräch erzählt hatte, worauf er mich zum allerersten Mal – und ich meine *zum allerersten Mal* – anrief, um mir zu sagen, dass sie uns gerne helfen würden. Er hatte mir sogar angeboten, Beth abzuholen. Vielleicht gab es ja doch noch Hoffnung.

»Könnte vielleicht mal jemand was sagen? Es ist schließlich keiner gestorben. Zumindest *noch* nicht«, witzelte Jon, nahm ein paar Flaschen Bier aus dem Kühlschrank und gab Daniel und meinem Dad je eine.

»Das ist es also? Es gibt gar nichts, was man tun kann? Ich meine, wirklich, o verdammt noch mal …« Daniel fiel ein, dass meine Mutter im Raum war. »Tut mir leid, Mrs. Williams.« Er wandte sich wieder an Jon. »Aber … es muss doch irgendeine Möglichkeit geben.«

»Gibt es ja«, antwortete Jon. Er hörte sich an, als redete er über Fußball oder Shoppen oder sonst was. Jedenfalls wäre niemand auf die Idee gekommen, dass man ihm gerade eröffnet hatte, dass er bald sterben würde. »Bestrahlungen. Chemotherapie.«

»Und damit kann man es nicht heilen?« In Rosies Gesicht standen Entsetzen und Fassungslosigkeit.

»Nein. Immerhin könnte ich ein paar Jahre Verlängerung bekommen. Ich werde euch alle überleben, wartet ab.«

Unsere Blicke trafen sich über dem Tisch, und ich lächelte. Ich liebe dich, sagte mein Blick. Ich werde dich immer lieben. Und ich kann mir überhaupt nicht vorstellen, dass du irgendwann nicht mehr hier sitzen, Bier aus dem Kühlschrank nehmen und schlechte Witze reißen wirst. Der Gedanke blieb mir im Hals stecken, und ich unterdrückte mühsam ein Schluchzen. Ich war fest entschlossen, Jon nicht im Stich zu lassen. Ich würde nicht schlapp machen. Meine Tränen und meine Verzweiflung halfen ihm jetzt nicht weiter. Er brauchte Stärke. Kraft. Optimismus. Entschlossenheit. Wenn ich meinem tiefen, verzweifelten Wunsch nachgab und zusammenbrach, dann war das egoistisch. Es spielte keine Rolle, ob ich schreien wollte oder weinen oder den Mond anheulen, ich würde das tun, wofür er mich brauchte.

Zwei dicke Tränen rollten über Rosies Wangen, und mein Dad nahm sie tröstend in den Arm. Es war eine nette Geste, die mich überraschte. Mitleidsbekundungen waren normalerweise nicht seine Art, umso rührender, dass er sich so bemühte. Meine Mutter schaffte das leider nicht.

»Nun, wir werden sehen, wie es dir ergeht«, sagte sie zu Jon, stand auf und griff nach ihrer Tasche.

Wir werden sehen, wie es dir ergeht? Ernsthaft? Lebenslang

unterdrückte Wut packte mich. Kein »Was können wir tun, um dir zu helfen?« Kein »Sag uns, was wir machen können«, kein »Wir sind immer für dich da, ganz gleich, was passiert«.

Himmel, er bewarb sich doch nicht um einen neuen Job! Oder begab sich auf einen Sponsorenlauf. Ihr Schwiegersohn hatte gerade sein Todesurteil erhalten, und ihre einzige Reaktion war »Wir werden sehen, wie es dir ergeht.«

Ich hätte am liebsten laut geschrien. Aber zum Glück kam genau in diesem Moment Beth mit wippenden Locken und in ihrem süßen blauen Kleidchen zur Tür herein. Sie hüpfte auf und ab vor lauter Aufregung, dass sie ein Wochenende bei ihren Großeltern verbringen durfte.

»Seid ihr fertig, Granny? Wann fahren wir endlich?«

Ich hob sie hoch, gab ihr einen dicken Kuss, und sie versprach mir, ganz viel Spaß bei ihren Großeltern zu haben. Ich hoffte sehr, dass sie Beth verwöhnen würden. Wie schön wäre es, wenn sie eine Beziehung zu ihnen aufbauen könnte, vor allem jetzt. Schließlich waren sie die einzige Familie, die sie in der näheren Umgebung hatte. Jons Mutter sahen wir nur selten, seit sie zu alt war, um zu uns zu kommen, und zu seinem Bruder hatte er wegen des großen Altersunterschieds nie ein besonders enges Verhältnis aufgebaut. Jon hatte ihnen immer noch nichts von seiner Krankheit erzählt, sie mussten es dringend erfahren. Ich würde ihn später noch einmal darauf ansprechen.

Als meine Eltern und Beth fort waren, kam Lulu noch einmal auf das Gespräch zurück. »Shauna, deine Eltern sind mindestens so unglaublich wie meine«, stellte sie kopfschüttelnd fest. »Jon, ich geb dir einen guten Rat. Zähl bloß nicht auf sie, sonst bist du echt verloren. Nicht dass du das nicht ohnehin schon wärst.«

Aus dem Mund von jedem anderen hätte das unsensibel und zynisch geklungen, nicht aber aus Lulus. Sie sagte das mit so komischem Augenrollen, dass Jon lachen musste. Erleichtert stimmten wir alle mit ein. Rosies Gelächter war von so vielen Tränen begleitet, dass nicht klar war, ob sie lachte oder weinte.

»Eins muss man dir lassen, Lulu. Du beschönigst wirklich nichts«, meinte Jon, und alle lachten schon wieder.

Es war absurd. Surreal. Nahezu hysterisch. Ein furchtbarer Augenblick in unserem Leben, und wir klammerten uns an das Lachen wie an einen Rettungsring auf stürmischer See.

Lulu hatte genau den richtigen Ton getroffen. Das brauchte Jon jetzt. Er wollte kein Schluchzen und keine Plattitüden, keine mitleidigen Blicke und Beileidsbekundungen. Er wollte Offenheit und Zuversicht. Ich war Lulu sehr dankbar.

»Also, was können wir tun?«, fragte Daniel schließlich. »Wann beginnt die Strahlentherapie?«

»Übernächste Woche geht's los, dann muss ich täglich hin«, erklärte Jon. »Am Montag wird zunächst eine Art Maske für mich angefertigt, die meinen Kopf genau in der richtigen Position hält. Die Behandlungen starten in der darauffolgenden Woche, jeden Nachmittag, Montag bis Freitag um 14.00 Uhr.«

Lulu nickte. »Shauna, ich schätze, du wirst es nicht schaffen, ihn jeden Tag zu fahren, oder?«

Darüber hatte ich auch schon nachgedacht, aber ich hatte noch nicht mit Jon gesprochen. Natürlich würde ich ihn am liebsten jeden Tag begleiten, aber das würde wohl nicht gehen. Ich hatte fast jeden Tag Buchungen für Mittagessen, und wenn ich die Jobs nicht selbst machte, musste ich eine Aushilfe einstellen. Doch irgendwie wollte ich es schaffen.

»Ich kriege das schon hin. Notfalls werde ich mir eine Aushilfe suchen.«

»Das wäre nicht besonders effektiv«, widersprach Lulu. »Du verlierst auf diese Weise viel zu viel an Umsatz. Ich könnte Jon doch fahren. Ich kann meinen Laptop mitnehmen und während der Behandlungszeit arbeiten. Für mich ist es völlig gleichgültig, ob ich im Büro oder im Wartezimmer eines Krankenhauses sitze und arbeite. Im Krankenhaus gibt es vermutlich besseren Kaffee. Der bei uns schmeckt schaurig.«

Jon dachte offenbar darüber nach und wollte gerade zustimmen, als Daniel ihm zuvorkam. »Gute Idee, Lulu. Das ist … sehr nett von dir.«

Sie ging gar nicht auf das ein, was er sagte. Offenbar waren die Probleme zwischen ihnen noch immer nicht geklärt. Ich hatte bisher noch keine Gelegenheit gehabt, sie zu fragen, wie es bei ihnen lief, aber da Daniel noch immer in unserer Garage wohnte, ging ich davon aus, dass es keine Versöhnung gegeben hatte.

»Super, Lulu, das wäre großartig«, meinte Jon jetzt. Er schaute mich an. »Ist das okay für dich, Schatz? Klingt irgendwie überzeugend, oder?«

»Ja, es ist wunderbar. Danke, Lulu.«

Ich nickte ihr zu. Sie war oft unzuverlässig und als Freundin eine Katastrophe, aber wenn es darauf ankam, konnte man sich wirklich auf sie verlassen.

Wieder war ein Problem gelöst, ich war erleichtert. Ich wollte in dieser Situation wirklich nicht pragmatisch denken, aber das Leben lief weiter. Wir hatten ohnehin Mühe, mit dem Geld auszukommen. Wenn mein Verdienst ausfiel, würden wir bald in Schwierigkeiten geraten – und das Letzte, was wir jetzt brauchten, war noch mehr Stress.

Über die Folgen für Jons Arbeit hatten wir bisher noch gar nicht gesprochen. Hatte er überhaupt noch einen Job? Er und Daniel hatten keinen Notfallplan für solch ein Szenario. Nie hätten wir gedacht, dass so etwas passieren könnte. Anscheinend hatte Daniel meine Gedanken erraten.

»Und Jon, was uns betrifft, mach dir keine Sorgen. Ich kriege das eine Zeit lang allein hin.«

Man sah, dass er es ernst meinte, und ich wusste, dass er alles tun würde, was in seiner Macht stand, um sein Versprechen zu halten. Aber Tatsache war, dass auch bei ihm auf Dauer der Umsatz einbrechen würde, wenn Jon keine Aufträge mehr reinholen und bearbeiten konnte. Wir hatten keinerlei Rücklagen. Das Haus war noch längst nicht bezahlt. Meine Einnahmen allein würden nicht reichen. Das Gefühl der Erleichterung war wieder fort, und der Knoten in meinem Magen wurde größer. Ich versuchte, ruhig zu bleiben. Ein Problem nach dem anderen. Der Vertrag mit Calbrad Tech würde uns Luft zum Atmen verschaffen. Alles würde gut. Im Moment wollte ich, dass Jon nur an sich dachte.

Er nickte. »Danke, Daniel«, sagte er, und in seiner Stimme klangen erstmals an diesem Abend Emotionen mit. »Wenn wir erst den Vertrag mit Calbrad Tech unterschrieben haben, werden wir befristet ein paar zusätzliche Leute einstellen können und das Ding schon irgendwie schaukeln.«

Bis wann?, hätte ich fast gefragt. Würde Jon je wieder arbeiten können? Würde er das überhaupt wollen? War sein Berufsleben vorbei? Sollte er nicht lieber eine lange Liste mit lauter unvernünftigen Dingen aufstellen und zum Surfen nach Hawaii fliegen oder sich am Bungee von irgendwelchen Hochhäusern stürzen? Wie würde es weitergehen? Wie würden wir leben? Und … Ich hatte Mühe weiterzuatmen, als sich der Rest des Satzes in meinem Kopf formte. Wie lange würde er noch leben?

»Alles klar, Shauna?« Rosie griff unter dem Tisch nach meiner Hand.

»Ja«, antwortete ich und zwang mich, mich wieder am Gespräch zu beteiligen. Dabei fiel mir auf, dass Daniel sichtlich unbehaglich auf seinem Stuhl herumrutschte.

»Ja, so machen wir es«, sagte er, aber es klang irgendwie unsicher.

Jon schien das auch aufzufallen. »Daniel?«, fragte er nach.

Ich überlegte. Sicher sprachen sie noch über den Vertrag mit Calbrad Tech und darüber, dass er neue Leute einstellen wollte.

»Daniel …«, sagte jetzt auch Lulu.

Ihre Stimme klang drängend. Sie schaute ihren Mann an wie einen Teenager, der nicht die Wahrheit sagte.

»Was ist los?«, wollte ich wissen, und ein ungutes Gefühl überfiel mich.

»Nichts. Es ist nichts«, meinte Daniel.

»Daniel!« Lulus Blick war jetzt drohend. Ohne Worte zwang sie ihn, das auszusprechen, was er offenbar für sich behielt.

Daniel schaute zu Jon, hilflos und verzweifelt. »Der Vertrag mit Calbrad Tech … Sie haben sich gestern gemeldet. Es hat nicht geklappt.«

Jon schloss die Augen und atmete tief durch. Mein geliebter Mann, den Kopf verpflastert, das Gesicht blass, dunkle Ringe unter den Augen, der Mann, der diesen Monat schon mehr durchgestanden hatte, als die meisten anderen Menschen in ihrem ganzen Leben durchstanden, musste jetzt auch noch mit diesem Schlag fertig werden.

Von Anfang an hatten wir uns an jeden Strohhalm geklammert und uns von einer Floskel zur nächsten gehangelt: Alles würde gut werden. Was uns nicht umbringt, macht uns stark. Man muss das Beste aus allem machen. Auf Regen folgt Sonnenschein. Nur nicht unterkriegen lassen. Wir schaffen das schon. Nichts ist so schlimm, wie es aussieht.

Es war der blanke Hohn. Und jetzt, da wir am Boden lagen und einen weiteren Tritt verkraften mussten, schien plötzlich ein anderer Satz unser Leben zu bestimmen: Immer wenn du denkst, es kann nicht schlimmer werden, belehrt dich das Leben eines Besseren.

23. Kapitel

2009 – Jon

»Mann, hilf mir noch mal auf die Sprünge. Warum hatten wir ursprünglich gedacht, unsere Idee wäre gut?«, fragte ich Daniel.

Ich legte die Füße auf den Schreibtisch und dehnte mich. Hoffentlich verzieh mir meine Wirbelsäule, dass ich sie den ganzen Tag in dieselbe Stellung zwang.

Er antwortete, indem er eine Flasche aus dem Minikühlschrank in der Büroecke nahm und sie mir zuwarf. »Du kannst jederzeit Bier trinken, ohne Ärger mit deinem Boss zu kriegen.«

»Hm, nicht schlecht. Das ist es wert.« Ich öffnete die Flasche an der Tischkante und schaute mich um. Unser neues Büro war echt nicht übel. Wir hatten zwei Räume im Erdgeschoss eines alten Stadthauses in der Nähe des Richmond Green, ungefähr hundert Meter von Daniels und Lulus Haus entfernt, ergattert – zu einem fairen Mietpreis. In den ersten Monaten hatten wir bei ihnen in der Küche gearbeitet, aber das war natürlich keine Lösung. Wir brauchten ein Büro, in dem wir Kunden empfangen und Meetings und Trainingseinheiten abhalten konnten. Und dazu waren die Räume hier ideal. Weiße Wände, grauer Teppichboden, ein paar Schreibtische, ein Konferenztisch und einige Aktenschränke. Die Tatsache, dass wir nun jeden Monat Miete zahlten, war eine zusätzliche Motivation für uns, uns richtig reinzuhängen und unser Business voranzutreiben. Lulu war normalerweise mit hier, um uns dabei zu unterstützen, aber sie war früher gegangen, weil sie einen Termin mit unserem Bankberater hatte. Wir überlegten, ob sich der Start-up-Kredit noch ein wenig aufstocken ließ.

Ganz ehrlich entwickelte sich unser neues Unternehmen langsamer als erwartet. Ein paar unserer alten Kunden waren mitgekommen, und es war gar nicht so einfach, neue an Land zu ziehen. Schließlich hatten wir keine Referenzen. Es würde schwer, unsere Zielvorgaben zu erfüllen, aber ich war optimistisch, dass uns das irgendwie gelingen würde.

Es musste uns gelingen. Allein, um diese Büroräume halten zu können.

Das Telefon auf meinem Schreibtisch klingelte, und ich überlegte, es einfach klingeln zu lassen. Um sechs Uhr abends rief normalerweise niemand Wichtiges mehr an.

»Geh ran, du Faulpelz«, brummte Daniel.

»Hallo, COMP Personalberatung.« COMP.

Channing und O'Flynn Management für Personalangelegenheiten. Daniel und ich hatten uns einer professionellen und wissenschaftlichen Methode bedient, um zu entscheiden, welcher unserer Namen vorangestellt würde. Er hatte in der dritten Runde Stein, Schere, Papier gewonnen. Fairerweise musste ich zugeben, dass sich OCMP auch nicht so cool anhörte.

»Mr. O'Flynn?« Es klang sehr förmlich. Sicher wieder jemand, der Geld wollte. »Hier ist Cathy Rett von Masters Young.« Meine Füße rutschten vom Schreibtisch, und ich war sofort hellwach. Cathy war Einkäuferin in einem nationalen Vertriebsunternehmen, bei dem ich in der Woche zuvor unsere Dienstleistung vorgestellt hatte. Ich hatte das Gefühl gehabt, dass unsere Chancen, einen Auftrag zu bekommen, nicht schlecht waren und sie gebeten, uns in jedem Fall so schnell wie möglich Bescheid zu sagen.

Daniel sah mich gespannt an, und ich schaltete die Lautsprecherfunktion des Telefons an.

»Mrs. Rett! Wie geht es Ihnen?«

»Hervorragend. Und Ihnen?«

»Bestens. Wie kann ich Ihnen weiterhelfen?«

Ihrer Stimme konnte ich rein gar nichts entnehmen. Unmöglich einzuschätzen, ob sie gleich sagen würde »Sie haben den Vertrag« oder »Es tut mir leid, wir haben uns anders entschieden, aber versuchen Sie es beim nächsten Mal gerne wieder«.

»Es tut mir leid, dass ich so spät noch anrufe …«

»Kein Problem.«

Daniel war nun aufgestanden und kam auf meinen Schreibtisch zu, die Augen groß und hoffnungsvoll.

»Ich hatte Ihnen ja versprochen, Ihnen unsere Entscheidung so schnell wie möglich mitzuteilen …«

»Ja?«

»Unser Vergabeausschuss hat sich alle Unterlagen der Bewerber durchgesehen …« Herrje, sie machte es echt spannend. »… und wir haben beschlossen, Ihnen den Vertrag zu geben.«

Ich sprang von meinem Stuhl und vollführte mit Daniel Bewegungen, die zufriedenes Grinsen, einen Tanz und wiederholtes Luftboxen beinhalteten. All das erfolgte völlig stumm, während ich in professionellem Ton weitersprach. »Das sind ja wunderbare Neuigkeiten, Mrs. Rett. Vielen Dank, dass Sie uns so schnell informiert haben. Ich lasse die Verträge aufsetzen und Ihnen morgen per Kurier zukommen.«

»Perfekt. Ich melde mich dann, falls wir noch Fragen dazu haben.«

»Natürlich gern, Mrs. Rett. Und nochmals vielen Dank für Ihren Anruf.«

»Sehr gern. Gute Nacht.«

Sobald das Freizeichen ertönte, ergänzten wir unsere Tanzbewegungen mit passendem Gejubel. Yeah!!! Das war ein Meilenstein für uns. Es reichte noch nicht, um den Startkredit abzuzahlen oder unsere Kosten komplett zu decken, aber es war ein großer Schritt in die richtige Richtung.

»Weißt du was«, schlug Daniel strahlend vor. »Wir gehen jetzt rüber ins Slug und feiern anständig. Ich rufe Lulu an, du Shauna.«

»Sie arbeitet leider. Mist! Sie hat einen Charity-Event in Fulham. Aber ruf Lulu ruhig an, dann kann Shauna auf dem Heimweg dazukommen.«

»Klingt gut«, meinte Daniel und griff nach seinem Telefon.

Adrenalin trat die Feierabendmüdigkeit zur Seite und ersetzte sie durch pure Aufregung. Das waren tatsächlich brillante Nachrichten.

Shauna würde völlig k.o. sein. Sie arbeitete heute den siebten Abend in Folge, aber bestimmt würde sie noch mit uns feiern.

Sie ging beim ersten Klingeln ran. »Schatz, ich bin's. Stell dir vor, wir haben die Zusage von Masters Young bekommen.«

»Das ist ja fantastisch! Sehr gut, das habt ihr wirklich verdient.«

Sie hörte sich müde an, so als ob es ihr richtig schwerfiele, enthusiastisch zu klingen. Es gelang ihr auch nicht ganz. Kein Wunder. Seit wir die Firma gegründet hatten, hatte sie echt geschuftet, um unsere Finanzen einigermaßen unter Kontrolle zu halten. Wir hatten gewusst, dass es in den ersten Monaten schwierig würde, aber keiner von uns hatte geahnt, wie. Sie und Vincent machten alles: Brunch, Mittagessen, Partys, Abendessen, Wochenendevents – ganz egal, was sich ihnen bot.

»Wir wollen gleich ein bisschen im Slug feiern«, sagte ich. »Hast du Lust, nachher noch vorbeizukommen?«

Am anderen Ende der Leitung entstand eine kurze Pause. Als Shauna antwortete, klang sie noch müder als vorher. »Süßer, das schaffe ich wirklich nicht. Ich bin seit sechs Uhr auf den Beinen, und vor zehn bin ich hier nicht fertig. Danach muss ich nach Hause, den Van ausladen und alles für morgen vorbereiten, weil ich dann schon wieder um sechs raus muss.«

»Komm schon, Schatz, nur auf ein, zwei Drinks. Wir müssen

das feiern! Kann Vincent es denn nicht ausnahmsweise mal allein übernehmen?«

»Jon, das meinst du nicht ernst! Vincent arbeitet genauso viel wie ich. Wir sind beide völlig am Ende. Ich kann ihn unmöglich hängen lassen. Das ist eine absurde Idee.«

Ich wurde langsam ungehalten. Okay, sie machte das alles, um unsere Rechnungen zu bezahlen, aber konnte sie denn nicht auch mal was für mich tun? Interessierte sie sich denn gar nicht mehr für unsere Beziehung?

»Gut, dann nicht.«

Ich würde sie jetzt nicht anbetteln. Sie wollte nicht, also bitte. Ich konnte auch allein feiern.

»Du hast es vergessen, oder?«

»Was vergessen?«

»Mit heute Abend.« Shit. Klar. Verdammt. »Es ist wichtig, Jon.«

»Shauna, ich behaupte ja nicht, dass es das nicht ist, aber wir können doch nicht unser ganzes Leben nur noch abstimmen auf …«

Ein Klicken sagte mir, dass am anderen Ende niemand mehr mit mir sprach. Ich warf das Telefon auf den Schreibtisch und griff zu meinem Bier.

Daniel sah mich amüsiert an. »Das klang nicht, als wäre es so richtig gut für dich gelaufen. Normalerweise streiten ja nur Lulu und ich. Gut zu wissen, dass bei euch beiden auch nicht immer alles perfekt ist.«

»Ach, sei still«, antwortete ich und fügte dann lässig hinzu: »Ich bin perfekt. Shauna hat schon mal ihre Macken.«

Er lachte, holte zwei neue Bierflaschen aus dem Kühlschrank, öffnete sie und hielt mir eine davon hin. »Lulu trifft sich in einer halben Stunde mit uns, wir haben also noch Zeit für ein Fläschchen. Rosie kommt auch mit. Mit dem Yogatypen scheint es aus zu sein, sie braucht also ein paar Cocktails.«

»Gott, was ist denn diesmal passiert?«, fragte ich und nahm das Bier.

»Keine Ahnung. Lulu hat nichts Genaues erzählt. Aber sag mal, wie läuft's denn mit Shauna so? Du kannst mir gerne sagen, dass ich die Klappe halten soll, aber in letzter Zeit scheint euer Verhältnis ziemlich angespannt zu sein.«

Na super! Wenn es eine Chance gab, mir die Freude über den neuen Vertrag zu verderben, dann mit diesem Thema. Ich überlegte kurz, Daniel abzuwürgen. Wir hatten in den letzten zehn Jahren viel Zeit zusammen verbracht, und ich war mir ziemlich sicher, dass sich die Zahl unserer ernsthaften und persönlichen Gespräche in Grenzen hielt. Aber herrje, wir mussten eine halbe Stunde Zeit totschlagen, und wenn jemand Erfahrung im Umgang mit Beziehungsproblemen hatte, dann war es Daniel.

»Ach, wir haben im Moment eine anstrengende Phase.«

Es war seltsam, das zu sagen. Unsere ersten vier Jahre waren so perfekt gewesen, dass ich immer noch nicht glauben konnte, dass wir tatsächlich diesen Punkt erreicht hatten. Ich kannte das noch aus der Zeit mit Jess. Egal, was ich sagte, es wurde immer falsch verstanden. Und wenn ich nichts sagte, wurde das auch falsch verstanden. Ich konnte einfach nie gewinnen. Bei Jess und mir war es schließlich so weit gekommen, dass es nichts mehr zu kitten gab. Mit Shauna war es anders. Es war nur eine kleine Krise, nicht gleich das Ende der Beziehung.

Daniel lachte. »Komm schon, raus mit der Sprache. Willst du dir nicht einfach mal alles von der Seele reden?«

Ich verzog das Gesicht. »Weißt du, ich bin eigentlich gar nicht in der Stimmung für tiefschürfende Enthüllungen.«

»Ist es dieser Vincent?« Er ließ nicht locker. »Ganz ehrlich, ich würde ihn im Leben nicht in die Nähe von Lulu lassen. Ich wüsste genau, dass ich sie danach nie wiedersähe.«

Da war was dran. Zwischen ihm und Lulu schien es einigermaßen zu funktionieren, seit sie ihre letzte Auseinandersetzung vor ein paar Monaten geklärt hatten. Nicht dass das etwas bedeutete. Es war ein fast jährlich wiederkehrendes Ritual, dass die beiden kurz vor der Scheidung standen.

»Nein, nein, das ist kein Problem. Sie und Vincent kennen sich schon ewig. Wenn da was wäre, wäre es längst passiert. Sie sind bloß gut befreundet. Und selbst wenn er hinter ihr her wäre, würde Shauna sich nie auf so was einlassen. Sie ist viel zu anständig, um rumzumachen.«

Zu spät merkte ich, dass Daniel das als Kritik an Lulu auffassen könnte. Aber zum Glück ging er nicht darauf ein.

»Was ist denn dann euer Problem? Wenn du willst, besorge ich dir eine Couch, dann kannst du dich hinlegen und mir von deinen Sorgen erzählen.« Er gab einfach nicht auf. Ich resignierte.

»Also gut, aber es wird dir noch leidtun, dass du mich so bedrängt hast.«

»Spuck es aus! Ganz gleich, was es ist, Dr. Daniel weiß bestimmt Rat.«

Ich beschloss, ihn auf die Probe zu stellen.

»Shauna ist in letzter Zeit meist völlig erschöpft und daher extrem reizbar und empfindlich. Ich kann mich gar nicht erinnern, wann sie zuletzt einen Tag freihatte. Aber es ist vor allem dieses Babythema, das sie so stresst. Es ist der absolut falsche Zeitpunkt, jetzt, da wir uns gerade selbstständig gemacht haben, ein Kind in die Welt zu setzen. Wir probieren es schon so lange, und sie will einfach nicht aufgeben. Sie nimmt seit Neuestem irgendwelche Fruchtbarkeitspillen, aber ich glaube nicht, dass das hilft. Wir haben beschlossen, es auszuprobieren, und sie will es unbedingt durchziehen. Halt dir ruhig die Ohren zu, wenn es dir zu viel wird, aber heute ist der erste Tag ihres Eisprungs, deshalb müsste ich eigentlich … Na ja, du weißt schon.«

»Ran«, vollendete er grinsend.

»Genau. Harter Job, aber irgendwer muss ihn ja machen«, scherzte ich.

Und darin war durchaus ein Funken Wahrheit. Diese ganze Sex-on-Demand-Nummer war echt nervend. Früher konnten wir nicht die Hände voneinander lassen, aber das hatte sich irgendwann verändert – vermutlich seit sie begonnen hatte, nach dem Sex die Beine senkrecht an die Wand zu stellen und sich mit Hormonen vollzupumpen. Wenn ich ehrlich war, konnte ich den Sex nach dem Kalender einfach nicht mehr ertragen. Nicht dass ich keine Kinder mehr wollte, aber wenn es nicht klappte, bedeutete das für mich nicht das Ende der Welt. Wir würden auch zu zweit glücklich werden. Schöne Urlaube, totale Freiheit, Unabhängigkeit, mehr Geld für uns. Ich zahlte schon genug für die Zwillinge, was natürlich völlig in Ordnung war, ich brauchte dennoch nicht mehr davon. Wie auch immer, wenn wir mal einen Abend aussetzten, würde das doch wohl kein Drama sein. Zumal wir endlich mal wieder eine Gelegenheit zu feiern hatten. Es gab also genau zwei Optionen für mich: auszugehen und eine lange überfällige Nacht in der Stadt zu verbringen, oder nach Hause zu fahren und auf Shauna zu warten, was am Ende vermutlich im Streit enden würde.

Klarer Fall.

Ich warf die leere Bierflasche in den Papierkorb und nahm meine Jacke von der Stuhllehne.

»Fertig? Können wir los?«

24. Kapitel

2015 – Shauna

Rosie füllte den Wasserkocher und schaltete ihn ein, während ich zwei Tassen aus dem Schrank und aus dem Kühlschrank einen Teller mit ein paar Eclairs nahm, die von meiner Nachmittagsveranstaltung übrig geblieben waren. Ich hatte einen 80. Geburtstag in einem Altenheim in Acton organisiert – für einen reizenden älteren Herrn, der noch eine Stunde nach dem Auspusten der Kerzen versonnen die *Greatest Hits* von Elvis gesungen hatte.

»Na, wie ist es heute gelaufen?«, fragte Rosie.

Ich stellte die Eclairs auf die Arbeitsplatte und lehnte den Kopf gegen den weiß lasierten Oberschrank. Die Erinnerung tat weh, und ich hoffte, dass das kühle Holz den Schmerz ein wenig lindern würde.

»Es war nicht mein bester Tag«, gestand ich.

»Oje. Was ist denn passiert?«

Was passiert war? Ich wusste es eigentlich selbst nicht genau. Inzwischen hatte ich festgestellt, dass einem niemand erklären konnte, wie das mit dem Traurigsein funktionierte, auf welche Signale und Warnzeichen man achten musste. Niemand sagte einem, dass in einem Augenblick alles gut sein, dass man ganz normal seinen Alltagsverrichtungen nachgehen konnte und in der nächsten Sekunde zusammenbrach, sich irgendwo abstützen musste, sich krümmte und hilflos heulte, bis der Schmerz endlich vorüberging. Oder dass man ahnungslos Auto fuhr und auf einmal merkte, dass einem die Tränen über das Gesicht strömten, so heftig, dass man anhalten musste, um am Straßenrand zu schluchzen, so lange, bis man kaum noch Luft bekam.

Das alles sagte einem niemand. Ich fand es selbst heraus, jeden Tag, jede Nacht während der ganzen sechs Wochen seit Jons Operation. Heute war ich wieder in eine Falle getappt.

»Das Geburtstagskind war Elvis-Fan. Keine Ahnung, warum das eine Rolle spielt. Jedenfalls hat der ältere Herr seine Kerzen ausgepustet, und dann haben wir plötzlich alle *Blue Suede Shoes* gesungen. Und danach *Jailhouse Rock*. Und bei *Viva Las Vegas* hat er sich seine Heimfreundin geschnappt und mit ihr getanzt.«

»So weit, so harmlos«, kommentierte Rosie.

»Und dann hab ich ihm zugesehen, wie er getanzt hat, sich die Kehle aus dem Leib gesungen und sich gefreut hat, und auf einmal hab ich gedacht, so wird Jon später auch mal sein, wenn er so alt ist. Und dann fiel mir ein …«, ich wischte mir über die Augen, die schon wieder feucht wurden, »… mir fiel ein, dass er das ja gar nicht erleben wird.«

Der Schmerz war so heftig, dass ich ihn im ganzen Körper spürte, ein höllisches Stechen, wie von einem Messer, das sich langsam zwischen meine Rippen bohrte, bis jede Sehne, jeder Muskel um Gnade winselte.

Rosie nahm mich in die Arme und hielt mich fest. Vorsichtig befreite ich mich. Auch das ist etwas, was einem niemand sagt: Mitleid macht es nur noch schlimmer. Ich kann ganz stark sein, tapfer und gefasst – und dann ist jemand nett oder verständnisvoll oder legt mir tröstend die Hand auf den Arm, und es zerreißt mich an Ort und Stelle.

Ich atmete tief durch, trocknete meine Tränen und bemühte mich, die Fassung wiederzuerlangen. Jon würde gleich nach Hause kommen. An diesem Tag hatte er seine letzte Bestrahlung. Ein Grund zu feiern, fand er.

»Und wie kommt Jon so klar?«, fragte Rosie, brühte Tee auf und stellte die dampfende Kanne auf den wunderschönen alten Eichentisch. Dann setzten wir uns.

»Wie Jon eben so klarkommt«, antwortete ich schulterzuckend. »Er will nicht darüber reden. Meint, es ginge ihm schließlich von Tag zu Tag besser.« Die sichtbaren körperlichen Veränderungen bestätigten das. Er sah viel gesünder aus als noch vor einem Monat. Die Wunde war verheilt. Er hatte durch die Bestrahlung an einer Stelle am Hinterkopf die neu gewachsenen Haare wieder verloren, vermutlich für immer, wie die Ärzte sagten, aber sonst sah er aus wie früher. Die Kilos, die er nach der OP verloren hatte, waren wieder drauf, er wirkte insgesamt so fit wie seit Monaten nicht.

»Glaubst du, er verschließt die Augen vor der Wahrheit?«, fragte Rosie.

Ich zuckte mit den Schultern. In den letzten anderthalb Monaten hatte ich jede freie Minute damit verbracht, im Internet alles über den Tumor und seine Auswirkungen auf den Patienten zu recherchieren, sowohl physisch als auch psychisch. Das Nichtwahrhabenwollen der Realität gehörte zu den typischen Reaktionen. Genau wie Wut, Angst, Aggression, Ablehnung, Depression.

Jon hatte definitiv Anflüge von Wutattacken gehabt. Er war insgesamt ungeduldiger und leichter reizbar. Aber ich war nicht sicher, ob das von der Operation kam, dem Tumor oder den Medikamenten, die er einnahm.

»Ich glaube, es ist komplizierter. Weißt du, es war noch nie leicht für mich, zu akzeptieren, wie Jon mit Problemen umgeht. Er lässt einfach nichts an sich herankommen und blockt ab, was auch nur im Mindesten unangenehm werden könnte. Das hat mich schon immer wahnsinnig gemacht.« Ich war nicht sicher, ob ich das so richtig erklärt hatte, aber Rosie kannte Jon und seine Art, sorglos durchs Leben zu segeln, ja genauso lange wie ich. Früher war ich so ähnlich gewesen, aber irgendwann hatte ich gelernt, dass es im Leben Verantwortung und Pflichten gab, und ich war erwachsener geworden. Jon nicht. Ich redete weiter, es tat mir gut, darüber zu sprechen. »Weißt du, immer wenn etwas Schlimmes passiert, tut er es einfach ab, er lässt es gar nicht erst an sich heran. Genauso geht er jetzt mit seiner Krankheit um. Er hat alles in eine Kiste gepackt, die er nicht mehr öffnet. Für sich nicht und für andere auch nicht. Geht weiter, Leute, nicht stehen bleiben, es ist nichts passiert. Alles ist unter Kontrolle. Ich wünschte mir manchmal, er würde einfach mal toben oder weinen oder irgendwas tun, das es mir ermöglicht, mit ihm zu kommunizieren, es mit ihm durchzusprechen, aber das will er nicht. Er will einfach nur Normalität.« Ich nahm mir ein Eclair, stellte fest, dass ich es gar nicht herunterbekommen würde, und legte es wieder auf den Teller zurück. »Also stehe ich jeden Morgen auf, zementiere mir ein Lächeln ins Gesicht und schaue, dass ich irgendwie über den Tag komme. Ich tue, als wäre alles in perfekter Ordnung, dabei brüllt es in mir. Was passiert mit ihm? Wie können wir jemals ohne ihn leben? Wird er Schmerzen haben? Wird er pflegebedürftig sein? Wie sollen wir die ganzen Rechnungen bezahlen? Wie wird Beth damit klarkommen, ihn zu verlieren? Was bedeutet das für ihr restliches Leben? Wie soll ich uns allein durchbringen, in diesem mit Hypotheken hoch belasteten Haus, mit unserem noch nicht abbezahlten Unternehmenskredit und Kreditkartenschulden, die eine ganze Nation ruinieren könnten. Ich will das alles irgendwie hinkriegen, Rosie, aber ich schaffe es einfach nicht.«

Das fasste es zusammen. Ich konnte es nicht schaffen. Schon früh in unserer Beziehung hatte ich die Kümmererrolle übernommen, war diejenige gewesen, die organisierte, plante, Probleme löste, für die Familie alles regelte. Jetzt standen wir vor dem größten Problem, das wir je hatten, und dieses Mal war ich machtlos.

Rosie sah mich voller Mitleid an. »Was willst du denn jetzt tun?«

»Ihn einfach nur … lieben. Jeden Tag. Und hoffen. Und notfalls eine Menge Wein trinken«, fügte ich hinzu, in dem verzweifelten Versuch, die Stimmung ein bisschen aufzulockern. Gott, ich war schon wie Jon, machte Witze, wenn es überhaupt nichts zu lachen gab. Offenbar färbte er auf mich ab. »So«, schloss ich, bemüht, gefasst zu bleiben. »Schluss jetzt mit dem ganzen Frust. Ich muss gleich Beth abholen, und vorher will ich unbedingt noch wissen, wie es dir geht. Erzähl.«

»Was soll ich dir denn von mir erzählen?«, fragte sie erstaunt.

»Na, wie es mit Jack läuft. Zieht ihr jetzt zusammen?«

Sie zuckte mit den Schultern. »Keine Ahnung. Echt nicht. Es fühlt sich einfach nicht … gut an. Ich glaube manchmal, ich will mich gar nicht fest binden.«

Wenn ich nicht auf der Küchenbank gesessen hätte, wäre ich jetzt vermutlich vom Stuhl gefallen. Rosie hatte immer nur eines gewollt: den richtigen Mann kennenlernen, heiraten, Kinder bekommen, ein Haus bauen und eine anständige Rente beziehen. Danach hatte sie sich ihr Leben lang gesehnt. Und jetzt sollte das alles auf einmal ganz anders sein? Es ergab keinen Sinn.

Ich drückte meinen Teebecher an die Brust und wärmte mich daran.

»Was ist denn los mit dir?«, fragte ich.

»Nichts.« Sie lachte. »Darf eine Frau denn nicht unabhängig sein wollen?«

»Doch, natürlich! Aber ich dachte, du hättest dir immer gewünscht, mit einem Mann zusammenzuziehen.«

»Das war früher«, antwortete sie.

Ich hatte keine Gelegenheit, weiter in sie zu dringen, denn in diesem Moment kamen Lulu und Jon durch die Hintertür gestürmt. Zum tausendsten Mal dachte ich, wie glücklich wir uns schätzen konnten, Lulu zu haben. Sie mochte eine miserable Ehefrau sein, aber als Freundin war sie großartig.

»Hallo Mummy!« Zu meiner Überraschung kam jetzt auch

noch Beth hinter Jons Beinen hervorgehüpft, wo sie sich versteckt hatte.

»Hey, Süße!«, rief ich erstaunt und streckte die Arme aus, als sie auf mich zugestürmt kam. Das war zweifellos der schönste Augenblick eines jeden Tages. »Ich wollte gerade los, um dich abzuholen.«

Seltsam. Hatte ich vielleicht etwas anderes arrangiert? Gott, ich fühlte mich müde wie kurz nach ihrer Geburt, als ich so großen Schlafmangel hatte, dass ich meine Haarbürste irgendwann in der Gefriertruhe wiederfand.

Jon warf seine Jacke über die Stuhllehne. »Wir sind praktisch an der Schule vorbeigekommen, da dachte ich, ich springe schnell rein und hole sie ein bisschen früher ab. Die Lehrerin meinte, das sei kein Problem. Ich habe ihr erzählt, wir hätten einen Notfall.«

»Was für einen Notfall?«

Er sah völlig unverändert aus. Sie lachten. Bitte mach, dass nicht noch etwas anderes ist. Bitte, bitte!

Lachend stemmte er Beth in die Höhe. »Ich wollte mein kleines Mädchen sehen! Das war der Notfall!«

»Daddy hat nur ein kleines bisschen geflunkert, Mummy. Unser Geheimnis. Du darfst es Mrs. Rogers nicht verraten.«

Ich beschloss, dass es sich um eine Ausnahmesituation handelte. Unser Kind früher aus der Schule abzuholen und die Lehrerin anzuschwindeln? Unter normalen Bedingungen war das völlig inakzeptabel. Aber heute? Jon war glücklich, euphorisch und erleichtert nach seiner letzten Bestrahlung. Da durfte er seine kleine Tochter doch wohl mal eher abholen, um zu feiern!

Lulu setzte den Wasserkocher erneut in Gang und ließ sich auf den Stuhl neben Rosie fallen. Beth kletterte auf meinen Schoß, und ich umarmte sie fest.

»Wie war es denn heute, meine Süße?«

»Suuuuuuper!«, rief sie. »So schön wie noch nie!«

»Und woran lag das?«, fragte ich sie und kitzelte sie am Bauch, bis sie vor Vergnügen quietschte.

»Das kann ich dir nicht sagen«, prustete sie.

»Wie bitte? Natürlich kannst du das. Du kannst deiner Mummy alles sagen.«

»Nein«, widersprach sie.

»Doch.«

»Nein.«

»Ich höre nicht mehr auf, dich zu kitzeln!«

Das wirkte. Hilfesuchend schaute sie Jon an. »Darf ich es ihr sagen, Daddy? Bitte«, flehte sie. »Oder Tante Lulu, sag du es. Bitte!«

»Was habt ihr denn für ein Geheimnis?« Ich sah erstaunt in die Runde.

»Wir fahren nach Disneyworld! Zu Micky Maus und Minnie Maus. Und ich werde eine richtige Prinzessin sein!«

»Wirklich?« Ich schaute fragend zu Jon.

Er nickte. »Ich finde, wir müssen dringend mal wieder Urlaub machen. Einen richtigen Traumurlaub. Mit vielen schönen Erinnerungen, an die wir später immer denken können.«

Ich lächelte, aber ein heftiger Schmerz fuhr mir in die Eingeweide. Ich verstand sofort. Erinnerungen. Für Beth. Er wollte, dass sich unsere Tochter ihr Leben lang daran erinnerte, dass ihr Daddy mit ihr in Disneyworld war.

Der Schmerz in meinem Magen verwandelte sich in einen Klumpen Stahlwolle, der sich schließlich in meiner Kehle festsetzte.

»Ich dachte, wir könnten es gleich online buchen.«

»Natürlich können wir das«, stieß ich hervor, ehe mich die Wirklichkeit einholte. Es gab Cartoon-Figuren, die einen Engel auf der einen und einen Teufel auf der anderen Schulter sitzen hatten. Auf meinen Schultern saßen zwei kleine, hektisch abwinkende Buchhalter, die gerade einen Herzanfall bekamen. Stumm verhandelte ich mit ihnen, versuchte sie zu überzeugen. Paris. Nur ein paar Tage. Ich würde das Geld schon zusammenkriegen. Ich würde einfach an anderer Stelle ein bisschen einsparen, ein paar Zusatzjobs annehmen, vielleicht etwas von dem ganzen Zeug, das unnütz im Schuppen stand, auf dem Flohmarkt verkaufen. Ich würde schon irgendeine Lösung finden. »Super Idee!«, rief ich begeistert. »Das machen wir. Sobald Tante Lulu und Tante Rosie ihren Tee ausgetrunken haben, setze ich mich an den Rechner.«

»Jippieee!«, jubelte Beth. »Darf ich es Marcy erzählen? Sie wünscht sich das doch auch schon so lange.«

»Aber Süße, Marcy war erst letzten Sommer in Disneyland.«

Beth biss sich auf die Unterlippe, sie wurde plötzlich ernst, als hätte sie wichtige Informationen mitzuteilen.

»Nein, Mummy. Marcy war doch in Frankreich. Daddy sagt, wir fahren eine Woche nach Florida!«

Atme weiter! Lächle weiter! Atme weiter! Lächle weiter!

Mein Blick ging wieder zu Jon.

»Wirklich?«

Ich atmete. Ich lächelte. Es war, als befände sich jeder meiner Gedanken in einem Endlos-Looping, drehte sich wieder und wieder, bis mein Verstand ihn endlich verarbeiten konnte.

»Na ja, ich dachte, wenn schon, denn schon. Was glaubst du denn?«

Ich glaubte, dass er es Beth längst versprochen hatte. Ich glaubte, dass er das jetzt brauchte. Ich glaubte, dass er alles nicht bis zu Ende durchdacht hatte. Ich glaubte, dass ich irgendwie einen Weg finden würde, um es möglich zu machen, und wenn es das Letzte war, was ich tat.

»Nun …« Ich sah, dass er sich auf Widerstand einstellte, während Beth mich erwartungsvoll ansah. »Ich glaube, das ist die allerbeste Idee, die du je hattest.«

25. Kapitel

2009 – Shauna

Früher rief er meinen Namen, wenn er kam, und dann blieben wir eng umschlungen liegen, Haut an Haut, die Augen geschlossen, die Lippen nur Millimeter voneinander entfernt. »Du bist alles für mich«, sagte er dann. »Du bist noch viel, viel mehr für mich«, antwortete ich.

Wir lachten, stritten uns, wer etwas zu trinken holte, zuerst unter die Dusche durfte oder am nächsten Morgen das Frühstück machen musste. Aber vor allem redeten wir.

An diesem Abend rollte er von mir herunter, nachdem er gekommen war, küsste mich flüchtig, murmelte etwas davon, wie großartig es war – was es nicht war –, und griff zur Fernbedienung, um den Fernseher anzuschalten. Er zappte sich durch die Kanäle, bis er etwas fand, das ihn interessierte, und zog mich dann zu sich an seine Brust.

Die Botschaft hätte nicht deutlicher sein können, wenn sie quer über den Fernsehbildschirm geschrieben gewesen wäre. Kuschel dich an mich, aber sei still und nerv mich bloß nicht mit irgendwas, das mein friedliches und ruhiges Dasein stören könnte. Typisch Jon. Klar, er stellte manchmal Pseudofragen wie »Hattest du einen schönen Tag?« oder »Wie läuft's denn so bei der Arbeit?«, aber ich hatte längst verstanden, dass er eigentlich nur ein »Ja, alles bestens« von mir hören wollte – es sei denn, es gab eine Apokalypse, einen Todesfall, oder der Fernseher war kaputt. Ab und zu stellte ich ihn auf die Probe und beklagte mich über irgendetwas, aber dann merkte ich, dass er spätestens nach anderthalb Minuten abschaltete. Jon wollte lachen, Spaß haben und das Leben genießen – und zwar permanent. Und er hatte ja recht. Nur manchmal eben nicht.

Ich rückte von ihm weg, presste die Knie eng zusammen und drehte mich so, dass ich die Beine hoch an die Wand lehnen konnte. Ich stopfte mir ein Kissen unter den Hintern, damit mein Becken optimal lag. Der Kinderwunschratgeber empfahl, diese Position für eine halbe Stunde einzuhalten, aber ich dehnte es meist noch aus, versuchte, es mindestens eine Stunde zu schaffen. Ich wusste, dass ihn das nervte. Und mich nervte, dass es ihn nervte, weil ich nicht verstand, warum es ihn nervte. Schließlich war er ja nicht derjenige, der sich mit irgendwelchen fruchtbarmachenden Medikamenten vollpumpte. Er war auch nicht derjenige, der sein halbes Leben damit zubrachte, Eisprungtabellen und Schwangerschaftstests zu studieren. Und er war es auch nicht, der an einem Polyzystischen Ovarsyndrom litt, was ganz einfach bedeutete, dass die Eierstöcke keine oder nur wenige Eizellen produzierten. Daher musste er sich auch nicht wie ein Versager fühlen. Er musste ebenso nicht nach dem Sex wie ein Idiot mit den Beinen hoch an der Wand herumliegen. Und da war er genervt?

»Die Therapie ist diesen Monat beendet«, sinnierte ich, in der Hoffnung, dass er darauf einging.

Ich dachte seit Tagen an nichts anderes. Der Therapieplan bestand aus den Tabletten, die unsere größte Hoffnung gewesen waren, sich aber als Riesenenttäuschung entpuppt hatten. Jetzt hatte ich die empfohlene Gesamtdosis eingenommen, und der Arzt wollte mir keine neuen verschreiben. Eine Überdosis würde das Risiko erhöhen, später einmal an Eierstockkrebs zu erkranken.

Es ging zurück auf Anfang, und das bedeutete weitere Tests. Neue Medikamente. Über andere Optionen nachdenken. Eine In-vitro-Fertilisation kam für mich nicht infrage, weil ich ja nicht genügend Eizellen hatte, die befruchtet werden konnten. Aber es gab immer noch die Möglichkeit, es mit gespendeten Eizellen oder einer Leihmutter zu versuchen oder aber den Schwangerschaftswunsch komplett aufzugeben und über eine Adoption nachzudenken.

Es gab also viel zu bereden und zu überdenken, aber Jon schaute sich das Fußballspiel des Tages an. »Was meinst du, Schatz?«, antwortete er, ohne den Blick vom Fernseher zu lösen.

»Die Fruchtbarkeitsbehandlung. Es ist der letzte Monat, in dem ich die Tabletten nehmen kann, danach müssen wir uns nach einer neuen Option umschauen.«

»Okay.«

Er schaute mich immer noch nicht an.

»Okay?«

»Hm.«

Ich merkte, dass ich wütend wurde, sosehr ich mich auch bemühte, ruhig zu bleiben.

»Ich entnehme deiner Reaktion, dass du nicht darüber reden willst?«

Er seufzte und wandte sich mir zu. »Jetzt? Du willst jetzt darüber reden?«

»Wann sollen wir es sonst tun, Jon? Bei dem Jobstress, den wir haben, müssen wir von Glück reden, wenn wir jeden zweiten Tag eine wache Stunde zusammen verbringen können.«

Ich übertrieb nicht. Seit er das Unternehmen gegründet hatte, reiste er viel, um neue Kunden an Land zu ziehen, und ich arbeitete vierzehn Stunden am Tag. Ich beklagte mich nicht – schließlich hatten wir das vorher gewusst, und ich hatte zugestimmt. Ich wollte, dass er sich seinen Traum erfüllte. Aber ich hatte nicht erwartet, dass es so sehr auf meine Kosten gehen würde.

Jon schaltete den Fernseher aus und warf die Fernbedienung aufs Bett. »Okay, dann sag schon.«

»Was meinst du damit?« Meine Wut wurde größer, und ich

wusste nicht, wie ich sie in den Griff bekommen sollte. Sie war bereits in meiner Kehle, würde jede Sekunde herausbrechen. In der ganzen Zeit, die wir nun zusammen waren, hatten Jon und ich drei oder vier ernste Auseinandersetzungen gehabt. Wenn ich mich jetzt nicht unter Kontrolle bekam, würde sich diese Statistik gleich verändern. Er seufzte. »Shauna, du bist doch diejenige, die eine Meinung zu diesem Thema hat, also sag mir bitte, was wir jetzt tun sollen.«

»Du meinst, du hast dazu nicht mal eine Meinung? Sind wir jetzt an diesem Punkt angelangt? Du kannst dich mit Daniel stundenlang über irgendein blödes Fußballspiel unterhalten, aber du schaffst es nicht, auch nur fünf Minuten mit mir über dieses wichtige Thema zu sprechen? Es geht hier nicht nur um mich, Jon. Es geht um uns. Um unsere Familie.«

»Wir haben bereits eine Familie«, gab er zurück.

Bei mir klappte ein Schalter um. Genau genommen brach er ab.

»*Ich* nicht!« Ich schrie jetzt. »*Ich* habe keine Familie! Ich weiß, dass wir die Jungs haben, und ich liebe sie, aber sie sind nicht meine Kinder. Meine Eltern haben sich einen Scheiß um mich gekümmert. Und dann warst du da … immer warst du da … Was ist passiert, Jon? Was ist los mit uns? Wann hast du dich so weit von mir entfernt, dass du es jetzt nicht mal mehr schaffst, mit mir über etwas zu reden, das mir wichtig ist?«

»Seit du von nichts anderem mehr sprichst«, brüllte er zurück.

Ich zuckte zusammen. Jon hatte mich noch nie angebrüllt. Der Schalter hätte nach diesem Schreck wieder zurückklappen können, aber das tat er nicht. Im Gegenteil. Es machte alles noch schlimmer.

»Aber nur, weil ich verzweifelt versuche, dir klarzumachen, was es für mich bedeutet! Du tust so, als wäre das alles gleichgültig, aber das ist es nicht. Es geht um unsere Zukunft.«

Jons Augen blitzten, seine ganze Körperhaltung drückte Ablehnung aus. »Und wieso muss diese Zukunft unbedingt mehr Kinder bedeuten? Du weißt, ich bin nicht gegen ein Baby. Wenn es klappt, prima. Aber ich werde deswegen keine schlaflosen Nächte haben. Und ich wünschte, du würdest auch endlich locker lassen, damit wir wieder ein entspanntes Leben haben können. Das Thema ist ja bei dir geradezu zur Obsession geworden.«

»Weil ich mich allein darum kümmern muss!«, schrie ich. »Ganz allein, Jon. Damit etwas passiert, das mir wichtig ist. Und ganz gleich, wie sehr ich mich bemühe, ich kann dich nicht dazu bewegen, es mit mir zu teilen.«

»Warum muss ich das denn?«

Sein Gesicht war jetzt weiß vor Zorn, ein Gesicht, das ich nicht wiedererkannte, noch nie zuvor gesehen hatte. O Gott, das war ein Streit auf einem völlig anderen Level als alles, was wir zuvor erlebt hatten.

»Weil … ich Wert darauf lege. Ich möchte das. Ich habe dich noch nie um etwas gebeten, aber jetzt bitte ich dich, das für mich zu tun.« Ich konnte mich nicht mehr stoppen, obwohl ich wusste, dass ich gleich eine Grenze überschreiten würde. Ich konnte nicht zurück. »Ich kümmere mich jedes Wochenende um deine Jungs, seit Jahren. Ich passe auf sie auf, ich opfere meine Zeit und mein Geld für sie, und das tue ich gern. Ich hab mich noch nie beklagt. Noch kein einziges verdammtes Mal! Ich tue das für dich. Auch für Davie und Joe, aber vor allem für dich. Du wolltest dein eigenes Unternehmen. Das bedeutet, dass ich mein Einkommen und meine Arbeitszeit verdoppeln muss, um den finanziellen Verlust auszugleichen. Nicht weil mir das so viel Spaß macht, sondern weil ich weiß, wie wichtig es für dich ist. Es war dein Traum, genau wie es mein Traum ist, Kinder zu haben. Ich tue alles, damit du es schaffst, Jon, wirklich alles, weil man das macht für die Menschen, die man liebt. Ihre Wünsche werden deine.

Du kämpfst darum. Tust, was du kannst, um sie so glücklich wie möglich zu machen.« Ich atmete tief durch. »Aber du scheinst das anders zu sehen. Du glaubst, das gilt für dich nicht. Dann hau doch ab! Ernsthaft, Jon. Es reicht mir! Ich habe mein Leben mit Eltern verbracht, denen ich völlig gleichgültig war und die sich niemals bemüht haben, etwas für mich zu tun. Aber ich werde nicht auch noch mein restliches Leben so verbringen. Ich muss das Gefühl haben, dir etwas wert zu sein, und wenn ich das nicht habe, möchte ich nicht mehr länger bei dir bleiben.«

Ich sprang aus dem Bett. Ich brauchte jetzt dringend Sauerstoff. Die Luft in der Wohnung fühlte sich plötzlich völlig vergiftet an. Jon sagte nichts. Kein einziges Wort.

Unten schenkte ich mir einen Kaffee ein und ging hinaus in den Garten. Es tat gut, die kalte, frische Luft zu spüren. Ich setzte mich auf die Treppe und starrte auf den Schuppen, der nie gestrichen worden war, das Gewächshaus, das nicht repariert worden war, und die Rasenfläche, wo nie eine Schaukel oder ein Sandkasten stehen würden. Leer. Verlassen. Genau so fühlte ich mich. Die Wut war fort. Keine Tränen. Kein Schluchzen. Kein erregtes Auf- und Ablaufen. Nur Stille, die in meine tauben Poren kroch. Ganz kurz verspürte ich den Wunsch, Elsie anzurufen, aber ich ließ es bleiben. Es würde sie nur erschrecken, wenn ich mich um diese Zeit bei ihr meldete.

Eine halbe Stunde verging, vielleicht auch eine ganze. Zeit, die in einem Vakuum verschwand, ehe ich Jon hinter mir hörte.

»Würdest du wirklich fortgehen?«, fragte er leise.

Als er sich zu mir setzte, fühlte sich plötzlich alles wieder vertraut an.

»Ich weiß nicht«, antwortete ich ehrlich. Ich starrte weiter vor mich hin, weil ich ihn nicht anschauen wollte.

»Ich könnte einfach deine Schuhe verstecken«, meinte er.

Ein verzweifelter Versuch, einen Witz zu machen, es klang beinahe flehend. Ich hätte ihn beschimpfen können, dass jetzt keine Zeit für Witze war, dass er mir nicht zuhörte, dass mir das furchtbar wehtat, aber all das hätte nichts geholfen. Denn dies war der Mann, den ich geheiratet hatte, der schon im allerersten Augenblick mein Herz erobert hatte, in den ich mich verliebt hatte, eben weil er, ganz gleich, was das Leben uns vor die Füße warf, so ein positiver, optimistischer Mensch war. Selbst in diesem Gefühlschaos begriff ich, dass ich nicht alles haben konnte. Ich konnte nicht seine Art lieben und es hassen, wenn er sie auslebte. So war er nun einmal.

Schweigen. Nur das Ticken der Küchenuhr durchdrang die Stille. Jede Sekunde, die verging, machte mich ungeduldiger. Denn es bedeutete, dass Jon mir nichts zu sagen hatte, dass er nicht mal das jetzt hinkriegte. Ich weigerte mich hartnäckig, ihm zu helfen und ihm die Hand zu reichen. Dieses Mal würde ich sein Leben nicht erleichtern. Das war jetzt seine Sache.

»Es tut mir leid«, sagte er. Kein Witz. Kein lockeres Gefrotzel. Er war so ernst, wie ich ihn noch nie erlebt hatte. »Ich weiß, dass ich darin ganz schlecht bin, und ich weiß auch, dass ich nicht fair war. Du hast recht, wenn du von mir verlangst, dass ich dich unterstütze, Shauna, aber ehrlich gesagt weiß ich nicht, wie. Ich kann doch nichts daran ändern, wie ich fühle. Es ist ja nicht so, als ob ich das nicht wollte. Wenn ich die Sehnsucht nach einem weiteren Kind einfach so anknipsen könnte, dann würde ich das tun, das schwöre ich dir. Aber es geht einfach nicht.« Ich wollte widersprechen, zugleich wollte ich ihn weiterreden lassen. Wenn ich ihn jetzt unterbrach, würde er vielleicht nie wieder anfangen, und die Gelegenheit würde vertan sein. Also starrte ich nur stumm in den Garten. »Weißt du, ich glaube, im Leben gibt es immer ein Nehmen und ein Geben, und du bist eine, die ganz viel gibt. Du schaffst es, andere wichtiger zu nehmen als dich selbst. Du machst das mit den Jungs super, du bist immer die Erste, die aufsteht, wenn jemand Hilfe braucht. Du schaust danach, wie es anderen geht, und du kümmerst dich, wenn sie Sorgen haben. Du bist wirklich der beste Mensch, den ich kenne. Und der netteste. Aber so kann ich nicht sein. Ich kann es einfach nicht.«

»Nicht einmal für mich?« Meine Stimme war nicht mehr als ein Flüstern.

»Shauna, ich liebe dich von ganzem Herzen«, antwortete er und wich meiner Frage aus. »Aber ich fühle so, wie ich fühle. Ich kann das machen, was du gern möchtest, aber ich werde nicht so tun, als wäre das mein eigener dringendster Wunsch und als wäre ich am Boden zerstört, wenn er nicht erfüllt wird. Das Blöde ist, ich habe den Eindruck, je mehr du es willst, desto mehr verliere ich meine Frau, und ich weiß, dass ich deshalb der Situation aus dem Weg gegangen bin und zunehmend gereizter reagiert habe. Ich weiß, ich war dir keine große Hilfe und oft ein arrogantes Schwein.« Er lächelte ein wenig verlegen, als er das sagte. »Aber ich möchte so gern meine Frau zurückhaben. Die, die glücklich mit mir war, die morgens lächelnd aufgewacht ist und die einfach nur froh war, dass wir zusammen waren. Shauna, ich glaube, wenn wir so weitermachen, setzen wir alles aufs Spiel.«

Seine Stimme bebte, als er die letzten Worte aussprach, die bittere Wahrheit drang aus jedem einzelnen Wort.

Ich schluckte. »Ich weiß auch nicht, wie wir das hinkriegen sollen, Jon. Ich liebe dich. Du weißt, dass ich das tue. Aber ich habe nur ein Leben, und ich …«, ich musste es sagen, »… ich brauche darin einfach mehr als du. Ich möchte Teil von etwas sein …«

»Du bist Teil von etwas.«

»Nein, bin ich nicht. Jedenfalls nicht so, wie ich es mir wünsche. Ich liebe unsere Freunde, aber ich hätte auch gerne eine eigene Familie. Ich habe doch sonst nur Elsie. Vielleicht noch die Zwillinge, aber sie gehören eigentlich zu dir und Jess. Ich möchte das auch haben. Ich möchte Teil einer Einheit sein, möchte die Familie haben, die ich mir schon als Kind so sehr gewünscht habe. Ich wünsche mir, dass jemand Mummy zu mir sagt. Und diesen Wunsch werde ich nicht aufgeben. Nicht einmal für dich.«

Wieder schwiegen wir eine Zeit lang. Schließlich seufzte Jon. »Also gut.« Also gut was? Also gut, du musst deinen Wunsch nach einem Baby nicht aufgeben, aber ich packe jetzt meine Sachen und gehe? Also gut, lass uns weiter versuchen, ein Baby zu machen, und zwar sofort? Ich wartete auf mehr. »Ich verstehe dich«, fuhr er endlich fort, »und ich werde alles tun, damit ich dich nicht verliere, Shauna. Ich verspreche dir, ich werde mich nicht mehr so mies benehmen.« Ich musste lächeln, trotz allem. »Ich unterstütze dich, aber können wir nicht ...«, er hatte Mühe, die richtigen Worte zu finden, »... nicht einfach mal eine kleine Pause machen?«

»Was meinst du damit?«

Er fuhr sich mit den Händen durchs Haar und atmete tief ein. »Uns ein bisschen Zeit lassen. Ich habe das Gefühl, dass wir uns aus den Augen verloren haben. Wir müssen jetzt dringend dafür sorgen, wieder wir selbst zu werden. Und ganz ehrlich, mit der neuen Firma und unseren schwierigen Finanzen ist doch jetzt auch gar nicht der ideale Zeitpunkt für ein Baby. Du weißt, dass ich recht habe.«

Ich wusste es, aber ich fand es nicht wichtig. Das war der Unterschied zwischen uns.

»Was sollen wir denn deiner Meinung nach jetzt tun?«

»Die Sache mit dem Baby einfach eine Weile zurückstellen. Die Therapieeinheit ist bald beendet, also können wir doch jetzt eine kleine Pause einlegen, ehe wir uns den nächsten Schritt überlegen. Wir machen mein Unternehmen flott und sparen etwas Geld, damit du deine Arbeitszeit wieder reduzieren kannst und wenigstens ein paar Monate freinehmen kannst, wenn das Baby kommt. Lass uns den Druck aus der Sache nehmen und wieder zueinanderfinden. Ich weiß, dass wir beide ziemlich am Limit sind, aber wir müssen es schaffen, wieder mehr Zeit für uns zu bekommen und uns ohne diesen ganzen Stress lieben. Und wenn es so weit ist, werde ich alles tun, damit es klappt, das verspreche ich dir.« Eine ganze Menge Versprechen, aber keine Garantien. Mir war klar, dass jedes seiner Worte eine Bedeutung hatte, aber ich war mir nicht sicher, ob es so einfach sein würde. Wie sollte ich diesen tiefen Wunsch einfach zurückstellen? Wie sollte ich das schaffen? Andererseits, wie konnte ich ohne Jon leben? Ich liebte ihn doch. Er hatte noch immer nicht alles gesagt. »Wenn du willst, stelle ich dir meinen Körper zweimal täglich für Sex zur Verfügung, und ich trage extra weite Boxershorts, damit die Spermien besonders gut schwimmen können. Und wenn du möchtest, lehne ich meine Beine auch an die Wand.«

Ich konnte nicht anders, ich musste lachen. »Ganz ehrlich, ich glaube nicht, dass das viel hilft.«

»Macht nichts. Ich tue es trotzdem. Aus Solidarität.«

O Gott, er war so süß und so witzig, dass es mir fast das Herz brach. Dieser Mann war meine Achillesferse. Der einzige Mensch, den ich kannte, der mit nur einem Blick oder einem Wort meine Gefühle total verändern konnte.

»Weißt du, wenn ich mir die Familie vorstelle, die ich mir wünsche, bist du immer dabei«, sagte ich. »Ich kann mir nicht vorstellen, das je mit jemand anderem zu haben. Ich liebe dich. Wenn du meinst, dass wir noch etwas warten sollten, dann schaffe ich das.« Als ich mich jetzt zu ihm drehte und in sein Gesicht schaute, sah ich, wie erleichtert er war. »Ich behaupte allerdings nicht, dass es einfach wird, Jon. Ich glaube nicht, dass ich den Schalter einfach so umlegen kann und alles wieder so wird wie vorher. Es wird einiges an Zeit erfordern, aber ich werde es versuchen.« Ich dachte zurück an das, was er zuvor gesagt hatte, dass ich eine sei, die gab. Er musste wissen, dass ich dieses Mal etwas von ihm erwartete. »Nur eines muss dir klar sein, Jon. Wenn der richtige Zeitpunkt da ist, gibt es keine Diskussionen mehr. Ich werde für dich eine Pause einlegen, aber wenn es so weit ist, musst du für mich da sein.«

Er legte mir den Arm um die Schulter und zog mich zum zweiten Mal an diesem Abend an seine Brust, aber dieses Mal geschah es mit so viel mehr Zärtlichkeit. Ich konnte seinen Herzschlag fühlen und spürte, wie mein Atem langsam damit synchronisierte.

»Das werde ich, ich schwöre es dir«, sagte Jon. Ich glaubte ihm, auch wenn ich nicht sicher war, ob er sich selbst glaubte. Alles würde gut werden. Ich würde das schaffen. *Wir* würden es schaffen. Aber ob diese Gewissheit auf Gegenseitigkeit beruhte? »Ich denke, ich werde deine Schuhe trotzdem verstecken. Vorsichtshalber.«

26. Kapitel

2015 – Jon

Jess stellte drei Becher Kaffee auf den Tisch und setzte sich dann zu Steve und mir.

»Danke.« Ich trank einen Schluck und schüttelte mich. »Gott, dein Kaffee ist immer noch grauenvoll.«

»Wirklich«, bestätigte Steve. »Das Zeug bringt einen um.« Ich sah Jess' entsetztes Gesicht, dann begriff auch Steve, was er da gesagt hatte, und fing an zu stammeln. »Sorry, Jon, ich … äh … ich wollte nicht … äh …«

Ich hob beruhigend die Hand und lächelte. »Kein Problem, wirklich nicht. Mach dir keine Gedanken. Die Wahrscheinlichkeit, dass ich von einem Bus überfahren werde, ist wesentlich höher.«

Die beiden lachten krampfhaft, man merkte ihnen an, wie erleichtert sie waren, dass der unangenehme Moment vorüber war. Es war einer von Tausenden in den letzten Wochen, und ich hatte eine ziemlich gute Routine im Umgang mit ihnen entwickelt. Die Leute machten unbeabsichtigt eine Bemerkung oder einen Witz, dann fiel ihnen plötzlich ein, dass sie einen Todkranken vor sich hatten, und sie versteinerten.

Steve stand auf. »Ich bin jetzt weg«, sagte er. »Muss noch für ein paar Stündchen ins Büro.«

Er gab mir die Hand. »Mach's gut, Jon.«

Dann ging er zur Tür. Selbst ein bornierter, sozial und emotional unterentwickelter Mensch wie ich fand sein Verhalten ziemlich eigenartig.

Er schenkte Jess keinen einzigen Blick.

Er sagte nicht auf Wiedersehen.

Kein Kuss.

Kein Wort darüber, wann er zurück sein würde.

Und er ging an einem Sonntagnachmittag ins Büro.

Er war eine Art Projektentwickler für Immobilien – kein Job also, an dem man am Wochenende Schichtdienst hatte.

»Ist mit euch beiden alles okay?«, fragte ich vorsichtig.

Mir war klar, dass mich das nichts anging, die Gespräche zwischen Jess und mir hatten sich in den letzten zehn Jahren einzig und allein um die Kinder gedreht. Erst seit ein paar Wochen, nachdem wir den Zwillingen von meiner Krankheit erzählt hatten, kam ich ab und zu mal kurz rein, wenn ich sie abholte oder nach Hause brachte. Manchmal nur für zehn Minuten, manchmal trank ich ein Bier und blieb ein Stündchen.

»Ja, ja. Er ist im Moment nur ein bisschen gestresst. Die Finanzkrise und so. Das nimmt ihn ganz schön mit. Aber nichts gegen das, was ihr gerade durchmacht. Ich meine … na ja …«

Da war es wieder. Zwei vermeintliche Fettnäpfchensituationen innerhalb von fünf Minuten.

Ich unterbrach ihr Gestotter. »Jess, hör endlich mit diesem Theater auf. Ich schwöre dir, den Chip, der für die Sensibilität zuständig ist, haben sie bei mir nicht ausgetauscht. Ich hab immer noch ein ziemlich dickes Fell.«

»Zum Glück. Steve und ich haben ja echt ein Händchen für peinliche Situationen.« Ich sah, dass das Lächeln ihre Augen nicht erreichte.

»Bist du sicher, dass alles okay ist?«, fragte ich noch einmal.

»Klar. Wie war's mit den Jungs am Wochenende?«, wechselte sie das Thema.

Die Jungs. Das hörte sich an, als wären sie immer noch Kinder. Dabei waren sie nun fast sechzehn, eins fünfundachtzig groß und wegen ihrer Vorliebe für Fitnessclubs fast genauso breit.

»Super«, antwortete ich wahrheitsgemäß. »Wir waren in einer Lodge in der Nähe von Henley. Haben das ganze Wochenende Fußball gespielt und abends gechillt. Sie werden dir sicher davon erzählen.«

»Haben sie noch mal Fragen gestellt?«

»Nein. Aber ich bin sicher, dass es nicht daran liegt, dass sie Angst haben, Fragen zu stellen. Ich glaube eher, im Moment reicht ihnen das, was sie wissen.« Ich zuckte mit den Schultern und grinste. »Jess, es sind meine Söhne. Sie haben kein Gen für Psychogequatsche.«

»Da könntest du recht haben«, antwortete sie. »Bei uns verhalten sie sich ähnlich. Anscheinend hilft ihnen das, was wir ihnen erzählt haben. Sie scheinen einigermaßen klarzukommen, aber ich behalte sie im Blick. Mit ihren Lehrern habe ich sicherheitshalber auch schon gesprochen.«

Oh. Vielleicht hätte ich selbst daran denken sollen, es den anderen Menschen im Leben meiner Söhne zu sagen, aber wie üblich war mir dieser Gedanke gar nicht gekommen. Ein Gedanke, der mir jedoch kam, war, wie glücklich ich mich schätzen konnte, zwei so kluge Frauen geheiratet zu haben. Sie waren sich in vielerlei Hinsicht ähnlich, das hatte ich vor allem in der letzten Zeit festgestellt. Shauna und ich hatten genau überlegt, was wir Beth sagen würden, und uns schließlich auf eine kindgerechte Version der Wahrheit verständigt. Natürlich ohne das Detail zu erwähnen, dass der Tumor unheilbar war und ich … na ja … Ich wollte dem Gedanken in meinem Kopf gar nicht erst Raum verschaffen. Ganz wörtlich.

Wir blieben bei »Daddy hatte Kopfschmerzen, die Ärzte haben sie weggemacht, und jetzt hoffen wir, dass sie nicht wiederkommen.« An dieser Stelle drückte Beth mir jedes Mal einen Kuss auf den Kopf, sagte »Bald ist alles wieder gut, Daddy« und lief los, um sich zum gefühlt dreitausendsten Mal *Toy Story 3* anzuschauen.

Bei den Zwillingen hatten Jess und ich uns für einen ähnlichen Ansatz entschieden, nur sprachlich etwas altersangepasst. Hirntumor. Operation. Strahlentherapie. Chemotherapie. Jetzt wieder alles super. So bleibt es hoffentlich. Wir hatten ihre wenigen Fragen beantwortet, die Art des Tumors aber nie benannt, damit sie nicht im Internet nachschauten.

»Aber du wirst daran sterben, oder, Dad?«, hatte Joe gefragt.

»Ich weiß es nicht, mein Junge, aber ich mache mir darüber im Moment keine Sorgen. Es gibt Menschen, die mit einem Hirntumor zwanzig Jahre leben.« Keine Lüge, aber auch kein Horrorszenario. Ich wollte auf keinen Fall, dass meine Kinder morgens mit dem Gedanken aufwachten, dass ich bald sterben könnte, wollte nicht, dass sie Sorgen oder Ängste hatten, belastet waren und mich anders als sonst behandelten. Und bisher hatte das auch gut funktioniert. Als die Jungs von ihrem Schüleraustausch zurückgekommen waren, hatte ich die kompletten Bestrahlungen und die erste Chemo zum Glück bereits hinter mir, und ich sah schon viel besser aus.

»Du siehst wirklich gut aus«, unterbrach Jess meine Überlegungen.

Wow, das nannte ich Gedankenübertragung! Verrückt eigentlich. Über zehn Jahre geschieden, aber wir dachten immer noch in ähnlichen Schienen. Und sie hatte recht. Ich sah längst wieder aus wie früher, nur dass ich sonnengebräunt war vom Golfen. Wer mir nicht auf den Hinterkopf sah, würde nie auf die Idee kommen, dass mit mir etwas nicht in Ordnung sein könnte. Und das war gut so.

Die Ärzte hatten mir eine Selbsthilfegruppe empfohlen, aber ich hatte dankend abgelehnt. Die brauchte ich wirklich nicht. Mir ging's gut. Super. Wieso sollte ich mit fremden Leuten darüber reden, was alles Schreckliches passieren würde, wenn ich es doch nicht ändern konnte? Und außerdem, vielleicht würde es ja gar nicht so weit kommen. Ich kannte die Prognosen, hatte die Statistiken gelesen, aber wenn man genau hinschaute, war das Internet voll mit Geschichten von Patienten mit meinem Tumor, die die durchschnittliche Lebenserwartung um Längen übertroffen hatten. Genau das hatte ich auch vor, und in der Zwischenzeit würde ich mir über die Alternativen keine Gedanken machen.

»Wie geht's Shauna?«, fragte Jess.

»Super. Sie gehört zu der Sorte Menschen, die immer weitermachen, ganz egal was passiert. Übermenschliche Fähigkeiten nenne ich das. Ich habe echt Glück mit ihr. Mit euch beiden«, fügte ich hinzu und sprach damit meine vorherigen Gedanken laut aus.

»Ich bin aber nicht …« Sie stockte, als wären ihr die Worte in der Kehle stecken geblieben. Ich sah, dass sie auf einmal Tränen in den Augen hatte. Hastig wischte sie sie mit dem Handrücken weg und schniefte. »Tut mir leid, Jon, ich … ach Mist, ich hasse das. Es ist so verdammt unfair. Nach allem, was mit uns passiert ist, jetzt auch noch das. Wie viel müssen wir denn noch aushalten? Ich kann das, was mit dir geschieht, einfach nicht ertragen. Nicht nur wegen unserer Jungs, sondern weil du das echt nicht verdient hast.« Sie sah mich an und lächelte gequält. »Suchst du schon nach dem Fluchtweg?«

Es war ein alter Spruch zwischen uns. Unglaublich, dass sie sich noch daran erinnerte. Jess zeigte ihre Emotionen immer sehr direkt. Sie hatte nah am Wasser gebaut, wie man so schön sagte. Schon früher hatte sie sich immer beklagt, dass ich sofort versuchte zu flüchten, wenn es mal wieder so weit war. Zugegeben, darin steckte eine Menge Wahrheit, aber nicht an diesem Abend.

Ich stand auf und setzte mich neben sie, legte den Arm um ihre Schultern. »Es tut mir leid.«

»Du musst dich doch nicht auch noch entschuldigen, du verrückter Kerl.«

Sie lächelte, während ihr unablässig Tränen die Wangen hinunterliefen, eine bittersüße Kombination, die mich an die Zeit vor zwölf Jahren erinnerte, als wir kein einziges Gespräch ohne gegenseitige Verletzungen zustande brachten. Im Nachhinein betrachtet habe ich sie vermutlich im Stich gelassen. Ich war nicht in der Lage oder nicht gewillt gewesen, mit einer Beziehung klarzukommen, die sich schneller auflöste, als ich zusehen konnte.

Nicht dass ich plötzlich ein anderer Mann geworden wäre, aufgeklärt und ständig in sich hineinhorchend wie dieser Typ, mit dem Rosie mal zusammen war. Wie war noch gleich sein Name? Ich glaube, ich habe ihn immer nur den Yogatypen genannt. Wie auch immer, ich hatte mich wenigstens so viel weiterentwickelt, dass ich wusste, dass sie mich nicht brauchte, um ihre Probleme zu lösen, sondern einfach nur wollte, dass ich bei ihr war. Die rasche Flucht musste also noch warten.

In diesem Moment kam Joe in die Küche. Er blieb erstaunt stehen, als er uns sah. »Ist jemand gestorben?«, fragte er.

Jess wischte ihre Tränen fort, dieses Mal mit beiden Händen. »Nein, Schatz, es ist alles gut.«

»So sieht es auch aus«, antwortete er mit der Schlagfertigkeit seines ... na ja, seines Daddys. Auch wenn es seine braunen Locken und die grünen Augen nicht auf den ersten Blick verrieten, dieser Junge war zweifellos mein Sohn. Er überspielte die Situation einfach, ging zum Kühlschrank, nahm eine Platte mit Sandwiches heraus und ging wieder zur Tür. Im Gehen drehte er sich noch einmal um. »Bist du sicher, dass alles okay ist, Mum?«

»Ja, ja, Joe. Keine Sorge. Es ist alles in Ordnung.«

»Okay. Immerhin mal eine Abwechslung.«

Sie sah ihn erstaunt an. »Was meinst du damit?«

»Sonst weinst du immer nur wegen Steve. Jetzt ist wenigstens mal Dad daran schuld.«

27. Kapitel

2009 – Shauna

»Also, redest du irgendwann mit mir darüber?«

Vincent richtete gerade eine Platte mit Hummerschwänzen an und stellte sie neben eine Schale mit Sommersalaten. Wir hatten an diesem Tag eine Party zum sechzehnten Geburtstag in Chelsea. Wenig Kohlehydrate, dafür umso mehr Luxus. Maniküre-, Massage- und Make-up-Spezialisten richteten sich gerade in der Lounge ein. Es gab einen Stylisten, eine überdimensionale Kleiderstange voller Klamotten und kistenweise Accessoires, aus denen die Mädels nach Herzenslust aussuchen durften. Ich war mir ziemlich sicher, irgendwo das Louboutin-Logo gesehen zu haben. Die Limousine würde in circa einer Stunde eintreffen, um fünfzehn perfekt gestylte Teenager zu einem Kylie-Minogue-Konzert im Earls Court zu chauffieren, Zugang zum Backstage-Bereich und Meet and Greet natürlich inbegriffen. Rechnete man die Geschenke dazu und die Übernachtung im *May Fair Hotel*, kostete die Party ungefähr so viel, wie ich in sechs Monaten verdiente. Nicht dass ich neidisch gewesen wäre. Na ja, vielleicht ein kleines bisschen. Oder doch etwas mehr? Wie musste es sich anfühlen, jemanden zu haben, der einem so eine Feier ausrichtete? Ich hatte zu meinem letzten Geburtstag von Jon eine Karte und eine Flasche Parfüm bekommen, einen Tag zu spät wohlgemerkt. Dieses Maß an Gleichgültigkeit war längst zur Normalität geworden.

»Reden? Worüber denn?«, fragte ich und wusste echt nicht, was er meinte.

»Darüber, dass seit Wochen eine winzig kleine dunkle Wolke über dir schwebt.«

Seufzend sortierte ich die pinkfarbenen Seidenservietten in einen Kristallhalter. »Ist das so?«

»Yep.«

»Hm. Das tut mir leid.«

»Kein Problem. Ich hab ein dickes Fell. Also, was ist los?«

»Nichts. Alles bestens.«

»Alles bestens?«, wiederholte er. Nur dass in seiner Version eine gehörige Portion Skepsis mitschwang.

Ich schlug mit einer pinkfarbenen Serviette nach ihm. »Absolut! Lieber Gott, jetzt ist es so weit!«

Er hielt inne, ein Tablett mit Lachs-Blini in der Luft balancierend. »Was?«

»Du hast dich in Oprah Winfrey verwandelt.«

Ich war mir sicher, dass ich damit weitere Fragen ein für alle Mal abgewendet hatte, aber so leicht ließ er sich nicht abwimmeln.

Später, als wir die Reste der Köstlichkeiten abräumten und durch eine herrlich kunstvolle Cupcake-Pyramide ersetzten, startete er einen neuen Verhörversuch.

»Warum?«

»Warum was?«

»Warum sagst du mir nicht, was los ist? Wie lange sind wir jetzt schon befreundet?«

»Seit dem College. Also ungefähr seit einer Million Jahren.«

»Exakt. Also raus damit!«

Ich setzte die letzten rosa Minikuchen mit Erdbeerzuckerguss auf die Etagere und drehte mich um.

»Herrje, Vincent, es geht um meine Eierstöcke. Willst du wirklich noch mehr wissen?«

Ich hatte gar nicht bemerkt, dass sich zwei Sechzehnjährige in Hörweite an der Styling-Station befanden. Die eine war so fasziniert von unserer Konversation, dass ihr ein lautes »Autsch!« entfuhr, als sie sich mit dem Glätteisen die Kopfhaut versengte. Ihre Freundin, eine groß gewachsene Schönheit mit hüftlangem blondem Haar, Wangenknochen, mit denen man Glas zerschneiden konnte, und einem Hüftschwung, der unbedingt auf einen Laufsteg gehörte, hatte die ganze Zeit schon mit Vincent geflirtet. Ich konnte sie verstehen. Wenn ich in ihrem Alter wäre, würde ich diesem lebenden, redenden, scherzenden GQ-Titelseiten-Typen in den engen schwarzen Jeans und dem figurbetonten weißen Hemd auch auf der Stelle verfallen. Sie sah neugierig zu uns herüber und wartete auf seine Antwort.

»Nicht direkt«, frotzelte er. »Es sei denn, ich verlagere mein Fachgebiet ab sofort von rosa glitzernden Cupcakes auf Gynäkologie.«

Ich senkte die Stimme, damit die beiden neugierigen jungen Damen mich nicht hören konnten.

»Besser nicht. Stell dir vor, du verwechselst was. Dann musst du am Ende noch einer Patientin erklären, warum sie Zuckerguss im Schritt kleben hat.«

Er bemühte sich, ernst zu bleiben. »Versuch nicht abzulenken.«

»Tue ich ja gar nicht.«

»Und ob, Shauna. Du bist eine Katastrophe. Bist du bei Jon auch so?«

»Wie?«

»So zugeknöpft. Ich wette, er muss sich ganz schön abmühen, wenn er mal wissen will, wie du dich gerade fühlst.«

Er scherzte nur, aber es versetzte mir trotzdem einen Stich. Eine zynische Stimme in mir flüsterte, dass die Male, bei denen Jon über mein Gefühlsleben nachdachte, sich vermutlich auf die Gelegenheiten beschränkten, in denen er Lust auf Sex hatte, Langeweile oder der Kühlschrank leer war. Ich versuchte, die zynische Stimme in mir zum Schweigen zu bringen.

»Also gut!«, verkündete ich und bewegte mich ein Stück weiter, bis wir außer Hörweite der Gäste waren. »Wenn du es wirklich unbedingt willst, bitte schön!«

Er nickte feierlich. »Fang an. Ich kann eine Menge aushalten.«

Ich atmete tief durch. »Wir haben unsere Bemühungen, ein Baby zu kriegen, vorerst aufgegeben. Ich versuche, damit klarzukommen, aber es fällt mir ganz schön schwer. Ich weiß, im Moment ist gerade der völlig falsche Zeitpunkt, weil Jon und Daniel sich selbstständig gemacht haben, aber nach fast vier Jahren hoffe ich trotzdem, dass es endlich klappt. Jon hat absolut kein Interesse an einem weiteren Kind, ich dagegen umso mehr. Und ich kann einfach nicht begreifen, wieso meine blöden Fortpflanzungsorgane nicht funktionieren, wie sie sollen. Wie geht es dir bis hierhin?«

»Geht so«, antwortete er. »Das mit den Fortpflanzungsorganen war grenzwertig.«

»Also gut, um es kurz zu machen, Jon und ich haben uns darauf geeinigt, das Thema Schwangerschaft noch einmal zurückzustellen und uns wieder auf uns zu konzentrieren. Jon ist darüber total erleichtert und will jetzt vor allem ein schönes Leben haben. Mir fällt das nicht so leicht.« Ich wollte gerade weiterreden, als das Handy in meiner Hosentasche vibrierte. Ich ging kurz nach draußen.

»Ich bin's, Süße.«

Ich hatte sofort ein schlechtes Gewissen, weil ich mit Vincent über ihn gesprochen hatte. Nicht dass ich etwas Böses über ihn gesagt hätte, aber das Thema Kinderkriegen war schließlich eine ganz private Sache zwischen Jon und mir. Und Lulu. Und Daniel. Und Rosie. Und dem netten Arzt aus der Kinderwunschpraxis.

»Hey, Schatz, wie geht's?«

So lief es immer. Ich konnte noch so genervt oder sauer sein, sobald ich seine Stimme hörte, war alles gut. Meistens jedenfalls. Die Tatsache, dass wir das Thema Schwangerschaft vorerst aufgeschoben hatten, war schwer zu verdauen für mich, aber was blieb mir übrig? Mir war jedenfalls klar geworden, dass ich genau zwei Möglichkeiten hatte: Ich konnte weiter frustriert sein oder mich zusammenreißen und mein Leben endlich wieder genießen – ohne Eisprungtabellen und monatliche Enttäuschungen. Und ich hatte beschlossen, Letzteres zu versuchen. Wirklich zu versuchen. Ich wollte meine Beziehung zu Jon wieder zu dem machen, was sie einmal war. Denn die schlichte Wahrheit war, dass ich ihn immer noch liebte. Natürlich war der Stress der letzten Jahre nicht spurlos an uns vorübergegangen, aber das alles war kein Grund, unsere Ehe in Frage zu stellen. Wir würden das schaffen!

»Gut! Die Party ist ein voller Erfolg. Ich bin zwar gerade ziemlich neidisch auf die superreiche sechzehnjährige Gastgeberin und zweifle an meinem Charakter, aber davon abgesehen, geht's mir super.«

Er lachte laut. »Mir gefällt dein Charakter.«

»Auch dann noch, wenn ich hinter Gittern sitze, weil ich auf einer Geburtstagsparty ein Paar Louboutins gestohlen habe? Wo steckst du eigentlich gerade? Kommst du bald?«

»Schatz, wir schaffen es leider nicht. Das Meeting hier in Birmingham hat endlos gedauert, und wir fliegen jetzt erst zurück.«

Ich war megaenttäuscht. Rosie war aktuell mit einem bärtigen, Metallica-Shirt tragenden Roadie namens Zak zusammen, dessen Band heute in einem Club in Soho spielte.

»Du Ärmster, sicher bist du völlig am Ende. Kein Problem. Ich hatte mich nur so auf heute Abend gefreut. Wir waren so lange nicht mehr zusammen aus.«

»Viel zu lange. Ich mache das wieder gut, ich verspreche es dir. Wie wär's mit morgen Abend?«

»Tut mir leid, morgen habe ich eine Hochzeit. Und Sonntag eine Taufe. Wir reden später. Ich gehe ein bisschen allein in den Club und fahre dann früh nach Hause.«

»Klingt gut. Liebe dich.«

Dann war er fort. Ich ging wieder an die Arbeit, und nach einer halben Stunde hatten wir alles aufgeräumt und den Van beladen. Vincent startete in Richtung Soho.

»Kommt Carole auch mit?«, fragte ich.

Rosie hatte Vincent und seine Freundin ebenfalls eingeladen. Ich hatte sie erst ein paarmal getroffen und verstand gut, wieso er mit ihr zusammen war. Sie sah sensationell aus, war witzig und sagte, was sie dachte. Das mochte ich.

»Ja, sie müsste gleich da sein. Ich hab ihr gesagt, sie soll nach Lulu und Rosie Ausschau halten, falls wir es nicht pünktlich schaffen.«

Ich schaltete das Autoradio ein, und die zuckersüßen Klänge von James Blunts *Beautiful* drangen durch den Van. »Ich weiß ja, dass alle diesen Song romantisch finden«, sagte ich und seufzte. »Aber ich würde am liebsten jedes Mal den Kopf irgendwo gegenschlagen, wenn ich ihn höre.«

»Du hast echt keine Gefühle«, meinte Vincent. »Ein hoffnungsloser Fall.«

»Du hast recht.« Ich betätigte den Suchlauf, bis ich Kanye West und Jamie Foxx mit *Gold Digger* gefunden hatte. »Aha, das ist doch schon viel besser!«

Ich begann laut mitzusingen, ich kannte den Text in- und auswendig. So war das nun mal, wenn man Tag für Tag von einem Job zum anderen fuhr und das Autoradio so laut wie nur möglich stellte, um wach zu bleiben, weil man mit wenigen Stunden Schlaf pro Nacht auskommen musste.

Vincent stimmte mit ein, und wir sangen ein hoffnungslos schlechtes Duett, bis der Song vorüber war.

»Was für ein Glück, dass wir so gute Caterer sind«, meinte ich. »Als Sänger würden wir es nicht weit bringen.«

»Du vielleicht nicht.« Er tat beleidigt. »Ich finde, ich habe durchaus Potenzial.« Die Musik wurde leiser, und ich merkte, dass er den Lautstärkeregler am Lenkrad betätigte.

»Das mit deinen Eierstöcken tut mir leid«, sagte er leise. »Ich weiß, wie sehr du gehofft hast, dass die Therapie anschlägt.«

»Danke. Es sollte einfach nicht sein. Noch nicht. Vielleicht ist es besser so.«

»Glaubst du das wirklich?«

Ich dachte einen Moment nach. Ja, in vielerlei Hinsicht war es wirklich besser. Mit einem Baby würde ich keine Doppelschichten fahren können. Wir wären ziemlich schnell pleite. Es hatte also wirklich keinen Sinn, die Sache jetzt durchzuziehen. Und trotzdem …

»Nein.«

»Das dachte ich mir.«

Ich hätte einen Weg gefunden, es hinzukriegen. So einfach war das. Ich spürte, wie meine Kehle eng wurde. Ich wollte das jetzt wirklich nicht.

»Vincent, können wir nicht lieber wieder schlecht singen?«

»Klar.« Er hatte verstanden, dass ich mich zu elend fühlte, um weiter darüber zu reden, und drückte meine Hand. »Aber ich bin immer für dich da, das weißt du.«

Ich wusste es, und ich war ihm sehr dankbar. Jetzt wollte ich allerdings einfach nur ein paar Bier trinken, laute Musik hören und mich amüsieren. Nicht über Rechnungen nachdenken. Nicht über den Stress im Job. Nicht über negative Schwangerschaftstests, die mir immer wieder ein Stück aus dem Herzen rissen.

Im Club war es brechend voll. Mühsam bahnten wir uns einen Weg durch das Gewühl, zum Glück war Lulu mit ihren flammroten Haaren und den schwindelerregend hohen Absätzen schon von Weitem gut zu erkennen. Noch ein bisschen Geschiebe und Geschubse, dann hatten wir die anderen erreicht.

»Hey! Da seid ihr ja endlich!«, jubelte Lulu und fiel uns nacheinander um den Hals. »Ich dachte schon, ihr kämt nie!«

»Hat etwas länger gedauert als geplant.« Ich küsste sie, umarmte erst Rosie, danach Lulu, während Vincent sich schon zur Bar durchschlug, um Getränke zu besorgen. »Wo ist denn dein Freund, Rosie?«, brüllte ich ihr ins Ohr.

Entweder war es hier fürchterlich laut, oder ich wurde allmählich alt. Aber es fühlte sich großartig an, endlich mal wieder unterwegs zu sein und dabei nicht im Hintergrund mit einer Platte gefüllter Königinnenpastetchen bereitstehen zu müssen.

Rosie trug an diesem Abend einen ganz neuen Look – eine Lederjacke über einem knöchellangen schwarzen Stretchkleid. Keine Ahnung, wie sie darin atmen und gehen konnte, aber sie sah sensationell aus. Wie eine Gothic-Göttin. Ich hoffte, ihr neuer Style bedeutete nicht nur, dass sie dem neuen Mann an ihrer Seite gefallen wollte. Wenn sie nicht bald einen fand, der sie so nahm, wie sie war, würde ich ihr einen besorgen. Vincent wäre mein Top-Favorit, aber der war ja leider an Carole vergeben. Vincent und Rosie. Das klang gut zusammen. Wie der Name eines Blumenladens. Oder eines Entertainerduos auf einem Kreuzfahrtschiff.

»Er ist da drüben!«, brüllte Rosie zurück und zeigte zur linken Bühnenseite.

Roadie? Ja. Bart? Ja. Metallica-Shirt? Ja. Das musste Zak sein. Hofften wir mal, dass unter dem imposanten Äußeren ein netter Mann steckte, der sich danach sehnte, meine Freundin glücklich zu machen.

Vincent kam mit den Drinks und Carole zurück, die gerade hereingekommen war. Sie schwankte beim Gehen ein bisschen, was darauf schließen ließ, dass sie bereits den einen oder anderen Cocktail intus hatte. Davon abgesehen sah sie aus, als entspränge sie gerade einem Bond-Film. Schwarzes Lederminikleid und schwarze Stiefel, mit denen sie über eins achtzig groß war – da würde selbst ein James Bond wachsweich werden. Mir würde er wohl keinen zweiten Blick schenken. Ich hatte meine schwarze Hose, das dunkle Shirt und die Schuhe im Auto gegen Jeans, Biker-Boots und mein geliebtes altes Guns-'n'-Roses-Shirt getauscht.

»Da haben unsere Männer uns also wieder mal sitzen gelassen«, klagte Lulu und ließ keinen Zweifel daran, dass sie ziemlich sauer auf Daniel war.

Ich hatte ein blödes Gefühl. Seit der letzten Krise lief es ganz gut zwischen ihnen, aber während ich damit leben konnte, meinen Mann nur jeden zweiten Vollmond für fünf Minuten zu sehen, war das für Lulu ein absolutes No-Go. Sie brauchte regelmäßige Bewunderung. Ich nahm mir vor, noch mal mit Daniel zu sprechen. Selbst ein neues Unternehmen war es nicht wert, eine Familie dafür aufs Spiel zu setzen. Hm. Die Ironie bei diesem Gedanken blieb mir nicht verborgen.

Der letzte Song der Vorgruppe war zu Ende. Unter donnerndem Applaus verließ sie die Bühne, um sie der Hauptattraktion des Abends zu überlassen. Dies war nun also die Band, zu der Zak gehörte. Auf den ersten Blick schien er gar nicht zu seinen Leuten zu passen. Es handelte sich definitiv um eine Indie Folk Band, während Zak mit seinem extrem muskulösen Körper und den Klamotten eher nach Heavy Metal aussah. Aber in dem Moment, als er anfing, den Kopf im Rhythmus der Musik zu bewegen, wurde mir klar, dass ich irrte.

Man sollte wirklich nie etwas voreilig beurteilen.

Aus den Augenwinkeln sah ich, dass Vincent und Carole eine hitzige Unterhaltung führten. Ich blendete es aus, für diese Woche hatte ich genug eigenes Beziehungsdrama. Heute Abend würde ich mich amüsieren, trinken, lachen, tanzen und Spaß haben. Keine Dramen. Keine Katastrophen. Kein Stress.

»Was ist denn mit den beiden los?«, fragte Lulu, der der Streit zwischen Vincent und Carole ebenfalls nicht entgangen war.

»Keine Ahnung«, antwortete ich und trank einen Schluck aus meiner Bierflasche. Dieser Club war nicht der Ort für teure Gläser und verspiegelte Tischchen.

»Ich würde so gern …«, sagte sie und zeigte auf Vincent.

In diesem Moment war der Song zu Ende, und es wurde etwas ruhiger, so dass mein empörtes »Lulu!« viel lauter klang, als beabsichtigt.

Sie grinste nur. »Und? Sieh mich nicht so entsetzt an. Ich könnte für den Rest meines Lebens Champagner von diesem Traumbody schlecken.«

»Lulu!«, wiederholte ich, ohne mich darum zu kümmern, dass sich die ersten Köpfe in unsere Richtung drehten.

»Das ist … Ach verdammt!« Ich brach in hilfloses Gekicher aus. Lulu war schrecklich, aber irgendwie amüsierte mich ihre Schamlosigkeit. Allerdings wünschte ich, sie würde sie nicht ausgerechnet auf meinen Geschäftspartner konzentrieren. Rosie nutzte die Pause, um kurz mit Zak zu reden, sodass Lulu und ich allein zurückblieben. Ich startete noch einmal. »Lass ja die Hände von ihm, Lulu. Ich dachte, du wärst diesen Monat eine glücklich verheiratete Frau. Oder war das letzten Monat? Ich komme da einfach nicht mehr nach«, spottete ich.

»Ich *bin* eine glücklich verheiratete Frau«, antwortete sie schmollend. »Aber ich wäre noch glücklicher, wenn ich was mit Vincent machen könnte… Nacktyoga zum Beispiel. Hast du etwa nie darüber nachgedacht, wie es mit ihm wäre? Nicht ein einziges Mal?«

»Nein«, antwortete ich wahrheitsgemäß.

Lulu schüttelte den Kopf. »Du bist unmenschlich.«

»Da magst du recht haben!«

Das sagte ich zwar, zog jedoch insgeheim eine anthropologischere Erklärung vor. Als Vincent und ich uns damals am College kennenlernten, hatte ich ihn zunächst für schwul gehalten. Er zog mich kein bisschen an. Doch dann wurde mir allmählich klar, dass ich nur deshalb nicht scharf auf ihn war, weil meine Libido erkannte, dass er einfach nicht meine Liga war. Vincent war wie Brad Pitt. Oder Ryan Gosling. Oder Johnny Depp. Er sah jedenfalls so unverschämt gut aus, dass man sich gar nicht erst die Mühe machte, mit ihm zu flirten, weil man wusste, dass man ohnehin nicht den Hauch einer Chance hatte. Zumindest war das meine Einstellung – Lulu sah das offenbar völlig anders. Ganz ehrlich war ich froh, dass es zwischen mir und Vincent nie eine sexuelle Anziehungskraft gegeben hatte, denn so waren wir sofort und ohne Komplikationen Freunde geworden. Im Laufe unserer College-Zeit hatte er ungefähr ein halbes Dutzend Beziehungen gehabt, die alle wieder zerbrachen, während die Abbruchrate zu mir, seiner besten platonischen Freundin, immer noch Null betrug.

»Oje, jetzt haut sie ab. Mist! Sie kommt direkt auf uns zu! Achtung! Gefahr im Verzug!«

Lulu lieferte eine so lebhafte Kommentierung der Szene zwischen Vincent und seiner aktuellen Flamme, dass ich neugierig hinschaute. Ja, Carole stapfte tatsächlich gerade wutentbrannt davon, und Vincent blieb mit gerunzelten Brauen und hilflosem Blick zurück. Da wir genau zwischen ihm und der Tür standen, kam sie auf uns zu. Ich überlegte schnell, was ich sagen sollte, und setzte vorsichtshalber ein freundliches Lächeln auf. Sie murmelte etwas, als sie dicht vor uns stand, aber ich konnte nicht verstehen, was sie meinte.

»Wie bitte? Was sagst du?«, fragte ich. Sie würde uns bestimmt ihren überstürzten Aufbruch erklären.

»Ich habe endgültig die Nase voll! Diese Konkurrenz kann ich nicht mehr ertragen.«

Lulu und ich sahen sie verständnislos an. »Welche Konkurrenz?«, fragte Lulu, und wenn ich mich nicht irrte, huschte ein Hoffnungsschimmer über ihr Gesicht.

»Du!«, zischte Carole, als wäre es das Selbstverständlichste der Welt.

Ich brauchte einen Moment, um ihre Antwort zu verarbeiten. Dieser Ausbruch konnte nur Lulu gelten, aber aus irgendeinem seltsamen Grund stierte Carole die ganze Zeit mich an.

»Wovon redest du?« Lulu schaffte es als Erste, die entscheidende Frage zu stellen.

»Tu doch nicht so unschuldig!«, wütete Carole, den Blick immer noch auf mich gerichtet.

Ich war ratlos. Hatte sie denn so viel getrunken?

»Carole, ich weiß echt nicht, worüber du dich so aufregst, aber …«

»Worüber ich mich aufrege?«, regte sie sich auf. »Wie wäre es damit: Mein Freund, Mr. … Mr. …« Ihr Gehirn schien die Informationen gerade nicht so richtig an ihr Sprachzentrum übermitteln zu können. »Mr. Arschloch da drüben …« Ah ja. »Er ist seit letztem Jahr mit mir zusammen. Ein Jahr …«, sie brüllte jetzt, »… das komplett verloren ist, weil er mich die ganze Zeit hingehalten hat, in die Warteschleife gesetzt hat sozusagen. Mr. Superarsch …«, jetzt sprudelte es nur so aus ihr heraus, »ist nämlich in dich verliebt!«

O Gott. Sie war definitiv betrunken. Ich versuchte hektisch, sie zu beruhigen.

»Carole, ich schwöre dir, das ist er nicht. Es tut mir leid, dass ich ihn in letzter Zeit so in Beschlag genommen habe, aber das liegt nur daran, dass … Na ja, Jon und ich haben finanzielle Probleme, und ich musste ein paar Zusatzjobs annehmen, und das wirkt sich natürlich auch auf Vincents Arbeitszeiten aus. Es tut mir wirklich leid. So weit habe ich natürlich nicht gedacht. Weißt du was, ich stelle noch eine Aushilfe ein, dann hat Vincent wieder mehr Zeit und kann sich um dich kümmern.«

Ihr Oberkörper schwankte ein wenig, als sie die Hände in die Hüften stemmte. Aus ihrem Blick sprach pure Verachtung.

»Sag mal, bist du so dämlich, oder tust du nur so?«

Ich fing Lulus Blick auf. Ihre Lippen formten ein O, sie schaute uns erwartungsvoll zu. In der Zwischenzeit führte ich einen kurzen inneren Monolog mit mir selbst. Also, Shauna, denk kurz nach. Einerseits würdest du es nie, niemals, nicht in hundert Millionen Jahren dulden, dass jemand so mit dir redet. Andererseits ist sie betrunken, die Freundin deines Geschäftspartners. Sie wird morgen früh vor Scham vergehen, und du wirst ihr noch häufiger über den Weg laufen, daher ist es wohl das Beste, jetzt einfach Ruhe zu bewahren und souverän zu bleiben.

Ich nahm meinen eigenen Rat an, antwortete ganz ruhig und besonnen. »Carole, ich bin verheiratet und nicht im Mindesten an deinem Vincent interessiert. Wir sind Freunde. Punkt. Er ist nicht verliebt in mich. Er ist nicht interessiert an mir und wird es niemals sein. Lass uns das alles jetzt einfach vergessen. Ich bin sicher, wir können morgen darüber lachen.«

Sie verzog die perfekt geschminkten Lippen zu einem bösen Lächeln. »Aha! Du hast meine Frage gerade beantwortet. Wenn du ernsthaft glaubst, er wäre nicht an dir interessiert, dann bist du echt, echt, echt …«, sie nuschelte nur noch, »… dämlich.«

Damit stakste sie davon und ließ Lulu und mich einfach stehen, fassungslos und mit weit aufgerissenen Mündern. Als der Schock so weit nachgelassen hatte, dass meine motorischen Fähigkeiten zurückkehrten, schaute ich zu Vincent hinüber. Er sah mich an, mit einem Blick, den ich nicht deuten konnte.

In mich verliebt? So etwas Albernes hatte ich noch nie gehört.

Oder hatte ich gerade den ersten Preis für Dämlichkeit gewonnen?

28. Kapitel

2015 – Shauna

Ich hämmerte so heftig auf die Tasten meines Taschenrechners, dass meine Finger schmerzten. Wir waren pleite! Ganz gleich, wie ich die Zahlen addierte, subtrahierte, manipulierte – es ging nicht auf. Selbst der Mindestzahlbetrag auf unserer Kreditkartenabrechnung war gewaltig, dank Jons neu entdeckter Reiselust. Erinnerungen schaffen, so nannte er das, und ich konnte ihn so gut verstehen. Blöderweise stürzten uns die Folgen dieser Erinnerungen schon jetzt in den Abgrund.

Da war die Woche in Disneyworld gewesen. Der Städtetrip nach Amsterdam. Das Wochenende mit den Zwillingen in Paris, wo sie ihre frisch erworbenen Französischkenntnisse ausprobieren wollten. Und dann noch die Lodge in Henley am letzten Wochenende. Jedes Mal, wenn Jon einen neuen Wunsch geäußert hatte, hatte ich gelächelt und genickt. Und danach hatte ich zwei Stunden lang recherchiert, um die preisgünstigste Möglichkeit zu finden, seinen Wunsch zu realisieren, während er losgezogen war und sich um Badeshorts und Taucherausrüstung gekümmert hatte.

Ich hätte ihm niemals etwas abgeschlagen oder ihn darauf hingewiesen, dass die Urlaube empfindliche Auswirkungen auf unseren Kontostand hatten. Ein einziges Mal hatte ich das versucht, an dem Abend, als er und Lulu mich mit der Disneyworld-Idee überfallen hatten. Beim Buchen wählte er überall die Fünf-Sterne-Variante. »Schatz«, hatte ich vorsichtig eingewendet, um seine Euphorie nicht zu zerstören, »meinst du nicht, es ginge auch etwas günstiger? Ich weiß nicht, wie wir das bezahlen sollen.«

»Buch es einfach auf die Kreditkarte«, hatte er vorgeschlagen. »Wenn ich wieder arbeiten kann, zahlen wir es ab.« Ich sprach nicht aus, was ich dachte, aber er sah es mir an. »Und wenn ich nicht wieder arbeiten kann«, ergänzte er ungeduldig, »wird meine Lebensversicherung ausgezahlt, und du kannst es davon begleichen.«

Seine Worte waren für mich wie ein Schlag ins Gesicht. Lebensversicherung. Die einzige Lebensversicherungspolice, die wir besaßen, war eine aus seiner Studentenzeit, und die würde bestenfalls ein paar Tausender abwerfen. Aber das war nicht der Punkt. Seine Bemerkung injizierte mir die bittere Realität direkt ins Blut. Er würde sterben. Die Liebe meines Lebens würde sterben. Und ganz gleich, ob sein Draufgängertum nun auf Verdrängen oder Heldentum oder einer Mischung aus beidem beruhte – die Tatsache, dass er es so offen aussprach, brach mir das Herz. Es war daher das erste und letzte Mal gewesen, dass ich über Geld geredet hatte. Seither hatte ich es zu meiner Mission gemacht, das Finanzielle irgendwie hinzukriegen. Mit meinen Zusatzjobs hätten wir es schaffen können, wenn die verdammten Urlaube nicht gewesen wären. Und das Schlimmste war: Ganz gleich, wohin wir fuhren, ich war wegen der Geldprobleme viel zu gestresst, um es genießen zu können, und verbrachte die halbe Zeit am Telefon oder online, um noch mehr Jobs an Land zu ziehen. Aber – und das hämmerte ich mir zum unendlichsten Mal ein – es ging hier nicht um mich. Jon brauchte Erinnerungen, also würde er Erinnerungen bekommen. Ich hoffe nur, Beth war alt genug, um wenigstens auch ein paar davon mitzunehmen.

Das einzig Gute war die Tatsache, dass Jon nun immer zu Hause war und wir keine Kosten mehr für Kinderbetreuung hatten. Zum Glück.

Daniel war so ein guter Freund, dass er Jon auch weiterhin ein kleines Gehalt auszahlte, aber natürlich war der Umsatz des jungen Unternehmens zurückgegangen, und es kam dem, was er sonst verdient hatte, nicht im Entferntesten nahe.

Wir waren also pleite. Und mit jedem Hämmern auf den Taschenrechner spürte ich, dass der Klumpen in meinem Magen dicker wurde und die inzwischen so schrecklich vertraute Welle aus Panik und Schmerz höher und höher stieg, bis ich das Gefühl hatte, meine Brust, mein Nacken, mein Hinterkopf würden explodieren.

Ich erstickte fast an meinen Ängsten, aber ich war fest entschlossen, mich ihnen nicht zu ergeben.

»Hey, Schatz, kommst du? Lulu ist da.«

Ich hatte ihn gar nicht kommen hören. Sofort setzte ich ein Lächeln auf. »Klar. Gib mir zwei Minuten. Ich muss das hier nur noch schnell fertig machen.«

Er blickte auf den Papierstapel vor mir. »Alles okay?«

»Klar. Nur noch zwei Minuten«, antwortete ich.

Das schien ihn zufriedenzustellen, und er verzog sich. Mein wunderbarer Mann. Meine andere Hälfte. Mein Leben. Er und Beth waren alles für mich, und schon der Gedanke, dass er irgendwann nicht mehr da sein könnte … Wie konnte er mir fortgenommen werden? Welche böse Macht würde so etwas tun?

Wie ein Taucher, der eine Zeit lang vom Sauerstoff abgeschnitten gewesen war, holte ich keuchend Luft und sackte vornüber. Ein stummer Schrei zuckte durch meinen Körper. Der Druck und die Angst in mir stiegen. So war es immer. Klarkommen. Zusammenbruch. Allein.

Als es endlich aufhörte, dauerte es eine Weile, bis meine Hände nicht mehr zitterten und der Schmerz nachließ. Atmen. Einfach nur atmen. Mein Mantra. Natürlich hatte ich gewusst, dass es hart würde, aber dieses Emotionschaos hätte ich nie erwartet. Schmerz und Angst. Wut. Abneigung, der sofort das schlechte Gewissen folgte, weil ich so dachte. Bewunderung für seine

Tapferkeit. Wut über seine Verdrängung. Überwältigende Liebe. Dankbarkeit dafür, dass er noch bei uns war. Die Panik, dass er es irgendwann nicht mehr sein würde. Die Verzweiflung, ihm verständlich zu machen, dass auch ich litt.

Er war ein Mann, der an Krebs sterben würde. Und ich war eine Frau, deren Mann an Krebs sterben würde. Natürlich, sein Schicksal war viel schlimmer als meins, und mir war gar kein Schmerz gestattet. Ich musste stark sein. Zuversichtlich. Ihn unterstützen. Ein Lächeln ins Gesicht zementieren.

Ich wartete, bis meine Beine wieder funktionsfähig waren, und ging nach unten – wie immer äußerlich gelassen. Lulu und Jon saßen am Küchentisch, sie lachten über irgendeinen Witz. Ich stellte keine Fragen. Ich war einfach nur froh, dass sie für ihn da war, ihn aufmunterte und ablenkte, ganz gleich wie. Wieder einmal dachte ich, wie großartig sie das machte. Ich war ihr wirklich zu Dank verpflichtet.

»Willst du etwa so gehen?« Lulu musterte mich kritisch von oben bis unten.

Hm. Vielleicht war ich ihr doch nicht zu Dank verpflichtet.

»Wieso, was gefällt dir denn nicht?«

Ich schaute an mir hinunter. Jeans, Flip-Flops und hellblaues T-Shirt. Okay, nichts gegen ihr enges schwarzes Kleid und die Killer-High-Heels. Ganz offensichtlich richteten wir uns nach unterschiedlichen Dresscodes.

»Alles gut. Aber heute ist doch Rosies großer Abend. Da hättest du dir schon ein bisschen mehr Mühe geben können.«

Ich ignorierte sie. Ich hätte mich ohnehin am liebsten im Bett verkrochen, um zum ersten Mal seit Monaten mehr als fünf Stunden am Stück zu schlafen. Mühe geben? Es fiel mir schon schwer genug, mich einigermaßen auf den Beinen zu halten.

Daniel kam durch die Hintertür und bewahrte mich vor einer Antwort. »Wie sieht's aus? Seid ihr fertig?«, fragte er, die Autoschlüssel in der Hand. Lulu nahm ihre Tasche und zog ihre Lederjacke von der Stuhllehne, warf sie lässig über die Schulter. Die Frau hatte Klasse, das musste man ihr lassen. Daniel sah mich an. »Shauna, was sagst du zu den Neuigkeiten?«, fragte er. Die Raumtemperatur sank augenblicklich auf unter null.

»Äh … also eigentlich weiß Shauna noch gar nichts«, antwortete Lulu mit warnendem Blick. Ich hatte das Gefühl, gerade mitzuerleben, wie sie einen weiteren Nagel in den Sarg ihrer Ehe schlug. Aber was hatte das mit mir zu tun? Und wieso sah Jon auf einmal so aus, als würde er sich unbehaglich fühlen?

Ich lehnte mich sicherheitshalber gegen die Wand. »Was weiß ich noch nicht?«

Jon sprach als Erster. »Ich werde wieder arbeiten gehen.«

In meinen Ohren war ein fernes Rauschen zu hören, und ich traute mir nicht viel mehr zu als ein schwaches »Was? Wieso?«

»Was soll ich denn sonst tun, Shauna?«

Darauf hatte ich viele Antworten. Ausruhen. Erholen. Entspannen. Wünsche verwirklichen. Mehr Zeit mit deiner Tochter verbringen. Hier sein, wenn ich nach einem schier endlosen Arbeitstag nach Hause komme.

»Es geht mir gut«, fuhr er fort. Das war übertrieben, aber ich ließ es auf sich beruhen. »Die Therapie schlägt an, und ganz ehrlich, wir können das Geld verdammt gut gebrauchen.«

»Wir kommen doch auch so klar«, erwiderte ich.

Ich wies ihn nicht darauf hin, dass er ja weiter ein Grundgehalt bekam. Sicher würde es sich langfristig erhöhen, aber dazu musste er erst wieder neue Aufträge an Land ziehen. Das konnte Monate dauern. Und in der Zeit musste ich wieder eine Kinderbetreuung für Beth finden. Und sie bezahlen. An diesem Abend war sie bei Marcy, aber das war eine Ausnahme. Ich würde also nach einer neuen dauerhaften Lösung suchen müssen. Ein weiterer Punkt auf meiner To-do-Liste.

Er sah mich beschwörend an. »Es wird ein wenig Druck von deinen Schultern nehmen.«

Also hatte er es gemerkt. Nicht genug, um mich darauf anzusprechen, um mich zu fragen, wie ich das alles schaffte, oder um sich mit mir hinzusetzen und darüber zu reden, was das alles mit mir machte. Nein, das nicht. Er hatte mich einfach jeden Tag lächelnd verabschiedet und lächelnd begrüßt, wenn ich nach Hause kam. Alles ist gut. Uns geht es gut. Shauna? Shauna geht es auch gut. Das war seine Einstellung. Es geht ihr gut. Sie kommt bestens klar.

Eine innere Stimme in mir brüllte mich an, ruhig zu sein.

In mir kämpften Bitterkeit und Verachtung um die Vorherrschaft, und fast im selben Moment erschlug bittere Scham beides. Wieder geriet ich in den Strudel eines inneren Konflikts. Was für eine miese Ehefrau war ich, solche Gedanken zu haben, wo er doch dem Ende seines Lebens ins Gesicht sehen musste? Er war derjenige, der sich dem Schlimmstmöglichen stellen musste, und da hatte ich Mitleid mit mir selbst?

Reiß dich zusammen! Reiß dich endlich zusammen, Shauna!

»Gut, dann ...«

»Ich möchte einfach wieder zur Normalität zurück«, sagte Jon und wandte sich an Daniel. »Es ist nicht fair, dass ich ein Gehalt bekomme, ohne dafür eine Gegenleistung zu erbringen.«

Daniel wehrte sofort ab. »Junge, du weißt, dass das kein Problem ist.«

»Für mich schon«, widersprach Jon. »Ich will dich nicht belasten, Daniel.« Ich verspürte Frust. Er wollte Daniel nicht belasten, das war ja okay. Aber war es nicht verständlich, dass ich mir wünschte, er würde mir gegenüber dieselbe Rücksicht zeigen? Jon wandte sich nun wieder mir zu. »Ich muss das tun, Shauna. Ich möchte wieder so normal wie möglich leben.«

Aus seinen Worten sprach die Verzweiflung eines Mannes, der

fest entschlossen war, wieder in den Alltag zu finden. Ich wusste, ich würde ihm nicht widersprechen, denn die Wahrheit war ganz einfach. Ich würde seinen Wünschen und Bedürfnissen nicht im Weg stehen, solange er lebte. Dazu hatte ich kein Recht.

Alle Blicke waren auf mich gerichtet, abwartend, gespannt. Lulu atmete tief ein, als wollte sie etwas sagen, aber ich schnitt ihr das Wort ab. Ich sah Jon an, entspannt und aufmunternd, das hoffte ich zumindest.

»Wunderbar«, sagte ich. »Wann willst du anfangen?«

Bitte gib mir etwas Zeit, mich darauf einzustellen, jemanden für Beth zu suchen, meinen Terminplan neu zu ordnen. Einen Monat vielleicht. Wenigstens drei Wochen.

Er grinste breit und triumphierend. »Nächsten Montag.«

»Yeah!«, jubelte Lulu und fiel ihm um den Hals. Ich schluckte.

Unsere Blicke trafen sich über Lulus Schulter. Ich zwinkerte Jon zu, lächelnd. Ich konnte das hinbekommen. Ich würde einen Weg finden, es zu schaffen.

Daniel schaute zufrieden in die Runde. »Dann lasst uns jetzt fahren, sonst wird Rosie noch sauer.«

Es stellte sich heraus, dass sie es gar nicht gemerkt hätte. Die Party zur Neueröffnung des frisch renovierten *Doris Day* war bereits in vollem Gang. Mindestens sechzig Gäste drängten sich in dem kleinen Café, das gerade auf vierzig Sitzplätze erweitert worden war. Bis auf ein paar Sitzmöglichkeiten am Eingang waren alle Stühle weggeräumt worden, die neuen weißen Tische hatten Rosie und ihre Mitarbeiter an die frisch gestrichenen karamellfarbenen Wände geschoben. Sie ächzten unter dem Gewicht von Getränken und süßen und herzhaften Köstlichkeiten. Es gab Prosecco, Wasser, Bier, Säfte, riesige Platten mit Miniburgern, Saté-Spießchen, Lachs, Gemüsedips. Auf dem Desserttisch standen winzige Biskuit-Küchlein, Schokoladen-Eclairs, Cupcakes in allen Farben, Berge von schokoladeüberzogenen Erdbeeren, winzige Gläschen mit verschiedenen Mousses. Es sah sensationell aus!

Rosie kam auf uns zu, so strahlend und glücklich, dass mein geschundenes Herz ganz weit wurde vor Freude. Wie schön für sie! Die ganze Arbeit der letzten Woche hatte sich also ausgezahlt.

»Du glühst ja geradezu vor Freude«, sagte ich und fiel ihr um den Hals.

»Das liegt sicher nur daran, dass es hier so heiß ist«, antwortete sie verlegen.

»Nein, das bist ganz sicher nur du. Herzlichen Glückwunsch, meine Süße, wir freuen uns riesig für dich!« Als die anderen sie begrüßten, schaute ich mich nach bekannten Gesichtern um. In der äußersten Ecke entdeckte ich ein paar Leute, mit denen ich nicht gerechnet hatte. »Meine Eltern sind da! Und deine auch, Lulu!«

»Wirklich?« Lulu war ganz offensichtlich ebenso überrascht. »Davon haben sie mir gar nichts gesagt. Aber wann hätten sie das auch tun sollen?«

Sie hatte nicht ganz unrecht. Ich versuchte mich zu erinnern, wann ich das letzte Mal mit meiner Familie gesprochen hatte. Vor zwei Wochen? Oder waren es schon drei? Vier? Keine Ahnung. Vielleicht war es an dem Tag gewesen, an dem sie Beth zum ersten und einzigen Mal zu sich geholt hatten. Sich nach unserem Wohlbefinden zu erkundigen, war nie ihre Stärke gewesen, und daran hatte auch eine Lappalie wie Jons Hirntumor nichts geändert.

»Eure Väter haben mir beim Renovieren geholfen«, erklärte Rosie. »Das war echt nett von ihnen.«

Ich war mir nicht sicher, wer überraschter war, Lulu oder ich. »Mein Dad war hier?«

Rosie nickte. »Und Lulus. Die ganze letzte Woche. Sie waren beide großartig.«

Zwei Gedanken drängten sich mir auf. Der erste: Sowohl Lulus als auch mein Dad hatten bei allem, was wir bisher unternommen hatten, stets mit Abwesenheit geglänzt. Sie waren zu keinem Umzug aufgetaucht. Auch nicht, als Jon und Daniel ihr neues Büro bezogen hatten. Oder als Beth geboren wurde und ihr Kinderzimmer hergerichtet werden musste. Offenbar wurden sie auf ihre alten Tage noch richtig sentimental. Zweiter Gedanke: Mein Dad war in der letzten Woche mehrfach hier gewesen und nicht einmal bei uns vorbeigekommen? Um zu hören, wie es uns ging? Wie es Jon ging? Wie es Beth ging? Wie wir mit der schlimmsten Zeit in unserem Leben umgingen? Der Preis für den Dad des Jahres ging definitiv an den Mann im lachsfarbenen Hemd.

»Denkst du das, was ich denke?«, zischte Lulu. »All die Jahre hat keiner von ihnen je einen Finger für uns gerührt, und nun das! Die Golfreisen nach Marbella scheinen sie ja zu Tode zu langweilen.«

»Allerdings.« Ich verzog das Gesicht. »Erinnere mich daran, dass ich ihnen das nächste Mal Bescheid sage, wenn ich die Küche streiche.«

Rosie unterbrach uns. »Kommt, Leute, hier gibt's jede Menge zu trinken!« Sie zog Jon und Daniel mit sich zum Buffet.

»Wir warten hier auf euch, bringt doch einfach Wein für uns alle mit«, rief ich ihnen nach und setzte mich an einen der Tische am Eingang, ehe es jemand anderes tat.

Eigentlich hätte ich erst durchgehen und meine Eltern begrüßen müssen, aber ich fühlte mich plötzlich so furchtbar müde. Lulu rutschte auf den Platz mir gegenüber. Ich registrierte, dass sie den Männern hinterherschaute.

»Wie läuft es zwischen euch beiden?«, fragte ich. Wir hatten uns lange nicht unterhalten, und Daniel wohnte immer noch in unserer Garage.

»Hm … Unverändert«, antwortete sie schulterzuckend.

»Und was ist mit deinem Architekten?«

»Das ist aus.«

Das war immerhin eine gute Nachricht. »Dann seid du und Daniel also …« Ich beendete den Satz nicht, weil ich hoffte, dass sie das tun würde.

Aber sie zuckte wieder nur mit den Schultern. »Ich weiß es nicht. Wir … reden immerhin wieder miteinander. Ich nehme an, das liegt an Jons Krankheit. Gegen das, was ihr durchmacht, ist unser Problem ja wirklich lächerlich. Daniel ist jetzt noch motivierter, das Unternehmen voranzubringen. Er arbeitet verdammt viel.«

Ich nickte. Jon und ich waren nicht die Einzigen, die betroffen waren. Unsere Freunde, Beth, wir alle standen das gemeinsam durch, und es berührte unser aller Leben. Daniel bemühte sich, uns finanziell zu helfen. Lulu kümmerte sich viel um Jon, und wenn ich abends nach Hause kam, stand fast immer ein Kuchen oder ein Salat von Rosie in der Küche, den sie mitbrachte, wenn sie Beth von der Schule abholte. Die Leute da hinten in der Ecke waren für meine DNA verantwortlich, aber diese Menschen hier waren meine eigentliche Familie. Ich sah, dass Lulu zu ihnen hinüberschaute, ehe sie fortfuhr.

»Ich schätze, wir brauchen noch etwas Zeit, um zu entscheiden, wie es mit uns weitergeht. Ich muss erst sicher wissen, was ich will. Und wen.«

Ehe ich mehr Fragen stellen konnte, erschien ein weiteres vertrautes Gesicht in der Tür.

»Jack!« Ich sprang auf, um ihn zu begrüßen. Lulu fiel ihm ebenfalls um den Hals. Ich mochte Rosies neuesten Freund und hoffte sehr, dass ihr Glück über das neue Café sich auch auf ihre Beziehung übertrug. Jack war wirklich süß. Es gab nicht viele Vierzigjährige, die einen Pferdeschwanz und weiße Leinenhosen tragen konnten. »Komm, setz dich zu uns«, sagte ich.

Er bewegte sich nicht von der Stelle. »Danke, aber ich wollte nur kurz gratulieren und bin dann wieder weg.«

Das waren weder die Worte noch das Verhalten eines Mannes, der hier war, um mit seiner Freundin deren Erfolg zu feiern. Und schon gar nicht eines Lebenscoaches, der jeden Schritt bewusst machte und positiv dachte. Dieser Typ war nervös. Bedrückt. Fühlte sich definitiv unwohl.

Lulu hatte das wohl nicht mitbekommen.

»Herzlichen Glückwunsch!«, brüllte sie. »Ich freue mich so, dass ihr zwei endlich zusammenzieht! Ich wusste immer, dass du weißt, was gut für dich ist. Das Blöde ist nur, wenn du sie jetzt verletzt, wissen wir, wo du wohnst, und können vorbeikommen und dir alle Knochen brechen.«

Mein Nacken tat schon ganz weh vom vielen Nach-oben-Schauen, aber nicht so, dass ich nicht registrierte, dass er erstaunt die Stirn runzelte.

»Ihr wisst es noch nicht.« Das war eine Feststellung, keine Frage. Oder noch eher ein bedrückt hervorgebrachtes Geständnis.

»Was wissen wir noch nicht?«, fragte ich, in der Hoffnung, dass mich meine böse Vorahnung trog.

»Sie hat Nein gesagt. Sie will nicht mit mir zusammenziehen, sie hat Schluss gemacht. Ich bin heute Abend nur vorbeigekommen, um zu sehen, wie es ihr geht. Aber offenbar kommt sie gut ohne mich zurecht«, meinte er und zeigte in Rosies Richtung, die gerade in diesem Moment den Kopf zurückwarf und über etwas lachte, das Jon gesagt hatte.

Lulu und ich schauten uns entsetzt an. Ihr Leben lang hatte Rosie sich genau das gewünscht – einen attraktiven Mann, der sie gut behandelte, der ihr sagte, dass er sie liebte, der sein Leben mit ihr teilen wollte. Jack erfüllte all diese Anforderungen, und trotzdem hatte sie Nein gesagt? Krampfhaft rief ich mir das letzte Gespräch mit ihr in Erinnerung. Gut, sie war etwas zögerlich gewesen, aber war das nicht der typische Bammel, den man hatte vor so einem entscheidenden Schritt?

Wieso wussten Lulu und ich nicht Bescheid? Gott, ich war eine miserable Freundin! Ich war so sehr mit meinen eigenen Problemen beschäftigt, dass ich die Sorgen und Nöte meiner besten Freundinnen gar nicht mehr mitbekam.

»Könnt ihr Rosie einfach nur sagen, dass ich hier war? Und ihr alles Gute wünschen?« Er wollte gerade wieder gehen, aber ich hielt ihn zurück.

»Jack, es tut mir so leid. Wir hatten echt keine Ahnung.« Ich hätte ihm gern ganz viele Fragen gestellt, aber ich wollte ihn nicht bedrängen.

Lulu hatte da weniger Skrupel. »Was ist denn passiert? Ihr zwei wart doch so ein perfektes Paar.«

Er seufzte. »Das fand ich auch. Aber … na ja, ich will ehrlich zu euch sein … Vermutlich werden wir uns ja ohnehin nie wiedersehen.«

Oje. Wahrscheinlich hatte er recht, ich hoffte trotzdem, dass es nicht so war.

»Ich habe das Gefühl, dass sie sich heimlich mit einem anderen trifft. Und im Nachhinein denke ich, dass das von Anfang an so war.« Er sah uns aufmerksam an, als er das sagte, offenbar versuchte er an unserer Reaktion abzulesen, ob er mit seiner Vermutung richtig lag.

»Nein!« Ich protestierte energisch. »Das ist unmöglich! Ich schwöre dir, Rosie hat keine Affäre. Wir sind seit Millionen Jahren ganz eng mit ihr befreundet, wir wüssten das. Oder, Lulu?«

Keine Antwort. Ich registrierte, dass sie dahin schaute, wo Rosie mit unseren Männern stand und sich angeregt unterhielt. Lulu sah ihnen eine Zeit lang nachdenklich zu, ehe sie uns ihre Meinung mitteilte.

»Ich bin nicht sicher, ob wir das wüssten.«

29. Kapitel

2009 – Shauna

»Square Dance.«

»Was?«

»Ich gehe zum Square Dance, Kind, und wenn du Lust hast, kannst du gerne mitkommen.«

Ich versuchte, nicht laut zu lachen. Klasse. Große Klasse.

»Granny, seit wann machst du denn Square Dance?«

»Seit mir Yoga zu langweilig geworden ist. Stell dir vor, beim letzten Mal bin ich dabei sogar eingeschlafen. Dieser komische Typ mit dem Schlangenkörper und dem albernen Haarknoten fand das gar nicht lustig.«

Aber ich. Ich brach in lautes Lachen aus. »Ich kann dir gar nicht sagen, wie sehr ich dich liebe, Granny.«

»Versuch es, Liebes. Ich könnte ein bisschen Seelenmassage gut gebrauchen.«

»Also dann Square Dance. Um wie viel Uhr geht es los?«

»Um acht.«

»Okay, ich bin gegen sieben hier fertig, dann hole ich dich ab.«

»Wunderbar! Ach, und noch was. Du müsstest natürlich ein Paar Westernstiefel mitbringen. Und einen Cowboyhut. Und Vincent.«

Ich legte auf, immer noch lachend, und rief nach Vincent, der auf der anderen Seite der Küche stand und für eine Bowlingparty in Richmond am Abend um sechs Chicken Wings, Nachos und Mini-Burritos vorbereitete. Wir mussten das Essen nur anliefern, nicht servieren oder abräumen, daher würden wir in einer halben Stunde fertig sein. Morgen früh hatten wir ein Frühstück in

Wimbledon, da war es sinnvoll, über Nacht bei Elsie zu bleiben, zumal Jon ein paar Tage unterwegs war in … in … Hm …, genau genommen hatte ich keine Ahnung, wo er war.

»Elsie sagt, ich soll sie heute Abend zu ihrem Square-Dance-Klub begleiten.«

Er grinste. »Habe nur ich bei dieser Vorstellung seltsame Bilder im Kopf?«

»Von Elsie mit einem Cowboyhut?«

»Ja.«

»Nein, da bist du nicht der Einzige. Bitte versprich mir, dass ich auch so werde wie sie, wenn ich groß bin.«

»Daran zweifle ich keinen Augenblick«, bestätigte er, legte die letzten Chicken Wings auf das Tablett und streifte die Handschuhe ab. »Okay, fertig. Sollen wir fahren?«

»Ja.« Ich schnappte mir meine Jacke und zog meinen Rucksack an. Handtaschen waren in meinem Job ungeeignet, da wir immer beide Hände zum Tabletttragen brauchten. »Würde es dir etwas ausmachen, mich anschließend bei Elsie vorbeizubringen und morgen früh wieder dort abzuholen? Jon ist unterwegs, und ich habe keine große Lust, heute Abend allein zu Hause zu bleiben.«

»Natürlich nicht. Hier …« Er drückte mir ein Tablett mit Burritos in die Hände. »Ich kann die Dinger nicht mehr sehen.«

Ich lachte. »Das verstehe ich gut.« Die Burritos waren sein wunder Punkt. Er hatte die ersten fallen lassen, die zweiten verbrannt, und diese waren nun der dritte Versuch. Sie sahen gut aus, und ich konzentrierte mich ganz besonders darauf, sie heil ins Auto zu kriegen. Erst dann stellte ich die Frage, die mir schon den ganzen Tag unter den Nägeln brannte. »Hast du inzwischen was von Carole gehört?«

Er schüttelte den Kopf. »Kein einziges Wort. Ehrlich gesagt hab ich aufgegeben.«

»Bist du sicher, dass du das wirklich willst? Warum erklärst du ihr nicht noch einmal, dass sie sich irrt und nicht einfach den Stab über dich brechen soll …«

»Um Gottes willen!« Er verdrehte die Augen. »Bloß kein Stab. Nichts, was sie als Waffe benutzen könnte.«

Er machte Spaß, aber ich wusste, dass es ihm wehtat. Das Drama im Club letzten Monat hatte ihn gekränkt, und es war eine gute Portion Wut dabei. Am nächsten Morgen hatte ich einen Schmollmund gezogen und die Hände in die Hüften gestemmt. »Du liebst mich also nicht?«, hatte ich dramatisch wie ein Vierzigerjahre-Leinwandstar gefragt. Er hatte gelacht. »Du hast wirklich großes schauspielerisches Talent. Nein, ich muss dich leider enttäuschen.« Das war die offizielle Freisprechung. Ich war also doch nicht so dämlich. Puh!

»Was ist mit Jon? Läuft es bei euch wieder besser?«

Ich zuckte mit den Schultern. Tat es das? Wir stritten nicht mehr so häufig, das war schon mal gut. Aber wir waren wie zwei Menschen in der Schwerelosigkeit, die ab und zu zusammenstießen. Ich war sehr skeptisch, und er vermutlich auch. Und ich war nicht sicher, ob einer von uns genügend Energie hatte, daran etwas zu ändern. Jetzt brauchten wir erst einmal alle Kraft, um Geld zu verdienen.

Aber daran wollte ich jetzt nicht denken. Ich wechselte das Thema und kam auf die Buchungen für die kommende Woche zu sprechen. Unser Terminplan war randvoll. Für den Umsatz war das natürlich super, aber mir wurde zunehmend bewusst, dass Vincent und ich uns der Belastungsgrenze näherten.

Das Ausliefern des Essens in Richmond dauerte wie erwartet eine halbe Stunde, anschließend fuhren wir weiter zu Elsie.

»Vincent, danke. Ich sage dir das gar nicht oft genug.«

»Wofür?« Er sah mich erstaunt an.

»Dafür, dass du jeden Tag und dazu noch die halbe Nacht mit mir zusammen schuftest. Ich weiß, dass du dafür eine Menge zurückstellst. Wenn du möchtest, können wir jederzeit eine zusätzliche Hilfe einstellen«, schlug ich zum hundertsten Mal vor. »Die Tatsache, dass ich kein Leben mehr habe, heißt ja nicht, dass du auch leiden musst.«

Er verdrehte die Augen. »Shauna, hör auf, so einen Unsinn zu reden. Klar sind die vielen Überstunden oft nervend, aber ich kriege ja schließlich die Hälfte unseres Gewinns und profitiere ebenso davon. Noch ein paar Wochen, und ich habe genug Kohle, um Caroles einstweilige Verfügung aufzuheben.«

Ich lachte immer noch, als wir vor Elsies Haus ankamen. Sie hatte uns wohl schon vom Fenster aus entdeckt und stürmte fröhlich winkend heraus. O Gott, sie meinte das mit dem Cowboyhut ernst!

»Hallo, ihr beiden!«

»Vincent, du musst unbedingt auch mitkommen! Ich schwöre dir, das ist das Größte, was diese Ladys nach der Menopause erleben«, beschwor ich ihn.

»Ich habe aber keinen Hut.«

Verzweifelt versuchte er, irgendwie aus der Nummer rauszukommen. Elsie nahm ihren kurzerhand ab und drückte ihn auf seinen Kopf.

»Jetzt haben Sie einen, mein Junge.«

Er konnte sich gegen die Forderungen einer energischen, über siebzigjährigen Glasgowerin nicht durchsetzen. Kein Wunder. Ich hatte noch nie jemanden kennengelernt, dem das gelungen war.

Einige Stunden und zahllose Tanzschritte später dröhnten mir immer noch *Achy Breaky Heart, Boot Scootin' Boogie* und mein persönlicher Favorit *Honky Tonk Badonkadonk* im Ohr. Elsie kannte jeden einzelnen Schritt, jede Drehung, jeden Ruf, während Vincent und ich große Mühe hatten zu folgen.

Wir zwei waren echt hoffnungslos. Peinlich. Und trotzdem hatten wir einen Heidenspaß. Ich konnte mich gar nicht erinnern, wann ich zuletzt so viel und so laut gelacht hatte.

»Granny, du hast uns vorhin echt in Verlegenheit gebracht«, sagte ich auf der Fahrt zurück zu ihrer Wohnung.

»Tja, in mir steckt noch ganz schön viel Leben«, erwiderte sie voller Stolz. »An dem Tag, an dem ich nicht mehr über eine Tanzfläche wirbeln kann, kannst du mich erschießen.«

»Granny! Sag so etwas nicht!«

»Ach, sei doch nicht so empfindlich, Kind. Irgendwann müssen wir alle gehen. Und ich würde am liebsten diesen Cowboyhut aufhaben, wenn es so weit ist.«

»Unkraut vergeht nicht«, erwiderte ich. »Auf jeden Fall musst du mir vorher noch diese ganzen Tänze beibringen. Vincent, wir zwei haben uns ganz schön blöd angestellt.«

Granny nickte. »Sie können von Glück reden, dass Sie so gut aussehen, mein Junge. Allein mit Ihren Tanzkünsten würden Sie nie eine Frau abbekommen.«

Vincent lachte. Manchmal war Elsie wirklich unverbesserlich. Bei ihr zu Hause angekommen, überredete sie ihn noch zu einem Absacker. Diese Frau war echt nicht kleinzukriegen. Es war fast Mitternacht, und sie hatte immer noch nicht genug. In ihrer Wohnung verschwand sie sofort, um sich Stiefel und Mantel auszuziehen, Vincent und ich gingen in die Küche, um Tee zu kochen.

»Puh! So hatte ich mir meinen Feierabend echt nicht vorgestellt!«, bemerkte er erschöpft. »Von Elsie gekidnappt und dazu gezwungen zu werden, um mein Leben zu tanzen. Und das, wo ich doch solche Koordinationsschwierigkeiten habe.«

Ich warf zwei Stücke Zucker in Elsies Tee. »Und? Bist du jetzt auf ewig traumatisiert?«

»Und ob. Allerdings weiß ich gar nicht, wann ich zuletzt so gelacht habe. Ihr zwei seid ein irres Gespann.«

Ich fasste das als Kompliment auf.

Mit dem Tablett in der Hand machte ich mich auf in Richtung Wohnzimmer. Vincent folgte mir. Er hätte mich fast umgerannt, als ich ganz plötzlich stehen blieb.

»Sie schläft«, flüsterte ich und machte eine Kopfbewegung in Richtung Elsie, die mit geschlossenen Augen und einem Lächeln auf den Lippen in ihrem Lieblingssessel saß.

Ich stellte das Tablett ab und nahm eine Decke von der Couch, um sie Granny überzulegen, als …

Ich erstarrte. Irgendwas stimmte hier nicht. Ein Blick, eine Ahnung. Ich stürzte auf sie zu.

»Was ist?«, rief Vincent.

»Granny! Granny! Vincent, ruf sofort den Notarzt! Beeil dich!« Er rannte zum Telefon, und ich trug sie vorsichtig zur Couch. Sie war sehr zierlich, aber es erforderte trotzdem eine Menge Kraft, von der ich nie geglaubt hätte, dass ich sie besaß. »Nein, Granny. O Gott, bitte nicht.« Mit zitternden Fingern überprüfte ich ihren Puls. Nichts. Ich horchte an ihrer Brust. Sie bewegte sich nicht. »Nein, nein, nein! Komm schon, Granny. Das darfst du nicht tun. Verlass mich nicht! Komm schon!«

Ich legte meine Hände auf ihre Brust, eine auf die andere, und drückte. Eins. Zwei. Drei. Vier. Ein gleichmäßiger Rhythmus.

Vincent war nun wieder an meiner Seite. »Der Notarzt ist unterwegs. Komm, ich mache weiter.«

»Nein, es geht noch.« Fünfundzwanzig. Sechsundzwanzig. Siebenundzwanzig. Achtundzwanzig. Neunundzwanzig. Dreißig. Danach blies ich zwei Atemzüge in ihren Mund. Nichts. Zurück zur Herzdruckmassage. Gleichmäßige Bewegungen, so wie ich es im Erste-Hilfe-Kurs gelernt hatte. Dreißig Mal. Dann wieder zur Mund-zu-Mund-Beatmung. Immer noch nichts. Zurück zum Herzen. Eins. Zwei. Drei.

»Lauf schon mal raus und halt Ausschau nach dem Krankenwagen, falls er uns nicht findet«, keuchte ich. Einundzwanzig. Zweiundzwanzig.

Weiter. Weiter. Kopf. Herz. Drücken. Kopf. Herz. Drücken. Nichts. Weiter. Weiter.

Stunden vergingen, Tage, Wochen.

Endlich kam Vincent zurück, gefolgt von zwei Sanitätern in gelben Westen.

»Shauna, sie sind da! Sie kümmern sich jetzt um deine Granny!« Kopf. Herz. Drücken. Eins. Zwei. Drei. »Shauna, du musst ihnen Platz machen …«

Zehn. Elf. Zwölf.

»Wir übernehmen jetzt.« Eine unbekannte Stimme.

Einundzwanzig. Zweiundzwanzig.

»Shauna …«

Arme um mich herum, die mich zurückzogen, sanft, aber mit Nachdruck, die mich festhielten, als wir uns auf den Boden setzten. Zwei Männer, die neben Elsie standen. Eine Sauerstoffmaske.

Ich kämpfte verzweifelt darum, wieder zu ihr zu gelangen, aber Vincent war zu stark. »Granny! Granny!«, schrie ich.

Sie drückten. Sie zählten. Sie mühten sich ab, ehe einer den anderen anschaute. Ich verstand. Ich saß immer noch am Boden. Vincent hielt mich umschlungen. Ich drückte ihn weg, kroch zu ihr. Die Männer traten zur Seite, um mich vorbeizulassen.

Ich schlang meine Arme um Elsie und legte den Kopf auf ihre regungslose Brust.

»Bitte geh nicht«, flüsterte ich. »Bitte …«

Und dann weinte ich, bis keine Tränen mehr kamen.

30. Kapitel

2015 – Shauna

»Gute Nacht, meine Süße«, rief ich und hob die Decke an, um neben Beth ins Bett zu schlüpfen.

Sie kreischte, als ich ihr Gesicht mit Küssen bedeckte. Vermutlich verlängerte das ihre Einschlafzeit um mindestens eine halbe Stunde, aber es war mir egal. Ich hatte in letzter Zeit so wenig von ihr, dass jeder Augenblick zählte. Das würde ich mir von diesem verdammten Hirntumor nicht nehmen lassen. Er würde mir nicht die Freude an meinem kleinen Mädchen verderben.

Jammern füllt keine Kammern. Das war früher immer mein Leitspruch gewesen, wenn Jon und ich Probleme hatten. Es war lange bevor dieses wunderbare kleine Mädchen in unser Leben getreten war, aber es galt immer noch. Beth würde ihre Mum nicht anders erleben als gut gelaunt, lachend, lustig. Erschöpft, besorgt, gestresst, elendig konnte ich immer noch sein, wenn sie nicht in meiner Nähe war.

»Ich liebe dich bis zum Mond, zum Mars, um den Saturn herum, durch die Venus und wieder zurück«, erklärte sie feierlich.

Ihre Liste wurde immer länger, je mehr wir zusammen in dem Buch lasen, in dem ein kleiner Junge alle Planeten besuchte.

»Ich liebe dich auch bis zu all den Planeten und wieder zurück. Doppelt so viel.«

Sie kicherte und erntete dafür eine neue Kusssalve, bis ich ihr schließlich eine gute Nacht wünschte und in unser Schlafzimmer ging.

Jon hatte seinen Koffer offen auf dem Bett stehen und packte gerade Hemden, Schuhe und Toilettenartikel ein.

»Du kannst Beth jetzt gute Nacht sagen«, sagte ich zu ihm.

»Hm«, antwortete er und kramte gedankenverloren in einer Schublade.

»Suchst du was Bestimmtes?«

Er nickte. »Meinen schwarzen Gürtel. Er muss hier irgendwo sein.«

»Er liegt schon hier draußen, Schatz.« Ich zeigte auf das Kopfkissen. So etwas passierte ihm häufig. Sein Erinnerungsvermögen war durch seine Krankheit definitiv in Mitleidenschaft gezogen, ebenso seine Konzentrationsfähigkeit. Sein Sinn für Humor, Temperament, Kommunikation wurde wie in einem Boot von den Wellen hin und her geworfen, schaukelte mal hoch oben, schoss mal tief nach unten. Ich war nicht sicher, ob es sich hierbei um die Persönlichkeitsveränderungen handelte, von denen der Arzt gesprochen hatte, ob es ganz einfach nur der Stress war, mit der Prognose klarzukommen, oder ob es Erschöpfung als Folge des Hirntraumas war. Vielleicht war es auch etwas ganz anderes … Jon sagte nichts, nahm den Gürtel und warf ihn in den Koffer.

»Jon, bist du wirklich sicher, dass du das tun willst?«, fragte ich ihn mindestens zum zehnten Mal in dieser Woche. »Daniel meinte, er könnte es auch …«

»Ich will aber nicht, dass Daniel es für mich macht. *Ich* mache es.«

Bei der Reise nach Manchester ging es um einen neuen Kunden, einen, um den Jon vor seiner Erkrankung lange geworben hatte. Daniel hatte übernommen, aber der Vertrag war noch immer nicht unter Dach und Fach. Und Jon war nun fest entschlossen, ihn abzuschließen, auch wenn das eine anstrengende Zeit in Zügen und Taxen bedeutete. Um acht würde ihn ein Taxi abholen, damit er den Neun-Uhr-Zug am Bahnhof Euston bekam. In Manchester würde er dann direkt ins Hotel fahren, damit er ausgeschlafen war, wenn am kommenden Morgen der Termin mit dem Kunden anstand. Immerhin hatte er mir zugestimmt, als ich ihm geraten hatte, nicht alles an einem Tag zu machen. Das wäre viel zu anstrengend. Schon ein halber Tag im Büro war noch viel für ihn. Ich hatte Angst, dass er es übertrieb.

»Aber Jon ...«

»Shauna, hör endlich auf, mich so zu behandeln, als würde ich im Sterben liegen«, schnappte er. Ich zuckte zurück, als hätte er mich geschlagen. Mein Mund öffnete sich, aber es kamen keine Worte heraus. Jon atmete tief durch, die Hände in die Hüften gestemmt, den Kopf gesenkt. Es dauerte ein paar Sekunden, ehe er mich ansah. »Es tut mir leid«, sagte er.

Es klang zerknirscht, aber ich konnte nicht genau einschätzen, welche Emotionen wirklich im Spiel waren. Früher kannte ich jede seiner Gesten, jedes Gefühl, jede Reaktion. Heute nicht mehr.

»Ist schon gut, du bist einfach nur ein bisschen ...« Müde wollte ich eigentlich sagen, aber ich konnte den Satz nicht zu Ende bringen.

»Es ist *nicht* gut. Himmel, ich benehme mich manchmal so mies.«

Zwei Optionen – Wut oder Humor. Wie immer entschied ich mir für letztere.

»Ja, das tust du wirklich«, antwortete ich. »Gut, dass ich so tolerant bin.«

Jetzt lächelte er.

»Komm her zu mir.«

Ich kletterte aufs Bett und streckte die Arme nach ihm aus. Er schob den Koffer ans andere Ende, um Platz zu schaffen. Wortlos lagen wir nebeneinander auf dem Kopfkissen, die Gesichter nur Millimeter voneinander entfernt, die Beine ineinander verschlungen.

»Es tut mir leid«, sagte ich. »Es ist keine böse Absicht. Ich will dich wirklich nicht bemuttern.«

»Ich weiß.« Sein kurzer Wutanfall war wie weggeblasen. »Es ist meine Schuld. Ich bin einfach so … Ach, verdammt, ich hasse das alles, Shauna.«

»Das kann ich gut verstehen. Willst du mit mir darüber reden?«

»Was gibt es da zu reden? Es ist, wie es ist. Reden hilft auch nichts.«

In dem Moment, als ich gehofft hatte, Jon würde sich ein wenig öffnen, war die Tür auch schon wieder zugeschlagen. Ich hatte viel darüber gelesen, wie einschneidende Ereignisse Menschen zusammenschweißten, sie noch enger verband. Aber im Moment fühlte ich mich ihm überhaupt nicht mehr verbunden. Ich liebte ihn, mehr als ich in Worte fassen konnte, aber dieser Tumor hatte unsere Beziehung infiziert. Er fraß sie auf. Ich erreichte Jon einfach nicht mehr, ganz gleich, wie sehr ich es versuchte. Wir lachten weiterhin zusammen, umarmten uns, küssten uns, sagten uns zehnmal am Tag, dass wir uns liebten, aber es fühlte sich alles so oberflächlich an, so als würde es die Seele nicht durchdringen.

Ich wollte ihm so gern sagen, dass ich litt, wollte mich darüber beklagen, wie unfair das alles war, aber das würde ihn nur belasten, ihn wieder an das erinnern, was vor ihm lag. Ich konnte es nicht tun.

Optimismus. Lachen. Spaß. Das war alles, was er wollte. Dazwischen ein bisschen Verständnis und Aufmunterung. Ich wusste, dass ich es dabei belassen sollte, aber ich wurde immer verzweifelter. Wochenlang verhielt ich mich jetzt schon so, und ich fühlte … O Gott, der Wackerstein in meiner Brust war wieder da, drückte mir die Luft ab, setzte sich in mir fest, erstickte alles in mir. Ich musste etwas sagen. Jetzt. Ich gab mir alle Mühe, gefasst zu klingen.

»Ich weiß ja. Aber Jon, ich hab das Gefühl, dass wir uns verlieren. Ich kämpfe meinen Kampf und du deinen, aber wir machen das nicht zusammen, helfen uns nicht gegenseitig.« Ich hoffte, das, was ich sagte, ergab irgendeinen Sinn. Ich wusste, dass ich nur ganz wenig Zeit hatte, ehe mein Atem aufgebraucht war. »Ich vermisse dich so. Ich vermisse alles, was wir zusammen hatten, so, so sehr. Wir waren doch immer ein Team, und ausgerechnet jetzt, wo es so schwer ist wie noch nie, sprichst du nicht mit mir. Ich fühle mich so allein. Daran müssen wir unbedingt etwas ändern.« Ich sah, dass sich seine Miene verfinsterte.

»Ändern? Wie denn? Das ist doch genau der Punkt. Ich kann es nicht ändern, verdammt. Nichts daran.« Der Zorn war wieder da. Er kletterte vom Bett und warf seine restlichen Klamotten in den Koffer.

Ich bereute längst, etwas gesagt zu haben. Ich hätte den Mund halten sollen, weiter das machen, was ich gerade gemacht hatte, mich im Hintergrund halten, ihn in Ruhe lassen sollen.

»Jon, es tut mir leid, ich …«

Er hörte mir gar nicht zu.

»Du musst nicht dauernd die Heldin spielen«, giftete er. »Du musst nicht immer diejenige sein, die alles regelt, alles in Ordnung bringt, alle Probleme löst.«

Ich verstand nicht, was er meinte. »Was meinst du damit?«, fragte ich nach Luft ringend.

»Immer nur du. Als Daniel und ich das Unternehmen gegründet haben, warst du diejenige, deren Einkommen uns das ermöglicht hat. Wir konnten nicht schwanger werden, du hast so lange alles ausprobiert, bis es doch geklappt hat. Und jetzt? Glaubst du, ich wüsste nicht, welche Probleme meine Krankheit verursacht? Ich weiß selbst, wie schwierig unsere finanzielle Lage ist, aber du kümmerst dich, organisierst, reparierst und löst die Probleme, die ich verursache. *Ich*, Shauna!« Er brüllte jetzt richtig. »*Ich* verursache die Probleme, und ich weiß das. Ich kann nicht Auto fahren, also kann ich Beth nicht abholen. Ich kann nichts planen. Ich kann nicht mit dir ausgehen, weil du ständig arbeitest. Und es gibt nichts, verdammt noch mal gar nichts, was ich tun kann, außer zuzusehen, wie du dich um alles kümmerst und mein Versagen ausbügelst. Weißt du, wie schwer das für mich ist? Und du benimmst dich, als wäre das alles nur ein Spaß.«

Irgendwas in mir veränderte sich. »Ein Spaß? Schwer für dich? Willst du mich auf den Arm nehmen?« Blinde, heiße Wut, Monate unterdrückten Frustes und pure Trauer überrollten mich. »Ich könnte jede verdammte Minute laut schreien! Seit wir das mit dem Tumor erfahren haben, gab es nicht eine einzige Sekunde, in der ich nicht das Gefühl hatte, ein Messer im Magen zu haben, das sich langsam in meine Eingeweide bohrt und mich in Stücke reißt. Aber ich wusste immer, dass das keine Rolle spielte. Wichtig war nur weiterzumachen, durchzuhalten, dafür zu sorgen, dass du alles hast, was du brauchst. Ich wollte ein fröhliches Zuhause für dich und Beth schaffen und alles tun, um dir das Leben so erträglich wie möglich zu machen. Also habe ich gelächelt und funktioniert. Aber wag ja nicht, mir vorzuwerfen, ich hielte das alles nur für Spaß. Ich muss mich jeden einzelnen Tag zusammenreißen, um mir nicht die Seele aus dem Leib zu heulen. Ich spiele nicht die Heldin. Willst du die Wahrheit wissen, Jon?« Er antwortete nicht, sein Gesicht war weiß vor Zorn. »Die Wahrheit ist, dass du es nicht merkst. Du merkst nicht, dass du ständig Dinge von mir forderst und mir dann vorwirfst, wenn ich sie für dich tue. Du gehst ein vor lauter Selbstmitleid, so sehr, dass du gar nicht mitbekommst, wie kaputt du mich damit machst.«

»Und ob! Denn es betrifft mich, Shauna! Ich bin derjenige, der hier sitzt und die Tage zählt, die mir noch bleiben.«

Tränen stiegen mir in die Augen, ich stolperte aus dem Zimmer, weil ich Angst vor dem hatte, was ich sagen würde, wenn ich blieb. Schluss! Kein einziges Wort mehr!

Aber … hatte ich wirklich eine Wahl?

Ich war fast an Beth' Zimmer vorbei, als ich mich besann. Ich schaute kurz hinein. Hoffentlich hatte unser Geschrei sie nicht geängstigt. Meine Güte, wie hatte ich so die Beherrschung verlieren können?

Ich öffnete die Tür und sah, dass sie schlief, unruhig jedoch, ihr hübsches Gesicht überzog ein Stirnrunzeln. Im Nu war all mein Zorn verflogen, und ich verspürte nichts als reine, bodenlose Traurigkeit. Meine Beine gaben nach, und ich musste mich an der Wand abstützen. Mühsam schleppte ich mich zum Bett, zu meinem kleinen Mädchen. Ich schlüpfte wieder zu ihr unter die Decke, verbarg mein Gesicht in ihren blonden Locken und verharrte dort, bis ihr Haar von meinen Tränen durchnässt war, bis mich meine Liebe zu ihr getröstet hatte.

Ich hörte ein Auto draußen hupen, dann schlug eine Tür zu. Erst später, als es bereits dunkel war und totenstill, wurden meine Gedanken klarer, und ich begriff, dass Jon Beth nicht gute Nacht gesagt hatte.

An jedem anderen Abend wäre das kein Problem gewesen.

Aber heute Abend schmerzte es mich so sehr, dass ich kaum noch Luft bekam. Denn ganz tief in mir verstand ich plötzlich, was tatsächlich geschah. Er löste sich von uns. Ließ los.

Vielleicht war er schon gegangen.

31. Kapitel

2009 – Jon

Der Raum war gut gefüllt, dennoch war der Geräuschpegel gedämpft. Ab und zu ein leises Murmeln, ein unterdrückter Schluchzer, gelegentlich ein zaghaftes Lachen. Shauna sprach mit einer Gruppe älterer Damen, versuchte zu lächeln, aber selbst von hier aus konnte ich sehen, dass ihre Augen leer waren.

Daniel kam zu mir herüber. »Wie geht es ihr?«

»Ich weiß es nicht«, antwortete ich ehrlich. »Sie funktioniert irgendwie, sagt das Richtige, tut, was man von ihr erwartet, aber es ist irgendwie …«, ich suchte nach dem richtigen Ausdruck, »… roboterhaft. So als stünde sie immer noch unter Schock.«

Daniel nickte verständnisvoll. »Das tut sie sicher auch. Nach dem, was sie erlebt hat. Sie hat ja alles versucht und dann …«

Er sprach den Satz nicht zu Ende. Musste er auch nicht. Shauna hatte verzweifelt um Elsies Leben gekämpft, und im Nachhinein hatte man festgestellt, dass es völlig umsonst gewesen war. Ein schwerer Schlaganfall. Sie war sofort tot. Shauna hätte nichts mehr tun können, um sie zu retten.

»Ich weiß nicht, wie ich ihr helfen kann. Aber in so was bin ich auch sehr schlecht.«

Daniel schüttelte den Kopf. »Dann musst du es dringend lernen. Ich glaube, sie leidet sehr. Lulu hat sie erzählt, dass sie sich eine Welt ohne Elsie nicht vorstellen kann. Sie ist völlig verzweifelt.«

Ich seufzte. »Sie war der einzige Mensch, den Shauna hatte. Die beiden kannst du nicht mitzählen.«

Ich machte eine Kopfbewegung in die Richtung, wo sich

Shaunas Mutter mit Lulu unterhielt, während ihr Dad sich in einem angeregten Gespräch mit Rosie befand. Es war gut, dass die beiden Mädels sich so um Shauna kümmerten. Das taten sie immer. Mich entlastete das sehr.

Ich gab mir wirklich große Mühe, aber es gab eben Menschen, die wussten, wie man sich in solchen Situationen verhielt, und andere, die das nicht schafften. Egal, was ich tat, es war irgendwie falsch. Wenn ich versuchte, Shauna aufzumuntern, fuhr sie mich an. Wenn ich sie in Ruhe ließ, beklagte sie sich bitterlich, dass sie sich so allein fühlte. Ich wusste einfach nicht mehr, was ich tun sollte. Und wenn mir noch ein Einziger sagte, dass die Zeit alle Wunden heilte, wurde ich wahrscheinlich gewalttätig.

Ich sah, dass Shauna sich bei den älteren Damen entschuldigte. Sie entfernte sich und ging durch die schwere Eichentür ins Foyer des Golfclubs. Jeff hatte die Location für die Trauerfeier ausgesucht und sich über Shaunas Einwände einfach hinweggesetzt. Elsie hatte diesen Ort gehasst. »Dort wimmelt es von aufgeblasenen Möchtegerns und sich selbst überschätzenden Wichtigtuern. Typen wie du, mein Sohn«, hatte sie mal zu Jeff gesagt. Am Ende hatte sie zwar mit den Augen gezwinkert, um ihr Urteil etwas abzuschwächen, aber alle hatten genau gewusst, dass sie jedes Wort so gemeint hatte. In der ganzen Zeit, in der ich Elsie gekannt hatte, hatte sie nie einen Hehl aus etwas gemacht, war der Wahrheit nie ausgewichen oder hatte sich vor etwas gedrückt. Shauna war ihr da sehr ähnlich.

»Bin sofort wieder da«, sagte ich zu Daniel und lief hinter Shauna her.

Im Foyer schaute ich erst zur Rezeption und dann den Korridor entlang, der zu einer Bar führte. Shauna war nirgends zu sehen.

Ich durchquerte den Empfangsbereich und lief weiter in Richtung einer zweiflügeligen Tür aus kostbarem Mahagoni, wie es sich für so ein altes, ehrwürdiges Haus gehörte. Ich öffnete einen

Flügel und trat hinaus. Das grüne Gras des Putting Greens lag direkt vor mir. Ich war schon häufiger hier gewesen, zu einer Golfrunde mit meinem Schwiegervater. Verrückterweise war er ein großartiger Gesprächspartner, obwohl er so ein schlechter Vater war. Voller skurriler Geschichten und lustiger Anekdoten. Höflich und charmant, sobald Frauen in der Nähe waren. Ich wurde aus dem Mann einfach nicht schlau. Witziger Typ, mieser Vater, sagte Shauna immer, und sie hatte absolut recht.

Ich wollte gerade wieder hineingehen, als mein Blick auf die lange Bank fiel, auf der die Golfer immer saßen, um sich auf den Abschlag am ersten Loch vorzubereiten. Zwei Personen saßen dort, mit dem Rücken zu mir. Ich brauchte ihre Gesichter nicht zu sehen, um sofort zu wissen, wer es war.

Shauna. Und Vincent.

Ich musste zugeben, der Typ hatte sich wirklich großartig verhalten. Er hatte mir erzählt, was an dem Abend geschehen war, und ich war so dankbar, dass er bei Shauna gewesen war, dass sie das nicht allein hatte durchstehen müssen. Seither rief er regelmäßig an, kam vorbei, war für sie da, kümmerte sich um sie. Natürlich war mir völlig klar, dass das eigentlich meine Aufgabe war, aber Vincent machte das so viel besser als ich.

Wie jetzt.

Ich sah, dass Shaunas Schultern bebten, sicher weinte sie. Vincent legte den Arm um sie, und ihr Kopf sank an seine Schulter. Das war alles. Kein Gerede, kein Drama, einfach nur stiller Trost.

Ich überlegte, kurz zu ihnen zu gehen, aber was hätte das gebracht? Shauna hatte offensichtlich alles, was sie brauchte, und Vincent machte einen guten Job. Wie gesagt, er konnte das viel besser als ich.

Schließlich kannte ich meine Grenzen, wusste, wenn ich in etwas nicht gut war. Und der Umgang mit dem Tod eines geliebten Menschen gehörte definitiv dazu. Mit dem Tod kam ich nicht klar. Eine schmerzhafte Erinnerung versuchte sich Raum in mir zu verschaffen, ich verdrängte sie sofort. Das würde ich nicht zulassen. Ich war kein Mensch, der ständig in der Vergangenheit wühlte, sich selbst verletzte. Nein. Niemals. Nie im Leben.

Also zog ich mich zurück, ging wieder durch die Tür hinein, dankbar, dass Vincent meinen Part übernahm.

32. Kapitel

2015 – Jon

Der Taxifahrer redete wie ein Wahnsinniger auf mich ein, aber ich hatte nicht die leiseste Ahnung, was er sagte. Noch ehe mein Hintern die Ledersitze berührt hatte, hatte ich mich mental weggebeamt. Ich war heilfroh, dass er ein bisschen zu früh gekommen war und mich da rausgeholt hatte.

Verflucht! Was war denn das gerade gewesen? In der einen Minute hatte ich noch friedlich vor mich hin gepackt, und in der nächsten hatten wir uns plötzlich angebrüllt und beschimpft, und ich hatte gesagt …

Ich konnte mich nicht mal mehr erinnern, was ich gesagt hatte, ich wusste lediglich, dass es Shauna verletzt hatte. Das hatte ich an ihrem Gesicht gesehen, an der Art, wie sie zurückgezuckt war. Abneigung. Das war es, was ich gesehen hatte. Vielleicht auch Mitleid. Was immer es war, ich konnte damit nicht umgehen, also war ich geflüchtet. Gut, dass ich jetzt erst einmal eine Nacht weg war und nicht mit ansehen musste, wie sie durch die Gegend lief und so tat, als wäre alles in bester Ordnung. Dabei wünschte sie mich in Wahrheit ans Ende der Welt. Und ich sie eigentlich auch.

Wie aufs Stichwort vibrierte mein Handy. Eine SMS. Ich war versucht, sie einfach zu ignorieren. Ich hatte keine Lust, diese Auseinandersetzung mit Shauna fortzusetzen. Ich wollte einfach wieder ganz normal sein. Jon. Nicht der Ehemann mit dem Hirntumor. Oder der Typ, der nicht mehr arbeitete und davon abhängig war, dass seine Frau die Rechnungen bezahlte. Einfach nur ich.

Schließlich schaute ich doch nach. Die Nachricht kam nicht von Shauna, sondern von Jess.

Hi, Jon, kannst du die Jungs am Wochenende nehmen? Sorry, dass das so kurzfristig ist, aber ich hab ziemlichen Stress und wäre dir sehr dankbar.

Ich musste es zweimal lesen. In all den Jahren, die wir nun getrennt waren, hatte Jess mich genau dreimal um Hilfe gebeten. Jedes Mal war sie krank gewesen. Einmal Grippe, einmal ein gebrochenes Bein, nachdem sie mit Joes Rad gestürzt war, das dritte Mal hatte sie mit einer Blinddarmentzündung im Krankenhaus gelegen.

Ich schaute auf meine Armbanduhr. Ich hatte das Taxi viel zu früh bestellt, falls es unterwegs Verkehrsstaus gab, und der Fahrer war eine weitere Viertelstunde eher gekommen. Wir kamen zügig durch, daher war ich weit vor dem Zeitplan. Es gab zwei Möglichkeiten: mindestens eine halbe Stunde in Euston am Bahnhof rumzusitzen, bis der Zug kam, oder einen kleinen Umweg bei Jess vorbei zu machen, um zu sehen, was los war, und den Jungs kurz Hallo zu sagen. Keine Frage. Ich würde alles tun, um den üblen Nachgeschmack des Streits mit Shauna loszuwerden.

»Kleine Planänderung«, erklärte ich dem Taxifahrer und nannte ihm Jess' Adresse am Regent's Park. Es lag praktisch auf meinem Weg. Ich schickte das Taxi fort, als wir vor der Tür angekommen waren. Bestimmt konnte mich Jess oder Steve gleich das kurze Stück bis Euston fahren.

Jess öffnete die Tür, und ich sah sofort, dass ich recht hatte. Sie war krank. Ihre Augen waren geschwollen und ganz rot. Ihre Haut war blass, und ihr Haar, das normalerweise ganz glatt und glänzend war, hatte sie zu einem wirren Knoten zusammengesteckt. Sie erinnerte mich sofort an die Jess von früher, damals, als wir uns gerade kennengelernt hatten: keine zwanzig, ohne Make-up, das Haar verstrubbelt, immer gut gelaunt. Das war lange her.

Ehe wir heirateten, die Zwillinge bekamen, und ehe wir … alles verloren.

»Jon, was machst du denn hier?« Ihre Stimme klang belegt. Sie musste krank sein.

»Also, ehrlich gesagt bin ich gerade quasi an deiner Haustür vorbeigekommen, als deine SMS kam. Da dachte ich, ich komme kurz vorbei, schaue, wie es dir geht und sage den Jungs Hallo.«

»Sie sind nicht hier«, antwortete sie so leise, dass ich sie kaum verstehen konnte.

Damit hatte ich nicht gerechnet. Typisch. Da entschied ich mich mal, spontan zu sein und mich um meine Familie zu kümmern, und dann so was! Das Leben war echt einfacher, wenn man auf seinem vertrauten Terrain blieb.

Wir fühlten uns beide ein bisschen unbehaglich. »Okay, dann gehe ich wohl besser wieder und …«

Ich war nicht sicher, was ich sagen sollte. Ich stand vor ihrer Haustür mit meiner Reisetasche und hatte keinen Plan. Vielleicht konnte ich einfach das nächste Taxi anhalten. Irgendwann würde sicher eins vorbeikommen.

»Möchtest du reinkommen?«

Oder ich konnte einfach reingehen, einen Tee trinken und mich später von Steve zum Bahnhof fahren lassen.

»Okay«, antwortete ich.

Ich folgte ihr in die Küche. Sie schaltete den Wasserkocher ein und nahm zwei Tassen aus dem Schrank.

»Also, seit wann hast du das?«

»Seit wann hab ich was?«

Sie sah mich verständnislos an und häufte Tee in ein Sieb. Zu spät fiel mir ein, wie stark ihr Tee immer war. Ich hätte besser etwas Kaltes genommen.

»Die Grippe? Seit wann bist du so krank?«

Sie dachte einen Moment nach und begann dann zu lachen.

Es war ein seltsames Lachen, eines, das an Hysterie grenzte und sicher gleich mit Tränen enden würde – Tränen, wie die, die ihr gerade über das Gesicht strömten.

»Gott, Jon, du bist echt hoffnungslos.«

»Wieso? Was hab ich falsch gemacht?«

Sie fasste sich lange genug, um den Tee aufgießen zu können, uns einzuschenken und mir eine Tasse zu reichen. Ich stellte sie vor mir auf den Tisch. Ich würde noch einen Moment warten, ehe ich mich da ranwagte.

»Ich bin nicht krank. Meine Woche war nur ziemlich hart. Heute hat es mir dann den Rest gegeben, und ich habe den halben Tag mit Heulen verbracht. Aber du weißt ja, wie nah ich am Wasser gebaut habe.«

Das stimmte. Es war der größte Unterschied zwischen Jess und Shauna. Jess weinte wegen der kleinsten Kleinigkeit, während Shauna nur unter extremen Bedingungen mal eine Träne vergoss. Genau genommen konnte ich mich nur an ein einziges Mal erinnern – die Zeit, als Elsie gestorben war. Ich war erst nicht sicher gewesen, ob sie je darüber hinwegkommen würde, aber natürlich war auch diese Wunde irgendwann verheilt. Allerdings gehörten ihre rot umrandeten Augen erst seit Beth' Geburt endgültig der Vergangenheit an.

»Wie geht's den Jungs?«, fragte ich. Jess' Kummer würde doch hoffentlich nichts mit ihnen zu tun haben.

»Gut«, antwortete sie und setzte sich neben mich an die Frühstücksbar. »Ich habe sie für ein paar Tage zu meiner Mutter gebracht.«

»Du hättest sie doch auch zu mir bringen können.«

»Ich weiß. Aber ich dachte, Shauna hat im Moment schon genug um die Ohren. Ich wollte ihr nicht noch mehr zumuten.«

Ich war erstaunt. Wieso sollte Shauna etwas dagegen haben, wenn die Zwillinge bei uns waren? Natürlich nicht.

»Was ist denn mit dir los?«

»Steve und ich haben uns getrennt«, antwortete sie, und schon wieder liefen ihr die Tränen über das Gesicht. Sie wischte sie mit dem Ärmel ihres grauen Sweatshirts fort. »Es tut mir leid, Jon. Ich weiß nicht mal, warum ich so heule. Schließlich ist das weder etwas Neues noch etwas, das ich nicht wollte.«

Auf einmal fielen viele kleine Puzzleteilchen an ihren Platz. Das letzte Mal, als ich hier gewesen war … sein merkwürdiges Verhalten … der Sonntag im Büro.

»Hat er eine andere?«, fragte ich leise.

Sie nickte. »Ja. Er behauptet, es hätte erst nach unserer Trennung angefangen, aber ich glaube ihm nicht. Andererseits spielt es auch keine Rolle.«

»Natürlich spielt es eine Rolle!«

Sie schüttelte bedrückt den Kopf. »Nein. Und ehrlich gesagt könnte ich es ihm nicht mal verübeln. Ich war diejenige, die Schluss gemacht hat.«

Das überraschte mich. Ich trank einen Schluck Tee. Er war tatsächlich irrsinnig stark. »Hast du vielleicht was anderes für mich? Ein Bier?«

»Ich hab eine Flasche Tequila im Kühlschrank.«

»Auch gut.« Ich würde die Zugfahrt nach Manchester im Alkoholnebel verbringen, das war vielleicht gar nicht so schlecht. Ich wartete, bis Jess zwei Gläser gefüllt hatte, dann leerten wir sie in einem Zug. Mein Mund brannte höllisch, aber es war immer noch besser als ihr Tee. »Also, warum?«, fragte ich, als sich mein Hals wieder einigermaßen beruhigt hatte.

»Warum was?«

»Warum hast du Schluss gemacht?«

Jess zuckte mit den Schultern. »Ich liebe ihn nicht mehr. Ich bin nicht mal sicher, ob ich es je getan habe. Nein, das stimmt nicht. Am Anfang vielleicht …«

»Aber du bist seit Jahren mit ihm zusammen. Warum bist du bei ihm geblieben, wenn du ihn nicht geliebt hast?« Ich versuchte nachzurechnen, wie lange ihre Beziehung gedauert hatte. Ich konnte mich nicht genau erinnern, aber es war definitiv ziemlich lange.

»Weil es keinen Grund gab, ihn zu verlassen. Er hat mich geliebt, er war supernett zu den Jungs, wir hatten ein schönes Leben. Wir waren glücklich.«

Verständlich. Es bestätigte allerdings meine feste Überzeugung, dass es emotionale Situationen gab, die mir für immer unergründlich waren. Ich kippte noch einen Tequila hinunter. Der Alkohol ging direkt an meine Nervenenden und zwang sie aus der Fötusposition, die sie seit dem Streit mit Shauna eingenommen hatten. Ich bewegte den Kopf langsam von einer Seite zur anderen und genoss das warme Gefühl, das mich durchlief, als sich meine Muskeln entspannten.

»Was hat sich also verändert?«

»Du hast dich verändert«, antwortete sie und sah mich an.

Um das zu verarbeiten, brauchte ich unbedingt noch einen Drink.

»Ich? Wie meinst du das?«

O Gott, was hatte ich getan? Hatte ich etwas gesagt? Einen Streit verursacht? Wenn das so war, war es bestimmt keine Absicht gewesen. Herrje, wie sollte ich das den Kindern erklären?

»Du bist krank geworden«, antwortete sie leise. »Und da wurde mir klar, wie schnell und unerwartet alles zu Ende sein kann. Und ich bin zu dem Schluss gekommen …« Noch einen Drink. »Ich kam zu dem Schluss, dass ich es irgendwann bereuen würde, ein Leben zu leben, ohne je wieder die Liebe zu spüren, die es zwischen dir und mir gab.«

Eine einzelne Träne rollte ihre Wange hinunter, und dieses Mal war ich derjenige, der sie wegwischte. Höchste Zeit zu gehen. Ich würde meinen Zug verpassen, wenn ich jetzt nicht ein Taxi rief und verschwand.

»Das war eine ganz andere Zeit, Jess. Wir waren jung. Unbeschwert. Sorglos. Das war, bevor das wirkliche Leben kam und uns überrannte.«

»Ich weiß.« Sie zuckte mit den Schultern, sichtlich verlegen. »Trotzdem hoffe ich, dass die Liebe irgendwo da draußen ist und ich sie noch einmal wiederfinde. Was hätte das alles sonst für einen Sinn?«

Ich wusste keine Antwort. Sie wollte etwas wiederhaben, was längst nicht mehr da war, aber ich verstand sie nur zu gut. Wie oft hatte ich mir seit dem Tag, als ich im Sprechzimmer dieses Chirurgen gesessen und er das Wort »Hirntumor« ausgesprochen hatte, gewünscht, noch einmal von vorn beginnen zu können, das Beste erneut zu erleben? Unzählige Male. Es musste am Tequila liegen, denn plötzlich brannten meine Augen, meine Kehle war ganz eng, und in meinem Körper tobte ein schrecklicher Schmerz.

»O Gott, Jon, es tut mir leid.«

»Was?«

Sie antwortete nicht. Sie lehnte sich einfach nur an mich und strich mir über die Wange. In diesem Moment merkte ich, dass mein Gesicht feucht war, ich schmeckte Salz auf den Lippen und realisierte, dass es meine Tränen waren.

Jetzt trocknete Jess meine Augen. Sie hielt mich fest, als meine Schultern bebten, massierte sanft meinen Nacken und ... unsere Lippen berührten sich, wir küssten uns, unsere Tränen mischten sich miteinander, und ihre und meine Verzweiflung wurden eins.

Der Zug fuhr ohne mich nach Manchester.

33. Kapitel

2009 – Shauna

Jon beugte sich zu mir herüber und küsste mich. »Also, meine Süße, bis in ein paar Tagen. Es sei denn, du kriegst bis dahin ein besseres Angebot und verlässt mich für einen Attraktiveren.«

»Das wird niemals passieren«, widersprach ich. »Höchstens dann, wenn er mehr Geld hat …« Lachend öffnete er die Wagentür, stieg aus und nahm seine Tasche vom Rücksitz. Dann streckte er noch einmal den Kopf ins Wageninnere.

»Bist du ganz sicher, dass du allein zurechtkommst?«, fragte er, und dieses Mal klang es ernst. Besorgt.

Was sollte ich antworten? Nein, bin ich nicht? Ich verrecke innerlich vor Schmerz? Manchmal tut der Gedanke, Elsie für immer verloren zu haben, so weh, dass ich das Gefühl habe, mein Herz bleibt stehen? Und manchmal wünsche ich mir, dass genau das passiert, weil es eine Gnade für mich wäre?

Aber das wollte er alles nicht hören. Er war ja schließlich Jon. Er wollte Normalität. »Alles bestens. Und jetzt geh endlich!«

Er warf mir noch einen Kuss zu, warf seine Tasche über die Schulter und verschwand in Richtung Richmond Station. Es war der Start einer Reise, die mit zwei Tagen Motivationstraining für ein IT-Unternehmen in Brighton enden würde. Was für eine Ironie! Jon, der Mann, der ein unbeschwertes, lockeres Leben liebte, der den einfachen Weg bevorzugte und fest daran glaubte, dass am Ende immer alles gut würde, brachte anderen Menschen Motivationstechniken bei.

Ich fuhr weiter, schweren Herzens, aber zugleich erleichtert, dass ich nun endlich kein fröhliches Gesicht mehr aufsetzen musste. Die Autofahrten ganz allein waren für mich zu kostbaren Momenten der Erholung geworden, die einzige Zeit, in der ich meinen Gefühlen freien Lauf lassen konnte. Manchmal überkam es mich, und ich fuhr an den Straßenrand, sank in meinem Sitz zusammen und schluchzte mir die Seele aus dem Leib.

Heute fuhr ich jedoch immer weiter – dem Unvermeidlichen entgegen. Vincent hatte darauf gedrängt, den Job allein zu erledigen, aber das kam für mich überhaupt nicht infrage. Es war ein Lunch zum achtzigsten Geburtstag einer ganz süßen Lady, für die ich früher schon mal gearbeitet hatte. Als ich den Auftrag einige Monate zuvor angenommen hatte, war mir die Gemeinsamkeit gleich aufgefallen.

»Am 19. Mai!«, hatte ich gerufen. »An dem Tag hat meine Großmutter auch Geburtstag! Sie wird dieses Jahr …«, ich rechnete kurz nach, »… fünfundsiebzig!«

»Na, dann ist sie ja noch blutjung«, hatte Penelope lachend geantwortet.

Jetzt lachte niemand mehr. Penelope hatte die Achtzig erreicht, Elsie war das nicht vergönnt. Ich spürte, wie mein Herz schon wieder zu rasen begann. Meine Hände wurden feucht. Ich konnte das nicht, ich schaffte es einfach nicht.

Ich wollte Vincent gerade anrufen, ihm sagen, dass ich doch nicht kommen würde, da hallte Elsies Stimme mir plötzlich durch den Kopf. *Du musst weiterkämpfen, mein Kind. Niemand macht das für dich. Beiß dich durch. Du bist stark, Shauna. Du schaffst das. Wenn es jemand schafft, dann du!*

Mein Leben lang hatte sie mir solche oder ähnliche Dinge gesagt, und ich hatte jedes Mal die Zähne zusammengebissen. Durchhalten. Die Parole war in meine DNA eingeimpft, es war das Elsie-Gen.

Ich legte das Handy wieder aus der Hand und fuhr weiter zu Penelope. Ich lud das Essen aus, servierte es, räumte ab, wünschte ihr noch einen schönen Geburtstag, umarmte sie zum Abschied und verließ sie mit überschwänglichen Dankbarkeitsbekundungen im Ohr. Vincents fragende Blicke hatte ich die ganze Zeit einfach ignoriert, seine besorgten Fragen mit einem lässigen »Alles gut« abgetan. Ich hatte die Gäste angelächelt, mich über den Zusammenhalt in Penelopes netter Familie gefreut, die Augen fest zusammengekniffen, als sie auf einmal feucht wurden, und weitergemacht. Elsie war stets bei mir, ermunterte mich, gab mir Sicherheit, wieder und wieder. *Du musst weiterkämpfen, mein Kind. Niemand macht das für dich. Beiß dich durch. Du bist stark, Shauna. Du schaffst das. Wenn es jemand schafft, dann du!*

Also machte ich genau das. Ich machte weiter. Und ich hielt durch, bis ich endlich das Haus verlassen konnte. Draußen vor der Tür belud Vincent den Van.

»Du hast dich tapfer gehalten«, sagte er, und wir wussten beide, wie er das meinte. Wenn er jetzt noch ein weiteres Wort gesagt hätte, wäre ich auf der Stelle zusammengebrochen.

»Danke. Du auch.« Locker. Lässig.

»Bist du sicher, dass du nicht doch mit zu mir kommen willst? Ich habe den ganzen Abend nichts vor außer einen schönen Film anzuschauen, was Leckeres zu essen und gemütlich in Boxershorts auf der Couch zu liegen. Wenn du mitkommst, bleib ich natürlich angezogen.«

»Danke. Das klingt wirklich verlockend, aber ich fahre lieber nach Hause und chille dort.«

»Ganz sicher?« Er wirkte beunruhigt.

»Absolut. Bis morgen dann.«

Ich stieg in mein Auto und fuhr los. Als Vincent um die Kurve verschwunden war, hielt ich an, rang nach Luft und ließ mich von meiner Trauer überwältigen. Sie wütete in meinem Innern, zerstörte mich Stück für Stück, bis ich nur noch Haut und Knochen war, und mir Herz und Seele aus dem Körper gerissen waren.

Ich blieb auch dann noch so sitzen, als das Schluchzen endlich aufhörte. Ich war unfähig, mich zu bewegen. Aufgelöst. Vier Uhr zeigte die Uhr auf dem Armaturenbrett an. Fünf Uhr. Sechs Uhr. Ich saß immer noch da. Stumm. Taub. Regungslos.

Irgendwann, ich wusste selbst nicht, wie das geschah, ging der Motor an, und das Auto bewegte sich. Keine Ahnung, woher es wusste, wohin es fahren sollte. Ich tat nichts. Traf keine Entscheidungen. Beherrschte nichts. Es passierte einfach nur. Das Auto fuhr, bis es sein Ziel erreicht hatte. Wie in Trance stieg ich aus, ging zur Tür, klingelte. Die Tür öffnete sich.

Er sagte kein einziges Wort.

Vincent streckte die Arme aus, und ich ließ mich einfach nur hineinfallen.

34. Kapitel

2015 – Shauna

Es war dunkel, als ich wach wurde, und einen Moment lang verstand ich nicht, wieso ich warmen Atem im Nacken und weiches Haar an der Wange spürte. Beth. Noch bevor ich merkte, dass mein Schädel pochte, wie er immer pochte, wenn ich weinend eingeschlafen war, lag ein Lächeln auf meinen Lippen.

Dann erinnerte ich mich wieder. Jon. Unser Streit. Die Dinge, die er gesagt hatte. Die Dinge, die ich gesagt hatte. Mein Magen drehte sich. Wie hatte das passieren können? Wie waren wir beim Kofferpacken in so einen Streit geraten, dass wir uns am Ende nur noch angeschrien hatten? Nur noch böse waren und uns die schlimmsten Dinge gesagt hatten.

Ich wusste, dass er sie nicht so meinte. Ich auch nicht. Aber jetzt war er fort.

Ich richtete mich auf und zupfte die Decke zurecht, damit Beth es schön warm hatte. Dann schlich ich leise aus dem Zimmer.

Im Haus war es dunkel. Ich schaltete das Licht an und suchte nach meinem Handy, schaute auf das Display. Ein paar neue Nachrichten – eine von Lulu, eine von Rosie, eine von Joe. Ich überflog sie rasch und checkte die Uhrzeit – es war bereits nach Mitternacht. Kein Anruf von Jon, keine Nachricht, nichts. Der Frust war sofort wieder da, aber ich schob ihn rasch fort. Wie könnte ich verurteilen, was er tat? Wie hatte sich ein Sterbender zu verhalten? Dazu gab es kein Handbuch, kein Regelwerk, keinen Ratgeber. Gut, er hatte mich böse beschimpft, aber das kam in vielen Situationen vor – Menschen, die sich verletzt fühlten, ließen das häufig an ihren Liebsten aus. Wie hatte ich reagiert? Indem ich zurückgeschlagen hatte, ihm einen Haufen unwichtiges, egoistisches Zeug vor die Füße geworfen hatte. Natürlich hatte ich in allen Punkten recht gehabt. Aber ich hätte klug genug sein müssen, mich besonnener zu verhalten. Gott, war ich ein Idiot!

Ich wählte seine Nummer, ohne auch nur zu überlegen, was ich sagen würde, außer dass es mit »Entschuldigung« beginnen würde. Keine Antwort. Ich ließ es klingeln, bis die Mailbox ansprang. Vielleicht hatte er das Handy stumm gestellt. Ja, das würde es sein. Er wollte seine Mitreisenden nicht stören. Ich rechnete kurz nach. Das Hotel lag ungefähr fünf Minuten vom Bahnhof entfernt, also musste er schon eingecheckt haben.

Ich durchsuchte meine E-Mails nach der Buchungsbestätigung und wählte die Nummer. Ich kam sofort durch und bat darum, mit Jons Apparat auf dem Zimmer verbunden zu werden.

Am anderen Ende hörte ich das Klackern von Fingernägeln auf eine Tastatur. »Es tut mir leid, aber Mr. O'Flynn hat noch nicht eingecheckt.«

»Bestimmt nicht? Er müsste eigentlich seit ungefähr einer halben Stunde bei Ihnen im Hotel sein.«

»Ganz sicher. Ich bin seit zehn Uhr hier, er ist definitiv nicht hier angekommen.«

»Okay, danke.« Ich unterbrach die Verbindung. Ein unbehagliches Gefühl kroch in mir hoch. Ich ermahnte mich. Gerate nicht gleich in Panik. Der Zug hat sicher Verspätung. Klar, das würde es sein.

Ich nahm wieder mein Handy und überprüfte im Internet die Ankunftszeiten der Züge am Bahnhof von Manchester. Der Neun-Uhr-Zug war pünktlich gewesen.

Das Unbehagen verstärkte sich, ich wurde immer besorgter. Wieder wählte ich seine Handynummer – immer noch niemand.

Ich hatte gleich gewusst, dass das keine gute Idee gewesen war. Warum hatte ich ihn nur fahren lassen? Er könnte einen Zusammenbruch gehabt haben, vielleicht einen Schlaganfall – der Arzt hatte doch gesagt, dass Schlaganfälle vorkommen konnten. Vielleicht war er auch so erschöpft gewesen, dass er tief und fest eingeschlafen war und jetzt in einem abgestellten Zug am verlassenen Bahnhof von Manchester lag.

Meine Panik erreichte ein Höchstmaß. Was sollte ich nur tun? Die Polizei konnte ich nicht anrufen. Sie würden mich auslachen, wenn ich ihnen erzählte, dass ich ihn seit einer Stunde vermisste. Ich wählte noch einmal die Nummer des Hotels und erkannte die Stimme sofort wieder.

»Entschuldigen Sie bitte, ich bin es noch einmal. Hat mein Mann inzwischen eingecheckt?«

»Nein, leider nicht.« In ihrer Stimme lag Mitleid.

Mein Herz raste jetzt, meine Beine zitterten. Was sollte ich machen? Ich hatte nichts. Keinen Hinweis. Wen sollte ich als Nächstes anrufen?

Ich beschloss, der einzigen Person, von der ich wusste, dass sie wach war, eine SMS zu schicken.

Bist du noch wach? Senden.

Lulu antwortete unverzüglich. *Yep. Alles ok?*

Nein. Ich weiß nicht, wo Jon ist. Vielleicht überreagiere ich. Rufe nochmal im Hotel an. Du brauchst auf keinen Fall herzukommen. Senden.

»Ich bin schon da.« Das war Lulus Stimme. Sie stand hinter mir, in Boxershorts und einem Männerhemd, an den Füßen Sneakers, die ihr ein paar Nummern zu groß waren. »Sorry, entweder das oder das Paillettenkleid, das ich anhatte, als ich vor zwei Stunden in eure Garage gekommen bin.«

Ich sah sie fassungslos an. »Du verbringst die Nacht mit Daniel?«

»Ja. Stell dir vor, ich hab ihn heute Abend zufällig in einer Bar getroffen. Ich gebe zu, es ist ein bisschen merkwürdig, einen One-Night-Stand mit dem eigenen Ehemann zu haben.«

»Wieso geht ihr denn nicht in euer Haus?«

»Keine Ahnung.« Sie zuckte die Schultern. »Eures war näher, und wir hatten es ziemlich eilig, weil wir …«

»Stopp! Bitte erspar mir die Einzelheiten!«

»Entschuldige. Was ist denn passiert?«

Meine Panik, die kurzzeitig der Überraschung über Lulus Anwesenheit gewichen war, kam zurück. »Jons Zug muss um kurz nach elf in Manchester angekommen sein. Bis zum Hotel ist es ein Fußmarsch von fünf Minuten, aber er ist dort immer noch nicht angekommen.«

»Vielleicht hatte der Zug Verspätung«, gab sie zu bedenken.

»Nein, das habe ich schon überprüft. Der Zug war pünktlich. Er geht auch nicht an sein Handy. Und er hat nicht eingecheckt. Was ist, wenn ihm etwas passiert ist, Lulu?« Meine Stimme überschlug sich fast. »Wir haben uns heute Abend fürchterlich gestritten. So schlimm wie noch nie. Er ist aus dem Haus gestürmt und … Wo steckt er nur, Lulu? Ich muss ihn unbedingt finden. Ich muss ihm sagen, dass es mir leidtut, dass ich …« Ich hielt inne. Mir fiel etwas ein. »Das war das allererste Mal, dass ich ihm nicht gesagt habe, dass ich ihn liebe, als er fortging.«

»Schschsch«, murmelte Lulu mit ungewöhnlich sanfter Stimme und nahm mich in die Arme. »Wir finden ihn, mach dir keine Sorgen. Es wird eine ganz simple Erklärung geben, und wir werden anschließend darüber lachen, glaub mir. Alles wird gut. Ich verspreche es.«

Der Teil meines Verstandes, der für das logische Denken zuständig war, sagte mir, dass diese Sicherheit auf keinerlei Fakten oder Wissen beruhte, aber die Synapsen, die die Verzweiflung kontrollierten, klammerten sich sofort daran. Alles würde gut werden.

»Okay, dann schalte mal deinen Laptop für mich ein. Und ruf noch einmal im Hotel an.« Ich tat beides. Er war immer noch nicht aufgetaucht. Als der Bildschirm meines MacBook aufflackerte, schaute ich zu, wie Lulu noch einmal die Ankunftszeit des Zuges kontrollierte. »Er war tatsächlich pünktlich«, bestätigte sie das, was ich bereits wusste. Sie öffnete noch ein paar weitere Seiten, zum Schluss überflog sie die aktuellen Berichte der Polizei von Manchester. Keine besonderen Vorkommnisse. Sie lehnte sich kurz zurück und dachte nach. »Kennst du das Passwort von Jons iTunes-Konto?«, fragte sie schließlich.

»Lulu, ich will jetzt keine Musik hören. Ich will Jon finden.«

»Es geht mir nicht um Musik«, erwiderte sie. Ihre Finger glitten über die Tastatur, der Curser fuhr zur Suchleiste, wo sie icloud.com eintippte. Das Anmeldefeld öffnete sich, und sie gab Jons E-Mail-Adresse ein. Dann sah sie mich an. »Also. Wie heißt sein Passwort?«

Es fühlte sich so falsch an. Wir drangen in seine Privatsphäre ein. Überschritten eine Grenze. Aber ich wäre fast umgekommen vor Angst, er könnte irgendwo liegen, verletzt oder krank, und es gab keine Grenze, die ich nicht übertreten würde, um ihn zu finden.

»Beth2005«, antwortete ich. Unsere Tochter und unser Kennenlernjahr.

»Okay, wir sind drin.« Sie fuhr über die Icons und klickte ein grünes Rechteck mit der Beschriftung FIND MY IPHONE an.«

Ich sah sie erstaunt an. »Woher kannst du so was?«

»Ich bin eine untreue und eine misstrauische Ehefrau. Du glaubst gar nicht, was man da im Laufe der Jahre alles lernt. Daniel kann keinen Pups lassen, ohne dass ich davon erfahre.«

Auf dem Bildschirm erschien eine Karte, der Fokus zoomte auf einen Punkt in der Mitte. Ich versuchte zu verstehen, was ich da sah.

»Verkleiner mal den Maßstab«, forderte ich Lulu auf, und sie gehorchte. London. Er war noch in London? Wie konnte das denn sein? O Gott, hatte er es nicht mal bis in den Zug geschafft? War er vielleicht schon auf dem Weg zum Bahnhof vor lauter Aufregung über unseren Streit zusammengebrochen? Lag er vielleicht nur wenige Minuten entfernt von hier in einem Krankenhaus? Lulu zoomte wieder heran, und dieses Mal registrierte ich die Straße, auf der sich der Punkt befand. Es war die, die um den Regent's Park herumführte. »Moment mal, das kann doch nicht sein …«

»Es ist aber so.«

Lulu schaltete auf Street View, und tatsächlich, da waren die wunderbaren, im Halbkreis angeordneten Häuser, in denen Jons Exfrau mit ihren Kindern wohnte.

»Er ist bei Jess?« Ich hatte Mühe, die Information zu verarbeiten.

Lulu war genauso erstaunt wie ich, aber wesentlich pragmatischer. »Sicher ist er zu den Kindern gefahren. Vielleicht hat es ein Problem gegeben. Oder eins von ihnen ist krank geworden.«

»Es geht ihnen aber gut.« Meine Stimme klang ganz fremd. Das war nicht ich, die da redete.

»Woher weißt du das?«

Ich schaltete mein Handy an und öffnete die Nachricht, die ich von Joe bekommen hatte. *Hi Shauna. Kannst du Dad sagen, dass wir heute Nacht bei Granny schlafen? Wenn er Lust hat, Poolbillard zu spielen, kann er gerne vorbeikommen.*

Ich hielt Lulu den Text zum Lesen hin. »Die habe ich vorhin bekommen. Die Jungs sind bei Jess' Mutter. Das ist nicht in der Nähe vom Regent's Park.«

Lulu erkannte, worauf ich hinauswollte, und versuchte mich zu beruhigen. »Shauna, nein. Das würde Jon niemals tun. Außerdem ist Steve doch bestimmt zu Hause. Jon ist sicher bei ihnen vorbeigefahren, hat ein Bier getrunken und ist auf der Couch eingeschlafen.«

Ich schüttelte den Kopf. »Sie haben sich getrennt.«

Lulu riss die Augen auf. »Wie bitte? Das ist nicht dein Ernst!«

»Doch. Ich habe es zufällig mitbekommen, als die Jungs sich am Wochenende unterhalten haben. Davie hat Joe erzählt, dass Steve diese Woche auszieht, Jess aber nicht will, dass es jemand erfährt. Ich dachte, ich hätte mich verhört, aber jetzt ergibt das alles einen Sinn. Jon ist bei Jess.«

Unsere Blicke richteten sich wieder auf den winzigen Punkt auf der Karte. Den, der gerade in meinem Leben eine Bombe zur Explosion gebracht hatte.

35. Kapitel

2009 – Shauna

Wortlos schob Vincent mich in sein Wohnzimmer und drückte mich auf die Couch. Er legte mir eine weiche Decke um die Schultern und kniete sich vor mir auf den Boden, die Arme um mich geschlungen. Er hielt mich fest, nur unser Atmen durchbrach die Stille. Worte waren weder nötig noch erwünscht.

Ich war völlig benommen. Leer. Taub. Bis sich in meinem Kopf ganz langsam eine Wahrheit breitmachte. Ich wusste jetzt, warum ich hergekommen war.

»Ich brauche dich«, flüsterte ich.

Ich spürte, wie er zusammenzuckte, dann rückte er ein Stück von mir ab, um mich anzuschauen und sich zu vergewissern, dass ich das wirklich gerade gesagt hatte. Er sah, dass er sich nicht verhört hatte.

»Shauna, nein. O Gott, ich wünschte, es wäre so. Ich wünschte so sehr, es wäre so.«

»Vincent …« Ich streckte die Hand aus, legte sie auf sein Herz, spürte, wie es unter meiner Berührung schlug. Schnell und kräftig.

»Tu das nicht, Shauna. Nicht so.«

Ich hörte, dass er etwas sagte, aber ich verstand nicht, was.

»Bitte …«

»Nein.« Es klang drängend, voller Sorge. Er fuhr sich mit den Fingern durchs Haar, seufzte, berührte dann mein Gesicht. »Ich liebe dich«, sagte er dann. Er hätte das nicht sagen müssen, denn genau in diesem Augenblick wurde mir klar, dass ich es wusste. Ich hatte es immer gewusst. »Ich liebe dich schon so lange, dass ich mich gar nicht mehr an die Zeit erinnern kann, als ich es nicht getan habe. Aber ich möchte nicht, dass es so läuft«, sagte er. »Nicht, wenn du so verletzt bist. Es wäre … nicht fair. Ich möchte deinen Schmerz nicht ausnutzen. Und ich weiß … Mach dir keine Sorgen, ich weiß es. Du liebst Jon. Das hast du immer getan. Und ich finde es schrecklich, dass er dich jetzt nicht sehen kann, nicht weiß, was er an dir hat.«

»Vincent, bitte …« Ich stockte, die Worte ließen sich einfach nicht formen.

Er stand auf. »Ich gehe jetzt ins Bett. Ehe einer von uns etwas sagt oder tut, das nicht mehr rückgängig gemacht werden kann. Und morgen verhalten wir uns so, als wäre das hier nie passiert. Wir lächeln und machen so weiter wie bisher. So wie du es jeden Tag versuchst.«

Autsch. Der letzte Satz hatte wehgetan. Wir wussten beide, dass es so war.

Ich sah ihm nach, als er aus dem Zimmer ging, lehnte mich zurück, schloss die Augen. Er liebte mich. Jetzt und hier. Ich hatte das Gefühl, als wäre er der Einzige, der das tat. Meine Eltern gaben nichts um mich. Elsie war für immer gegangen. Jon und ich lebten in einer künstlichen, unwirklichen Welt, in der ich nicht mehr wusste, was echt und was unecht war.

Vincent liebte mich. Und auch wenn es fürchterlich egoistisch war – an diesem Abend wollte ich wissen, wie sich das anfühlte.

Ohne ein Geräusch zu machen, stand ich auf, durchquerte den Wohnraum, ging die Treppe hinauf, eine Kleiderspur zurücklassend. Seine Schlafzimmertür stand offen. Ich sah ihn im Halbdunkel auf dem Bett liegen. Er hob den Kopf, als er spürte, dass ich da war.

Ich ging zu ihm, nackt, verletzbar, jeder Nerv, jeder Sinn sehnte sich nach seiner Berührung, wollte bei ihm sein, ihn spüren, in mir spüren.

»Shauna …« flüsterte er, ehe ich ihn mit einem unendlich zärtlichen Kuss zum Schweigen brachte.

Dieses Mal sagte er nicht Nein.

36. Kapitel

2015 – Jon

Das Geräusch eines Autos, das draußen vorbeifuhr, weckte mich, aber die pochenden Kopfschmerzen, die sogleich folgten, verhinderten, dass ich sofort begriff, wo ich war. Als die Erkenntnis schließlich einsetzte, durchzuckte mich ein überwältigender Schock. Herrje! Was hatte ich nur getan?

Der Platz neben mir war leer. Ich stand auf und musste mich an der Wand abstützen, um nicht zu stürzen. Alles in meinem Kopf drehte sich. Das musste der Tequila sein. Ich konnte meine Klamotten nicht finden, also besorgte ich mir ein Handtuch aus dem angrenzenden Bad, schlang es um meine Hüften und ging aus dem Zimmer. Ich war nicht mal sicher, wie ich nach unten kommen sollte. Verdammt. Ich sollte eigentlich in Manchester sein, stattdessen war ich in London, im Haus meiner Söhne erwacht, nachdem ich die Nacht mit ihrer Mutter verbracht hatte. Das war so ganz und gar falsch, dass mein Kopf gleich noch viel mehr hämmerte.

»Morgen«, sagte Jess, als ich die Küche betrat. Sie trug knappe Jeansshorts und ein weißes weites T-Shirt und hatte das Haar zu einem Pferdeschwanz gebunden. Ihre Füße waren nackt. Sie sah frisch und ausgeschlafen aus und funktionierte viel besser als ich. Ihr Blick fiel auf mein Outfit. »Oh, tut mir leid, ich wollte dir deine Sachen eigentlich hochbringen. Sie liegen dort auf dem Stuhl.«

Sie zeigte auf einen Hocker an der Frühstücksbar, wo wir gestern Abend gesessen hatten. Himmel! Wir hatten dort Sex gehabt, mitten auf dieser Bar! Danach hatte ich sie nach oben getragen, lachend hatte sie mir den Weg gewiesen, und im Bett hatten wir uns sofort wieder geliebt. In ihrem Bett. Gleich zwei Mal.

Gott! Was hatte ich nur getan?

Sie stellte einen Kaffee vor mich, aber ich rührte ihn nicht an. Was für eine Ironie! Mit einem Heißgetränk hatte alles begonnen. Nein, das stimmte gar nicht. Der Streit mit Shauna, damit hatte es eigentlich angefangen. Meine Güte, Shauna! Erinnerungsfetzen tauchten auf, und ich dachte an das, was ich ihr am Abend zuvor an den Kopf geworfen hatte. Ich stöhnte.

»Erinnerungen?«, fragte Jess und setzte sich mir gegenüber.

»Hm.« Ich nickte.

»Danke. Die Männer stöhnen immer so entsetzt, wenn ihnen klar wird, dass sie mit mir geschlafen haben.«

»Nein, nein, das meinte ich gar nicht«, beeilte ich mich richtigzustellen. »Es ist wegen Shauna. Gestern Abend. Wir haben uns gestritten, ehe ich hierherkam.«

»Ich weiß.«

Ich versuchte mich zu erinnern, ob wir darüber gesprochen hatten. »Habe ich dir davon erzählt?«

»Nein. Aber vielleicht solltest du das tun.«

Ich schüttelte den Kopf. »Es käme mir irgendwie ... so unloyal vor.«

Noch als ich das sagte, begriff ich, wie dämlich das klang. Teile eines Gesprächs mit der Ehefrau zu wiederholen war unloyal, die Exfrau zu vögeln aber eher ein harmloses Vergehen?

»Okay, lass mich raten.« Ihre Stimme klang jetzt ganz sanft, so als zöge sie mir gerade einen Dorn aus dem Finger und würde zugleich versuchen, mich von dem Schmerz abzulenken. »Seit du weißt, dass du den Tumor hast, befindest du dich in einem Zustand zwischen Trance und Nichtwahrhabenwollen. Du ignorierst das Problem, tust einfach so, als würde alles schon wieder. Du hast dir selbst eingeredet, dass es keine Probleme gibt, obwohl du tief in dir genau weißt, dass du dir nur etwas vormachst. Und genau das macht dich so wütend, dass du am liebsten niemanden mehr an dich heranlassen würdest. Du tust, als wäre alles ganz einfach, ganz normal, du überspielst deinen Schmerz.« Sie hielt kurz inne und sah mich an. »Wie bin ich bis hierhin?«, fragte sie. Ich brauchte ihr nicht zu antworten. Sie konnte die Wahrheit an meinem Gesicht ablesen und redete weiter. »Jedes Mal, wenn du Shauna ansiehst, erinnert dich das daran, was geschehen ist. Deshalb ziehst du dich nicht nur von ihr zurück, du wirst auch immer gereizter, blendest ihre Gefühle völlig aus. Du vertreibst sie mit deiner Gleichgültigkeit, und du weißt, dass sie leidet, schaffst es aber nicht, ihr zu helfen oder für sie da zu sein, denn das würde bedeuten, dass du die Realität akzeptieren musst. Sobald sie auch nur einen Hauch von Schwäche zeigt, stellst du dich sofort taub.«

Sie machte eine Pause und wartete auf eine Reaktion.

»Woher weißt du das alles?«, fragte ich sie, dabei kannten wir beide die Antwort.

Sie sprach sie trotzdem aus. »Weil die Geschichte sich wiederholt.«

Wir schwiegen eine Zeit lang und dachten darüber nach. Die Wahrheit schmerzte, aber sie war zugleich tröstlich. Jess kannte mich in- und auswendig, sie wusste um meine größten Fehler und Schwächen, und dennoch saßen wir hier an ihrem Tisch und taten, als tränken wir ihren Kaffee. Das tat gut.

Auch wenn das, was vor einigen Stunden passiert war, überhaupt nichts Tröstliches hatte.

»Jess … gestern Abend.« Weiter kam ich nicht, da gingen mir auch schon die Worte aus.

»Gestern Abend war unglaublich«, sagte sie leise. Eine Welle aus Schuldgefühlen krachte über mir zusammen, sie zog sich erst zurück, als Jess weitersprach. »Aber wir wissen beide, dass es eine einmalige Sache war. Wir haben uns verändert. Wir sind nicht mehr so unbeschwert wie früher, sind keine vernarrten Teenager mehr. Ich werde dich immer lieben, Jon, dennoch will ich nicht wieder mit dir an den Anfang zurückgehen. Und ich schätze, du willst das auch nicht.«

Wieder einmal überraschte mich die Weisheit dieser Frau, die ich geheiratet und dann irgendwie verloren hatte. »Das stimmt. Ich will es auch nicht.« So einfach war es allerdings nicht. Ich suchte nach den richtigen Worten, um Jess zu erklären, was ich für sie empfand. Am Ende entschied ich mich für die Wahrheit. »Du bist eine tolle Frau«, sagte ich und meinte jedes Wort so, wie ich es sagte. »Außer wenn du Kaffee kochst. Oder Tee.«

Das brachte sie zum Lachen, wenn auch nur kurz. Schnell wurde sie wieder ganz ernst. »Ich glaube, ich werde mir nie verzeihen, dass ich mit dem Mann einer anderen geschlafen habe. Das war nicht mein bester Augenblick«, gestand sie. Wieder traten Tränen in ihre Augen. »Was wirst du jetzt mit Shauna tun?«

»Ich weiß es nicht. Wie soll ich ihr das je beibringen? Sie hat das nicht verdient. Ich kann nicht annähernd aufzählen, was sie alles für mich getan hat, wie viel sie ertragen hat … Aber genau das ist das Problem. Gestern Abend hat sie mir vorgeworfen, ich würde sie genau aus diesem Grund hassen. Weil sie mir hilft. Mich unterstützt, sich um alles kümmert. Ich denke, sie hat recht. Allerdings glaube ich inzwischen auch, dass sie selbst gar nicht so gut klarkommt, wie ich immer dachte.«

»Sie ist nur für dich stark«, ergänzte Jess und brachte die Wahrheit wie immer auf den Punkt.

»Das ist mir jetzt klar geworden, aber die ganze Zeit habe ich mich dabei so … Jess, ich glaube, ich hasse mich dafür, dass sie für alles die Verantwortung übernommen hat und nicht ich.«

Jess nickte. »Aber wenn sie zerbrochen wäre und deine Hilfe benötigt hätte, wärst du nicht für sie da gewesen, weil du genau das getan hättest, was du immer tust. Du hättest die unangenehmen Dinge einfach ausgeblendet. Was hast du früher immer gesagt? Unerschütterliches Vertrauen und Optimismus sind das einzig Richtige.«

»Gott, was bin ich für ein Idiot! Wie konntet ihr zwei euch nur in mich verlieben?«

»Du hast einen ungewöhnlich großen Penis.«

»Tatsächlich? Wieso wusste ich das bisher nicht?«

»Weil es nicht stimmt«, antwortete sie und kicherte. Plötzlich lachte ich, und dann kamen mir schon wieder die Tränen, genau wie am Abend zuvor. Herrje! Zwanzig Jahre lang hatte ich nicht ein einziges Mal geheult, und jetzt passierte es mir gleich zweimal in zwölf Stunden. Was war nur mit mir los? Ich wollte noch mehr sagen, wollte plötzlich ganz viel loswerden, aber ich wusste, dass Jess die falsche Frau dafür war. Ich musste dringend zu Shauna.

»Was soll ich nur tun, Jess? Sie wird mir das niemals verzeihen.«

»Sag es ihr nicht.«

»Ich muss aber.«

»Warum? Nur damit du dich besser fühlst und dein Gewissen beruhigt ist? Wenn du es ihr sagst, wird ihr das nur noch mehr Schmerzen bereiten. Und ihr noch mehr Schmerzen zu bereiten, dazu hast du kein Recht. Fahr nach Manchester, erledige deinen Job, fahr zurück nach Hause und lieb deine Frau. Und zwar richtig. Bereite ihr nicht noch mehr Kummer. Das hat sie wirklich nicht verdient.«

Es stimmte. In allen Punkten. Ich wusste nur nicht, ob ich mit meinen Schuldgefühlen leben konnte … oder sterben.

37. Kapitel

2009 – Shauna

Ich wusste selbst nicht genau, wie ich hierhergekommen war, in die völlige Stille zum Zwiegespräch mit dem Menschen, der mich am besten von allen verstand.

Als ich am Morgen aufgewacht war, war Jon zu mir herübergerollt, hatte mich in den Arm genommen, mich geküsst, mir einen guten Morgen gewünscht, und dann hatten wir uns geliebt.

Das kam manchmal vor. Es war Teil des Heilungsprozesses, der ein paar Monate zuvor begonnen hatte, nach dem Abend, als Vincent und ich ... Ich dachte den Satz nicht zu Ende.

Vincent hatte mit allem, was er damals gesagt hatte, recht gehabt ... Wir hätten das nicht tun sollen, ich hätte auf ihn hören sollen, aber ich war viel zu egoistisch gewesen.

Am Morgen danach war ich aufgewacht, hatte ihn geküsst und war gegangen, noch ehe er die Augen aufgeschlagen hatte. Später war er zu mir nach Hause gekommen, durch die Hintertür. Er war am Türrahmen stehen geblieben, ein paar Schritte vom Küchentisch entfernt, wo ich saß.

»Hey ...«, sagte er nur.

»Hey.«

Es dauerte einen Moment, bevor er mit resignierter Stimme zu sprechen begann. »Es war nur das eine Mal ...« Er sagte es so, dass es nicht wie eine Frage klang.

Ich saß da, mitten in meinem Leben, umgeben von Jons Dingen, von der Welt, die wir gemeinsam aufgebaut hatten. Ganz langsam nickte ich, dabei hätte es mir fast das Herz gebrochen.

»Ja.«

»Gut.« Er biss die Zähne zusammen, als wollte er mit Macht verhindern, noch mehr zu sagen.

»Bitte, hass mich jetzt nicht, Vincent. Ich weiß, das war egoistisch von mir …«

»Shauna, hör auf!« Er seufzte, kam jedoch nicht näher. »Ich hasse dich nicht. Ich wünschte nur … Du weißt schon.«

Ich wusste es. Und ein Teil von mir wünschte sich das auch. Es stand außer Frage, dass ich ihn liebte, dass mein Leben mit ihm so viel besser war als ohne ihn, aber tief im Innern, an der Stelle, die mich am Abend zuvor in seine Arme getrieben hatte, wusste ich, dass ich ihn nur benutzte. Wie verzweifelte Menschen sich ritzten, um den Druck eines viel tiefer sitzenden Schmerzes zu lindern, so hatte ich mein Leben mit Jon beschädigt, in der Hoffnung, dass die frische Kruste die alte Wunde zudeckte, bis sie verheilt war.

»Ja, ich weiß es«, sagte ich. »Aber ich kann Jon nicht verlassen, Vincent. Ich hätte nicht zu dir kommen dürfen, und es tut mir so leid …«

»Mir auch.« Der Raum zwischen uns schien unsere Worte zu verschlucken. Die Sekunden vergingen, viele Sekunden. Vincent war der Erste, der schließlich seine Stimme wiederfand. »Und was nun?«

Ich atmete tief durch. »Ich habe dein Verständnis nicht verdient und auch deine Freundschaft nicht. Es liegt an dir. Ich würde am liebsten so weiterleben wie bisher, ich möchte nicht, dass sich an unserem Verhältnis etwas ändert.«

»Du willst so tun, als wäre nie etwas geschehen?« Er lächelte traurig, aber in seiner Stimme lag keine Bitterkeit.

»Ja.«

Wieder Stille, dann ein tiefer Seufzer. »Ich glaube, es ist das Einzige, was wir machen können. Ich bereue nichts. Aber ich wünschte …« Er zuckte mit den Schultern, sagte nichts und sagte zugleich alles.

»Ich auch, Vincent … Danke.« Ich meinte es ernst.

Mit jeder Faser meines Seins meinte ich es ernst. Irgendwie würden wir das hinbekommen.

Und wir hatten es hinbekommen.

Wir hatten weitergemacht wie vorher, nie mehr darüber gesprochen. Gut, anfangs hatte es unangenehme Momente gegeben, aber wir waren über sie hinweggekommen. Nach einigen Wochen war wieder alles ganz normal gewesen, und wir weigerten uns beide, tiefer zu schauen.

Bis jetzt. Jetzt schien plötzlich alles verändert.

Nachdem Jon und ich uns heute Morgen geliebt hatten, hatte ich zugesehen, wie er gegangen war, und mich dann noch einmal hingelegt. Ich hatte gehofft, ein paar weitere Stunden Schlaf zu bekommen, ehe er mit den Jungs zurückkommen würde.

Ich schreckte auf, weil mir in diesem Augenblick etwas bewusst wurde. Es gab keinen Zweifel. Die nächste Stunde verbrachte ich damit, es zu überprüfen, aber es bestätigte mir nur, was für mich längst Gewissheit war.

Ich hinterließ eine Nachricht für Jon auf dem Küchentisch und griff nach dem Wagenschlüssel. Ich fuhr langsam und vorsichtig, schließlich musste ich mich erst an die neue Realität gewöhnen, auch wenn mein Bedürfnis groß war, die Neuigkeit mit jemandem zu teilen.

Als ich mein Ziel erreicht hatte, stieg ich aus, knallte die Tür hinter mir zu, rannte, bis ich da war, wo ich hinwollte, und sank auf die Knie. Es kümmerte mich nicht, dass das feuchte Gras durch den Stoff meiner Jeans drang.

»Granny«, sagte ich und berührte den harten Granitstein.

Meine Finger tasteten über die Inschrift. Drei Zeilen mit Worten, die mir so viel bedeuteten.

ELISABETH »ELSIE« WILLIAMS
1934–2009
In ewiger Liebe

»Ich bin's«, sagte ich, so wie ich es immer tat, jede Woche, wenn ich herkam, hier saß und mit ihr redete. »Es ist etwas passiert«, fuhr ich fort. »Aber wahrscheinlich weißt du das längst.« Ich sah sie nun vor mir, in ihren Cowboystiefeln und mit einer Zigarette und einem Tee in den Händen. Sie sah mich gespannt an, wartete darauf, dass ich weitersprach. »Granny, ich bin schwanger.« Meine Hand fuhr an meinen Mund und war sofort nass vor Tränen. Schwanger. Nach all der Zeit, nach all den Medikamenten und Tests und den Beinen an der Wand, war ich schwanger geworden. Und ich hatte die Hoffnung längst aufgegeben. »Ich bin sicher, du hast was damit zu tun. Anders kann ich mir das nicht vorstellen. Also danke, Granny. Von ganzem Herzen. Vielen, vielen Dank. Ich verspreche dir, ich werde dieses Kind unendlich glücklich machen und ihm alles über dich erzählen.«

In meinen Gedanken warf Elsie den Kopf in den Nacken und lachte ihr unbändiges Lachen.

Das war alles. Die ganze Welt. Aber ich wusste, dass ich dafür einen Preis zahlen musste.

Eine Liebe gegen eine andere.

38. Kapitel

2015 – Shauna

Ich klingelte an der Tür und betete, dass niemand öffnete, aber ich ging nicht weg. Wenn ich jetzt wegging, würde es keine Antwort geben, wenn nicht, gab es kein Zurück. Ich blieb. Klingelte noch einmal. Und hoffte weiter inständig, dass niemand aufmachte.

Die Tür wurde geöffnet, und ich sprach mit einer Ruhe und Gelassenheit, die allem widersprach, was ich eigentlich fühlte.

»Du hast mit meinem Mann geschlafen.«

Jess sagte eine Weile nichts, und ich war sicher, dass sie versuchte, eine plausible Lüge zu erfinden oder irgendetwas, das ihr Zeit verschaffte, sich zu rechtfertigen.

»Ja«, antwortete sie schließlich, so als würde sie zugeben, Milch verschüttet oder sich in der Warteschlange vorgedrängelt zu haben.

Sie trat zur Seite, um mich hereinzulassen. Als ich an ihr vorbeiging, verspürte ich ganz kurz das Bedürfnis, sie zu schlagen, aber ich widerstand. Wozu sollte das gut sein? Sie schloss die Tür, und ich wartete, bis sie vorging in die Küche. Sie wirkte irgendwie jünger als sonst. Vielleicht lag es an den Jeans und dem schlichten T-Shirt, das ihr über eine Schulter gerutscht war. Oder an der Tatsache, dass sie ihr Haar, das sonst immer so ordentlich war, zu einem nachlässigen Knoten zusammengesteckt hatte. Oder ganz einfach nur daran, dass sie es am Abend zuvor mit meinem Ehemann getrieben hatte.

Ich hatte mich zehn Jahre um ihre Kinder gekümmert. Hatte nie wegen irgendwas Schwierigkeiten gemacht. Sogar als wir kaum Geld hatten, hatte ich dafür gesorgt, dass sie ihre Unterhaltszahlungen bekam. Aber sie hatte keine Skrupel, mir Jon zu nehmen, obwohl er jetzt mir gehörte. Ich verlor ihn ohnehin, aber das war etwas anderes. Vorher hätte ich wenigstens noch glauben können, dass er gern bei mir geblieben wäre. Das ging jetzt nicht mehr.

Die ganze Nacht hatte ich auf den Bildschirm meines Mac gestarrt. Mein Herz war gebrochen, als der kleine grüne Punkt sich am Morgen um sieben endlich bewegt hatte. Bahnhof Euston. Dann in Richtung Norden. Bis nach Manchester. Dort war er jetzt.

Ich hatte keine Ahnung, wohin er zurückkehren würde. Hierher? Oder in unser Zuhause?

»Möchtest du einen Tee?« Wie geschmacklos.

»Nein.«

Ich konnte mich nicht einmal setzen. Ich lehnte mich nur gegen die polierte schwarze Granitplatte der Frühstücksbar. Ein Gedanke durchzuckte mich. Hatte Jon es hier mit ihr getan? Oder auf dem Sessel in der Ecke? Oder im Flur? Oder hatten sie es bis nach oben geschafft? Gott, vielleicht hatten sie es ja früher schon gemacht – vielleicht hatten sie nie aufgehört. Vielleicht vögelte er sie seit dem Tag ihrer Scheidung, und ich hatte nie etwas bemerkt.

»Wie lange geht das schon?« Es klang so klischeehaft. Ich hasste mich dafür.

»Nur gestern Abend.« An meinem Gesicht sah sie, dass ich ihr nicht glaubte. Seufzend zog sie einen Barhocker hervor und setzte sich. »Shauna, ich werde dich nicht anlügen. Und ich möchte, dass du weißt, dass es mir unendlich leidtut. Es war nur das eine Mal, das schwöre ich dir. Ich werde dir alles sagen, was du wissen musst.«

»Wie konntest du nur?« Sie sah mich an. »Du bildest dir ein, jetzt wo du Steve rausgeschmissen hast, könntest du mir einfach Jon wegnehmen?« Sie fragte nicht, woher ich das wusste.

»Nein. Ich will dir Jon nicht wegnehmen. Das gestern Abend war nicht der Anfang von etwas.«

»Was war es denn dann?«

Ich sah Tränen in ihren Augen und hätte am liebsten laut geschrien. *Sie* hatte mit *meinem* Mann geschlafen, und jetzt war *sie* diejenige, die heulte? Sie sollte sich schämen.

»Es war … Verzweiflung … Unglück … Traurigkeit …« Jetzt warf sie mir einfach nur Worte vor die Füße. Ich lief auf und ab, unfähig stillzustehen, nicht gewillt, auch nur irgendetwas in diesem Haus zu berühren, mit dem die Haut meines Mannes in Kontakt gewesen war. Sie redete weiter. »Warst du je so verzweifelt, so am Ende, dass du jeden genommen hättest, der erreichbar war, nur damit du spürst, dass dich jemand berührt?«

Das schockierte mich. Ein Bild aus der Vergangenheit tauchte vor mir auf. Vincent. Ich. Nackt. Hungrig nacheinander, jede Bewegung erfüllt von Sehnsucht nach Trost für mich, nach Erwiderung seiner Liebe für ihn.

Sie sah mich an, beobachtete genau, was ihre Worte in mir auslösten.

»Aber warum du? Was konntest du ihm geben, was ich ihm nicht geben konnte?«, fragte ich.

Meine Kampfkraft war geschwächt, aber immer noch da. Vincent. Ich hatte ihn geliebt. Nur nicht genug, um Jon zu verlassen. Plötzlich rang ich mit einer weiteren Frage. Wieso hatte ich mit einem anderen geschlafen und machte Jon nun Vorwürfe, weil er dasselbe getan hatte? Was für eine Heuchelei.

Ich war eine verlogene, miese Heuchlerin.

»Nichts«, antwortete sie.

Das Adrenalin in meinem Körper verlor allmählich an Wirkung, meine Beine fühlten sich an, als könnten sie mich nicht mehr lange tragen. Ich sank auf einen Barhocker, den, der am weitesten von Jess entfernt war. Mir war zwar viel Wind aus den Segeln genommen, aber trauen konnte ich mir noch längst nicht.

»Warum dann?«

Jess lächelte traurig. »Vielleicht war es Wehmut. Die Chance, sich noch einmal wie früher zu fühlen. Unbeschwert. Ohne Sorgen. Ohne Nöte. Ich war es nicht, was er wollte, Shauna, das schwöre ich dir. Es war eher die Gelegenheit, noch einmal die Person von damals zu sein, ein junger Mann, und nur für eine Nacht das Gefühl zu haben, dass das Leben leicht ist, dass es für ihn noch eine wunderbare Zukunft hat.«

Ich verstand das, und das machte es noch schlimmer. Wieso hatte er sich entschieden, sich dieses Gefühl mit Jess zurückzuholen und nicht mit mir?

Ich blickte auf meine Hände, die so fest ineinander verschlungen waren, dass die Knöchel weiß hervortraten. »Und jetzt? Will er jetzt lieber wieder mit dir zusammen sein?«

»Nein. Das will er auf keinen Fall. Er war heute Morgen völlig aufgelöst – entsetzt über das, was er getan hat. Er liebt dich. Und ich weiß, dass ich das schon einmal gesagt habe, aber es tut mir unendlich leid, Shauna. So eine Frau war ich nie, und ich werde es auch nie sein. Ich bin nicht stolz auf das, was ich getan habe, aber einen Moment lang, im Tequila-Nebel, habe ich eine Gelegenheit gesehen, etwas mit Jon zu klären, das mir während unserer Trennung nicht möglich war.«

»Und? Hat es funktioniert?«

»Nein.«

»Gut.«

Ich wollte nicht, dass sie auch nur die leiseste Befriedigung verspürte. Mein Kiefer schmerzte, weil ich die Zähne so fest zusammenpresste, um nicht laut zu schreien.

Eine lange Pause entstand, wir waren beide unsicher, wohin das nun führen sollte. Ich war voller Zorn hergekommen, krank vor Schmerz und Traurigkeit, und jetzt gab es plötzlich eine neue Perspektive. Ich wusste nicht mehr, wie ich mich fühlen sollte. Hätte Jon mich unter normalen Bedingungen betrogen, hätten wir eine ganz andere Unterhaltung geführt. Da ich niemanden sonst hatte, keine Familie, die mich auffing, brauchte ich bedingungsloses, unbedingtes Vertrauen in einer Beziehung. Wenn Jon das gebrochen hätte, wäre ich vermutlich fortgegangen. Die Nacht mit Vincent hatte alles verändert. Und Jons Krankheit. Ehe Jon krank wurde, wäre Untreue sicher ein klarer Vertragsbruch gewesen, aber das Leben, das wir heute führten, war nicht länger nur schwarz und weiß.

Ich registrierte, dass Jess mich ansah, auf meinen nächsten Angriff wartete. Es war grotesk. Wir kannten uns nun zehn Jahre, und die längste Unterhaltung, die wir je geführt hatten, war diese. Damit hätte ich nun wirklich nie gerechnet.

»Was musstest du denn klären?«, fragte ich sie.

Sie dachte einen Moment nach. »Als wir uns damals getrennt haben, waren wir so sauer. Nein, falsch. *Ich* war so sauer. Ich hatte das Gefühl, dass er in mir jeden Funken Liebe zu ihm zerstört hatte, aber heute ist mir klar, dass ich ihn einfach nicht verstanden habe. Ich kannte ihn nicht gut genug. Vielleicht bin ich heute ein ganzes Stück weiser. Ich sehe, dass er sich dir gegenüber ganz genauso verhält, und ich weiß nun, dass er das nicht aus Mangel an Interesse oder Liebe tut, sondern weil er einfach nicht weiß, wie er sich sonst verhalten soll. Ich glaube, ich musste ihm verzeihen.«

»Indem du mit ihm geschlafen hast?«

Ein schwaches, entschuldigendes Schulterzucken. »Ich behaupte nicht, dass man das begreifen muss.«

Wieder war es still. Ich versuchte ihre Worte zu verarbeiten, war aber nicht sicher, ob ich sie wirklich verstanden hatte.

»Warum warst du damals sauer auf ihn? Was hat er getan?«

Sie sah mich erstaunt an. »Hat er dir denn nie erzählt, warum wir uns getrennt haben?«

»Er hat gesagt, ihr hättet euch auseinandergelebt.«

Ihr Körper bebte, und ich sah neue Tränen kommen, die ihr gleich über die Wangen rinnen würden. »Wir haben ein Baby verloren. Es war eine Totgeburt. Ein perfektes, wunderschönes kleines Mädchen.« Jess atmete tief durch, dann fuhr sie fort. Ihre Stimme war schmerzerfüllt.

»Unser Leben war eigentlich perfekt mit den Zwillingen. Wir waren so verliebt, und wir hatten diese unfassbar süßen Söhne und damit alles, was wir uns je erträumt hatten. Als ich dann wieder schwanger wurde, waren wir außer uns vor Freude, und als wir dann noch hörten, dass es ein Mädchen war … Ich weiß noch, dass ich damals darüber nachgedacht habe, wieso wir so viel Glück hatten. Wir wünschten sie uns so sehr, aber sie ist nicht zu uns gekommen. Sie ist einfach in meinem Bauch gestorben.«

»O Jess …«

Die Tränen waren nun nicht mehr stumm. Jess schluchzte, ein tiefer Schmerz drang aus jedem Wort, als sie stockend weiterredete. Instinktiv und ohne nachzudenken stand ich auf und nahm sie in die Arme. Ich wusste nicht, wo ihre Tränen aufhörten und meine begannen. Wir weinten nun gemeinsam. Um dieses kleine Mädchen. Um uns. Um Jon.

Die Welt veränderte sich. Ich sah jetzt klarer, verstand nun alles so viel besser.

Erst als Jess sich beruhigt hatte, ließ ich sie los.

»Nach ihrem Tod …«

Ich legte meine Hände auf ihre. »Jess, du musst mir nicht mehr erzählen.«

»Ich möchte es aber«, sagte sie. »Nach Daisys Tod hatte sich alles verändert. Ich war untröstlich, vollkommen verzweifelt. Ich konnte ohne sie nicht funktionieren, nicht existieren. Und Jon ging so ganz anders damit um. Er wollte nach vorn schauen, es vergessen, so tun, als wäre es nie passiert. Er konnte mit meiner Trauer nicht umgehen, und ich hasste ihn dafür. Natürlich trauerte er auch, irgendwo tief innendrin, aber er war nicht in der Lage, es zu zeigen und noch viel weniger in der Lage, mich zu unterstützen. Wenn er mich anschaute, sah er nur Schmerz, dem er nichts entgegenzusetzen hatte. Er konnte es nicht ertragen, mich so leiden zu sehen, er blendete mich einfach aus. Es wurde so schlimm, dass ich es nicht mehr ertragen konnte, mit ihm im selben Raum zu sein.« Sie wischte sich die letzten Tränen fort. »Wir haben uns davon nie mehr erholt.«

Meine Gedanken rasten, um zu begreifen, was sie sagte. So viele Begründungen, Erklärungen, Erinnerungen an ähnliche Szenarien steckten darin. Jons Widerstand gegen weitere Kinder. Seine Unfähigkeit, mit Traurigkeit umzugehen. Seine Hoffnungslosigkeit und Verzweiflung, die nach außen wirkte wie Gleichgültigkeit. Jess hatte das alles hinter sich und verstand es daher so viel besser.

Aber ganz tief in mir wusste ich, dass ich das auch konnte.

»Es tut mir so leid, Jess. Wirklich.«

»Danke.« Sie zögerte, dann fasste sie sich und kam wieder zurück in die Gegenwart. »All das entschuldigt natürlich nicht, was ich getan habe. Ich möchte, dass du das weißt.«

»Ich weiß es. Aber es erklärt so vieles. Nicht nur das von gestern Abend, sondern in unserem Leben überhaupt. Ein bisschen wünschte ich, wir hätten dieses Gespräch schon vor zehn Jahren geführt.« Ich drückte ihre Hand. »Nur eines muss ich noch wissen. Willst du wieder mit ihm zusammen sein?«

»Nein.«

»Warum nicht?«

»Weil er dich liebt, nicht mich. Und weil ...«, sie stockte, wählte ihre Worte mit Bedacht, »weil ich es nicht ertragen würde, ihn ein zweites Mal zu verlieren.«

Ich fühlte mich ihr auf einmal so nah, wie ich es nie für möglich gehalten hätte. Jess und ich waren gar nicht so verschieden. Wir verloren beide unseren Ehemann, einen nicht perfekten, uns wütend machenden, aber ganz besonderen Menschen, und der einzige Unterschied war die Zeitschiene.

Mein Pragmatismus setzte ein. Ich musste wissen, was als Nächstes kam, wie es weiterging, jetzt, da mir klar war, dass wir eine Zukunft hatten, so kurz sie auch sein mochte.

»Wie seid ihr heute Morgen auseinandergegangen, Jess? Habt ihr darüber gesprochen, wie es nun weitergeht?«

»Ja. Zwischen mir und Jon wird es nichts mehr geben, das verspreche ich dir. Darauf haben wir uns beide verständigt. Keiner von uns möchte das. Er liebt dich so sehr, und ich glaube, er erstickt vor lauter Schuldgefühlen. Ich habe ihm geraten, dir nichts zu sagen.«

Seltsamerweise erkannte ich sofort, dass sie recht hatte.

»Gut. Ruf ihn an und bitte ihn noch einmal, mir nichts zu erzählen. Sag ihm, es wäre schlimm für die Jungs und würde viel zu viel Schaden anrichten. Er muss es dir versprechen.«

»Darf ich fragen, warum?«

Jetzt war der Zeitpunkt gekommen, genauso offen zu sein wie sie, und merkwürdigerweise fiel mir das gar nicht schwer. »Weil ich vor langer Zeit etwas getan habe, das ich heute bereue. Wenn Jon mir von dir erzählt, dann muss ich von mir erzählen, und wir haben vielleicht nicht mehr genug Zeit, uns davon zu erholen. Ich möchte die Zeit, die uns bleibt, nicht mit Betrug und Misstrauen belasten, dazu liebe ich ihn viel zu sehr. Du kannst das als Argument benutzen, um es ihm zu erklären, wenn es hilft.«

»Das werde ich. Weißt du, er kann sich wirklich glücklich schätzen, dich zu haben.«

Ich umarmte sie noch einmal. »Danke. Ich kann es selbst nicht fassen, dass ich das sage, aber in gewisser Weise bin ich froh, dass es passiert ist. Ich sehe jetzt so viel klarer. Ich hoffe nur, es ist noch nicht zu spät, um alles wiedergutzumachen.«

»Das ist es bestimmt nicht«, sagte sie mit viel mehr Zuversicht, als ich sie hatte. Ich wollte ihr gerade antworten, als das Klingeln eines Handys uns unterbrach. »Ich glaube, das ist deins«, sagte Jess.

Ich kramte in meiner Tasche, fand es und schaute auf das Display. »Das ist eine unbekannte Nummer.«

»Es könnte Jon sein. Vielleicht ist sein Akku leer, und er benutzt ein fremdes Handy.«

Ich schluckte. Vermutlich wusste sie, dass er sein Handy am Abend zuvor nicht aufgeladen hatte. Die Vorstellung tat weh. Aber ich musste damit klarkommen, auch wenn es nicht immer ganz einfach sein würde.

»Hallo?«

»Shauna, hier ist deine Mutter.« Mir fiel sofort auf, dass sie gar nicht wie meine Mutter klang. »Es geht um deinen Dad. Er ist im Krankenhaus. In Hammersmith. Du musst sofort kommen.«

»Aber Mum, was ist denn …?«

»Komm einfach, Shauna.«

Die Leitung war tot.

39. Kapitel

2009 – Shauna

Ich drückte wie verrückt auf den Klingelknopf. Von irgendwo in der Wohnung ertönte ein lautes Surren. Ich hörte eine Frauenstimme.

»Schon gut, ich mache auf. Ich bin ja sowieso auf dem Weg zur Tür.« Dann ein verächtlicher Laut, direkt und unverblümt, als Carole und ich uns plötzlich gegenüberstanden. Zu blöd! »Ist das dein Ernst?«, fragte sie. Keine Ahnung, was ich darauf antworten sollte, zumal ich nicht wusste, worauf sie sich bezog.

»Hi, Carole.« Ich versuchte es mit einem Lächeln und einem neckischen Winken. Das schien sie noch mehr aufzuregen.

»O Mann«, stieß sie hervor und stapfte an mir vorbei durch den Vorgarten.

Ich wartete, unsicher, ob ich reingehen sollte oder nicht, bis Vincent an der Tür erschien. Er trug nichts weiter als Jeans. Überrascht sah er mich an.

»Hi! Alles okay bei dir?«

Ja. Nein. Doch. Wo sollte ich anfangen? Ich antwortete mit einem Schulterzucken und einem schwachen »Ja. Ich wollte nur … mit dir reden. Ganz kurz. Wenn du Zeit hast.«

Noch mehr Verwirrung im Gesicht des sexy aussehenden Mannes mit den Jeans und dem muskulösen Sixpack. Wie alles andere, was heute geschehen war, glaubte ich auch in diesem Fall, dass Elsie dahintersteckte. Bei dem Gedanken musste ich lächeln.

»Was ist so lustig?«, fragte Vincent und lächelte auch.

Ich kicherte. »Ich hab nur gerade gedacht, dass Elsie für diesen Anblick alles gegeben hätte.«

Sein Lachen war ansteckend. Er zog mich mit sich in die Küche. Dort öffnete er den schwarzen Hochglanzschrank über der Spüle und nahm zwei Tassen heraus. Er stellte sie unter seinen High-Tech-NASA-zertifizierten Kaffeevollautomaten und betätigte ein paar Tasten. Innerhalb von Sekunden spuckte die Maschine zischend dampfende braune Flüssigkeit in die Tassen. Vincent reichte mir eine davon.

»Möchtest du drinnen oder draußen sitzen?«

»Draußen.«

»Gute Wahl.«

Auf der Holzterrasse standen zwei schicke geflochtene Loungesessel mit dicken cremefarbenen Polstern. Der Mann hatte einfach einen umwerfenden Geschmack. Es gab kein Zimmer in seinem Haus, das nicht aussah, als wäre es für ein Lifestylemagazin hergerichtet.

Es war noch mild, die Herbstsonne schien warm auf uns herunter, als wir uns setzten.

»Carole hat sich offenbar sehr gefreut, mich zu sehen«, sagte ich, woraufhin Vincent sich fast an seinem Kaffee verschluckt hätte. Er brauchte eine Weile, ehe er wieder Luft bekam.

»Ja, sie hofft, dass ihr beste Freundinnen werdet«, antwortete er schließlich.

Ich trank einen Schluck von der kolumbianischen Röstung, spürte, wie mein Magen sich ganz kurz wand, und fragte mich, ob das bedeutete, dass ich in den nächsten Monaten auf Kaffee verzichten musste. Ein Gefühl von Aufregung und purer Freude überkam mich plötzlich und ohne Vorwarnung.

Ich stellte die Kaffeetasse auf den kleinen Tisch zwischen uns. »Dann seid ihr also wieder zusammen?«

Vincent machte das Gesicht, das er immer machte, wenn er angestrengt nachdachte. »Ich weiß nicht genau. Sie zieht nach New York und will, dass ich mitkomme. Sie meint, ich zitiere: Unsere

Beziehung hat vielleicht noch eine Chance, wenn uns diese ätzende Frau nicht ständig in die Quere kommen kann.«

»Die ätzende Frau … das bin ich?«

»Yep. Aber nimm's nicht persönlich.« Er grinste.

»Und? Würdest du gern mitgehen? Ich meine, wenn die Firma nicht wäre?«

Ich erwartete ein glattes Nein, aber er zögerte. »Ganz ehrlich? Keine Ahnung, Shauna. Ich weiß, wir haben vereinbart, nicht über das zu reden, was …«, er suchte nach den richtigen Worten, »… was *passiert* ist … Aber wenn wir darüber diskutieren wollen, müssen wir dieses Verbot aufheben.«

Ich wollte nicht sagen, dass wir das Verbot in tausend Stücke schlagen würden, wenn ich ihm erst den Grund nannte, weshalb ich hergekommen war, daher nickte ich nur.

»Also gut. Verbot aufgehoben.«

»Okay, dann …« Vincent hielt inne. Plötzlich veränderte sich sein Verhalten. Er wirkte nun nicht mehr witzig und cool, sondern betrübt. »Ich glaube, ich kann hier nicht mehr glücklich werden«, begann er. »Wie soll ich das auch, wenn ich dir jeden Tag begegne? Du wirst Jon niemals verlassen, Shauna, das weiß ich. Ich hatte es wirklich gehofft, erst recht nachdem wir zusammen waren, aber ich verschwende meine Zeit. Nach New York zu gehen wäre das Beste für mich. Es würde Carole und mir tatsächlich eine Chance geben. Ein neuer Anfang, eine neue Stadt, ein Ort, an dem mich nicht jede verdammte Kleinigkeit an dich erinnert.«

Er unterbrach seinen Gedankenfluss, und es dauerte einen Moment, ehe er weitersprach. »Aber natürlich haben wir die Firma hier, und wir haben so hart gearbeitet, um sie zum Laufen zu bringen. Wenn ich jetzt wegginge, würde ich dich ganz allein damit lassen, und das kann ich dir nicht antun. Schon gar nicht, da ich weiß, dass du und Jon … dass ihr das Geld im Moment so dringend braucht.«

Mir fiel ein, dass ich bisher weder an unser überzogenes Konto gedacht hatte, noch daran, welche Auswirkungen die jüngsten Entwicklungen auf unsere Finanzen haben würden. Geld schien plötzlich keine Rolle mehr zu spielen.

Ein Vogel landete auf den Holzdielen und blieb eine Zeit lang dort sitzen. Es war, als würde er uns zuhören wollen.

»Ich finde, du solltest es machen«, sagte ich.

Er runzelte die Stirn. »Wirklich?«

»Ja. Carole hat recht. Aber bitte verrat ihr das nicht. Du solltest unbedingt herausfinden, ob es in einer anderen Umgebung mit euch klappt. Vielleicht stellst du ja nach einer Woche fest, dass du mich gar nicht liebst. Dass du dich nur an mich gewöhnt hast. Wie man sich ans Rauchen gewöhnt. Oder ans Wodkatrinken.«

Vincent dachte eine Weile nach, dann nickte er. »Du könntest recht haben. Wodka ist sicher nicht der Weg zum Glück.«

»Vincent«, wiederholte ich mit Nachdruck. »Bitte geh.«

»Warum bestehst du so darauf?«

Es musste jetzt sein. »Weil ich schwanger bin.«

Das Gefrotzel, die Unterhaltung, die Welt veränderte sich. Sein Kopf flog in den Nacken, als hätte ihn jemand geschlagen.

»Du bist … Ist es von mir?«

Ich wusste, dass er das fragen würde. Natürlich würde er das tun. Und es brach mir das Herz, dass ein Fünkchen Hoffnung in seiner Frage mitschwang.

»Nein«, flüsterte ich. »Es tut mir leid, nein. Ich bin erst im zweiten Monat.« Jetzt war Oktober. Wir waren im Mai zusammen gewesen. »Es ist Jons Baby.«

Er nickte langsam. »Ich hoffe, er weiß, wie glücklich er sich schätzen kann. Du, ein Baby … was für eine wunderbare Zukunft.«

Er beugte sich vor, legte behutsam die Hände in meinen Nacken und küsste mich sanft auf die Lippen.

»Herzlichen Glückwunsch, meine Kleine. Ich freue mich so, dass dein Wunsch endlich in Erfüllung geht.«

Ich wusste, dass er jedes Wort ehrlich meinte. So wie ich später jedes Wort ehrlich meinte, als ich ging und wusste, dass ich ihn nie wiedersehen würde, und ihm sagte, wie unendlich gern ich ihn hatte.

Ich hatte ihn unendlich gern. Als Freund, als Partner, als Mensch.

Aber lieben tat ich Jon und unser Kind.

In einer perfekten Traumwelt würde Vincent anders für mich empfinden, und wir würden auch zukünftig zusammenarbeiten, uns täglich sehen, unser kleines Unternehmen weiterentwickeln können. Aber man konnte nicht alles haben, und ich hatte mich für das unendlich Wertvolle entschieden, das mir gerade geschenkt worden war. Ein Kind. Eine richtige Familie.

Ich wählte ein neues Leben … und das bedeutete auch, zu wissen, wann der richtige Zeitpunkt war, Abschied zu nehmen.

40. Kapitel

2015 – Shauna

Ich verließ unverzüglich Jess' Haus und fuhr mit dem Taxi zum Hammersmith Hospital. In der Notaufnahme sah ich meine Mutter sofort. Sie schien dort ganz allein zwischen Schnittverletzungen, Hämatomen, Knochenbrüchen und anderem Leid zu sitzen. Trotz des Chaos saß sie stocksteif und aufrecht da und schaute starr vor sich hin.

Ich lief auf sie zu, aber in dem Moment, als ich sie erreichte, wurde mir plötzlich klar, dass ich gar nicht genau wusste, wie ich mich verhalten sollte. Wir waren nie eine Familie gewesen, die sich umarmte. Wir teilten keine Emotionen, zeigten keine Zuneigung. Ich setzte mich neben sie und legte meine Hand auf ihren Arm.

»Mum, was ist passiert? Wie geht es ihm? Wo ist er?«

Es war erst nur eine kurze Regung, eine winzige Bewegung, dann begann sie vor und zurück zu schaukeln, ohne Tränen, aber voller Schmerz. Ich merkte, dass ein Mann, der ebenfalls wartete, uns interessiert beobachtete – mich und diese perfekt frisierte Frau mit den weißen Jeans, der schicken Lederjacke, die so gar nicht an diesen Ort passte.

»Die Ärzte sind gerade bei ihm«, begann sie mit belegter Stimme. »Sie sagen, es war ein Herzinfarkt. Sonst weiß ich noch nichts. Keine Ahnung, wie schlimm es ist.«

Sie starrte weiter vor sich hin, scheinbar emotionslos, schaukelte vor und zurück, vor und zurück.

»Mum, ist schon gut«, versuchte ich sie zu beruhigen. »Er wird es bestimmt schaffen.« Natürlich würde er das. Mein Dad war …

wie alt? Neunundfünfzig, sechzig Jahre? Er war doch ein fitter, gesunder Mann. Sicher war es nur eine Muskelverspannung. Ein Kreislaufproblem. Was Simples. Kein Herzinfarkt. Ganz bestimmt nicht.

»Wie ist es denn passiert? War er auf dem Golfplatz?«

Sie drehte sich zu mir um, mit einem seltsamen Gesichtsausdruck, so als müsste ich es längst wissen, als wäre es völlig klar. Wenigstens hörte sie jetzt auf zu schaukeln. Sie tat mir auf einmal richtig leid. Wenn das hier vorbei war, musste ich dringend mit ihr reden, herausfinden, was sie in ihrem Leben umtrieb. Ich wusste nichts von ihr. In den letzten zehn Jahren hatten wir bestenfalls mal ein paar oberflächliche Sätze gewechselt.

Ich realisierte, dass sie mir antwortete, aber es war so leise, dass ich es nicht verstand.

»Was?«

»Er war bei seiner Freundin«, wiederholte sie ruhig.

O Gott. Das konnte nichts Gutes heißen. Ich erinnerte mich daran, dass Lulu mir irgendwann erzählt hatte, dass das Bäumchen-wechsel-dich-Spiel zwischen unseren Eltern beendet sei, aber das war ganz offensichtlich nicht mehr der aktuelle Stand. Gott, Lulus Mum musste traumatisiert sein. Ich hoffte nur, dass es nicht passiert war, als sie gerade mitten beim … Herrje, den Gedanken brachte ich nicht zu Ende.

»Wo ist Gwen denn jetzt?«

Meine Mutter schaute mich verständnislos an. »Gwen? Gwen ist nicht hier.«

»Aber du hast doch gesagt, …«

»Ich weiß, was ich gesagt habe«, unterbrach sie mich ungeduldig. »Er war bei seiner Freundin. Sie sitzt da hinten.«

Verwirrt drehte ich den Kopf in die Richtung, in die sie zeigte. Dort saß… Nein! Unmöglich! Das konnte nicht sein! Mit zittrigen Beinen stand ich auf, durchquerte den Warteraum. Vornübergebeugt, die Arme um den Bauch geschlungen, als umarmte sie sich selbst, saß sie da, mutterseelenallein. Sie schaute zu mir auf, mit flehendem Blick, entschuldigend, unsicher.

»Rosie?« Eine Frage voller Unverständnis. Dann die Erkenntnis. »*Du* bist Dads Freundin?«

»Shauna, es tut mir so leid. Bitte ...«

Keine Ahnung, worum sie mich bat. Ich versuchte, mich neben sie auf den freien Stuhl zu setzen, aber es wurde mehr ein Fallen daraus.

»Du lieber Himmel! Gott, das glaube ich alles nicht. Du bist mit meinem Dad zusammen.« Jetzt war es keine Frage mehr. »Seit wann?«

Mit einem Schlag wurde mir klar, dass es zwei Männer in meinem Leben gab, von denen ich bis zum heutigen Tag nicht gewusst hatte, was sie trieben. Ich führte an ein und demselben Tag ähnliche Gespräche über beide.

»Seit ungefähr zehn Jahren.«

Wenn sie mir eröffnet hätte, dass sie es mit Bad Pritt trieb, wäre ich nicht überraschter gewesen.

»Seit ihrer Silberhochzeit. Du und Jon, ihr wart damals auch auf der Party.«

Ich grub in meinen Erinnerungen. »Ja. Aber an dem Abend habe ich ihn mit Gwen zusammen gesehen.«

Sie nickte. »Wir haben uns später noch unterhalten, und daraus wurde ... wurde dann mehr.«

Nein. Das ergab keinen Sinn. Ganz und gar nicht. »Rosie, all die anderen Männer, mit denen du seither zusammen warst. Du hast dir doch jedes Mal so sehr gewünscht, dass etwas Festes daraus würde.«

Sie nickte stumm. »Das habe ich. Jeff meinte ...«

In mir schrie alles. Jeff? *Jeff?* Nein, nicht Jeff. Mein Dad. MEIN DAD! Der Gedanke wollte nicht über meine Lippen.

»… dass er Debbie niemals verlassen würde.«

Meine Mum. MEINE MUM! Auch diesmal blieb mein Protest stumm.

»Also habe ich mich mit anderen Männern getroffen und bin mit ihnen ausgegangen. Jeff wollte es so, er wollte nicht, dass ich zu Hause saß und auf ihn wartete. Jedes Mal, wenn ich einen Mann kennenlernte, hoffte ich, dass es endlich derjenige war, der mein Leben verändern würde, den ich mehr lieben würde als Jeff. Ich habe es so sehr gewollt, aber ich habe es einfach nicht geschafft. Ich habe ihn immer mehr geliebt«, flüsterte sie.

Eine weitere Erinnerung jagte mir durch den Kopf. Jack, der uns auf der Einweihungsparty in Rosies Café erzählt hatte, dass er glaubte, sie hätte einen anderen. Wir hatten seine Theorie für völlig absurd gehalten, aber er hatte recht gehabt. Er hatte es geahnt, während wir, ihre besten Freundinnen, absolut ahnungslos gewesen waren. Was waren wir für Idioten!

»Jack …« Den Rest ließ ich unausgesprochen.

»Ich weiß.« Sie nickte. »Er war der Einzige, der je einen Verdacht hatte. Es tut mir schrecklich leid, Shauna, aber ich konnte es dir einfach nicht sagen.«

Das verstand ich. Wie sollte man so ein Gespräch beginnen? Hey, Süße, wir sind seit Ewigkeiten beste Freundinnen, aber stell dir vor, ich treibe es regelmäßig mit deinem Dad.

Es war surreal. Ich kam mir vor, als hätte man mich in ein Paralleluniversum oder an das Set einer Fernsehsoap katapultiert. Es war alles andere, nur nicht mein eigenes Leben. Wie sollte ich reagieren? Was war eine angemessene Antwort? Ich grub in den tiefsten Tiefen meines emotionalen Reservoirs und fand … nichts. Nur Fassungslosigkeit.

Was für ein Betrug! All die Jahre der Freundschaft beruhten also auf einer Lüge. Wir hatten unser gesamtes Leben geteilt, jede Kleinigkeit, waren fast wie Schwestern gewesen, und in der ganzen Zeit hatte ich keine Ahnung gehabt, dass der Schatten des Inzests über unserer Freundschaft lag. Und dennoch … Ich konnte Rosie nicht böse sein, dazu sah sie viel zu verzweifelt aus. Eine meiner liebsten Freundinnen hatte ein ganzes Jahrzehnt ihres Lebens für einen Mann geopfert, den sie nicht haben konnte. Was für eine Tragik!

»Hasst du mich jetzt?«, fragte sie.

Ich schüttelte den Kopf. »Nein. Ich weiß nicht, was ich fühle. Meine Beziehung zu Dad war immer … kompliziert.« Ein bitteres Lachen entfuhr mir. »Ach, was sage ich da? Sie war nicht kompliziert, sie war nicht existent. Es gab da keine Liebe, Rosie. Nicht wie normalerweise zwischen Eltern und Tochter. Manchmal denke ich, das einzig Gute, das aus meiner Beziehung zu ihnen geblieben ist, ist die Tatsache, dass ihre Gleichgültigkeit mich stark und unabhängig gemacht hat. Ich weiß nicht, ob ich sonst mit allem, was passiert ist, klargekommen wäre.«

Sie antwortete nicht. Sie ließ mich immer weiterreden, so lange, bis ich nicht mehr sicher war, ob ich mit ihr redete oder mit mir selbst. »Ich kann das nur einfach alles nicht fassen. Ich habe nie etwas gemerkt. Weiß es Mum?«

»Ja.«

Gott! »Hat sie es immer gewusst?«

Rosie schüttelte den Kopf. »Nicht von Anfang an. Sie hatte immer selbst Affären, unter anderem mit Lulus Dad. Aktuell ist es ihr Fitnesstrainer.«

»Willkommen in meiner Familie«, sagte ich höhnisch. »Ich werde nie begreifen, wieso sie zusammen sind.«

Rosie schien in sich zusammenzufallen. »Jeff sagt, sie lieben sich. Sie finden, dass sexuelle Treue nicht so wichtig ist. Inzwischen akzeptiere ich das. Er liebt auch mich, aber zwischen ihm und Debbie gibt es eine Bindung, die er nie lösen würde. Sie werden sich niemals trennen, werden das Leben, das sie sich gemeinsam aufgebaut haben, nie aufgeben. Ich verstehe das auch nicht, aber ich habe gelernt, es zu akzeptieren.«

»Dann willst du also den Rest deines Lebens damit verschwenden, auf ihn zu warten? Immer nur zweite Wahl sein? Allein bleiben, während sie sich jeden zweiten Monat in Marbella amüsieren?«

Es war nicht mehr mein Dad, über den ich da sprach – es war nur noch das miese verheiratete Schwein, das meine Freundin zappeln ließ und ihr Leben ruinierte, ihre Chance auf lebenslanges Glück zerstörte. Was für ein Mistkerl! Schlimm genug, dass er seine Tochter niemals lieben konnte, sie wie ein lästiges Anhängsel behandelte. Ich hatte es geschafft, hatte mich befreit, ein eigenes Leben aufgebaut. So viel Glück hatte Rosie nicht. Er hatte ihr zehn Jahre genommen, die sie niemals zurückbekommen würde.

»Er ist so ein Arschloch!«, zischte ich. Eine deprimierende Erkenntnis.

»Nein!«

»Doch, Rosie, das ist er. Er ist …«

Ich bemerkte, dass ihr Nein nicht meiner Feststellung galt. Sie starrte meine Mutter an, oder besser gesagt, den Arzt im weißen Kittel, der gerade mit ihr sprach. Er reichte ihr die Hand und half ihr auf. Willenlos ließ sie sich von ihm fortführen.

Ich sprang ebenfalls auf, um ihnen zu folgen. Rosie blieb sitzen. »Ich warte hier. Bitte sag mir Bescheid, wie es ihm geht.«

»Klar, ich komme so schnell wie möglich zurück, Rosie. Es geht ihm sicher schon wieder besser. Aber wir müssen später noch einmal in Ruhe über alles reden, ja? Ich weiß im Moment einfach nicht, wie ich damit umgehen soll.«

»Das verstehe ich.«

Wenn ich außer Acht ließ, dass es sich um meinen Dad handelte, hatte ich großes Mitleid mit ihr. Sie sah so traurig aus.

Ich folgte dem Arzt und meiner Mutter durch eine Tür, für die ein Zugangscode erforderlich war, in einen Nebenraum. Darin standen zwei kleine Sofas und ein kleiner weißer Beistelltisch. Eine Vase mit Lilien stand darauf, die Lieblingsblumen meines Vaters. Keine Ahnung, woher ich das wusste.

Der Arzt sprach als Erstes mich an. »Ich bin Dr. Wilson.«

»Shauna«, antwortete ich. »Die Tochter.«

»Shauna. Mrs. Williams.« Er richtete seine Aufmerksamkeit jetzt auf meine Mutter. »Wir haben Ihren Mann hierhergebracht mit dem Verdacht auf einen kardiologischen Notfall. Wir haben versucht, ihn zu reanimieren, aber ich fürchte, es war erfolglos. Mr. Williams ist vor zehn Minuten verstorben. Es tut mir sehr leid.«

41. Kapitel

2010 – Jon

Ich lief auf und ab. Immer weiter. Auf und ab. Hin und her. Verdammt, wie lange dauerte das noch? Auf dem Klinikkorridor stank es nach Desinfektionsmitteln und Panik, Letztere stammte von mir.

Ich hatte versucht, im Kreißsaal zu bleiben, aber Shauna hatte vor Schmerzen so gestöhnt, dass ich es einfach nicht mehr aushielt. Es war, wie es damals bei Jess gewesen war, die Schreie überwältigten mich, rissen mich auseinander.

Ich hätte Shauna von dem Baby, das Jess und ich verloren hatten, erzählen sollen. Aber wie? Und wann? Welcher Zeitpunkt ist richtig, um so etwas zu sagen? Ich hatte es nicht hinbekommen, also hatte ich es irgendwann einfach aus meiner Geschichte gestrichen. Ich hatte es niemandem erzählen können, weil ich zu sehr damit beschäftigt gewesen war, mir selbst etwas vorzumachen. Jetzt konnte ich nicht mehr lügen. Die Vergangenheit stellte sich mir entgegen, sprang mich an, mit aller Gewalt.

Jedes Mal, wenn Shauna schrie, kam alles zurück. Ich war damals so aufgeregt, so hoffnungsvoll gewesen, und so völlig ahnungslos.

Dieses Mal wusste ich, was passieren konnte, und ich konnte es nicht ertragen, konnte nicht zusehen, wie Shauna dort in dem Bett lag und litt und nicht wusste, was ihr bevorstand. »Jon, bitte geh ein bisschen spazieren«, hatte sie irgendwann keuchend gesagt. »Ich liebe dich, Baby, aber ich kann dein Gesicht nicht mehr ertragen. Du siehst aus, als wärst du derjenige, der die Schmerzen aushalten muss.«

Aus ihrem verzerrten Grinsen folgerte ich, dass sie fand, dass ich mal wieder typisch ich war. Ein hoffnungsloser Fall in schwierigen Situationen. Ungeeignet, Probleme zu lösen. Hilflos, sobald es um irgendetwas ging, das mit Schmerz oder Leid zu tun hatte.

Sie hatte in allen Punkten recht. So war ich nun mal. Aber das lag in diesem Fall nur daran, dass ich wusste, wie schlimm es enden konnte. Also war ich rausgegangen auf den Korridor und hatte begonnen, auf und ab zu laufen.

»Mr. O'Flynn?« Die Krankenschwester steckte den Kopf aus der Tür. »Es ist gleich so weit.« Sie sah mich erwartungsvoll an, aber meine Beine reagierten nicht, meine Füße waren wie festgenagelt. »Mr. O'Flynn?«

Ich musste mich bewegen, musste gehen, durfte den entscheidenden Augenblick nicht verpassen. Ich musste bei Shauna sein, und wenn es zum Schlimmsten kam …

»Jon! Komm! Komm sofort her!« Shauna keuchte, stöhnte, brüllte trotz zusammengebissener Zähne. Ich setzte einen Schritt vor den anderen, langsam, gleichmäßig, immer weiter.

»Gut, Shauna«, sagte die Hebamme. »Dann wollen wir jetzt mal Ihr Baby begrüßen. Ich möchte, dass Sie mit aller Kraft schieben, wenn ich es sage. Okay?«

Shauna nickte. Ihre blonden Locken waren schweißnass, klebten an ihrer blassen, wächsernen Haut. Sie hatte nie schöner ausgesehen. Ich blieb am Kopfende des Kreißbettes stehen, der Blick auf das, was am anderen Ende geschah, war mir durch ihre Knie und ihren Schoß versperrt. Ihre Hand umklammerte meine so heftig, dass ich das Gefühl hatte, meine Knöchel würden zermalmt. Mein Körper war wie aus Pudding.

»Also, los geht's, Shauna! Jetzt … schieben!«

Das Brüllen war ohrenbetäubend, nervenzerreißend, schrecklich.

Und dann … Nichts. Stille. O Gott. Nicht noch einmal. Nicht noch einmal. Nicht noch einmal.

Durch die Endlosschleife meiner Gedanken drang auf einmal ein leises Wimmern, und dann sah ich sie. Sie wurde uns entgegengehalten, auf Shaunas Brust gelegt, Haut auf Haut, noch verbunden mit ihrer Mum, an Armen und Beinen zitternd, als sie dem Luftzug ihrer neuen Welt ausgesetzt wurde. Eine Schwester legte rasch eine Decke über sie, und dann war sie wieder ganz ruhig, friedlich.

»Hey, meine Kleine«, flüsterte Shauna, die Tränen rannen ihr über das Gesicht. »Ich bin deine Mummy. Und das ist dein Daddy. Er schwächelt ein bisschen in Krankenhäusern, aber du wirst ihn trotzdem mögen.«

Lachen mischte sich in die Tränen, als ich mich vorbeugte und das Gesicht meiner Tochter streichelte. »Ich habe auch ein paar gute Eigenschaften, du süßes kleines Mädchen«, sagte ich. »Ich kann zum Beispiel gut Skateboard fahren. Und ich kann nicht widerstehen, wenn du mal etwas von mir willst. Egal was.« Shaunas Lächeln hätte nicht strahlender sein können. »Sie ist perfekt«, murmelte ich. »Danke.« Ich musste erst den Kloß in meiner Kehle loswerden, ehe ich weitersprechen konnte. »Weißt du, was das bedeutet? Sie ist ab sofort die Nummer 1 bei uns im Haus.«

»Ich glaube, damit kann ich leben.«

Ich wusste, dass Shauna das konnte. Wie oft hatte sie mir gesagt, dass sie nur mit einem Mann zusammen sein konnte, der sein Kind mehr liebte als alles andere auf der Welt. Sie wollte, dass unsere Tochter den Vater bekam, den sie selbst nie hatte.

Ich würde sie nicht enttäuschen.

Zärtlich strich Shauna über das Gesicht unserer Tochter, fasziniert von jedem Detail. »Wie sollen wir sie denn nennen?«

Ich hatte mich bisher immer geweigert, darüber zu sprechen. Aberglaube, hatte ich ihr gesagt. In Wahrheit war es Angst.

»Ich weiß nicht«, antwortete ich jetzt ehrlich. »Hast du eine Idee?«

Versonnen streichelte sie weiter das perfekte kleine Gesicht. »Morgen ist Elsies Geburtstag.«

»Es kann keine zweite Elsie geben«, antwortete ich und merkte, wie mein Hals schon wieder ganz eng wurde.

»Ich weiß. Aber Elsies vollständiger Name war Elisabeth. Was hältst du von … Beth?«

»Beth«, wiederholte ich und wusste sofort, dass es passte. »Okay, Beth.« Ich sprach jetzt mit meiner Tochter. »Gefällt dir das? Ich werde dein Schweigen als Zustimmung deuten.«

Sie gab keinen Laut von sich.

42. Kapitel

2015 – Jon

Es wurde bereits dunkel, als das Taxi vor dem Haus hielt. Ich konnte einen schwachen Lichtschein aus einem der Fenster erkennen, offenbar war Shauna in der Küche. Wenn ich nicht befürchtet hätte, dass der Taxifahrer die Polizei verständigen würde, hätte ich sein aufgeräumtes »Da wären wir!« ignoriert und wäre einfach sitzen geblieben. Ich hätte nur vor mich hingestarrt, ein oder auch zwei Stunden, ehe ich ausgestiegen wäre. Denn ich musste es ihr jetzt sagen.

Jess hatte mich heute Morgen gebeten, es nicht zu tun, und ihre Gründe waren absolut nachvollziehbar. Es würde unser aller Leben zerstören. Das von Beth. Das von den Jungs. Das von Shauna. Es würde uns den letzten Funken Glück entreißen, der uns noch blieb bis …

Wie immer beendete ich den Gedanken nicht. Vielleicht würde ich diese Krankheit irgendwann annehmen, aber noch war es nicht so weit. Und ich würde nicht zulassen, dass sie sich auch nur einen Tag früher als nötig in mein Leben fraß. Shauna konnte das nicht verstehen, aber so sah ich es nun mal. Ich hatte mehr über Hirntumore gelesen, als ich je wissen wollte. Ich hatte mit hoher Wahrscheinlichkeit noch ein Jahr vor mir, vielleicht zwei, aber das war kein unumstößliches Urteil. Es gab Ausnahmen. Statistische Ausreißer, so nannte man die. Menschen, die länger lebten als die meisten anderen, aus welchen Gründen auch immer. Sie tun es einfach. Im Moment fühlte ich mich gut, also ging ich davon aus, dass ich auch ein statistischer Ausreißer war, bis mir irgendeiner oder irgendetwas das Gegenteil bewies.

Ich ging davon aus, dass ich meine kleine Tochter in ihrer Weihnachtsaufführung sehen konnte, erlebte, wie sie die Grundschule beendete, heiratete … Ein dicker Kloß setzte sich in meiner Kehle fest. Ich würde die Zukunft nicht aufgeben. Verfluchte Krankheit!

Aber ich konnte mich nicht darauf konzentrieren, positiv zu denken und einfach weiterzuleben, solange ich an diesen Schuldgefühlen zu ersticken glaubte. Jess hatte vermutlich recht. Ich sollte es aus meinem Gedächtnis streichen und nach vorn schauen. Aber das konnte ich nicht.

Ich konnte Shauna nicht ins Gesicht sehen, sie küssen, mit ihr schlafen und gleichzeitig wissen, dass ich mit einer anderen zusammen gewesen war. Der Akku von meinem Handy war leer, und das war wahrscheinlich gut so, denn ich hatte ungefähr ein Dutzend Mal überlegt, ob ich sie nicht anrufen sollte. Es war der feige Weg, zugegeben. Jetzt musste ich ein Mann sein und ihr ins Gesicht sehen, während ich zehn Jahre unseres Lebens einfach wegwischte.

Es war ein inzwischen vertrautes Mantra, aber verdammt, ich war ein echter Idiot.

Ich wusste nicht mal, was ich zu erreichen hoffte. Dass sie mir verzieh? Wie hoch waren die Chancen? Und wenn es ihr tatsächlich gelang, mir zu verzeihen, war es dann nur wegen des Tumors? So konnten wir nicht leben. Noch schlimmer, als mich zu verlassen, wäre es, wenn sie aus Mitleid bei mir bliebe.

Ich konnte also nur hoffen, dass sie danach einen Weg fand, mich auch weiterhin zu lieben. Ich durfte sie nicht verlieren. Ganz gleich, wie viel Zeit uns noch blieb, ob es ein Jahr war oder ob es zehn waren, ich brauchte sie an meiner Seite – nicht weil ich ihr leidtat, sondern weil sie mich genug liebte, um über die Sache hinwegzukommen.

»Hallo?« Der Taxifahrer wurde unruhig.

»Sorry«, stammelte ich und warf ihm vierzig Pfund hin. Das

war vermutlich das großzügigste Trinkgeld des Tages, aber ich würde mir ein Karma erkaufen, wo ich nur konnte.

Langsam ging ich zur Haustür. Wie ein Toter. In mehrfacher Hinsicht. Es war nach neun, Beth war um diese Zeit schon im Bett. Kein Aufschub also. Ich würde die Tür aufschließen, Shauna würde vor mir stehen, ich würde es ihr sagen.

Plötzlich fühlte ich mich wieder wie damals im Sprechzimmer des Arztes. Ich wartete auf das Gespräch, und ich wusste, dass es mein Leben für immer verändern konnte. Das Gespräch damals war nicht gut gelaufen. Und ich hatte keinen Grund zu der Annahme, dass es diesmal besser laufen würde.

Das kühle Metall der Türklinke lag in meiner Handfläche, als ich kurz zögerte, noch einmal tief Luft holte und dann aufdrückte.

»Hallo, Schatz, wie geht es …« Ich stockte.

Ich hatte erwartet, dass sie in der Küche hantierte, kochte oder aufräumte. Oder vielleicht mit einem Kaffee am Tisch saß und Papierkram erledigte.

Stattdessen kauerte sie auf dem Sessel in der Zimmerecke, die Beine angezogen, das Kinn auf die Knie gestützt, mit blassem Gesicht und rot geschwollenen Augen.

Sie wusste es schon.

Mist, sie wusste es.

Wie hatte sie es herausgefunden?

Es spielte keine Rolle.

Sie wusste es.

»Shauna?« Ich ließ meine Tasche fallen, durchquerte den Raum mit zwei großen Schritten und kniete mich neben sie.

»Shauna, es tut mir so …«

»Mein Dad ist tot«, hauchte sie.

43. Kapitel

2015 – Shauna

Ich sah es an seinem Gesicht, in der Sekunde, als er zur Tür hereinkam. Er würde es mir sagen. Verdammt! Seine verfluchte Ehrlichkeit und Integrität!

Ich wusste nicht, ob er der mutigste oder der dümmste Mann war, dem ich je begegnet war. Wahrscheinlich beides.

Und trotzdem verstand ich ihn gut. Nach der Sache mit Vincent hatte ich auch lange damit gerungen, ihm alles zu erzählen. Ein paarmal wären mir die Worte beinahe aus dem Mund gerutscht, aber ich hatte mich immer rechtzeitig stoppen können. Ich wollte doch unbedingt, dass wir eine Chance hatten, es irgendwie hinzubekommen. All diese Zweifel endeten in dem Augenblick, als ich feststellte, dass ich schwanger war.

Ich würde meinem Kind auf keinen Fall wegen eines dummen Fehlers den Vater nehmen. Wenn das bedeutete, dass ich mit der Schuld leben musste, dann würde ich das eben tun. Mein Kind war so viel wichtiger als ich. Es verdiente, mit einem Vater aufzuwachsen, von dem ich wusste, dass er es an jedem Tag seines Lebens vergöttern würde.

Jon und ich liebten uns, und wir konnten unserem Kind ein wunderbares Zuhause bieten, die Familie, die ich selbst nie hatte. Ich hatte kein Recht, ihm das zu nehmen. Also schwieg ich. Und ganz ehrlich? Ich habe es keinen einzigen Moment bereut. Vielleicht machte mich das zu einem schlechten Menschen, aber ich würde eher mit diesem Urteil leben als meine Familie zerstören, indem ich etwas tat, das andere vielleicht für richtig erachteten.

Ich glaubte noch immer, dass es so das Beste war. Es hatte unserer Ehe nicht geschadet, und es hatte auch Vincents Leben nicht aus den Angeln gehoben. Das Letzte, was ich von ihm gehört hatte, war, dass er Carole geheiratet hatte und dass sie gemeinsam in New York lebten. Es war vielleicht etwas komplizierter gewesen, aber am Ende hatte er sein Glück gefunden.

So wie ich.

Jetzt kniete Jon plötzlich vor mir und hielt mich in den Armen, während ich haltlos schluchzte. Nicht um den Vater, den ich nie hatte, sondern um den, den meine Tochter verlieren würde. Den Mann, den ich verlieren würde.

Das durfte ich nicht zulassen. Zumindest nicht, solange seine Krankheit uns die Entscheidung nicht aus den Händen nahm. Bis dahin wollte ich, dass jeder Tag so perfekt wurde wie nur möglich. Wenn er es mir jetzt sagte, würde ich ihm natürlich vergeben, aber es würde immer zwischen uns stehen wie ein Keil. Ich kannte ihn. Er dachte, es würde seine Schuld mindern, aber es würde sie nicht komplett auslöschen, und er würde sich immer fragen, ob ich bei ihm geblieben war, weil ich ihn liebte oder weil er bald sterben musste.

Die Zweifel und die Reue würden unsere Tage und unsere Nächte überschatten.

»Schsch.« Er redete beruhigend auf mich ein, strich mir übers Haar. Erst als meine Schultern nicht mehr bebten und meine Hände nicht mehr zitterten, ließ er mich los, nahm Beth' Kuscheldecke von der Stuhllehne und legte sie mir fürsorglich um. Er schaute zu Boden, sein Gesicht so ernst, dass ich am liebsten die Hand danach ausgestreckt hätte. »Es tut mir so leid, Shauna. Wie ist es passiert?«

»Er hatte einen Herzinfarkt. Er war mit Rosie zusammen.«

Er sah mich verständnislos an, dann zog er den naheliegenden Schluss. »Er war bei ihr im Café?«

Ich schüttelte den Kopf. »Nein. Er hatte …« In meinen Lungen war plötzlich keine Luft mehr, und ich musste kurz durchatmen, um sie erneut zu füllen. »Er hatte eine Affäre mit Rosie. Seit zehn Jahren.«

Seine Reaktion war genau wie meine: totale Fassungslosigkeit. »Was? Nein. Das kann nicht sein. Rosie würde das nie tun.«

»Hat sie aber.«

»O nein!«

»Er war heute Nachmittag bei ihr, als er zusammenbrach. Sie hat den Notarzt verständigt, ihn ins Krankenhaus geschafft, meine Mutter angerufen …«

»Deine Mutter hat es gewusst?«

»Ja.«

»Gott! Das werde ich nie verstehen.«

»Ich auch nicht.« Die Ironie dabei entging mir nicht.

Meine Eltern hatten ihre gegenseitigen Betrügereien ein Leben lang geduldet, und ich hatte sie dafür stets verachtet. Jetzt machte ich es plötzlich genauso. Vielleicht sollte ich mehr Verständnis für sie aufbringen, aber das tat ich nicht. Sie hatten nur für sich selbst entschieden, ich entschied, es für die Familie zu tun, die ich liebte, und das Kind, das ich vergötterte. Wenn mich das zur Heuchlerin machte, dann war das eben so.

»Wie denkst du jetzt über Rosie?«, fragte er mich schließlich.

Ich zuckte mit den Schultern. »Sie … sie tut mir leid. Sie hat zehn Jahre ihres Lebens an jemanden vergeudet, der ihre Liebe nicht verdient hat.«

Das Schluchzen kehrte zurück, und ich zog die Decke enger um meinen Körper, um das Zittern zu stoppen, das nun einsetzte. Als es besser war, trocknete ich mein Gesicht mit der Ecke des weichen Fleecestoffes. Jon streckte die Hand aus, strich mir das Haar aus dem Gesicht, streichelte mich.

»Es muss wehtun, ihn zu verlieren«, sagte er leise. »Ich weiß, dass ihr euch nicht sehr nahegestanden habt, aber er war immer noch dein Dad.«

Emotionale Vorurteile. Mein Vater war gestorben, also musste ich todtraurig sein. Jon hatte erfahren, dass er unheilbaren Krebs hatte, also musste er untröstlich sein. Aber keiner von uns hielt sich an diese Regeln. Vielleicht tat das nie jemand.

»Ich bin traurig, dass das Leben eines Menschen zu Ende gegangen ist«, antwortete ich ehrlich. »Aber ich habe nicht das Gefühl, einen Vater verloren zu haben. Ich kann nicht um etwas trauern, das ich nie hatte. Ergibt das einen Sinn für dich?« Jon nickte wortlos. »Ich bin … wütend. Ich weiß, dass ich das nicht sein darf und dass das herzlos wirkt, aber es ist nun einmal so.«

»Warum?«

»Weil er nicht mal so getan hat als ob. War ich ihm nicht einmal das wert? Konnte er nicht wenigstens so tun, als würde er sich für mich interessieren, mich ab und zu mal anrufen, mir sagen, dass ich ihm wichtig war? Selbst wenn er das nicht empfunden hat, selbst wenn wir beide gewusst hätten, dass es nur gelogen war, ich … ich hätte es angenommen. Ich hätte mir eingeredet, dass es etwas bedeutet, und ich hätte damit leben können. Warum hatte er nicht wenigstens so tun können, als ob er mich liebte?«

Ich hatte nun keine Tränen mehr, nur noch meine Stimme, vom Schmerz verzerrt. Jon wusste, dass es sinnlos war, mir zu widersprechen. Er hatte zehn Jahre meines Lebens miterlebt, er hatte das Desinteresse meiner Eltern an mir und an Beth erlebt, es gab kein Vertun. Trotzdem suchte er nach Erklärungen.

»Vielleicht wollte er dir nichts vormachen.«

»Er hätte es aber tun sollen.« Die Worte klangen heftiger, als beabsichtigt. Ich atmete tief durch. »Manchmal geht es nicht um Ehrlichkeit, Jon. Manchmal bedeutet jemanden zu lieben, ihn vor der Wahrheit zu schützen. Auch wenn die Person, vor der man ihn schützt, man selbst ist.«

Seine schönen grünen Augen waren jetzt in meine versunken. Ich sah Erkennen darin, Verstehen, den Moment des Begreifens.

Er wusste es. In unserem Gespräch ging es um meinen Vater. Aber in Wahrheit redeten wir über uns.

Epilog

Vor zehn Jahren bin ich schon einmal durch dieses Kirchenschiff gegangen.

Die erste Person, die ich damals sah, war meine herrlich verrückte Großmutter. Ganz in Violett und mit einem Hut, der aussah wie eine Frisbeescheibe. Unter dem verbarg sie ihre Tränen, denn sie gehörte noch einer Generation an, für die es sich nicht schickte, in der Öffentlichkeit zu weinen. Jetzt war sie nicht mehr da. Und ich hatte ein Loch in meinem Herzen, das sich nie mehr verschließen würde.

Ich sah meine Eltern. Die Frau, die mich zur Welt gebracht hatte, wäre beinahe vor Stolz geplatzt. Sie genoss die Aufmerksamkeit, die ihr als Brautmutter zuteilwurde, und ignorierte einfach, dass sie anfangs keinerlei Interesse an der Heirat ihrer Tochter gezeigt hatte.

Nun war jegliche Eitelkeit verschwunden. Ich erblickte eine einsame, versteinerte Frau, deren Seele leer war. Ich war nicht sicher, ob sie überhaupt je wieder etwas empfinden würde.

Hinter mir liefen meine besten Freundinnen Lulu und Rosie in eleganter cremefarbener Harmonie. Jetzt sah ich Lulu neben Dan sitzen, sie hatten die Hände ineinander verschlungen. Auf der anderen Seite neben ihr saß Rosie mit verweintem Gesicht – eine gebrochene Frau.

Jon ging neben mir, die Hand an meinem Rücken. Damals war ich auf Jon zugegangen. Meinen wunderbaren Jon. Ich hatte Blumen und Licht und Liebe gesehen. Versprechungen. Hingabe. Freude. Lust. Aufregung. Wahr gewordene Träume. Eine fantastische Zukunft. Glück bis in alle Ewigkeit.

Jetzt wusste ich, dass es das nicht gab.

Vor zehn Jahren ging ich ganz in Weiß durch dieses Kirchenschiff.

An diesem Tag trug ich Schwarz.

Der Gottesdienst verlief wie in einem Dunstschleier, leere Worthülsen, die Jeff Williams als ehrenwerten Mann priesen, als wunderbaren Ehemann, liebevollen Vater. Nichts davon entsprach der Wahrheit.

Erst als der Sarg von den Trägern angehoben und hinausgetragen wurde, entfuhr mir ein Schluchzen. Nicht um meinen Verlust, sondern um das verschwendete Leben und den Schmerz, den mein Vater hinterlassen hatte. Meine Mutter war völlig verloren ohne ihn, ihren Seelenverwandten, so unerklärbar ihre Beziehung auch gewesen sein mochte. Meine Freundin war untröstlich. Zehn Jahre ihres Lebens hatte sie an einen Mann vergeudet, der nicht eine einzige Minute davon verdient hatte.

Ich weinte um den Vater, den ich nie hatte, um die liebevollen Erinnerungen, die ich nie haben würde. Denn die einfache Wahrheit war die: Wenn er mich geliebt hätte, hätte ich ihn auch geliebt.

Nach der Beerdigung auf dem Friedhof neben der Kirche standen wir am Tor und verabschiedeten die Trauergäste, die anschließend in ein nahe gelegenes Hotel fuhren, um dort im Gedenken an den verstorbenen Jeff Williams Sandwiches zu essen und Whiskey zu trinken.

»Können wir noch einen Moment bleiben?«, fragte ich Jon, als nur noch wir beide am Grab standen.

»Natürlich.«

Es nieselte, aber das kümmerte mich nicht. Ich musste ein Stück laufen. Ich nahm seine Hand, und wir gingen stumm durch die Gräberreihen. Irgendwann setzten wir uns auf eine Bank, von einer mächtigen Eiche vor dem Regen geschützt.

Wir saßen eine Zeit lang schweigend da, es war das erste Mal seit Langem, dass wir allein waren.

»Shauna, es tut mir leid.«

»Was?«

»Alles.«

Ich wandte mich ihm zu, aus seinem müden Blick sprach sein schweres Herz. Einen Moment lang fragte ich mich, ob er mir von Jess erzählen würde. Aber nein. Ich hatte es an dem Abend in seinen Augen gesehen. Er hatte den Mut, mit seiner Krankheit zu leben, und er hatte den Mut, uns vor dem zu schützen, was zwischen ihm und Jess geschehen war.

Keiner von uns war unschuldig an dem, was passiert war, und wie unser Leben bis zu jenem Punkt verlaufen war. Höchste Zeit, all die Streitereien, die Verbitterung und den Schmerz zurückzulassen.

»Jon, bitte nicht.« Ich stockte. Es gab so viel zu sagen, aber ich wusste nicht wie. »Es tut mir auch sehr leid. Ich weiß nicht, was mit uns passiert ist. Ich glaube, wir haben uns einfach verloren. Aber es ist egal, was du getan hast oder was ich getan habe oder ob wir Fehler gemacht haben. Das alles spielt keine Rolle. Das Jetzt ist wichtig, das Heute ist wichtig, sonst nichts.«

Nach einer endlosen Zeit antwortete er, seine Stimme rau und dunkel vor Emotionen. »Weißt du, seit sie mir gesagt haben, dass ich sterben werde, habe ich mir oft gewünscht, ich könnte mein Leben noch einmal leben.« Mein Herz stockte, aus Angst, er könnte sagen, dass er etwas bedauerte. »Doch jedes Mal, wenn ich mir mein Leben vorgestellt habe, und ganz gleich, wie oft ich in Gedanken die Rückspultaste gedrückt habe, ist mir klar geworden, dass ich es nur mit dir leben will.«

Das war alles, was wir brauchten. Egal, wie viel Zeit uns noch blieb.

Ich strich über sein Haar, zog eine winzige Linie über seine

Braue und seinen Nasenrücken und ließ die Fingerspitze an seinen Lippen liegen. »Ich liebe dich, Jon O'Flynn«, flüsterte ich. »Du bist alles für mich.«

Er küsste mich, seine Berührung eine Erinnerung, die andauern würde, bis in keinem von uns mehr ein Atemzug war.

»Du bist noch viel, viel mehr für mich«, sagte er.

ENDE